annabac
SUJETS & CORRIGÉS 2023

L'Intégrale du BAC

Tle générale

SES • HGGSP • Philo
Grand Oral

SES
Denis Martin • Sylvie Godineau • Franck Rimbert
Sylvain Leder • Céline Le Feuvre • François Porphire

HGGSP
Anthony Guyon • Florence Holstein • Barbara Jamin de Capua • Jean-Philippe Renaud

Philosophie
Johnny Brousmiche • Sabrina Cerqueira • Anthony Dekhil
Patrick Ghrenassia • Charlotte Noirot-Nérin
Caroline Verleyen

Grand Oral
Sylvain Leder • François Porphire
Florence Holstein • Jean-Philippe Renaud

Avec la collaboration de Denise Maréchal

ISSN 1168-3775 ISBN 978-2-401-08649-4

Achevé d'imprimer par IPS en France
Dépôt légal 08649-4/01 - Août 2022

SOMMAIRE GÉNÉRAL

Avec votre Annabac, préparez vos épreuves

1 L'épreuve de SES

2 L'épreuve d'HGGSP

3 L'épreuve de Philosophie

4 Le Grand Oral

de **spécialité**, l'écrit de **philo** et le **Grand Oral** !

• Coordination éditoriale : Grégoire Thorel et Louise Roullier
assistés de Théa Goossens et Pauline Siegwart
• Édition : François Capelani, Catherine Jardin,
Éva Baladier et Charlotte Joumier
• Graphisme : Dany Mourain et le studio Favre & Lhaïk
• Prépresse : Hatier et Nadine Aymard
• Illustration : Juliette Baily
• Cartographie : Philippe Valentin
• Schémas : STDI
• Mise en page : STDI
• Iconographie : Hatier illustration

Crédits photographiques : **245** : ph © Frederic Reglain / 2011 Gamma- Rapho / Getty-Images • **251** : ph © Bill Pierce / The LIFE Picture Collection / Shutterstock • **267** : Doc. Creative Commons Attribution / Wikipédia • **279** : Doc. Wikipédia • **285** : Doc. Nadar • **294** : Coll. musée de l'Ermitage, Saint-Pétersbourg • **296** : ph © Frederic Reglain / 2011 Gamma-Rapho / Getty-Images • **300** : Doc. 2005 – Eric Gaba for Wikimedia Commons • **306** : Coll. Château de Versailles / Wikipédia • **339** : Doc. Wikipédia.

Les sujets classés par matière et par thème

Pour chaque matière, voici les ressources de votre Annabac.

Indiquez sur cette liste l'avancement de vos révisions.
☐ À retravailler encore ☒ Désormais ok !

SES

Quels sont les sources et les défis de la croissance économique ?

Quels sont les fondements du commerce international et de l'internationalisation de la production ?

Comment lutter contre le chômage ?

Comment est structurée la société française actuelle ?

Quelle est l'action de l'École sur les destins individuels et sur l'évolution de la société ?

Quelles sont les caractéristiques contemporaines et les facteurs de la mobilité sociale ?

Comment expliquer l'engagement politique dans les sociétés démocratiques ?

HGGSP

Faire la guerre, faire la paix

Identifier, protéger et valoriser le patrimoine

L'environnement, entre exploitation et protection

L'enjeu de la connaissance

Philosophie

L'art

Le bonheur

La conscience

SES

INFOS et CONSEILS sur les épreuves

1 En quoi consiste le programme de SES en Terminale ?

Le programme de l'enseignement de spécialité de SES en Terminale s'articule autour de 12 questions, dont 8 sont évaluées lors de l'épreuve écrite.

A Science économique

1. Quels sont les sources et les défis de la croissance économique ?

Notions : croissance économique, progrès technique et innovation, productivité, productivité globale des facteurs, institutions, inégalités de revenus, croissance soutenable, limites écologiques.

2. Quels sont les fondements du commerce international et de l'internationalisation de la production ?

Notions : dotations factorielles et technologiques, spécialisation internationale, commerce international, chaîne de valeur (fragmentation, internationalisation), compétitivité, libre-échange, protectionnisme.

> **REMARQUE Les thèmes 1 et 2 (économie), 6 et 10 (sociologie et science politique) sont chaque année au programme de l'épreuve écrite.**
> **Les thèmes 3, 7, 8 et 12 sont au programme les années impaires ;**
> **les thèmes 4, 5, 9 et 11 les années paires.**
> **Pour le Grand Oral, tous les thèmes doivent être maîtrisés.**

3. Comment lutter contre le chômage ?

Notions : chômage, sous-emploi, taux de chômage, taux d'emploi, chômage structurel, chômage conjoncturel, salaire minimum, salaire d'efficience, politiques de lutte contre le chômage.

4. Comment expliquer les crises financières et réguler le système financier ?*

Notions : crise financière, bulle spéculative, panique bancaire, instruments de régulation du système bancaire et financier.

5. Quelles politiques économiques dans le cadre européen ?*

Notions : marché unique, zone euro, politique européenne de la concurrence, politique monétaire, politique budgétaire, choc asymétrique.

B Sociologie et science politique

6. Comment est structurée la société française actuelle ?

Notions : espace social, structure socioprofessionnelle, théories des classes et de la stratification sociale.

7. Quelle est l'action de l'École sur les destins individuels et sur l'évolution de la société ?

Notions : égalité des chances, taux de scolarisation, taux d'accès à un diplôme ou à une formation, massification, démocratisation, inégalités de réussite scolaire.

8. Quels sont les caractéristiques contemporaines et les facteurs de la mobilité sociale ?

Notions : mobilité sociale intergénérationnelle, tables de mobilité, mobilité structurelle, fluidité sociale, mobilité ascendante, reproduction sociale, déclassement, mobilité selon le genre.

9. Quelles mutations du travail et de l'emploi ?*

Notions : travail, activité, statut d'emploi, chômage, modèles d'organisation (taylorien, post-taylorien), intégration sociale.

10. Comment expliquer l'engagement politique dans les sociétés démocratiques ?

Notions : vote, militantisme, paradoxe de l'action collective, variables socio-démographiques, action collective (objets, acteurs, répertoires).

C Regards croisés

11. Quelles inégalités sont compatibles avec les différentes conceptions de la justice sociale ?*

Notions : inégalités économiques et sociales, rapport inter-quantiles, courbe de Lorenz, coefficient de Gini, top 1 %, corrélation de revenu parents-enfants, formes d'égalité, justice sociale.

12. Quelle action publique pour l'environnement ?

Notions : action publique, construction des problèmes publics, mise à l'agenda politique, politiques environnementales, échelle, instruments de la politique climatique, bien commun.

* *Thème non évalué lors de l'épreuve écrite de la session 2023.*

2 Quelles sont les épreuves du nouveau bac en SES ?

Vous avez choisi la spécialité SES en Terminale. Vous devrez donc passer l'épreuve écrite correspondante, mais également préparer une question en SES en vue du Grand Oral.

A En résumé

L'épreuve de spécialité (coeff. 16) →

DÉROULEMENT
- **Quand ? en mars**
- **Durée : 4 heures**
- **Structure : 2 sujets au choix :**
  - **dissertation**
  - **épreuve composée**
- **Barème : 20 points**

Le Grand Oral (coeff. 10) →

TRAVAIL EN AMONT
Sur deux questions dont l'une au moins se rapportant au programme de SES

DÉROULEMENT
- **Quand ? au 3e trimestre**
- **Durée : 20 min**
- **Structure : exposé sur l'une des deux questions + entretien**

B L'épreuve écrite

1. La structure de l'épreuve

● Vous avez le **choix entre deux sujets** de nature différente :
– une **dissertation** s'appuyant sur un dossier documentaire ;
– une **épreuve composée** comportant trois exercices : mobilisation des connaissances, étude d'un document, raisonnement s'appuyant sur un dossier documentaire.

● Les sujets sont conçus de manière à couvrir **plusieurs dimensions du programme** :
– la dissertation et le raisonnement portent sur des champs différents (science économique ; sociologie et science politique ; regards croisés) ;
– la dissertation et chaque partie de l'épreuve composée portent sur différentes questions du programme.

CONSEIL Les deux sujets proposés couvrent donc au total quatre questions du programme. Cela signifie que vous ne devez faire aucune impasse, mais aussi que les questions sur lesquelles vous êtes le plus à l'aise sont susceptibles de tomber.

2. Comment s'y préparer ?

● Vous devez bien évidemment fournir un **travail régulier** toute l'année, afin qu'au moment des révisions, vous n'ayez qu'à vous remettre en tête les notions déjà maîtrisées. Cela vous permettra également de mieux gérer votre stress le jour J !

CONSEIL Il est important de mémoriser au fur et à mesure les points essentiels du cours : notions, mécanismes, indicateurs et leur mode de calcul, etc. Pour cela, faites des fiches et vérifiez régulièrement que vous n'avez pas oublié ce que vous avez appris.

● Vous devez aussi **vous entraîner en temps limité**, dans les conditions de l'épreuve. Cela vous permettra de mieux vous organiser dans les différentes étapes de votre travail : lecture et analyse du sujet, compréhension des documents, mobilisation de vos connaissances, formulation de la problématique, élaboration du plan…

C Le « Grand Oral »

1. Les trois temps de l'épreuve

Les trois temps du Grand Oral

1. LA PRÉPARATION
- **Sur la question choisie par le jury (parmi les deux que vous avez travaillées)**
- **20 min. pour mettre en ordre vos idées et préparer un support à remettre au jury**

2. L'EXPOSÉ
- **Présentation synthétique en 5 min.**
- **Debout, sans notes**

3. L'ENTRETIEN
- **D'abord sur l'exposé (10 min)**
- **Puis sur votre projet de poursuite d'études (5 min)**

2. Comment s'y préparer ?

▶ Reportez-vous à la section « **Réussir le Grand Oral** » en fin d'ouvrage.

3 Comment réussir la dissertation ?

L'épreuve de dissertation consiste à répondre à une question en utilisant 3 ou 4 documents factuels. La problématique, la construction du plan et le soin apporté à la rédaction sont des critères de réussite essentiels.

A Quels sont les objectifs de la dissertation ?

Pour réussir une dissertation, vous devez :
- construire une **argumentation** à partir d'une **problématique** ;
- mobiliser les **documents** proposés et vos **connaissances** ;
- rédiger un **développement cohérent** en ménageant l'équilibre des parties.

B Comment structurer la dissertation ?

1. L'introduction

L'introduction comporte cinq phases :

1. Une accroche, pour montrer l'actualité et la pertinence du sujet
2. La définition des termes importants du sujet
3. La définition du cadre spatio-temporel
4. La reformulation du sujet et la présentation de votre problématique
5. L'annonce du plan précisant les grandes parties de votre argumentation

2. Le développement

- Le développement, que vous devez organiser en **deux ou trois parties** repose sur le **plan** que vous aurez préalablement élaboré au brouillon.
- Chaque partie comprend :
  - une brève **introduction** présentant l'idée directrice de la partie ;
  - des **sous-parties** (un paragraphe pour chacune) ;
  - une **conclusion partielle** synthétisant l'idée directrice de la partie.

CONSEIL **Prévoyez une transition pour passer d'une partie à l'autre.**

3. La conclusion

- La conclusion fait d'abord le **bilan** de l'argumentation, en reprenant les grandes idées de chaque partie et en répondant à la problématique.
- Elle se termine par une **ouverture** vers d'autres questions liées au sujet.

4 Comment réussir l'épreuve composée ?

L'épreuve composée comprend trois parties, qui portent sur trois questions du programme et sur au moins deux champs (économie ; sociologie et science politique ; regards croisés).

A La mobilisation des connaissances (4 points)

- Ce premier exercice est constitué d'**une seule question**. Pour y répondre, vous devez faire appel à vos connaissances.
- Analysez la question, **définissez** les notions et **organisez** votre réponse en deux ou trois paragraphes. Commencez par une brève introduction et synthétisez l'essentiel en conclusion.
- Restez bien dans le cadre de la question et utilisez un vocabulaire précis.

B L'étude de document (6 points)

- Le document proposé, de nature **statistique** (graphique, tableau…) est accompagné de deux questions : la première évalue votre compréhension du document ; la seconde vous demande de l'exploiter, en faisant si besoin appel à vos connaissances.
- Adoptez une **démarche méthodique** de collecte de l'information : repérez les unités, allez du général au particulier, et faites quelques calculs simples.
- Prenez appui sur les données du document et citez-les pour répondre.

> CONSEIL **Tout au long de l'année, travaillez sur les savoir-faire : ils sont indispensables pour analyser des documents statistiques.**

C Le raisonnement (10 points)

- Le sujet est accompagné de **2 ou 3 documents** de nature différente. Il vous invite à développer un raisonnement, à rassembler et à mettre en ordre des informations pertinentes issues du dossier documentaire et de vos connaissances personnelles.
- Votre raisonnement doit comporter une **introduction** (analyse du sujet), un **développement** (2 à 3 paragraphes argumentés) et une **conclusion**.

> REMARQUE **Le dossier documentaire doit vous aider à construire votre argumentation. Vous devez vous appuyer sur tous les documents, mais il est indispensable de les compléter par vos connaissances.**

- Commencez par analyser le sujet, puis étudiez chaque document : en quoi est-il utile pour traiter le sujet ? Enfin, déterminez deux ou trois **arguments**.

Les causes du commerce international

4 heures
20 points

INTÉRÊT DU SUJET • Depuis la pandémie de Covid-19, le développement des échanges internationaux et la mondialisation sont remis en cause. Il est donc intéressant de comprendre la justification du développement de ces échanges et de l'internationalisation de la production.

Comment peut-on expliquer le commerce international ?

DOCUMENT 1 Les cinq premiers avantages comparatifs de quelques pays en 2019

	France	Allemagne	Bangladesh	Brésil	Russie
1er	Aéronautique et espace	Automobiles particulières et cycles	Vêtements de bonneterie	Produits agricoles comestibles autres que les céréales	Pétrole brut
2e	Services de voyage	Machines spécialisées	Vêtements de confection	Minerais de fer	Produits raffinés du pétrole
3e	Autres services aux entreprises	Instruments de mesure	Services des administrations publiques	Pétrole brut	Gaz naturel
4e	Produits de toilette	Moteurs	Cuirs	Viandes et poissons	Métallurgie non ferreuse
5e	Boissons	Produits pharmaceutiques	Tapis	Fer et acier	Charbon

Source : CEPII, 2021

DOCUMENT 2 **Part des exportations de haute technologie dans les exportations de biens manufacturés en 2019 (en %)**

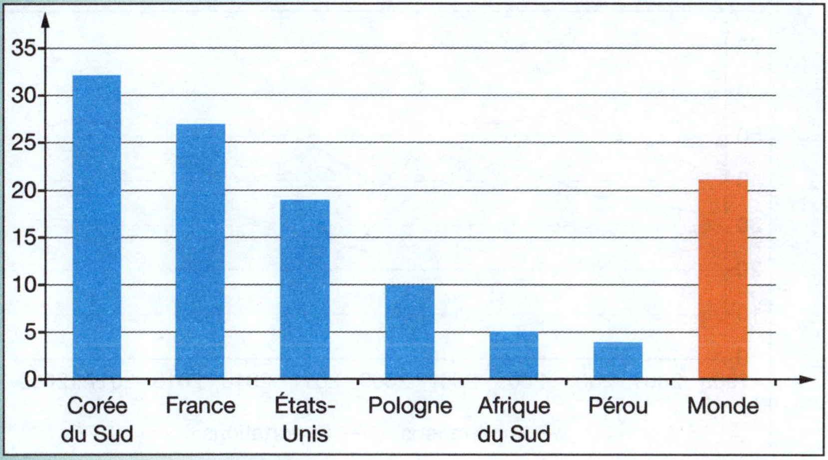

Source : Banque Mondiale, 2020

DOCUMENT 3 **Part des chaînes de valeur mondiales dans les échanges mondiaux (en %)**

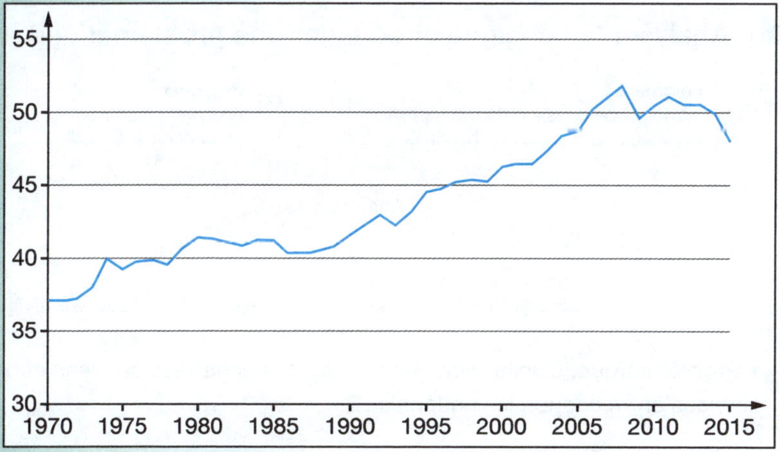

Source : « Rapport sur le développement dans le monde 2020 : le commerce au service du développement à l'ère de la mondialisation des chaînes de valeur », Banque mondiale, 2020.

Lecture : en 2015, environ 48 % de la valeur des produits exportés dans le monde provient de produits importés.

DOCUMENT 4 **Importations et exportations de produits automobiles par la France (en milliards d'euros courants)**

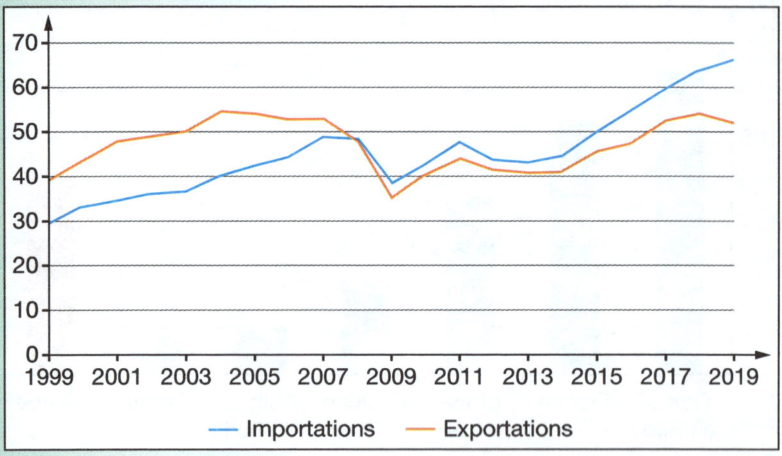

Source : Insee, 2021.

LES CLÉS DU SUJET

Analyser la consigne et dégager une problématique

comment
Introduit une question dont la réponse implique une analyse du phénomène étudié.

expliquer
Analyser les causes du phénomène étudié.

Analyse du sujet

commerce internationnal
Échanges de biens et de services entre économies nationales.

• **Problématique.** Quelles sont les causes des échanges de biens et de services entre économies nationales ?

Exploiter les documents

• **Document 1.** Le tableau statistique présente les principaux **avantages comparatifs** de pays aux niveaux de développement variés. Quelles sont les différences entre les avantages comparatifs de pays aux niveaux de développement distincts ? Quel rôle jouent les avantages comparatifs dans les échanges internationaux ?

• **Document 2.** Le graphique porte sur le poids des **exportations de haute technologie** dans les exportations de biens manufacturés en 2019 dans le monde et dans quelques pays. Quelles sont les différences entre pays ? Comment peut-on les expliquer ?
• **Document 3.** Ce graphique montre l'évolution, entre 1970 et 2015, de la **part des chaînes de valeur mondiales**, c'est-à-dire les activités nécessaires pour produire un bien et le mettre sur le marché. Comment évolue cette part ? Quel en est l'effet sur le commerce international ?
• **Document 4.** Les courbes du document retracent l'évolution des **importations et exportations de produits automobiles** de la France entre 1999 et 2019. Comment évoluent-elles ? Pourquoi ces échanges expliquent-ils le commerce international ?

Définir le plan

I. Le rôle des avantages comparatifs dans le commerce international	• Quelles sont les principales caractéristiques des avantages comparatifs (document 1) ? • Comment les avantages comparatifs expliquent-ils le commerce international (documents 2 et 3) ?
II. Les échanges entre pays disposant d'avantages comparatifs semblables	• Quelles sont les caractéristiques des échanges entre pays ayant des avantages comparatifs comparables (documents 3 et 4) ? • Pourquoi des économies nationales comparables échangent-elles des produits de même nature (document 4) ?

1 CORRIGÉ GUIDÉ

Les titres des parties ne doivent pas figurer sur votre copie.

Introduction

[accroche] Le développement du commerce international est une caractéristique majeure de l'activité économique depuis la fin de la Seconde Guerre mondiale. [présentation du sujet] Le commerce international est constitué des échanges de biens et de services entre économies. [problématique] Quelles sont les causes de ces échanges ? [annonce du plan] On peut en mettre en évidence deux principales : l'existence d'avantages comparatifs et le commerce entre pays ayant les mêmes avantages comparatifs.

I. Le rôle des avantages comparatifs dans le commerce international

▶ Le secret de fabrication

La théorie des avantages comparatifs est au centre des explications sur le commerce international. Il est donc logique de commencer par cette théorie pour expliquer les échanges internationaux.

1. La théorie des avantages comparatifs

• On doit à l'économiste David Ricardo, au début du XIXe siècle, la théorie des avantages comparatifs. Selon cette dernière, chaque pays doit se spécialiser dans la production pour laquelle il est relativement le plus productif. Cette théorie conclut à la nécessité du libre-échange. Au XXe siècle, d'autres économistes expliquent les avantages comparatifs par des dotations inégales en facteurs de production.

MOT CLÉ
Les avantages (ou coûts) comparatifs sont les avantages dont dispose une économie nationale par rapport aux autres économies. Cet avantage peut être soit le plus grand avantage, soit le plus petit désavantage comparé aux autres pays.

• En 2019, la France et l'Allemagne ont des avantages comparatifs pour des productions utilisant relativement plus de capital, facteur dont ils sont les mieux dotés, alors que l'avantage du Bangladesh concerne les secteurs utilisant une main-d'œuvre abondante. Quant au Brésil et à la Russie, leurs avantages comparatifs concernent leurs ressources naturelles (document 1).

2. La spécialisation des économies nationales nécessite des échanges entre pays

• L'existence d'avantages comparatifs implique que les pays vont se spécialiser dans les productions pour lesquelles ils ont un avantage comparatif. Ils vont exporter ces produits et importer les biens qu'ils ne produisent pas. C'est le commerce interbranche. Ainsi, la Corée du Sud exporte des produits manufacturés utilisant des technologies avancées (document 2).

• Le libre-échange permet aux entreprises multinationales de localiser les productions nécessaires à la fabrication de leurs produits finis en fonction des avantages comparatifs de chaque pays. Le développement de ces échanges internationaux entraîne une mondialisation des chaînes de valeur : la part de la valeur des produits exportés dans le monde provenant de produits importés a augmenté d'un peu plus de 10 points de pourcentage entre 1970 et 2015 (document 3).

MOT CLÉ
Une chaîne de valeur est définie par l'ensemble des activités nécessaires pour mettre un produit sur le marché depuis sa conception jusqu'à sa livraison.

II. Le commerce international entre pays ayant les mêmes avantages comparatifs

1. Le commerce intrabranche

• La France, tout comme l'Allemagne, est un pays industriel qui devrait se spécialiser dans la production de biens utilisant relativement beaucoup de capital. Or, on constate qu'en 2019 les importations de produits automobiles sont plus importantes que les exportations, ce qui n'était pas le cas vingt ans auparavant (document 4).

• Les importations de tels biens proviennent de pays (l'Allemagne par exemple) ayant les mêmes types d'avantages comparatifs que la France et font partie du commerce intrabranche. Ces échanges sont favorisés par le développement du libre-échange depuis la création du General Agreement on Tariffs and Trade (GATT) en 1947, remplacé par l'Organisation mondiale du commerce (OMC) en 1995. Ces accords vont également encourager la mondialisation des chaînes de valeur (document 3).

MOT CLÉ
Le commerce intrabranche touche aux échanges de produits d'une même branche : c'est l'exemple d'un pays qui exporte et importe des produits automobiles.

2. Les raisons des échanges entre pays ayant des avantages comparables

• Les échanges entre pays proches d'un point de vue économique peuvent s'expliquer par la volonté des entreprises d'accroître leur marché. L'augmentation de la production qui en résulte favorise les économies d'échelle. Celles-ci permettent alors de réduire les coûts de production et améliorent la compétitivité-prix des firmes.

• Le commerce intrabranche incite les entreprises à innover afin de se soustraire à la concurrence. Ces innovations consistent principalement en une stratégie de différenciation des produits afin d'améliorer la compétitivité hors-prix. Ainsi, la mise sur le marché de produits aux caractéristiques différentes accroît les échanges internationaux.

MOTS CLÉS
La compétitivité d'une économie nationale est sa capacité à résister à la concurrence. Il peut s'agir d'une compétitivité-prix (les prix sont moins élevés que ceux des concurrents), ou hors-prix (les produits sont d'une meilleure qualité ou plus innovants).

Conclusion

[bilan] Un certain nombre de facteurs expliquent le commerce international. Une partie des échanges trouve son origine dans la complémentarité d'économies nationales ayant des avantages comparatifs différents, lesquels dépendent de la dotation en facteurs de production des pays. Cette spécialisation favorise le commerce interbranche. Mais une bonne partie des échanges internationaux concerne le commerce intrabranche, c'est-à-dire entre pays ayant des avantages comparatifs semblables. Ces échanges permettent aux firmes d'améliorer leur compétitivité. [ouverture] Cependant, la pandémie de Covid-19 a mis en évidence les effets négatifs de la mondialisation des chaînes de valeur résultant de l'accroissement des échanges internationaux. Aujourd'hui, les opinions publiques réclament une relocalisation des activités essentielles pour leur pays. Cette relocalisation est-elle vraiment possible ?

Engagement politique Contributions à la croissance Classes sociales

4 heures
20 points

INTÉRÊT DU SUJET • Nos sociétés connaissent des évolutions multiples et complexes. Ce sujet permet d'en mieux comprendre certaines : la diversité des formes de participation politique, les différentes sources de la croissance économique et la transformation de la structuration sociale.

Mobilisation des connaissances (4 points) Les formes variées de l'engagement politique

▶ Montrez, à l'aide de deux exemples, que l'engagement politique peut prendre des formes variées.

Étude de document (6 points) Les contributions à la croissance

▶ **1.** À l'aide du document (voir page suivante), vous présenterez les sources de la croissance du Danemark en 2019. (*2 points*)

▶ **2.** À l'aide des données du document et de vos connaissances, vous montrerez que l'accroissement de la productivité globale des facteurs est une source de croissance économique. (*4 points*)

DOCUMENT **Taux de croissance du PIB (en %) et contributions à la croissance du PIB (en points de %) dans quelques pays (2010-2019)**

	2010	2011	2012	2013	2014	2015	2016	2017	2018	2019
France										
Contribution du facteur travail	0,5	0,9	0,0	– 0,6	0,0	0,2	0,6	0,1	1,0	0,7
Contribution du facteur capital	0,5	0,5	0,6	0,6	0,5	0,6	0,6	0,7	0,7	0,7
Contribution de la PGF[1]	0,9	0,8	– 0,3	0,6	0,4	0,3	– 0,1	1,5	0,0	0,1
Taux de croissance annuel du PIB	**1,8**	**2,2**	**0,4**	**0,6**	**1,0**	**1,0**	**1,0**	**2,4**	**1,8**	**1,5**
Corée du Sud										
Contribution du facteur travail	0,6	0,5	0,7	0,6	0,6	1,0	0,1	– 0,9	– 0,6	– 0,1
Contribution du facteur capital	1,4	1,4	1,4	1,4	1,4	1,4	1,3	1,4	1,2	1,0
Contribution de la PGF[1]	4,7	1,7	0,3	1,1	1,2	0,5	1,5	2,6	2,3	1,1
Taux de croissance annuel du PIB	**6,8**	**3,7**	**2,4**	**3,2**	**3,2**	**2,8**	**2,9**	**3,2**	**2,9**	**2,0**
Danemark										
Contribution du facteur travail	– 1,4	0,7	– 1,2	0,1	0,0	0,6	1,4	0,7	– 0,1	0,9
Contribution du facteur capital	0,6	0,4	0,4	0,4	0,5	0,5	0,7	0,6	0,6	0,5
Contribution de la PGF[1]	2,6	0,3	1,0	0,4	1,1	1,2	1,1	1,5	1,6	1,4
Taux de croissance annuel du PIB	**1,9**	**1,3**	**0,2**	**0,9**	**1,6**	**2,3**	**3,2**	**2,8**	**2,2**	**2,8**

Source : OCDE, 2021.

1. Productivité globale des facteurs.
Note : la somme des différentes contributions n'est pas toujours parfaitement égale à la croissance du PIB en raison des arrondis.

SES

Raisonnement (10 points)
La remise en cause de l'analyse en termes de classes sociales

▶ À l'aide de vos connaissances et du dossier documentaire, vous montrerez que l'approche en termes de classes sociales, pour rendre compte de la société française, peut être remise en cause.

DOCUMENT 1 La singularité des individus

Imaginons un instant que nous sommes dans une réunion sociale. On demande aux participants de se présenter. Selon la teneur de la demande, ils le feront certainement de différentes manières (profession, âge, vie familiale…). Mais si on leur demande de dire « qui » ils sont « vraiment », ils se livreront probablement devant nous à un étrange exercice. Ils nous diront qu'ils sont « ceci » ou « cela », mais aussi qu'ils ne sont pas vraiment « ceci » ou « cela » […]. Certes, conviendront-ils, ils sont jeunes ou vieux, ingénieurs ou employés, hommes ou femmes, mais ils ne sont pas vraiment comme les autres vieux ou jeunes, employés ou ingénieurs, femmes ou hommes […]. Tout se passe comme si les identités sociales étaient de moins en moins capables de cerner notre singularité[1]. Et parfois même, de rendre compte de nos capacités d'action […]. Mais la sensibilité accrue envers la singularité se repère surtout du côté de la conception que nous nous faisons de nos places sociales. Hier, l'individu était cerné par une position sociale, sinon toujours unique, au moins largement dominante, associée d'une manière ou d'une autre à une perspective de classe ou tout au moins à une strate sociale. Sans disparaître, cette vision est désormais concurrencée par une autre, nous rendant plus familier un monde dans lequel chacun d'entre nous est au centre de différents réseaux de sociabilité. […] Tout cela renforce, bien sûr, le goût pour les logiques affinitaires[2] au détriment des logiques sociales entre groupes.

Source : Danilo Martucelli, *La société singulariste*, 2010.

1. Caractère unique et individuel.
2. Logiques basées sur des intérêts communs, des raisons amicales, professionnelles…

DOCUMENT 2 Sentiment d'appartenance à une classe sociale (en %)

« Avez-vous le sentiment d'appartenir à une classe sociale ? Et, si oui, laquelle ? »

Sentiment d'appartenance	1966	2001	2010	2015
Total NON	39	46	36	35
Total OUI	61	54	64	65
– dont la classe bourgeoise	4	2	3	1
– dont les classes dirigeantes	-	-	-	0
– dont les cadres	1	3	2	3
– dont les classes moyennes	13	27	38	38
– dont la classe ouvrière	23	9	6	6
– dont les travailleurs, les salariés	3	2	1	3
– dont les paysans, les agriculteurs	3	1	1	0
– dont les commerçants	1	-	-	0
– dont les pauvres	3	1	2	3
– dont « autre »	8	6	10	11

Source : *L'état de l'opinion*, TNS-Sofres, 2016.

Note : la somme des différentes données n'est pas toujours parfaitement égale au total en raison des arrondis.

DOCUMENT 3 Équipement des ménages en biens durables selon la catégorie socioprofessionnelle en 2019 (en %)

Type d'équipement	Agriculteurs exploitants	ACCE[1]	CPIS[2]	Professions intermédiaires	Employés	Ouvriers (y compris ouvriers agricoles)
Téléviseur couleur	95,2	91,0	88,9	94,2	95,0	97,1
Téléphone portable	97,3	98,8	99,5	99,5	99,7	99,3
Micro-ordinateur (y compris portable)	82,9	96,4	98,6	96,3	90,1	86,4

Type d'équipement	Agriculteurs exploitants	ACCE[1]	CPIS[2]	Professions intermédiaires	Employés	Ouvriers (y compris ouvriers agricoles)
Connexion à internet	85,6	96,7	98,5	97,4	93,2	93,3
Voiture	94,7	91,0	86,7	90,4	81,2	89,0
Deux voitures ou plus	47,9	46,7	42,9	45,1	31,1	46,4

Source : Insee, 2020.

Champ : France métropolitaine, ensemble des ménages dont la personne de référence a 16 ans ou plus.
1. ACCE : Artisans, commerçants, chefs d'entreprise.
2. CPIS : Cadres et professions intellectuelles supérieures.

LES CLÉS DU SUJET

Mobilisation des connaissances

Définir les mots clés

- L'**engagement politique** désigne la participation individuelle et collective à des actions qui visent à exprimer des idées pour influencer les décisions publiques et peser sur l'organisation et le fonctionnement de la société.
- L'engagement politique prend des **formes variées** qui ne se limitent pas à la participation électorale ou à l'implication dans un parti politique.

Structurer la réponse

- Nous montrerons dans un premier temps que le **militantisme** est une forme d'engagement qui se révèle nécessaire au fonctionnement des organisations politiques.
- Dans un second temps, l'exemple de la **consommation engagée** mettra en évidence d'autres formes d'actions susceptibles de transformer la société.

Étude de document

Définir les mots clés

- La **croissance économique** correspond à un accroissement quantitatif durable de la production d'un pays mesuré par la variation du produit intérieur brut (PIB) réel.

• La **productivité globale des facteurs** (PGF) est une mesure de l'efficacité des facteurs de production et de leur combinaison. Elle est considérée comme un indicateur du progrès technique.

Comprendre le document

• Le tableau, dont la source est l'OCDE, présente pour trois pays le **taux de croissance** du PIB, mesurant la croissance annuelle exprimée en pourcentage, ainsi que les **contributions** à cette croissance, en points de pourcentage. La somme de chacune des contributions, celles des **facteurs de production** (le travail et le capital) et celle de la **PGF** est égale au taux de croissance annuel.
• En mettant en lien ces données, on peut ainsi comprendre les **sources de la croissance** annuelle entre 2010 et 2019 de la France, de la Corée du Sud et du Danemark.

Structurer la réponse à la seconde question

• Dans un premier temps, nous sélectionnerons les données qui nous permettent de mettre en évidence le **poids de la PGF dans la croissance.**
• Dans un second temps, nous expliquerons **pourquoi** l'accroissement de la PGF tire la croissance économique.

Raisonnement

Analyser les termes du sujet et mobiliser ses connaissances

Analyse du sujet

vous montrerez
On vous demande d'expliquer pourquoi l'analyse de la société française en termes de classes sociales n'est plus appropriée.

société française
Groupe de personnes ayant des relations entre elles, suivant des règles communes sur le territoire français.

classes sociales
Selon Karl Marx, une classe sociale est un groupe dont les membres occupent une place identique dans les rapports de production et ont conscience de leurs intérêts communs.

Exploiter les documents

• **Document 1.** Le texte porte sur **la manière dont les gens se définissent et s'identifient**. Quels sont les critères pris en compte pour se classer ? Quel rôle jouent les classes sociales ?
• **Document 2.** Ce tableau donne les résultats d'une enquête d'opinion sur l'évolution du **sentiment d'appartenance à une classe sociale.** Que peut-on en conclure ? L'analyse en termes de classes sociales est-elle remise en cause par ce document ?

• **Document 3.** Les données de ce tableau portent sur les **taux d'équipement en biens durables des ménages** en fonction de leur catégorie socioprofessionnelle. Peut-on mettre en évidence de fortes disparités ? Que peut-on en déduire sur l'analyse en termes de classes sociales ?

Définir les arguments

Argument 1	Une individualisation de l'identification sociale
Argument 2	La réduction des inégalités entre groupes sociaux

2 CORRIGÉ GUIDÉ

Mobilisation des connaissances

Les titres des parties ne doivent pas figurer sur votre copie.

Introduction

L'engagement politique désigne des formes variées de participation à des actions pour exprimer des idées qui visent à peser sur le débat public et à transformer la société. Deux exemples, le militantisme et la consommation engagée, vont nous permettre de montrer la diversité de ces formes d'engagement.

Développement

• Le militantisme est une condition d'existence des organisations politiques, que ce soit des partis politiques, des syndicats ou des associations. Impliqués dans des débats d'idées, l'élaboration d'un répertoire d'actions ou le choix de représentants, les militants participent à des réunions et à des mobilisations de nature diverse (campagne électorale, manifestation, pétition…).

> MOT CLÉ
> La notion de répertoire d'actions peut être mobilisée pour distinguer différentes formes d'action politique visant à exprimer des idées ou des revendications.

• La consommation engagée représente une forme d'engagement politique qui se développe avec la prise de conscience des enjeux environnementaux de notre société. En prônant l'usage de produits issus de l'agriculture biologique, elle a pour but de défendre un modèle de production moins consommateur de substances chimiques, plus respectueux des ressources naturelles et de la santé humaine.

Conclusion

L'engagement politique, qui joue un rôle clé au sein d'une démocratie, prend ainsi des formes très variées dans nos sociétés contemporaines. Les deux exemples développés montrent que s'il inclut toutes les formes de participation au processus électoral, il ne s'y limite pas.

Étude de document

▶ **1.** En 2019, le produit intérieur brut (PIB) du Danemark augmente de 2,8 %. La hausse de la productivité globale des facteurs (PGF) explique 1,4 point de cette croissance annuelle, soit la moitié. C'est autant que la contribution des deux facteurs de production réunis. On en déduit que la PGF est une source importante de croissance en 2019 au Danemark. Parmi les facteurs de production, c'est le travail qui tire le plus la croissance : il en explique 0,9 point, soit un peu moins du tiers des 2,8 % d'augmentation du PIB.

▶ **2.** *Les titres des parties ne doivent pas figurer sur votre copie.*

Introduction

Le document présente les contributions à la croissance annuelle du produit intérieur brut (PIB) entre 2010 et 2019 en France, en Corée du Sud et au Danemark. Les contributions sont exprimées en points de pourcentage tandis que la croissance annuelle du PIB est donnée en pourcentage. Ces statistiques, provenant de l'Organisation de coopération et de développement économiques (OCDE), nous permettent de comprendre d'où vient la croissance de chaque pays et plus particulièrement d'appréhender le rôle joué par la productivité globale des facteurs (PGF).

Développement

• Entre 2010 et 2019, la hausse de la PGF est une source importante de la croissance en Corée du Sud. Depuis 2016, elle en explique plus de la moitié, et même près de 80 % en 2018 (avec 2,3 points sur 2,9 % de croissance). On constate le même phénomène au Danemark : par exemple, la hausse de la PGF tire la croissance à hauteur de 1,6 point en 2018 sur 2,2 % de croissance. La contribution de la PGF est moins forte dans le cas de la France ; mais elle est quand même à l'origine de la moitié de la croissance de 2010 et de plus de 60 % de celle de 2017 (1,5 point sur 2,4 % de croissance).

• La croissance, qui est l'augmentation durable de la production d'un pays, provient donc en partie de la hausse de la PGF, qui mesure l'efficacité de la combinaison productive. Le progrès technique l'explique : il permet de produire plus avec la même quantité de facteurs de production. Plus la combinaison productive est efficace et plus la production peut augmenter. À l'échelle d'un pays, on parle de croissance économique.

À NOTER
Dans la seconde moitié du XXe siècle, l'Américain Robert Solow a été le premier économiste à montrer que l'accumulation des facteurs de production n'expliquait pas toute la croissance et que le progrès technique jouait un rôle important.

Conclusion

Si les facteurs de production contribuent à la croissance, il en existe une autre source, la hausse de la PGF, dont le rôle est primordial pour de nombreuses économies.

Raisonnement

Les titres des parties ne doivent pas figurer sur votre copie.

Introduction

Selon Karl Marx, les classes sociales regroupent des personnes occupant la même position dans les rapports de production et ayant des intérêts communs. La prise de conscience de ces derniers incite les classes à entrer en conflit entre elles. Cependant, depuis la fin de la Seconde Guerre mondiale, l'analyse de la structure sociale de la société française en termes de classes sociales est remise en cause pour deux raisons principalement : une vision plus individualisée de l'identité sociale et la réduction des inégalités entre groupes sociaux.

À NOTER
Karl Marx distingue deux classes sociales : la bourgeoisie propriétaire des moyens de production et la classe ouvrière qui vend sa force de travail à la bourgeoisie.

▶ Le secret de fabrication
Le raisonnement doit se limiter à la remise en cause de l'analyse en termes de classes sociales. L'erreur ici serait de développer trop longuement la notion même de classes sociales.

I. Une identité sociale plus individualisée

• Si l'on suit l'évolution du sentiment d'appartenance à une classe sociale depuis les années 1960, on observe que celui-ci augmente de 4 points de pourcentage entre 1966 et 2015. Cependant, cette progression concerne le sentiment d'appartenir aux classes moyennes et non à la bourgeoisie ou à la classe ouvrière (document 2). On peut en conclure que la conscience de classe, surtout celle des ouvriers, décline fortement.

• Le déclin du sentiment d'appartenance à une classe sociale peut être causé par la montée de l'individualisme. Les membres de la société insistent plus sur leur « singularité » que sur leur appartenance à une classe sociale. Ils s'identifient plus à ceux avec qui ils ont des « affinités » individuelles qu'à ceux qui occupent la même position sociale (document 1).

II. La réduction des inégalités entre groupes sociaux

• Depuis les années 1950, la société française a connu une tendance à la réduction des inégalités économiques et sociales. Dès lors, grâce à la progression des revenus des plus modestes, la consommation s'est uniformisée. Les différences d'équipement en biens ménagers selon la catégorie socioprofessionnelle apparaissent ainsi peu importantes en 2019 (document 3).

• Dans le même temps, l'évolution de la structure sociale montre un accroissement des catégories moyennes, représentées notamment par les professions intermédiaires. Cette évolution a conduit des sociologues à parler de moyennisation de la société, et à conclure à la fin des classes sociales.

MOT CLÉ
La moyennisation de la société est le processus par lequel se constitue une vaste classe moyenne, entraînant une homogénéisation des conditions et des modes de vie.

Conclusion

L'analyse en termes de classes sociales telle que Karl Marx l'avait développée peut être remise en cause aujourd'hui. En effet, la conscience de classe, surtout le sentiment d'appartenir à la classe ouvrière, décline et les membres de la société avancent leur singularité pour s'identifier socialement. Cette remise en cause des classes sociales est liée à la moyennisation de la société, caractérisée par la montée des classes moyennes et une homogénéisation des modes de vie.

Croissance économique et limites écologiques

30 min
4 points

INTÉRÊT DU SUJET • Cyclones, inondations, incendies, sécheresses : la multiplication des catastrophes naturelles au cours de ces dernières années renforce les débats sur les limites écologiques de la croissance.

▶ **À l'aide d'un exemple, vous montrerez que la croissance économique se heurte à des limites écologiques.**

LES CLÉS DU SUJET

Définir les mots clés

• La **croissance économique** est l'augmentation des richesses créées mesurée par le taux de croissance du produit intérieur brut (PIB) réel.
• Les **limites écologiques** désignent la dégradation de l'environnement comme la pollution de l'air, la disparition de ressources naturelles, etc.

Structurer la réponse

• On expliquera en quoi **la croissance favorise le réchauffement climatique**, avec l'exemple des émissions de dioxyde de carbone (CO_2).
• On montrera que l'ampleur du réchauffement climatique remet en cause la possibilité d'une **croissance soutenable**.

3 CORRIGÉ **GUIDÉ**

Les titres des parties ne doivent pas figurer sur votre copie.

Introduction

La croissance économique, c'est-à-dire l'augmentation des richesses créées mesurée par la variation du produit intérieur brut (PIB) réel, connaît certaines limites, notamment écologiques, car elle a pour effet de dégrader l'environnement. Dès lors, une croissance trop rapide peut remettre en cause sa propre soutenabilité. On peut le montrer avec l'exemple des émissions de dioxyde de carbone (CO_2) qui provoquent le réchauffement climatique.

Développement

- Le CO_2 est un gaz que l'on retrouve dans l'atmosphère et qui participe à l'effet de serre. Il est produit naturellement par les organismes vivants. Cependant, de par leurs activités économiques, les êtres humains libèrent de plus en plus de CO_2 en consommant des combustibles fossiles (pétrole, charbon, gaz naturel) qui sont utilisés dans la production industrielle principalement. L'accélération de la croissance provoque ainsi une augmentation des émissions de CO_2.

- La hausse des émissions de CO_2 due à la croissance économique rend celle-ci difficilement soutenable. En effet, leur augmentation cause un effet de serre responsable du réchauffement climatique. Et la hausse des températures provoque des dégâts environnementaux qui ont des conséquences néfastes pour les populations : crises alimentaires, risques sanitaires, migrations forcées, etc. Dans de telles conditions, il ne sera pas possible d'assurer les besoins des générations futures.

MOT CLÉ
La croissance soutenable est la croissance qui permet de satisfaire les besoins des générations présentes et d'assurer l'amélioration du niveau de vie des générations futures.

Conclusion

La croissance est un objectif central de l'activité économique. Aujourd'hui, cette dernière est à l'origine d'importantes émissions de CO_2 qui sont responsables du réchauffement climatique. Dès lors, une telle croissance n'est plus soutenable.

Contribution des facteurs de production et de la PGF à la croissance

1 heure
6 points

INTÉRÊT DU SUJET • Pour les économistes, la croissance est l'objectif clé de l'activité économique. Il est donc important de savoir quels sont les facteurs qui peuvent contribuer à cette croissance.

DOCUMENT **Contribution des facteurs de production et de la productivité globale des facteurs (PGF) à la croissance économique en 2017**

Pays	Contribution des heures travaillées (en points de %)	Contribution du facteur capital (en points de %)	Contribution de la PGF (en points de %)	Taux de croissance économique (en %)
France	- 0,1	0,7	1,6	2,2
Allemagne	0,8	0,4	1,2	2,4
États-Unis	0,8	0,6	0,7	2,1
Espagne	2,1	0,6	0,8	3,5
Royaume-Uni	0,7	0,5	0,6	1,8
Japon	0,4	0,2	0	0,6

Source : OCDE, 2019.

▶ **1.** À l'aide des données du document, comparez la répartition des différentes contributions à la croissance économique de l'Allemagne et des États-Unis en 2017. *(2 points)*

▶ **2.** À l'aide des données du document et de vos connaissances, montrez que les contributions à la croissance ne se réduisent pas à la seule accumulation des facteurs de production. *(4 points)*

LES CLÉS DU SUJET

Définir les mots clés

• Les **facteurs de production** représentent les ressources durables utilisées et combinées par les entreprises dans la production.

• La **productivité globale des facteurs** (PGF) mesure l'efficacité des facteurs de production et de leur combinaison.

Comprendre le document

• Le document permet de **comparer le poids** des différents facteurs de production et de la PGF dans la croissance économique de six pays développés.

• L'unité est le **point de pourcentage** qu'il ne faut pas confondre avec un taux de croissance. La somme de ces points de pourcentage donne le niveau de croissance.

Structurer la réponse à la seconde question

• Les facteurs de production **travail et capital** ne suffisent pas à expliquer la totalité de la croissance

• La **PGF** représente une contribution majeure à la croissance et elle constitue un indicateur du progrès technique.

4 CORRIGÉ GUIDÉ

▶ **1.** En 2017, selon l'Organisation de coopération et de développement économiques (OCDE), le taux de croissance économique est de 2,4 % en Allemagne et de 2,1 % aux États-Unis, soit une différence de 0,3 point de pourcentage. En Allemagne, la quantité d'heures travaillées contribue à un tiers de la croissance et le facteur capital à un sixième. La moitié de la croissance allemande s'explique par la PGF : pour une croissance de 2,4 % la contribution de la PGF est de 1,2 point. Aux États-Unis, le poids de la PGF dans la croissance est moindre qu'en Allemagne, un tiers, tandis que les facteurs de production travail et capital comptent pour les deux tiers. On peut en conclure que le progrès technique joue un rôle plus important dans la croissance allemande.

▶ **2.** *Les titres des parties ne doivent pas figurer sur votre copie.*

Introduction

Ce document de l'Organisation de coopération et de développement économiques (OCDE) porte sur le poids des facteurs de production travail et capital ainsi que de la productivité globale des facteurs (PGF) dans la croissance économique en 2017 de six pays développés. La croissance est égale à la somme de ces contributions évaluées en points de pourcentage. Le document nous permet de vérifier que les facteurs travail et capital n'expliquent pas toute la croissance de ces pays.

À NOTER
L'OCDE est une organisation internationale qui regroupe des pays, le plus souvent développés, ayant en commun des gouvernements démocratiques et des économies de marché. Son rôle est consultatif.

Développement

• Pour produire, les entreprises combinent les ressources durables que sont le travail et le capital. Pendant longtemps, les économistes ont considéré que seuls ces facteurs de production travail et capital contribuaient à la croissance économique. D'ailleurs on constate que c'est le cas au Japon en 2017. Cependant, la situation apparaît différente dans d'autres pays développés. Ainsi, aux États-Unis et au Royaume-Uni, la contribution des facteurs travail et capital ne représente que les deux tiers de la croissance, et en Allemagne seulement la moitié.

• Il existe donc un résidu qui contribue à la croissance et qui vient s'ajouter aux contributions des facteurs travail et capital. Ce résidu est la productivité globale des facteurs que l'on assimile au progrès technique recouvrant les innovations de produits, de procédé et d'organisation. La PGF accroît l'efficacité de la combinaison productive et stimule la demande grâce au développement de nouvelles activités et de nouveaux produits.

Conclusion

La somme des contributions des facteurs de production travail et capital est insuffisante pour expliquer la croissance économique dans la plupart des pays développés en 2017. Il faut y ajouter la PGF qui est un indicateur du progrès technique.

5 Asie, mars 2021 • RAISONNEMENT

Progrès technique et inégalités des revenus

2 h 30
10 points

INTÉRÊT DU SUJET • Le progrès technique est souvent présenté comme la solution à tous les problèmes. Ce sujet permet pourtant de mettre en évidence l'une de ses limites sur l'activité économique.

À l'aide de vos connaissances et du dossier documentaire, vous montrerez que le progrès technique peut engendrer des inégalités de revenus.

DOCUMENT 1 **Productivité du travail, rémunération moyenne et rémunération d'un salarié d'exécution aux États-Unis (en indices, base 100 en 1948)**

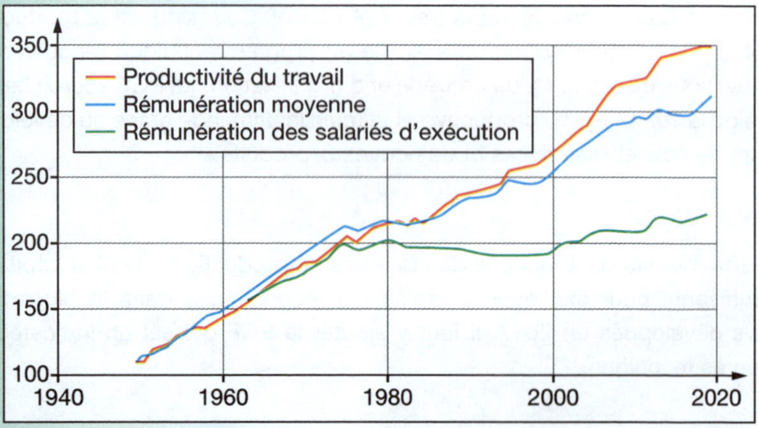

Source : National Bureau of Economic Research, « Productivité et rémunération : le lien est-il rompu ? », décembre 2017.

DOCUMENT 2 Salaire horaire moyen en livres au Royaume-Uni entre 2004 et 2016

Graphique A : Salaire horaire moyen par âge pour les travailleurs peu qualifiés des entreprises innovantes et non innovantes

Graphique B : Salaire horaire moyen par âge pour les travailleurs qualifiés des entreprises innovantes et non innovantes

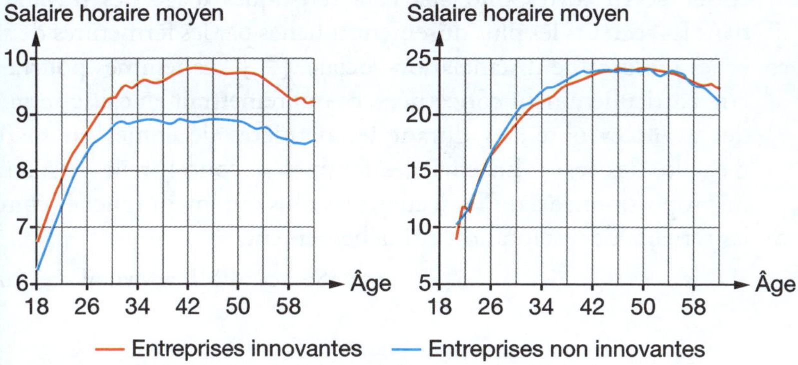

Source : www.banque-france.fr

DOCUMENT 3 Les effets de la pandémie de Covid-19 sur le marché du travail

La pandémie de Covid-19 dévaste les marchés du travail dans le monde entier. […] Selon nos estimations, près de 100 millions de travailleurs dans 35 de ces pays (sur 189 membres du FMI) pourraient être concernés par ce problème, car ils sont dans l'incapacité de télétravailler. Ils représentent en moyenne 15 % de la population active, mais des différences importantes sont observées en fonction des pays et des travailleurs.

Nous avons constaté des disparités considérables entre les pays même pour des professions identiques : il est beaucoup plus simple de télétravailler en Norvège et à Singapour qu'en Turquie, au Chili, au Mexique, en Équateur et au Pérou, simplement parce que, dans les pays émergents et les pays en développement, plus de la moitié des ménages n'ont même pas d'ordinateur chez eux.

Dans l'ensemble, les personnes qui travaillent dans le secteur alimentaire et celui de l'hébergement, ainsi que dans le commerce de gros et de détail, sont les plus touchées, car leurs emplois sont ceux qui se prêtent le moins au télétravail. Dans notre échantillon, plus de 20 millions de personnes travaillent dans ces secteurs et figurent donc parmi celles qui ont le plus de risques de perdre leur emploi. Mais certains travailleurs sont encore plus vulnérables que d'autres. Les travailleurs jeunes et les personnes qui n'ont pas fait d'études supérieures sont nettement moins susceptibles de télétravailler. Ce risque accru correspond aux caractéristiques d'âge des travailleurs dans les secteurs les plus durement touchés par les fermetures de sites et les mesures de distanciation sociale. [...] Les femmes pourraient être particulièrement concernées, ce qui remettrait en cause certaines des avancées obtenues durant les dernières décennies en matière d'égalité des sexes. En effet, les femmes se concentrent de manière disproportionnée dans les secteurs les plus durement touchés comme les services de restauration et l'hébergement.

Source : FMI, www.imf.org, 2020.

LES CLÉS DU SUJET

Analyser les termes du sujet et mobiliser ses connaissances

Analyse du sujet

- **vous montrerez**
  On vous demande de constater les effets du progrès technique sur les inégalités de revenus.
- **progrès technique**
  Ensemble des innovations qui permettent de produire davantage avec la même quantité de travail et de capital.
- **engendrer**
  Vous devez montrer que le progrès technique crée des inégalités de revenus.
- **inégalités de revenus**
  Différences de revenus en fonction de leur source. On distingue le revenu du capital et le revenu du travail.

Exploiter les documents

• **Document 1.** Ce graphique permet d'établir des corrélations, aux États-Unis de 1948 à 2017, entre les évolutions de la **productivité**, de la **rémunération** moyenne et de celle des salariés d'exécution, ceux-ci étant les moins qualifiés. Quel lien peut-on constater entre la productivité et les rémunérations ? Comment évolue la rémunération des moins qualifiés par rapport à la rémunération moyenne ?

• **Document 2.** Ces graphiques permettent de comparer les salaires entre **entreprises innovantes et non innovantes** en fonction de l'âge et de la qualification, au Royaume-Uni entre 2004 et 2016. Comment évoluent les salaires selon l'âge et selon la qualification ? Le constat confirme-t-il celui du document 1 ?

• **Document 3.** Le texte porte sur les effets de la **pandémie de Covid-19** sur le marché du travail dans le monde. Il met en évidence les disparités que connaissent les travailleurs en fonction de leur capacité à télétravailler. Quels sont les travailleurs qui sont le plus touchés par la pandémie ? Quelle est la relation avec le progrès technique ?

Définir les arguments

Argument 1	Le progrès technique favorise les revenus du capital.
Argument 2	Le progrès technique augmente les inégalités salariales.

5 CORRIGÉ GUIDÉ

Les titres des parties ne doivent pas figurer sur votre copie.

Introduction

La faiblesse de certains revenus, notamment ceux des « premiers de corvée », a mis en évidence de profondes inégalités. Celles-ci concernent les différences de revenus du capital ainsi que ceux du travail. Le progrès technique, c'est-à-dire l'ensemble des innovations qui permettent de produire davantage avec la même quantité de travail et de capital, peut engendrer ces inégalités : tout d'abord en favorisant les revenus du capital, ensuite en accentuant les inégalités salariales.

I. Le progrès technique favorise les revenus du capital

> **▶ Le secret de fabrication**
> Aucun document ne fait référence de manière explicite aux revenus du capital, il faut donc utiliser vos connaissances personnelles ici.

• Le progrès technique a pour effet d'accroître la productivité entraînant une hausse de la valeur ajoutée. Celle-ci est répartie entre les travailleurs et les apporteurs de capitaux, soit les revenus du travail et les revenus du capital. La volonté d'encourager le progrès technique peut impliquer une hausse des revenus du capital supérieure à celle des revenus du travail.

MOT CLÉ
Les revenus du capital sont les intérêts dus aux créanciers, les dividendes versés aux détenteurs du capital, les loyers payés aux propriétaires de locaux.

• Le plus souvent, les innovations de procédé (nouvelles méthodes de production) favorisent la substitution de capital au travail, et la part de ce dernier dans la production tend à baisser du fait de la destruction d'emplois. Le progrès technique, en supprimant des emplois d'exécution, accroît ainsi la part des revenus rémunérant le capital et augmente les inégalités entre les travailleurs et les détenteurs de capitaux.

II. Le progrès technique accentue les inégalités salariales

• La hausse de la productivité liée aux innovations bénéficie surtout aux salariés les plus qualifiés. L'écart entre la rémunération moyenne et celle des salariés d'exécution tend ainsi à augmenter, notamment aux États-Unis depuis 1948 (document 1). De même, au Royaume-Uni, sur la période 2004-2016, les inégalités de salaires entre entreprises innovantes et non innovantes sont plus élevées suivant l'âge et la qualification (document 2).

• La pandémie de Covid-19 a accentué les inégalités salariales du fait notamment du progrès technique dans le domaine du numérique. En effet une solution pour continuer à travailler malgré les confinements a été le télétravail, nécessitant des équipements en ordinateurs. Or, tous les salariés ne peuvent pas télétravailler. C'est le cas des moins qualifiés, qui sont pour la plupart des salariés d'exécution, des jeunes et des femmes, ces dernières occupant souvent des emplois dans la restauration et l'hébergement, ainsi que des salariés des pays les moins développés (document 3).

À NOTER
Selon l'Insee, en France, pendant le confinement du 16 mars au 18 mai 2020, 47 % des personnes en emploi ont travaillé au moins une fois à leur domicile.

Conclusion

C'est un fait : le progrès technique accroît les inégalités de revenus. Les innovations de procédé favorisent la substitution de capital au travail, ce qui tend à augmenter les revenus du capital par rapport à ceux du travail. Cette substitution se fait de plus au détriment des salariés les moins qualifiés, creusant les écarts de rémunération entre ces derniers et les salariés qualifiés. Les confinements dus à la pandémie de Covid-19 n'ont fait que confirmer ces inégalités de revenus.

Productivité et compétitivité

30 min
4 points

INTÉRÊT DU SUJET • La compétitivité est au cœur des discours gouvernementaux, qui y voient la condition de la croissance économique et de l'emploi, tirés par les exportations. Comment peut-elle alors être stimulée ?

Comment les gains de productivité peuvent-ils stimuler la compétitivité d'un pays ?

LES CLÉS DU SUJET

Définir les mots clés

• La **productivité** désigne l'efficacité avec laquelle une entreprise fabrique un produit.

• La **compétitivité** d'un pays désigne sa capacité à exporter ou à attirer des activités.

Structurer la réponse

• Nous montrerons d'abord que les gains de productivité des firmes stimulent leur **compétitivité-prix**.

• Nous expliquerons ensuite que ces gains de productivité permettent également de stimuler leur **compétitivité hors-prix**.

• Nous conclurons que plus la compétitivité-prix et hors-prix des firmes est élevée, plus les exportations d'un pays sont susceptibles d'être importantes ; et donc la **compétitivité du pays** forte.

6 CORRIGÉ **GUIDÉ**

Les titres des parties ne doivent pas figurer sur votre copie.

Introduction

La compétitivité d'un pays désigne sa capacité à exporter ou à attirer des activités. Les gains de productivité, c'est-à-dire d'efficacité productive, réalisés par ses entreprises peuvent stimuler à la fois la compétitivité-prix et la compétitivité hors-prix du pays.

Développement

- Lorsqu'une entreprise réalise des gains de productivité, elle réduit la quantité de facteurs (travail et capital) nécessaires pour produire une unité de bien ou de service. La baisse des coûts de production qui en résulte lui permet alors de diminuer ses prix sans réduire sa marge bénéficiaire. Une telle baisse de prix stimule ses exportations et donc la compétitivité-prix du pays où l'entreprise est localisée.

À NOTER
Attention à ne pas confondre productivité et production : la productivité s'obtient en divisant un indicateur de production par la quantité de facteurs utilisés.

- Les gains de productivité peuvent aussi stimuler la compétitivité hors-prix. En effet, les bénéfices qu'ils procurent aux firmes leur permettent de financer des dépenses de recherche et développement (R&D) et ainsi d'améliorer la qualité de leurs produits, ou d'en réaliser de nouveaux ; deux ressorts qui peuvent attirer une clientèle en quête de qualité et d'innovation.

Conclusion

Les gains de productivité, parce qu'ils permettent de réduire les prix et/ou d'augmenter les marges bénéficiaires et les investissements en R&D des entreprises, augmentent à la fois la compétitivité-prix et la compétitivité hors-prix des firmes. Leurs produits ont alors plus de chance d'être exportés, autrement dit la compétitivité du pays où elles sont localisées est stimulée.

Commerce international et croissance économique

1 heure
6 points

INTÉRÊT DU SUJET • Pour de nombreux gouvernants prônant le libre-échange, le commerce international est source de croissance économique. Est-il possible de mettre en évidence une corrélation entre les deux phénomènes ?

▶ **1.** Faites une phrase pour présenter la donnée correspondant à la courbe en pointillé bleue du document.

▶ **2.** Mettez en évidence un lien entre l'évolution du commerce des marchandises et celle du PIB au niveau mondial.

DOCUMENT **Croissance du volume du commerce des marchandises[1] et du PIB au niveau mondial, 2011-2020 (variation annuelle en %)**

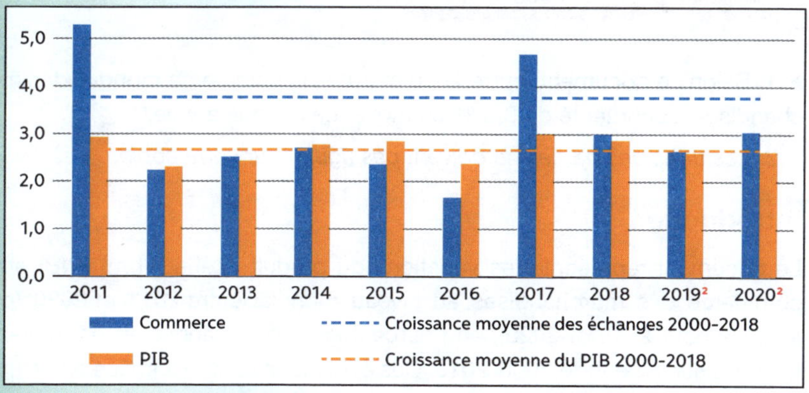

Sources : OMC et CNUCED pour le commerce, estimations consensuelles pour le PIB.

1. Le commerce des marchandises est mesuré par la moyenne des exportations et des importations.
2. Projections (pour les années 2019 et 2020).

LES CLÉS DU SUJET

Définir les mots clés

• Le **produit intérieur brut** (PIB) mondial mesure la production de biens et de services dans le monde pour une année donnée.

• Le terme **volume** signifie que l'évolution du commerce et celle du PIB sont mesurées sans tenir compte de la variation des prix.

Comprendre le document

Ce graphique classique permet d'observer une **corrélation positive** entre les variations du PIB mondial et du commerce des marchandises.

Structurer la réponse à la seconde question

• Vous pouvez, en introduction, présenter le document.

• Dans le développement, il faut, en s'appuyant sur les données du graphique, mettre en évidence une **corrélation positive** entre les deux variables observées et, éventuellement, les **variations d'intensité** de cette corrélation.

7 CORRIGÉ GUIDÉ

▶ **1.** Selon ce document, entre 2000 et 2018, le commerce mondial des marchandises a augmenté de 3,8 % en moyenne chaque année.

▶ **2.** *Les titres des parties ne doivent pas figurer sur votre copie.*

Introduction

Le document représente les variations du produit intérieur brut (PIB) et du commerce des marchandises au niveau mondial entre 2011 et 2020 (projections pour 2019 et 2020), en pourcentage chaque année, et en moyenne annuelle sur la période 2000-2018. Ces évolutions sont exprimées en volume, c'est-à-dire sans prendre en compte l'évolution des prix. Ce graphique permet de comparer l'évolution en volume de la production de biens et services et celle de la moyenne des exportations et importations mondiales.

Développement

• On observe une corrélation positive entre l'évolution en volume du PIB et celle du commerce des marchandises au niveau mondial. En effet, ces évolutions connaissent des variations parallèles de sens identique : lorsque l'une accélère, l'autre accélère également, et *vice versa*. Par exemple, entre 2011 et 2012, la croissance du PIB mondial en volume ralentit, passant de 2,9 à 2,3 % (– 0,6 point), conjointement à celle du commerce des marchandises (– 3 points). À l'inverse, entre 2016 et 2017, les deux accélèrent conjointement, respectivement de 0,6 et 3 points. Notons qu'en moyenne le commerce croît plus rapidement que le PIB (3,8 % contre 2,7 % chaque année entre 2000 et 2018).

MOT CLÉ
Deux variables sont corrélées si elles évoluent systématiquement dans le même sens (corrélation positive) ou dans des sens opposés (corrélation négative).

• La corrélation entre les deux variables est plus ou moins intense. Par exemple, bien que le ralentissement de la croissance en volume du commerce des marchandises ait été plus fort entre 2011 et 2012 (– 3 points) qu'entre 2015 et 2016 (– 0,6 point), celui du PIB mondial a été équivalent durant ces deux périodes (– 0,6 point).

Conclusion

S'il n'est pas possible de conclure à l'existence d'une causalité entre les deux variables sur la base de ce seul document, celui-ci indique néanmoins une corrélation positive entre les évolutions en volume du commerce des marchandises et du PIB au niveau mondial.

8 Dissertation

Les fondements du commerce international

4 heures
20 points

INTÉRÊT DU SUJET • Ce sujet permet de mobiliser l'ensemble des connaissances sur les fondements du commerce international et de l'internationalisation de la production.

Quels sont les fondements du commerce international ?

DOCUMENT 1 **Exportations et importations de biens et services de la France (en milliards d'euros)**

	Exportations		Importations	
	2015	2018	2015	2018
Agriculture, sylviculture et pêche	**16,3**	**15,4**	**13,2**	**14,3**
Industrie manufacturière, industries extractives et autres	**453,4**	**502,0**	**496,7**	**560,3**
Industries extractives, énergie, eau, gestion des déchets et dépollution	9,8	12,0	37,8	43,8
Fabrication de denrées alimentaires, de boissons et de produits à base de tabac	45,3	48,4	38,7	42,5
Cokéfaction et raffinage	12,3	13,8	21,1	24,2
Fabrication d'équipement électrique, électronique, informatique ; fabrication de machines	87,0	91,0	109,4	120,0
Fabrication de matériels de transport	111,2	129,9	82,0	102,6
Fabrication d'autres produits industriels	187,9	206,9	207,7	227,2
Services principalement marchands	**149,8**	**162,5**	**155,3**	**159,0**
Commerce ; réparation d'automobiles et de motocycles	6,5	6,5	9,8	8,7
Transports et entreposage	32,6	36,1	43,6	48,6
Information et communication	18,5	20,4	18,5	21,3
Activités financières et d'assurance	12,9	14,7	6,1	6,0

	Exportations		Importations	
	2015	2018	2015	2018
Activités scientifiques et techniques ; services administratifs et de soutien	75,2	80,3	74,2	71,3
Autres services	4,2	4,6	3,0	3,1
Services principalement non marchands[1]	**0,9**	**0,9**	**0,8**	**0,9**
Total	**672,6**	**737,4**	**685,0**	**755,6**

Source : *Tableaux de l'économie française*, Insee, février 2020.

1. Regroupement « Administration publique, enseignement, santé humaine et action sociale ».

DOCUMENT 2 **Volume du commerce mondial des marchandises et PIB réel mondial (en indices base 100 en 2008)**

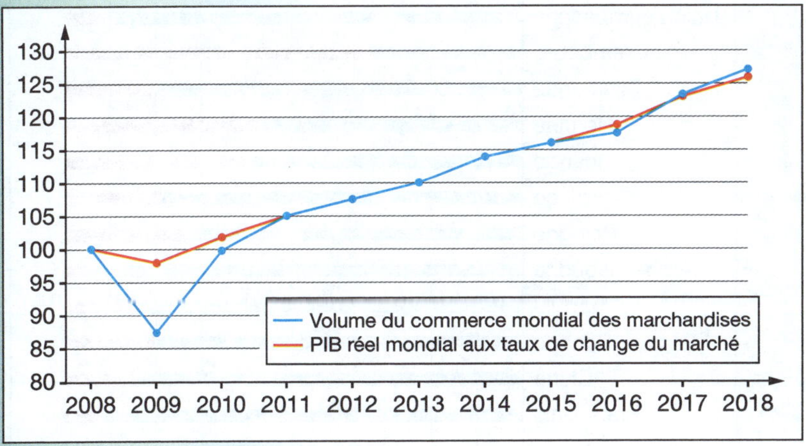

Source : *Rapport mondial sur le commerce*, OMC, 2019.

DOCUMENT 3 **Les échanges entre la France et le Qatar (2018)**

Principaux produits exportés vers le Qatar	Part dans les exportations (%)
1. Aéronefs et engins spatiaux	77,0
2. Tubes et tuyaux en acier	2,1
3. Parfums et produits de toilette	1,9
4. Préparations pharmaceutiques	1,2
5. Articles de joaillerie et bijouterie	1,1

Principaux produits importés depuis le Qatar	Part dans les importations (%)
1. Gaz naturel	57,6
2. Produits du raffinage du pétrole	28,5
3. Autres produits chimiques	9,5
4. Matières plastiques	2,9
5. Autres produits manufacturés	0,4

Source : « Les échanges commerciaux entre la France et le Qatar en 2018 », direction générale du Trésor, février 2019.

DOCUMENT 4 **Parts de la valeur ajoutée domestique et étrangère en pourcentage de la valeur des exportations de biens et de services en 2016**

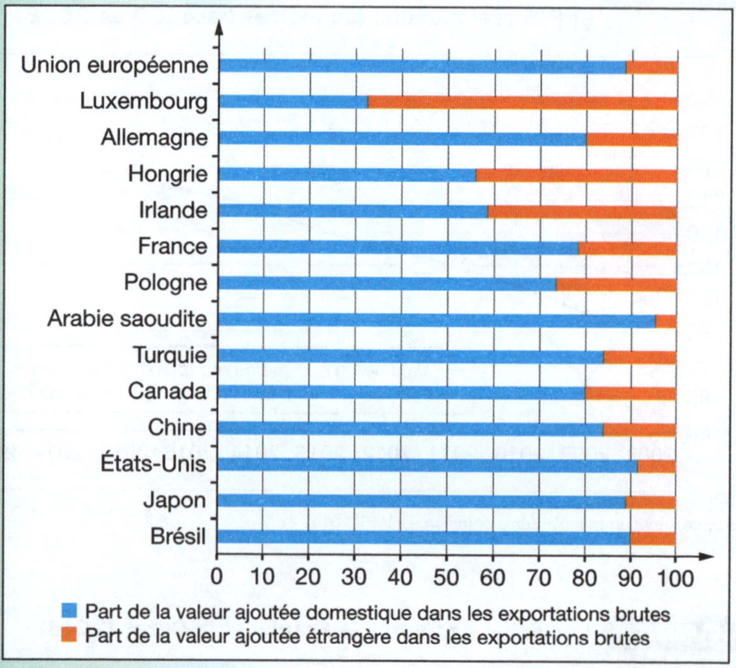

Source : Données OCDE, 2020.

Note : La valeur ajoutée domestique des exportations brutes est une estimation de la valeur de la production de biens et services destinés à l'exportation et réalisée par l'économie locale. Plus cette part est faible et plus le pays a eu besoin d'importer des biens et des services, incorporant ainsi de la valeur ajoutée étrangère à la production exportée.

LES CLÉS DU SUJET

Analyser la consigne et dégager une problématique

Analyse du sujet

- **quels sont** : Utilisez les documents afin de trouver des illustrations en lien avec les mécanismes et notions mobilisés
- **fondements** : Facteurs ou déterminants à l'origine du développement du commerce international.
- **commerce international** : Échanges commerciaux faits d'importations et d'exportations de biens et de services entre pays.

• **Problématique.** Le sujet invite à rechercher les différentes causes du commerce international. On peut ainsi distinguer les facteurs qui expliquent les échanges entre pays différents et ceux qui concernent des pays comparables, tout en s'interrogeant sur le rôle des agents économiques : pays, firmes et consommateurs.

Exploiter les documents

• **Document 1.** Quels types de biens et services sont principalement exportés et importés par la France en 2015 et en 2018 ? Quels sont les produits pour lesquels la France exporte plus qu'elle n'importe ? Quels sont ceux qui font l'objet d'échanges interbranches ? Qu'en déduire ?

• **Document 2.** À quel rythme ont évolué le commerce mondial de marchandises et le produit intérieur brut (PIB) réel mondial depuis 2008 ? Quels liens peut-on établir entre les deux évolutions ?

• **Document 3.** En quoi la nature des échanges croisés entre la France et le Qatar nous renseigne-t-elle sur les avantages comparatifs et la spécialisation des deux pays ?

• **Document 4.** Comparez les parts de la valeur ajoutée étrangère dans la valeur des exportations brutes de différents pays présentés. Quels liens peut-on établir avec l'internationalisation de la production et les stratégies des firmes ?

Définir le plan

I. Un commerce international permis par les différences entre les économies	• Quel rôle jouent les dotations factorielles dans les échanges (documents 1 et 3) ? • Quel en est l'impact sur les économies (document 2) ? • Quels sont les liens entre les avantages comparatifs et la fragmentation de la chaîne de valeur (document 4) ?
II. Un commerce mondial en essor grâce aux échanges entre économies semblables	• Montrez qu'il existe des échanges intrabranches (document 1). • Quels avantages en retirent les pays dont les économies sont comparables ? • En quoi l'internationalisation de la chaîne de valeur peut-elle expliquer une partie de ce commerce mondial (document 4) ?

8 CORRIGÉ GUIDÉ

Les titres des parties ne doivent pas figurer sur votre copie.

Introduction

[accroche] Bien qu'il marque le pas à la suite de la crise de 2008, le commerce international a tendance à croître fortement depuis une cinquantaine d'années. [présentation du sujet] Entendu au sens large comme l'ensemble des échanges internationaux de matières premières, de produits semi-finis, de produits finis mais aussi de services, il a été encouragé par les organisations internationales et les États, majoritairement favorables au libre-échange après la fin de la Seconde Guerre mondiale. [problématique] Il convient de s'interroger sur les multiples facteurs qui expliquent à la fois l'importance de ce commerce mondial mais aussi, sur le long terme, son développement. [annonce du plan] En premier lieu, nous analyserons les facteurs des échanges entre économies différentes, puis, en second lieu, nous expliquerons l'essor du commerce entre économies semblables.

▶ Le secret de fabrication

Il convient de bien départager les facteurs du commerce mondial entre ceux qui concernent les économies semblables et ceux qui ont lieu entre des économies différentes. L'internationalisation des chaînes de valeur est un argument qui peut figurer dans les deux parties, mais les mécanismes et illustrations ne sont alors pas les mêmes.

SES

I. Commerce international et différences entre économies

1. La thèse des avantages comparatifs

• Au XIXe siècle, David Ricardo, un économiste classique anglais, a théorisé les bienfaits du libre-échange. Il prend l'exemple de l'Angleterre et du Portugal qui ont chacun un plus grand avantage comparatif à produire respectivement du drap et du vin. Chaque pays se spécialise alors dans la production dans laquelle il est relativement le plus productif et importe les biens qu'il ne produit pas.

• Au XXe siècle, d'autres économistes ont enrichi les travaux de Ricardo en expliquant les échanges internationaux par d'inégales dotations factorielles. Certains pays ont un facteur de production plus abondant qu'ils pourront se procurer à moindre coût. Ils ont alors intérêt à se spécialiser dans les productions utilisant intensément le facteur de production abondant et à importer les autres productions.

2. La spécialisation des économies à la base du commerce international

• Les pays qui se spécialisent vont donc exporter les biens ou services pour lesquels ils bénéficient d'avantages comparatifs en termes de productivité ou de dotations factorielles. Ils vont donc réaliser des échanges interbranches. Par exemple, les importations de la France en provenance du Qatar, dont le sous-sol regorge d'hydrocarbures, sont constituées à 86,1 % de gaz naturel et de produits pétroliers (document 3). Mais les avantages comparatifs peuvent également se construire : on parle alors de dotations technologiques. La France a ainsi fait de certaines de ses industries de véritables « fers de lance » de son économie. C'est le cas de l'aéronautique : en 2018, 77 % de ses exportations à destination du Qatar concernent des aéronefs et engins spatiaux (document 3). Et environ 25 % de ses exportations industrielles totales sont constituées de matériels de transport (document 1).

MOT CLÉ
Les services sont les secteurs du transport, du tourisme, du commerce, de l'assurance ou de l'information-communication. Leur part dans les échanges internationaux connaît un essor important.

• Les firmes s'appuient sur la spécialisation des territoires pour localiser leur production : elles vont ainsi profiter des avantages comparatifs à chaque stade de la production, d'autant que les coûts de transport baissent. La fragmentation croissante de la chaîne de valeur qui en résulte donne naissance à une hausse du commerce de produits semi-finis. L'examen de la valeur ajoutée de la production destinée à l'exportation montre ainsi qu'une partie est imputable aux importations : c'est le cas, en 2016, de 40 % des biens et services exportés par l'Irlande (document 4).

3. Le commerce mondial, source de multiples avantages

• Ricardo a démontré que les pays qui se spécialisaient réalisaient un gain en commerçant entre eux. Les échanges internationaux sont depuis considérés comme un moteur essentiel de la croissance. Depuis 2008, le commerce mondial de marchandises et le PIB mondial évoluent de manière parallèle : ils ont tous deux augmenté de 25 % environ en dix ans, tandis que le tassement du PIB mondial qui a suivi la crise de 2008 s'est accompagné d'une baisse de 12 % du commerce mondial de biens (document 2).

• En se tournant vers le commerce international, les firmes peuvent profiter d'une diminution des coûts de production liée aux avantages comparatifs. Elles peuvent ainsi améliorer leur compétitivité-prix. Les ménages vont pouvoir profiter d'une baisse des prix, qui alimente la demande. À l'échelle macro-économique, les avantages qui en résultent favorisent la croissance.

II. Un commerce mondial favorisé par les échanges entre économies semblables

1. De nombreux échanges entre économies comparables

• Depuis la création du GATT en 1947, remplacé par l'OMC en 1995, les accords de libre-échange se multiplient. On voit alors croître les échanges dits intra-zone, concernant des pays proches géographiquement et parfois économiquement. L'élargissement des marchés permet aux firmes de réaliser des économies d'échelle et de gagner en compétitivité-prix.

> **▶ Le conseil de méthode**
>
> Les documents sont tous factuels dans une dissertation. Il convient donc de se poser des questions sur l'usage des données. Demandez-vous à chaque fois quel est l'intérêt du document, en rapport avec la question. Ce sont vos connaissances et la bonne compréhension du sujet qui vont vous permettre d'exploiter au mieux les statistiques. Ici les exportations et importations françaises sont rapprochées de la notion d'échanges intrabranches.

• Les échanges peuvent concerner un même type de produits : on parle alors d'échanges intrabranches. En 2018, la France exporte des produits agricoles et de la pêche et en importe également pour des montants relativement proches. Il en est de même pour les matériels de transport (document 1).

2. La recherche de différenciation des produits

• Dans un contexte de mondialisation accrue, les firmes vont essayer de se soustraire à la concurrence en menant des stratégies de différenciation de produits, source de compétitivité hors-prix. La mise sur le marché de produits aux caractéristiques différentes va ainsi alimenter le commerce mondial.

• Dans la seconde moitié du XXe siècle, différents économistes ont mis en évidence la demande de différence des consommateurs. Des produits, en apparence similaires, peuvent présenter des caractéristiques différentes. Si, par exemple, la France importe des voitures d'Allemagne, elle en exporte également : il s'agit de biens au design et à la qualité distincts. Les échanges internationaux permettent ainsi aux ménages de satisfaire ce besoin de variété.

3. La fragmentation des chaînes de valeur dans des économies comparables

• Pour optimiser la production et gagner en compétitivité, les firmes peuvent choisir de se concentrer sur leur métier de base. Par exemple, les fabricants automobiles font appel à des équipementiers qui vont leur fournir des pièces détachées : des pare-brise, des pots d'échappement, etc. Une partie de la production est ainsi externalisée, c'est-à-dire confiée à des sous-traitants. Les firmes mettent alors en concurrence différents fournisseurs, dont certains peuvent se situer à l'étranger, contribuant à fragmenter la chaîne de valeur mondiale.

• L'internationalisation de la production qui en résulte peut ainsi concerner des économies semblables. La réalisation du produit fini va nécessiter d'importer des biens intermédiaires ou semi-finis, certains pouvant franchir la frontière plusieurs fois. La valeur ajoutée créée dans la plupart des pays de l'OCDE provient de productions réalisées en partie à l'étranger (document 4). Les stratégies des firmes conduisent ainsi à un essor du commerce mondial.

> **À NOTER**
> Il ne faut pas confondre commerce international et internationalisation de la production. La seconde notion n'est à présenter que dans la mesure où elle favorise le développement du commerce international.

Conclusion

[bilan] Une multiplicité de facteurs explique le commerce international. Une partie des échanges vient de la complémentarité des spécialisations des économies, en raison d'avantages comparatifs. En outre, les firmes, en fragmentant leur chaîne de valeur pour profiter de ces avantages, vont elles-mêmes être à l'origine d'échanges. Mais le commerce mondial concerne également des économies comparables, permettant aux entreprises de gagner en compétitivité et aux consommateurs de répondre à leurs besoins. [ouverture] La crise sanitaire que traverse l'économie mondiale en 2020 nourrit les critiques à l'encontre de la mondialisation, déjà pointée du doigt pour les dommages créés à l'environnement. Une relocalisation d'activités et une baisse des échanges sont-elles possibles ? La forte imbrication des économies semble pourtant difficilement contournable…

9 Asie, mars 2021
MOBILISATION DES CONNAISSANCES

Asymétries d'information et chômage structurel

30 min
4 points

INTÉRÊT DU SUJET • Alors que les causes du chômage sont toujours largement débattues, ce sujet permettra de comprendre le rôle des problèmes d'information sur le marché du travail, indépendamment de la conjoncture économique.

Expliquez en quoi les asymétries d'information sur le marché du travail sont sources de chômage structurel.

LES CLÉS DU SUJET

Définir les mots clés

- On parle d'**asymétries d'information** dans un échange lorsque l'une des parties dispose d'informations que l'autre ignore.
- Le **chômage structurel** est une forme de chômage lié à des difficultés d'ajustement entre l'offre et la demande sur le marché du travail.

Structurer la réponse

- Premièrement, nous expliquerons **en quoi consistent** les asymétries d'information sur le marché du travail.
- Deuxièmement, nous montrerons qu'en leur présence, les employeurs ont des **pratiques de rémunération** qui créent du chômage structurel.

SES

9 CORRIGÉ GUIDÉ

Les titres des parties ne doivent pas figurer sur votre copie.

Introduction

Le marché du travail est imparfait : les employeurs, soit les demandeurs de travail, ne disposent pas des mêmes informations que les actifs, soit les offreurs de travail. On parle d'asymétries d'information. Nous allons montrer que celles-ci peuvent être source de chômage structurel, une forme de chômage liée à des difficultés d'ajustement entre l'offre et la demande sur le marché du travail.

Développement

• Sur le marché du travail, il existe deux types d'asymétries d'information : avant et après l'embauche. Lors d'un recrutement, les employeurs ne connaissent pas le niveau de productivité des candidats. On parle de problème de sélection adverse. Une fois que le contrat de travail est signé, les employeurs ne savent pas si les salariés embauchés vont être productifs. C'est un problème d'aléa moral.

• Pour pallier ces difficultés, les employeurs peuvent proposer un salaire plus élevé que le salaire d'équilibre, appelé salaire d'efficience. D'une part, ce dernier doit permettre d'attirer les meilleurs candidats et, d'autre part, il est censé inciter les salariés embauchés à être plus productifs. Mais ce niveau de salaire augmente le coût du travail pour les entreprises qui diminuent alors la quantité de travail demandée tandis que l'offre de travail reste élevée. Cette situation est alors source de chômage structurel.

MOT CLÉ
Le salaire d'équilibre est nommé ainsi par les économistes néoclassiques : il s'agit du salaire qui permet d'égaliser la quantité de travail offerte à la quantité de travail demandée, soit une situation de plein-emploi.

Conclusion

En voulant résoudre les problèmes d'asymétries d'information, les employeurs peuvent adopter des pratiques de rémunération qui déséquilibrent le marché du travail, créant du chômage structurel.

La lutte contre les différents types de chômage

2 h 30
10 points

INTÉRÊT DU SUJET • Dans ce sujet, vous devez mobiliser la plupart des notions et mécanismes du chapitre : la mesure du chômage, ses formes et toutes les politiques de l'emploi étudiées. À vous de jouer !

Vous montrerez que les différentes composantes du chômage appellent des politiques de l'emploi adaptées.

DOCUMENT 1 La coexistence de différentes formes de chômage

À la composante keynésienne due à [une] insuffisance de la demande vient se greffer une [autre] composante [...] : le chômage de masse en France se concentre avant tout sur les non-qualifiés. Pour impulser l'emploi des non-qualifiés, les gouvernements successifs mènent depuis 1993 une politique d'exonération de charges sociales sur les bas salaires. Le crédit d'impôt pour la compétitivité et l'emploi (CICE) et le Pacte de responsabilité s'inscrivent dans cette stratégie, qui, au total, représentera près de 50 milliards d'euros en 2017. Cette politique repose sur la thèse selon laquelle le coût du travail, déterminé par le niveau du SMIC et des cotisations sociales, pèserait sur la demande de travail des non-qualifiés. Les cotisations sociales des employeurs représentent, après prise en compte du CICE et du Pacte de responsabilité, 9,5 % du salaire brut au niveau du SMIC et 43,8 % à partir de 1,6 SMIC. De ce fait, le coût du travail au niveau des bas salaires représente 35 % du coût du travail au niveau du salaire moyen, ratio ramené à celui observé aux États-Unis. Stimuler l'offre d'emploi par la baisse des charges semble désormais avoir atteint ses limites...

Il convient alors de s'attaquer à l'autre versant du problème, à savoir la faible productivité de ces citoyens. Cela passe par une réforme en profondeur du système éducatif français […], de la formation professionnelle […] et de l'apprentissage afin d'améliorer l'appariement[1] entre les besoins des entreprises et la formation des jeunes.

Source : D'après Éric Heyer, « Controverses – Du chômage au plein-emploi : quelles solutions en France ? », *La Nouvelle Revue du travail*, août 2016.

1. Action de rendre compatibles l'offre de travail et la demande de travail.

DOCUMENT 2 **Évolution du produit intérieur brut (PIB), de l'emploi et du taux de chômage entre le premier trimestre 2008 et le deuxième trimestre 2009 (en %)**

	France	Allemagne	Espagne	États-Unis
Taux de variation du PIB entre le premier trimestre 2008 et le deuxième trimestre 2009	– 3,2	– 6,4	– 4,2	– 3,5
Taux de variation de l'emploi total entre le premier trimestre 2008 et le deuxième trimestre 2009	– 1,2	0,2	– 7,6	– 3,8
Taux de chômage au premier trimestre 2008	7,1	7,6	9,2	4,9
Taux de chômage au deuxième trimestre 2009	9,1	7,6	17,9	9,2

Source : D'après « Chômage à durée indéterminée », *Revue de l'OFCE*, octobre 2009.

DOCUMENT 3 **Part des entreprises citant chaque barrière à l'embauche au deuxième trimestre 2019 (en %)**

	Industrie	Bâtiment	Services
Existence de barrières	53	67	43
Incertitude sur la situation économique	25	27	22
Main-d'œuvre compétente indisponible	36	55	29
Coûts liés à l'emploi	15	32	15
Coûts de recrutement	5	11	4
Cotisations sociales trop élevées	11	23	11
Niveau des salaires trop élevé	6	12	5
Réglementation	11	19	8
Coûts de licenciement	5	11	4
Risques juridiques associés au licenciement	7	13	5
Pérennité de la législation du travail	6	10	4
Autres	4	2	3

Source : *Enquête de conjoncture*, Insee, juin 2019.

Note : Une même entreprise peut signaler plusieurs types de barrières à l'embauche.

LES CLÉS DU SUJET

Analyser les termes du sujet et mobiliser ses connaissances

vous montrerez
Il faut analyser les deux documents statistiques et le texte afin de trouver des illustrations en lien avec les mécanismes et notions mobilisés.

composantes du chômage
• Chômage : situation d'actifs sans emploi, disponibles et à la recherche effective d'un emploi.
• On distingue 3 composantes du chômage : conjoncturelle, classique, structurelle.

Analyse du sujet

politiques de l'emploi adaptées
Chaque action des pouvoirs publics pour réduire le chômage dépend du diagnostic porté.

SES

Exploiter les documents

• **Document 1.** Ce texte montre qu'il peut coexister plusieurs types de chômage nécessitant des **politiques différentes** : allègement du coût du travail contre le chômage des non-qualifiés, mais aussi politiques de formation.

• **Document 2.** Ce tableau permet de mettre en évidence une corrélation entre la baisse du PIB de l'Espagne, de la France, de l'Allemagne et des États-Unis entre le premier trimestre 2008 et le deuxième trimestre 2009 et la hausse de leur taux de chômage. Ces données renvoient à l'existence d'un **chômage conjoncturel**.

• **Document 3.** Ce tableau nous présente les **freins à l'embauche** déclarés par les chefs d'entreprise de différents secteurs d'activité en 2019. La demande de travail semble affectée, pour environ un quart des entrepreneurs, par l'incertitude sur la situation économique ; pour un tiers des entreprises du bâtiment, par les coûts liés à l'emploi ; et pour une minorité, par la réglementation.

Définir les arguments

Argument 1	La composante **conjoncturelle** du chômage, liée aux fluctuations de l'activité économique, appelle des politiques de soutien de la demande globale.
Argument 2	La composante **classique** du chômage, expliquée par un coût du travail trop élevé, nécessite des politiques d'allègement du coût du travail.
Argument 3	La composante **structurelle** du chômage, trouvant son origine dans l'inadéquation de l'offre à la demande de travail, doit être traitée par des politiques de formation et de flexibilisation du marché du travail.

10 CORRIGÉ GUIDÉ

Les titres des parties ne doivent pas figurer sur votre copie.

Introduction

Depuis une trentaine d'années, les pays développés sont confrontés à un chômage de masse : une partie croissante de leur population active est ainsi privée d'emploi, et en recherche un activement. Mettre en œuvre des politiques de l'emploi pour lutter contre ce fléau est devenu la priorité des gouvernements. Mais la pluralité des formes de chômage nécessite de prendre des mesures adaptées à chacune d'entre elles : conjoncturelle, classique ou encore structurelle.

> ▶ **Le secret de fabrication**
> Pour argumenter, il s'agit de montrer, au sein de chaque partie, qu'une politique est adaptée pour traiter un seul type de chômage.

I. Le chômage conjoncturel nécessite des politiques macro-économiques adaptées

• Le chômage conjoncturel est lié aux fluctuations de l'activité économique. Par exemple, dans un contexte de crise économique puis de récession, comme en 2008-2009, l'insuffisance de demande anticipée par les chefs d'entreprise est responsable de la hausse brutale du chômage. Dans ce contexte, les entrepreneurs ne prennent pas le risque d'embaucher et de produire plus, par crainte de manque de débouchés. En Espagne, la baisse de 4,2 % du produit intérieur brut (PIB) entre le premier trimestre 2008 et le deuxième trimestre 2009 s'est ainsi accompagnée d'une très forte hausse du taux de chômage (document 2). Aujourd'hui encore, 27 % des chefs d'entreprise du bâtiment citent l'incertitude économique comme un frein à l'embauche (document 3).

• Dans ce contexte, les pouvoirs publics peuvent intervenir pour mener des politiques de soutien de la demande globale, par des mesures budgétaires et/ou monétaires de relance. Ces actions doivent favoriser la hausse du niveau de production et de l'emploi.

> **MOT CLÉ**
> La demande globale recouvre l'ensemble des achats de biens et services réalisés par les agents économiques résidents (demande intérieure) et non résidents (demande extérieure).

II. Des politiques d'allègement du coût du travail peuvent répondre à un chômage classique

• Le chômage classique est lié à un coût du travail trop élevé. Il touche davantage les actifs peu qualifiés et/ou à faible productivité (document 1). Le montant trop élevé des charges sociales est ainsi jugé comme préjudiciable à l'embauche pour 23 % des entreprises du bâtiment en 2019 (document 3).

• Les pouvoirs publics peuvent alors agir, comme en 2016 et 2017, sur les composantes du coût du travail : en diminuant les cotisations sociales des bas salaires, en subventionnant les embauches et en contenant les hausses de salaire minimum (document 1).

III. D'autres mesures peuvent atténuer le chômage structurel

• Développer la formation permet de renforcer l'employabilité des plus jeunes et des non-qualifiés. La hausse du niveau de qualification favorise une meilleure adéquation entre l'offre de travail et la demande de travail, contribuant à réduire le chômage structurel (document 1).

À NOTER
Le chômage structurel est celui qui perdure même en cas de situation économique favorable, *a contrario* du chômage conjoncturel.

• Parallèlement, les pouvoirs publics peuvent prendre différentes mesures afin de diminuer les rigidités institutionnelles freinant les embauches, ainsi que le mettent en avant 19 % des sociétés du bâtiment (document 3). Faciliter les licenciements ou encore assouplir le droit du travail peut permettre aux entreprises de réduire leurs coûts de production et de mieux s'adapter aux évolutions de leur marché.

Conclusion

Il existe plusieurs politiques de l'emploi, chacune ayant des objectifs précis en termes de lutte contre le chômage. Les politiques de soutien à la demande globale traitent le chômage conjoncturel ; celles d'allègement du coût du travail, le chômage classique ; quant aux politiques de formation et de flexibilisation du marché du travail, elles visent à réduire le chômage structurel. Chacune d'entre elles peut néanmoins avoir des effets pervers, ce qui témoigne de la difficulté de réellement « inverser la courbe du chômage »

Taux de croissance du PIB et taux de chômage

1 heure
6 points

INTÉRÊT DU SUJET • Ce sujet vous permettra de comprendre pourquoi le taux de chômage a tendance à augmenter quand l'activité économique est en baisse.

DOCUMENT **Taux de croissance du PIB (en %) et taux de chômage (en % de la population active) en France**

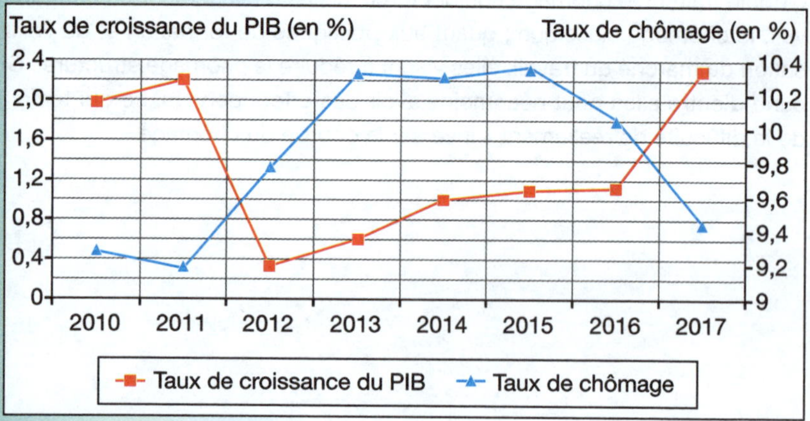

Source : OCDE, 2020.

▶ **1.** À l'aide des données du document, vous présenterez l'évolution du taux de croissance du PIB entre 2010 et 2017.

▶ **2.** À l'aide des données du document et de vos connaissances, vous expliquerez la corrélation entre le taux de chômage et le taux de croissance du PIB de 2010 à 2017.

SES

LES CLÉS DU SUJET

Définir les mots clés

• Le **taux de croissance du produit intérieur brut (PIB)** mesure l'évolution en pourcentage de la production réalisée par les agents économiques résidents, d'une année à l'autre. Il permet de mettre en évidence les **fluctuations de l'activité économique**, qui correspondent à des mouvements de ralentissement ou d'accélération du rythme de la croissance économique à court terme.

• Le **taux de chômage** mesure la part en pourcentage des chômeurs dans la population active. Un chômeur est une personne en âge de travailler, dépourvue d'emploi et qui en recherche un.

Comprendre le document

Le graphique présente, d'une part, l'évolution entre 2010 et 2017 du taux de croissance du PIB en pourcentage (échelle de gauche) et, d'autre part, celle du taux de chômage en pourcentage (échelle de droite). Il permet de **comparer les deux évolutions** afin d'établir des liens entre les fluctuations de l'activité économique et l'évolution du chômage. Par exemple, entre 2016 et 2017, le taux de croissance du PIB double, passant de 1,1 % à 2,2 %, tandis que le taux de chômage diminue de 0,7 point pour atteindre 9,4 %.

Structurer la réponse à la seconde question

• On mettra en évidence la corrélation entre le taux de chômage et le taux de croissance du PIB en s'appuyant sur **le graphique**.

• Puis on expliquera le lien statistique mis en évidence en mobilisant les **connaissances** sur la nature du chômage.

11 CORRIGÉ GUIDÉ

1. On peut distinguer trois périodes dans l'évolution du taux de croissance du produit intérieur brut (PIB) depuis 2010. Entre 2010 et 2011, il augmente de 0,2 point pour atteindre 2,2 %, avant de baisser significativement l'année suivante : en 2012, le PIB croît seulement de 0,3 %. De 2012 à 2017, la croissance s'accélère : son taux augmente de 0,8 point jusqu'en 2016 pour atteindre environ 2,3 % en 2017, soit la plus forte croissance sur la période.

▶ Le secret de fabrication

- Vous devez découper la période en phases homogènes de variation.
- Les taux de croissance sont exprimés en pourcentage : vous pouvez calculer les différences en points de pourcentage, ou encore utiliser un coefficient multiplicateur, plus adapté à la mesure d'une forte variation.

2. *Les titres des parties ne doivent pas figurer sur votre copie.*

Introduction

L'activité économique, mesurée par le taux de croissance du produit intérieur brut (PIB), est fluctuante à court terme. Ces variations vont avoir un impact sur le taux de chômage, qui est la part en pourcentage des chômeurs dans la population active. Comment peut-on expliquer ce lien ?

Développement

• Le graphique permet de mettre en évidence une corrélation négative entre le taux de croissance du PIB et le taux de chômage. Quand le premier diminue, le second augmente, et inversement. Par exemple, entre 2011 et 2012, la forte baisse du taux de croissance s'accompagne d'une hausse du taux de chômage qui passe de 9,1 % à 9,7 % en 2012, pour atteindre 10,3 % l'année suivante. Il faut attendre 2015 pour voir le taux de chômage diminuer alors que le taux de croissance augmente depuis 2012. On observe bien une relation inverse entre les deux évolutions.

• Les fluctuations économiques jouent un rôle dans l'évolution du chômage. Quand la croissance diminue, les employeurs anticipent une baisse de leurs besoins en main-d'œuvre, ce qui les conduit à licencier. Ce chômage, dit conjoncturel, a été mis en évidence lors de la crise de 1929. À l'inverse, le chômage tend à diminuer si la croissance est perçue comme durable par les entrepreneurs. À productivité constante, il faut en effet utiliser davantage de facteur travail pour suivre la hausse de la production, comme en France depuis 2012. Ce n'est pourtant qu'à partir de 2015 que le chômage va baisser significativement : la corrélation n'est pas parfaite car il existe d'autres formes de chômage, indépendantes de l'activité économique.

MOT CLÉ
Le chômage conjoncturel est la forme de chômage qui trouve son origine dans les fluctuations de l'activité économique.

Conclusion

La corrélation négative entre le taux de croissance du PIB et le taux de chômage s'explique par la composante conjoncturelle du chômage. Une partie du chômage est ainsi liée aux fluctuations de l'activité économique.

12 Sujet spécimen 2021 • RAISONNEMENT

La structure socioprofessionnelle

2 h 30
10 points

INTÉRÊT DU SUJET • Salarisation, féminisation, tertiarisation… En quoi ces phénomènes marquent-ils l'évolution des emplois ?

À l'aide de vos connaissances et du dossier documentaire, vous montrerez que la structure socioprofessionnelle a évolué en France depuis la seconde moitié du XXe siècle.

DOCUMENT 1 **Part (en %) dans l'emploi selon la catégorie socioprofessionnelle, par sexe, en moyenne annuelle**

	1982			2019		
	Homme	Femme	Ensemble	Homme	Femme	Ensemble
Agriculteurs exploitants	7,3	6,7	7,1	2,1	0,8	1,5
Artisans, commerçants, chefs d'entreprise	9,1	7,2	8,3	9,3	3,9	6,7
Cadres et professions intellectuelles supérieures	10,3	4	7,8	21,6	16,8	19,3
Professions intermédiaires	19,2	19,8	19,5	23,1	28,3	25,6
Employés qualifiés	6,9	27,4	15,2	6,9	21,4	13,9
Employés non qualifiés	3,8	19,4	10,1	6	20,3	12,9

	1982			2019		
	Homme	Femme	Ensemble	Homme	Femme	Ensemble
Ouvriers qualifiés	24,5	3,8	16,1	21,7	3,5	12,9
Ouvriers non qualifiés	16,1	11,3	14,2	8,8	4,6	6,8
Autres	2,8	0,3	1,8	0,4	0,4	0,4
Ensemble	100	100	100	100	100	100
Effectifs (en milliers)	13 600	9 243	22 842	13 992	13 184	27 176

Source : d'après *Insee Résultats*, juin 2020.

Note : données de 1982 à 2019, corrigées pour les ruptures de série.
Champ : France hors Mayotte, population des ménages, personnes de 15 ans et plus.

DOCUMENT 2 **Emploi salarié par secteur d'activité de 1989 à 2019**

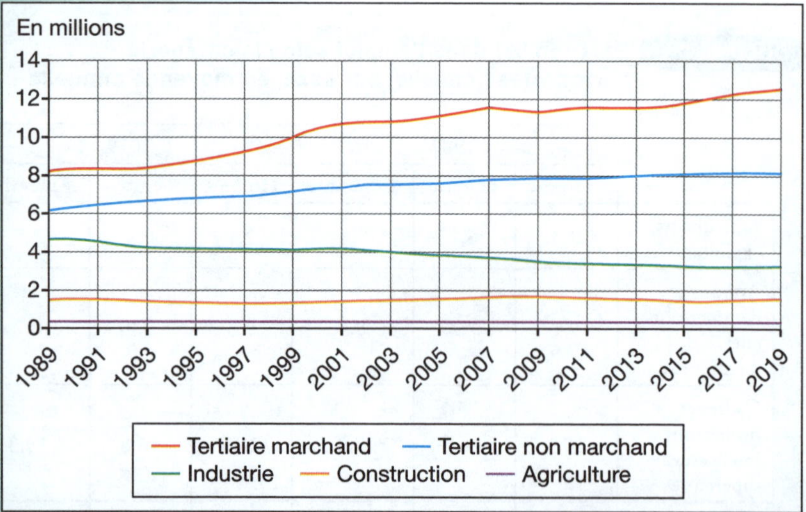

Source : « Emploi, chômage, revenus du travail », *Insee Références*, juillet 2020.

Champ : France hors Mayotte, personnes de 15 ans ou plus.

DOCUMENT 3 **Les grandes évolutions du marché du travail depuis les années 1960**

Quels que soient les chiffres, les taux, les indicateurs que l'on utilise, les faits sont là : depuis le début des années 1960, la montée de l'activité féminine est l'élément moteur de la croissance de la population active. Dans la période récente, ce sont les femmes qui ont assuré l'essentiel de l'augmentation des forces de travail. […]

Les faits étant établis, comment peut-on expliquer ce mouvement […] ? Il serait bien commode, ici, de pouvoir parler d'un « changement de mentalités », de l'émergence de nouveaux courants socioculturels : les femmes en veulent plus, comme on dit, elles s'accrochent à leur travail, elles affirment leur désir d'indépendance économique, etc. Tout cela est juste, mais n'explique rien. […] On pourrait, bien sûr, renvoyer à des mutations socioculturelles d'un autre ordre : c'est la même génération de femmes qui a inauguré, à la fin des années 1960, la liberté de la contraception et de l'avortement, l'apparition d'un mouvement féministe radical, l'émergence de nouveaux modèles familiaux et la poussée de l'activité féminine. La coïncidence est trop belle pour n'être pas mentionnée. Mais au fond, qu'est-ce qui explique quoi ? Est-ce la maîtrise de la conception qui pousse au développement du travail féminin ou l'inverse ? Est-ce le renouveau du féminisme qui est à l'origine de la volonté d'autonomie économique des femmes, ou l'inverse ? La prudence, ici, s'impose. Ne parlons pas d'explication, mais de corrélation. Ces phénomènes forment un tout. Ils sont le signe des temps, ils sont concomitants, mais c'est tout ce que l'on peut dire. À défaut de pouvoir expliquer, on peut tenter de caractériser cette mutation sociale, d'en identifier les acteurs. Qui sont les femmes qui, depuis le début des années 1960, ont afflué sur le marché du travail ? Ce sont pour l'essentiel des mères de famille, des salariées du tertiaire, des femmes instruites et qualifiées.

Depuis la fin des années 1950, deux tendances ont caractérisé l'évolution de la structure des emplois : la tertiarisation et la salarisation du marché du travail. Au cœur de ces mutations, les femmes n'ont pas accompagné le mouvement, elles ont très fortement contribué à le produire. Et inversement : c'est parce que l'emploi devenait de plus en plus tertiaire et salarié que les femmes y ont accédé nombreuses.

Source : Margaret Maruani, *Travail et emploi des femmes*, Paris, La Découverte, 2017.

LES CLÉS DU SUJET

Analyser les termes du sujet et mobiliser ses connaissances

Analyse du sujet

- **vous montrerez**
  On vous demande de dégager des constats, qu'il s'agira de classer.
- **structure socioprofessionnelle**
  Répartition de la population en catégories socioprofessionnelles (CSP).
- **a évolué**
  L'analyse est centrée sur les changements au cours du temps.
- **depuis la seconde moitié du XXe siècle**
  Approximativement depuis les années 1960-1970.

Exploiter les documents

• **Document 1.** Ce tableau statistique montre, entre 1982 et 2019, l'évolution de la population en emploi (ligne « effectifs en milliers ») et de la **structure socioprofessionnelle des hommes et des femmes** (en pourcentage). Quelle place occupent les femmes dans l'emploi ? Quelles sont les CSP en déclin ? Et celles en expansion ?

• **Document 2.** Ce graphique expose l'**évolution des emplois salariés** en millions par secteur d'activité entre 1989 et 2019. Comment évoluent les emplois dans le secteur tertiaire ? Et les emplois industriels ?

• **Document 3.** Ce texte rédigé par une sociologue du travail, Margaret Maruani, évoque la **féminisation de la population active.** À quelles évolutions majeures de la population active cette féminisation est-elle liée ?

Définir les arguments

Argument 1	L'évolution de la structure socioprofessionnelle est caractérisée par un mouvement de salarisation et de féminisation.
Argument 2	La tertiarisation et une tendance à la hausse des qualifications transforment également la composition de la population active.

SES

12 CORRIGÉ GUIDÉ

Les titres des parties ne doivent pas figurer sur votre copie.

Introduction

La structure socioprofessionnelle, c'est-à-dire la composition de la population active en catégories socioprofessionnelles, a connu en France de profondes mutations depuis les années 1960. Après avoir montré qu'elle est touchée par un phénomène de salarisation et de féminisation des actifs, nous observerons qu'elle est aussi marquée par un processus de tertiarisation et d'élévation des qualifications.

> **▶ Le secret de fabrication**
> Ce sujet repose sur un dossier documentaire qui fournit l'essentiel des éléments de réponse. La qualité de votre devoir va reposer sur une exploitation fine des documents et notamment l'utilisation des données statistiques, complétées de calculs pertinents pour étayer votre argumentation.

I. La structure socioprofessionnelle se salarise et se féminise

> **MOTS CLÉS**
> Un salarié est lié à un employeur par un contrat de travail qui crée une relation de subordination, au contraire d'un indépendant qui exerce pour son propre compte.

• La structure socioprofessionnelle est marquée par un processus long de salarisation (document 3), c'est-à-dire que le statut de salarié a pris massivement le pas sur celui d'indépendant, ce dernier n'occupant aujourd'hui qu'environ 10 % de la population active en France, contre un peu moins de 30 % au début des années 1960. Ce phénomène de salarisation se perçoit en particulier au travers de la baisse des deux catégories socioprofessionnelles (CSP) constituées exclusivement d'indépendants : les agriculteurs, dont la part a été divisée par près de cinq entre 1982 et 2019, et les artisans, commerçants et chefs d'entreprise, dont la part baisse plus faiblement (- 1,6 point) (document 1).

• La féminisation est une autre tendance lourde de l'évolution de la structure socioprofessionnelle, qui explique l'essentiel de l'augmentation de la population active depuis les années 1960 (document 3). Ce phénomène se poursuit : entre 1982 et 2019, le nombre de femmes en emploi progresse beaucoup plus vite que celui des hommes. La proportion de femmes atteint aujourd'hui près de la moitié de la population en emploi, contre environ 40 % en 1982 (document 1).

II. Le poids croissant du secteur tertiaire et la hausse des qualifications

• La tertiarisation, c'est-à-dire, la part croissante – et aujourd'hui très majoritaire – des emplois dans le secteur des services, est une autre tendance majeure de l'évolution de la population active, à l'œuvre depuis la fin des années 1950 (document 3). Si le tertiaire marchand croit plus vite que le tertiaire non marchand, ils représentent ensemble plus des trois quarts de la population active française contre environ 40 % dans les années 1960. Parallèlement le secteur industriel a connu une baisse importante de près de 1,5 million d'emplois salariés entre 1989 et 2019 (document 2).

• Le niveau de qualification s'est également élevé, la grande majorité des actifs étant aujourd'hui diplômée et les emplois offerts requérant des qualifications plus importantes. Ce phénomène est perceptible au travers de l'évolution de la structure socioprofessionnelle (document 1), caractérisée par une part croissante des cadres (7,8 % en 1982, 19,3 % en 2019) et des professions intermédiaires (+ 6,1 points), tandis que la part des ouvriers non qualifiés décroît fortement (de 14,2 % en 1982 à 6,8 % en 2019). Il faut cependant nuancer ce point puisqu'au cours de la même période la part des employés qualifiés a baissé tandis que celle des employés non qualifiés a augmenté.

CONSEIL
Pensez à effectuer des calculs simples pour bien exploiter les données (écart en points de pourcentage, coefficient multiplicateur).

Conclusion

La structure socioprofessionnelle a été profondément bouleversée par quatre mutations majeures en interaction : salarisation, féminisation, tertiarisation, qualification, qui ont en France considérablement modifié sa composition depuis le milieu du XXe siècle.

La stratification sociale selon Karl Marx

30 min
4 points

INTÉRÊT DU SUJET • La connaissance de l'analyse marxiste de la stratification sociale est un enjeu important du programme : la notion de classes sociales est en effet incontournable pour étudier les sociétés contemporaines.

Comment la société est-elle structurée selon Karl Marx ?

LES CLÉS DU SUJET

Définir le mot clé

La **structure sociale** désigne une organisation de la société en positions sociales distinctes et hiérarchisées, qui peuvent donner naissance à des groupes sociaux.

Structurer la réponse

• On pourra d'abord présenter les **mécanismes qui déterminent l'existence** de classes sociales distinctes et hiérarchisées.

• On montrera ensuite que ces classes forment des groupes sociaux dotés d'une **conscience de classe.**

13 CORRIGÉ GUIDÉ

Les titres des parties ne doivent pas figurer sur votre copie.

Introduction

La structure sociale correspond à l'organisation de la société en positions sociales distinctes et hiérarchisées. L'analyse qu'en fait Karl Marx mobilise la notion de classes sociales.

Développement

- Pour Marx, c'est le mode de production, c'est-à-dire l'organisation de la production et des échanges, qui détermine la structure sociale. Le mode de production capitaliste se caractérise par l'existence de deux grands groupes distincts. Le premier, le prolétariat ou classe ouvrière, ne possède que sa force de travail qu'il doit, pour assurer sa subsistance, vendre au second, la bourgeoisie. Cette dernière possède les moyens de production (le capital), ce qui assure sa domination sur le prolétariat. Ces deux groupes, qui forment les deux grandes classes sociales caractérisant la société capitaliste, ont des intérêts objectivement opposés.

- Dans un premier temps, la concurrence à laquelle se livrent les ouvriers pour vendre leur force de travail les empêche d'agir collectivement pour défendre leurs intérêts communs face à la bourgeoisie : ils ne forment alors qu'une « classe en soi ». Mais, progressivement, émerge une « conscience de classe », c'est-à-dire le sentiment de partager les mêmes intérêts et de devoir lutter collectivement contre la bourgeoisie. Chacune des deux grandes classes sociales devient ainsi une « classe pour soi », c'est-à-dire un groupe social doté d'un sentiment d'appartenance, uni pour défendre son intérêt face à l'autre.

> **À NOTER**
> En mobilisant les notions de « conscience de classe », « classe en soi », « classe pour soi » et « lutte des classes », votre réponse attestera de votre bonne maîtrise de l'analyse marxiste de la stratification sociale.

Conclusion

Ainsi, pour Marx, la structure sociale se caractérise par l'existence de groupes sociaux distincts et hiérarchisés, les classes sociales, qu'une lutte (la « lutte des classes ») oppose pour faire triompher leurs intérêts respectifs.

14 Sujet spécimen 2021 • ÉTUDE DE DOCUMENT

SES

Tertiarisation de la structure socioprofessionnelle

1 heure
6 points

INTÉRÊT DU SUJET • Quelles transformations marquent la population active ? L'évolution des catégories socioprofessionnelles apporte un éclairage.

DOCUMENT **Catégorie socioprofessionnelle des personnes en emploi de 1982 à 2019 (en %)**

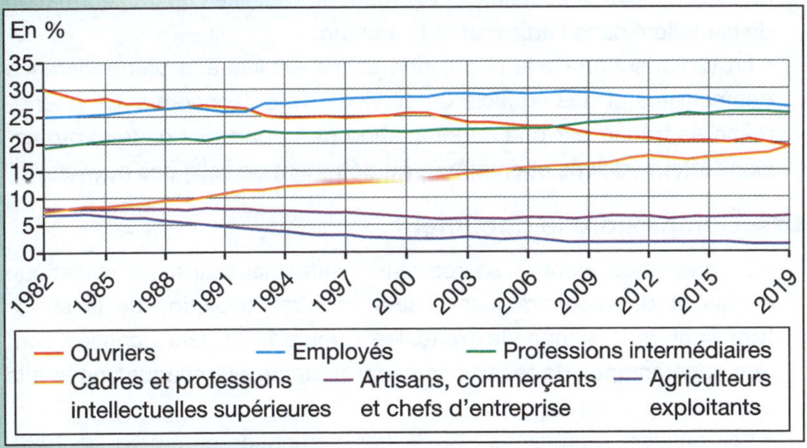

Source : « Emploi, chômage, revenus du travail », *Insee Références*, juillet 2020.

Champ : France hors Mayotte, population des ménages, personnes en emploi.

▶ **1.** À l'aide des données du document, vous comparerez l'évolution de la part des catégories socioprofessionnelles « Cadres et professions intellectuelles supérieures » et « Ouvriers » parmi les personnes en emploi.

▶ **2.** À l'aide des données du document et de vos connaissances, vous expliquerez le phénomène de tertiarisation de la population active française.

LES CLÉS DU SUJET

Définir les mots clés

• Les **catégories socioprofessionnelles** (CSP) classent statistiquement les individus de la **population active** (population occupant ou cherchant un emploi) dans des ensembles homogènes selon **plusieurs critères** : le statut de l'emploi et de l'employeur, le secteur d'activité, la taille de l'entreprise, le niveau de qualification… Les CSP représentent les niveaux intermédiaire et agrégé de la **nomenclature des professions et catégories socioprofessionnelles (PCS).**

• Les **cadres et professions intellectuelles supérieures** constituent un ensemble dont l'homogénéité repose essentiellement sur le **niveau élevé de diplôme**, tandis que les **ouvriers** sont des salariés dont le niveau de diplôme est faible et exerçant des activités de transformation de la matière dans l'artisanat et l'industrie.

• La **tertiarisation** de la population active est liée à la prépondérance des activités et des emplois de services dans l'économie. Ce phénomène se traduit par une augmentation de la part des cadres, professions intermédiaires et employés au détriment de celle des ouvriers.

Comprendre le document

• Le graphique, dont la source est l'Institut national de la statistique et des études économiques (Insee), montre l'**évolution de la structure socioprofessionnelle française depuis 1982.** Les données sont des pourcentages de répartition se rapportant pour chaque année à la population en emploi.

• Les ouvriers représentent 30 % des personnes en emploi en 1982, 20 % en 2019.

Structurer la réponse à la seconde question

• On montrera dans un premier temps les **effets de la tertiarisation** sur la structure socioprofessionnelle.

• On expliquera ensuite que la tertiarisation est liée à une **évolution sectorielle des emplois,** elle-même due au progrès technique, à l'évolution de la demande et à la concurrence internationale.

14 CORRIGÉ GUIDÉ

SES

1. En 1982 les cadres et professions intellectuelles supérieures représentent une part trois fois moins importante (environ 8 %) que celle des ouvriers (30 %), tandis qu'en 2019 leurs parts sont équivalentes (20 %).

2. *Les titres des parties ne doivent pas figurer sur votre copie.*

Introduction

La population active (personnes occupant ou cherchant un emploi) est marquée par un processus de tertiarisation, soit l'augmentation de la part des emplois exercés dans les services, marchands et non marchands. Ce processus s'accompagne d'une transformation de la structure socioprofessionnelle.

Développement

- La tertiarisation de la population active française s'accompagne d'une transformation de la structure socioprofessionnelle. La part des agriculteurs (environ 2 % de la population en emploi en 2019) a poursuivi son déclin, tandis que les ouvriers ont vu leur poids baisser d'environ 10 points depuis 1982, en raison de la baisse de l'emploi industriel. Parallèlement, les cadres et professions intellectuelles supérieures, professions intermédiaires et employés ont vu leur part respective augmenter fortement, égalant ou dépassant le poids des ouvriers.

> **À NOTER**
> Tous les ouvriers n'appartiennent pas au secteur industriel, de même que les cadres et les employés n'exercent pas seulement dans le secteur tertiaire.

- La tertiarisation de la population active se traduit par l'augmentation significative de la part des emplois dans le secteur tertiaire, en raison de la hausse de la demande de services. Ces emplois représentent aujourd'hui plus de 75 % de la population en emploi, contre 40 % au début des années 1960. Parallèlement, les emplois dans l'agriculture puis dans l'industrie ont connu un déclin en raison de forts gains de productivité dus au progrès technique et de la concurrence accrue de produits étrangers.

> **MOT CLÉ**
> Les gains de productivité désignent l'augmentation du rapport production/emploi. S'ils croissent plus fortement que la production dans un secteur, alors l'emploi de ce secteur diminue.

Conclusion

Majoritaire dans l'agriculture et dans l'industrie jusqu'aux années 1970, la population active est aujourd'hui pour plus des trois quarts dans le secteur tertiaire, du fait de transformations de la production et de la demande.

Démocratisation et massification scolaires

30 min
4 points

INTÉRÊT DU SUJET • L'École est une instance essentielle longtemps réservée aux plus favorisés. Il est important de comprendre comment elle a été rendue accessible à tous et dans quelle mesure cette évolution constitue une réussite, même si elle demeure inaboutie.

▶ À l'aide de vos connaissances, montrez que la démocratisation scolaire est imparfaite.

LES CLÉS DU SUJET

Définir les mots clés

• La **démocratisation** est le processus qui consiste à rendre accessible à tous une ressource.

• La **démocratisation scolaire** est effective lorsque chaque élève peut avoir accès à l'ensemble des diplômes proposés, quelle que soit son origine sociale.

Structurer la réponse

• En introduction, distinguez la démocratisation quantitative **(massification)** de la démocratisation qualitative.

• Dans le développement, montrez que la démocratisation scolaire est bien **réelle**, puis expliquez que celle-ci est **peu qualitative** et présente une réussite et des taux d'accès aux diplômes inégaux.

• En conclusion, rappelez que les **deux formes** de démocratisation, massification et démocratisation, cohabitent.

15 CORRIGÉ GUIDÉ

Les titres des parties ne doivent pas figurer sur votre copie.

Introduction

L'École s'est transformée tout au long de son histoire pour assurer sa démocratisation. Celle-ci est quantitative quand elle permet l'accès du plus grand nombre à l'École, et qualitative lorsqu'il existe également une réelle égalité des chances de réussite. Nous verrons tout d'abord que l'École s'est démocratisée d'un point de vue quantitatif, puis qu'elle peine cependant à se démocratiser d'un point de vue qualitatif.

Développement

- La démocratisation quantitative de l'École commence en 1881 lorsque celle-ci devient gratuite et obligatoire pour tous avec les lois scolaires de Jules Ferry. L'obligation scolaire initialement fixée à 13 ans sera régulièrement augmentée, jusqu'à 16 ans en 1959. Actuellement les taux de scolarisation sont très élevés : 80 % des jeunes de 18 ans sont inscrits dans un établissement scolaire et près de 100 % des enfants âgés de 3 ans, contre 60 % pour ces derniers en 1960. Le taux d'accès au baccalauréat a été multiplié par quatre en cinq décennies en raison notamment de la création des filières technologiques (1968) et professionnelles (1985).
- Cependant, la démocratisation qualitative est insuffisante. Les élèves les moins favorisés socialement et économiquement maîtrisent moins la langue française, et ce dès l'école primaire. Un peu plus d'un tiers des enfants d'ouvriers obtiennent un baccalauréat dans une filière générale contre 75 % des enfants de cadres. Et ces élèves les moins favorisés socialement et économiquement ne représentent que 7 % des effectifs des classes préparatoires.

Conclusion

L'École a connu une démocratisation quantitative (massification) indéniable ; mais elle reste marquée par une trop faible démocratisation qualitative, source d'inégalités de réussite scolaire et donc professionnelle.

16

Polynésie française, mars 2021

DISSERTATION

Les inégalités de réussite scolaire

4 heures
20 points

INTÉRÊT DU SUJET • Les inégalités scolaires constituent un enjeu fort pour notre société car elles sont susceptibles de remettre en cause la cohésion sociale. Il est donc important d'en comprendre les causes.

Comment expliquer les inégalités de réussite scolaire ?

DOCUMENT 1 **Niveau de diplôme des 25-34 ans selon le milieu social, en 2018, en France (en %)**

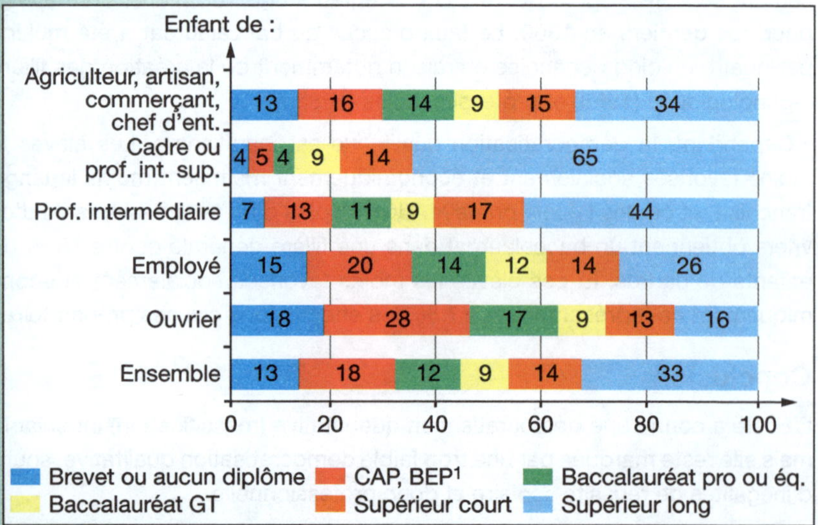

Source : ministère de l'Éducation nationale, de la jeunesse et des sports, *L'État de l'école 2019*.

Champ : France métropolitaine + DOM (hors Mayotte), données provisoires.
1. CAP : Certificat d'aptitude professionnelle ; BEP : Brevet d'études professionnelles.

DOCUMENT 2 **Environnement familial et accès aux livres**

Les parents [de Lucie, 5 ans, en grande section maternelle], Pierre et Aline, se sont rencontrés en 1994 et pacsés en 2012. Né en 1964, Pierre a 51 ans au moment de l'enquête. C'est un écrivain connu et reconnu, publiant dans une maison d'édition parisienne renommée [...].

Née en 1974, Aline, la mère, a 41 ans et enseigne actuellement à trois quarts de temps la philosophie dans un lycée de Besançon. Depuis ses maternités, elle a utilisé ses congés parentaux et les temps partiels pour être plus présente auprès de ses filles et avoir aussi du temps pour elle. [...]

Des tableaux, essentiellement d'art contemporain, originaux ou simples reproductions, tapissent les murs. Dans toutes les pièces, les livres envahissent les étagères. [...] Les chambres se trouvent à l'étage. Celles des filles, chacune disposant de la sienne, se situent de part et d'autre de celle de leurs parents. Dans la chambre de Lucie, une bibliothèque regroupe les livres pour enfants et des bandes dessinées de toutes sortes [...].

À la maison le livre est central et banal. [...] Objet du quotidien dont la présence est banalisée, ils n'ont plus rien d'exceptionnel pour des enfants qui peuvent quotidiennement en constater l'usage et en mesurer l'importance aux yeux des adultes. Lucie et Élise voient cependant que les livres ne sont pas des objets comme les autres, qu'ils sont destinés à être lus et qu'il faut pour ça acquérir des compétences qui permettent d'entrer en contact avec eux. L'envie de lire est générée presque naturellement chez les enfants vivant une telle situation, tant ils souhaitent pouvoir à leur tour d'accéder aux mystères contenus par ces objets. À propos de Lucie, Pierre dit : « Parfois, elle prétend presque savoir déjà lire, enfin elle déchiffre quand même. Dès qu'elle peut déchiffrer un mot, elle est toute fière. »

Source : *Enfances de classe*, sous la direction de Bernard Lahire, 2019.

DOCUMENT 3 **Attentes des familles en matière de formation et vœu d'orientation en fin de troisième générale, selon qu'au moins un des parents est ou non bachelier**

	Aucun des parents n'a le baccalauréat	Au moins un des parents a le baccalauréat
Diplôme considéré comme le plus utile pour trouver un emploi (en %)		
Aucun	1,8	1,3
CAP ou BEP[1]	14,1	1,7
Baccalauréat professionnel	21,7	10,4
Baccalauréat général ou technologique	15,2	9,1
Diplôme de l'enseignement supérieur	19,1	57
Ne sait pas	28	20,4
Vœu d'orientation en seconde générale et technologique en fin de troisième générale selon les notes au contrôle continu du brevet[2] (en %)		
Moins de 8/20	11,5	31,6
De 8/20 à moins de 10/20	38,9	65,7
De 10/20 à moins de 12/20	70	90,3
De 12/20 à moins de 15/20	91,8	98,8
15/20 ou plus	99,3	99,7
Part des élèves qui choisissent la voie professionnelle quand ils ont obtenu 10/20 ou plus au contrôle continu du brevet (en %)		
	17,4	3,3

Source : d'après Insee, *France, portrait social*, 2009.

Champ : France, entrants en sixième en 1995.
Lecture : quand aucun d'entre eux n'avait le baccalauréat, 14,1 % des parents déclarent que le CAP ou le BEP sont les diplômes les plus utiles pour trouver un emploi.
1. CAP : Certificat d'aptitude professionnelle ; BEP : Brevet d'études professionnelles.
2. Moyenne obtenue par l'élève en français, mathématiques et première langue vivante.

DOCUMENT 4 **Effectifs de l'enseignement supérieur en 2018-2019**

	Effectifs (en milliers)	Part des femmes (en %)	Part des élèves ayant des parents[1] CPIS (%)	Part des élèves ayant des parents[1] ouvriers ou inactifs (%)
Université	**1 615**	**57,4**	**33,3**	**18,3**
Préparation au DUT	120	40,3	30,7	18,3
Droit, sciences politiques	207	66,6	36,6	17
Économie, AES	192	53,4	28,1	22,7
Arts, lettres, langues, SHS	506	69,5	27,1	21,2
STAPS	57	31	29,7	18,4
Santé	233	64	47,8	10,8
Sciences	270	41,1	33,6	18,6
Formations d'ingénieurs	31	28,8	43,2	12,3
Formations d'ingénieurs hors université	**133**	**27,4**	**53,9**	**7,6**
Écoles de commerce, gestion, vente et comptabilité	**188**	**50,9**	**51,1**	**6,1**
Écoles artistiques, d'architecture et de journalisme	**95**	**58,9**	**47,4**	**7,7**
Écoles paramédicales et sociales	**135**	**85,6**	**23**	**19**
CPGE et prépas intégrées	**96**	**41,1**	**52,6**	**10,3**
STS et assimilés	**263**	**49**	**15,6**	**34,3**
Autres écoles et formations[2]	**155**	**53,8**	**44,2**	**11,7**
Ensemble	**2 679**	**55,3**	**34,3**	**18,1**

Source : D'après Insee, 2020.

1. Les proportions sont calculées en excluant les étudiants dont l'origine sociale n'est pas renseignée, soit 14 % en moyenne. Cette proportion est inférieure à 20 % sauf dans les écoles de commerce (37 %), les autres écoles et formations (31 %) et les écoles artistiques (45 %).
2. Notamment établissements privés, ENS, écoles juridiques et administratives.
Note : CPIS : cadres et professions intellectuelles supérieures ; DUT : Diplôme universitaire de technologie ; AES : administration économique et sociale ; SHS : sciences humaines et sociales ; STAPS : sciences et techniques des activités physiques et sportives ; CPGE : classes préparatoires aux grandes écoles ; STS : section de technicien supérieur ; ENS : École normale supérieure.

LES CLÉS DU SUJET

Analyser la consigne et dégager une problématique

Analyse du sujet

comment expliquer
Vous devez analyser les causes des inégalités de réussite scolaire.

inégalités
Elles représentent les différences d'accès aux ressources socialement valorisées (comme la réussite scolaire).

réussite scolaire
Elle se mesure par l'accès aux différents niveaux scolaires et de diplômes.

- **Problématique.** Quels sont les principaux facteurs agissant sur la réussite scolaire ?

Exploiter les documents

- **Document 1.** Le graphique permet de comparer le **niveau de diplôme** des 25-34 ans en France en 2018. Quelle est l'origine sociale des plus diplômés de cette génération ? Quel peut être le rôle de l'origine sociale dans la réussite scolaire ?
- **Document 2.** Le texte décrit un exemple d'**environnement familial** dans lequel les enfants sont stimulés à lire et à assimiler les principaux savoirs scolaires. Quelle place la famille occupe-t-elle dans la réussite scolaire ? Par quelles voies l'environnement familial peut-il faciliter cette réussite ?
- **Document 3.** Le tableau statistique permet de comparer les **attentes en termes d'orientation** pour leurs enfants des parents en fonction de leur niveau de diplôme (baccalauréat ou non). Quelles sont les différences dans les attentes familiales sur l'orientation des enfants ? Comment ces attentes peuvent-elles agir sur la réussite scolaire ?
- **Document 4.** Les données du tableau renseignent sur les **effectifs de l'enseignement supérieur** en fonction du type d'enseignement et de l'appartenance socioprofessionnelle des parents. Quels sont les enseignements du supérieur les plus valorisés ? Quelle est la catégorie socioprofessionnelle des parents dans ces études les plus valorisées ?

SES

Définir le plan

I. Origine sociale et réussite scolaire	• Quelle est la place de l'origine sociale dans la réussite scolaire ? (documents 1 et 4) • L'origine sociale est-elle le seul facteur explicatif de la réussite scolaire ?
II. Environnement familial et réussite scolaire	• Comment l'environnement familial peut-il favoriser la réussite scolaire ? (documents 2 et 4) • Comment les attentes des familles peuvent-elles favoriser la réussite scolaire ? (document 3)

16 CORRIGÉ GUIDÉ

Les titres des parties ne doivent pas figurer sur votre copie.

Introduction

[accroche] Les enquêtes internationales sur les systèmes éducatifs mettent en évidence les inégalités que connaît la France en matière de réussite scolaire. [présentation du sujet] Comment peut-on expliquer un tel phénomène ? La réussite scolaire est mesurée par l'accès aux différents niveaux scolaires et de diplômes et elle est considérée comme une ressource socialement valorisée. Or, l'existence d'inégalités signifie qu'il y a des différences d'accès à cette ressource. [problématique] Quels sont alors les principaux facteurs de la réussite scolaire ? [annonce du plan] Un premier facteur tient à l'origine sociale, entretenue par le système scolaire ; un second facteur est le rôle de la famille.

I. Origine sociale et inégalités scolaires

1. L'influence de l'origine sociale sur la réussite scolaire

▶ Le secret de fabrication

Les documents portent surtout sur l'origine sociale et la famille comme facteurs d'inégalités scolaires. Cependant, il est nécessaire de mettre en avant d'autres déterminants, en vous appuyant sur vos connaissances.

• En 2018, en France, 65 % des enfants de cadres et de professions intellectuelles supérieures âgés de 25 à 34 ans ont un diplôme du supérieur long, contre 16 % des enfants d'ouvriers (document 1). Cette même année, plus de la moitié des élèves de classes préparatoires aux grandes écoles et des prépas intégrées, qui sont les formations les plus valorisées, sont des enfants de cadres et professions intellectuelles supérieures, 10,3 % sont des enfants d'ouvriers (document 4).

• Les données statistiques montrent bien que l'origine sociale des élèves explique en grande partie les inégalités de réussite scolaire. En effet, ce sont les enfants dont les parents ont le niveau de diplôme le plus élevé qui ont la plus grande probabilité de réussir leurs études. Selon le sociologue Pierre Bourdieu, cette situation est le résultat de la transmission d'un capital culturel valorisé par le système scolaire.

MOT CLÉ
Le capital culturel défini par Pierre Bourdieu désigne les diplômes, les connaissances (langage, savoir…) ainsi que la possession d'objets culturels comme les livres.

2. Le système scolaire renforce le rôle de l'origine sociale

• On peut expliquer cette valorisation du capital culturel des plus diplômés par la proximité culturelle des enseignants qui ont connu, eux-mêmes, la réussite scolaire. Ces derniers ont donc, inconsciemment, tendance à valoriser la culture des élèves qui maîtrisent le mieux la culture scolaire, privilégiant ainsi ceux issus de milieux favorisés.

• Le manque de mixité sociale des établissements scolaires influence aussi les inégalités de réussite scolaire. On peut l'expliquer par la carte scolaire qui oriente les élèves dans les écoles en fonction de leur lieu de résidence. Il existe également un « effet établissement » : certaines écoles se révèlent plus efficaces, grâce à des pédagogies favorisant la progression des élèves.

À NOTER
En France, on mesure l'« effet établissement » en calculant sa valeur ajoutée, égale à la différence entre les résultats obtenus et ceux attendus en fonction des caractéristiques sociales des élèves.

II. Le rôle de la famille dans la réussite scolaire

1. L'environnement familial favorise la réussite scolaire

• La famille est une instance de socialisation, et plus particulièrement de socialisation selon le genre. Or, celle-ci a des effets sur les inégalités de réussite scolaire. Les filles ont des résultats scolaires supérieurs à ceux des garçons, pourtant, dans l'enseignement supérieur, elles sont surreprésentées dans les filières les moins valorisées (document 4).

MOT CLÉ
La socialisation selon le genre correspond à l'intégration de valeurs et de normes différentes entre les filles et les garçons.

• L'environnement familial joue un rôle important dans les inégalités scolaires. Ainsi, les enfants vivant dans un milieu familial qui les met en contact avec des outils scolaires comme les livres sont favorisés (document 2). De même, l'attention des parents auprès de leurs enfants pour les initier aux pratiques scolaires est également un facteur de réussite scolaire.

2. Attentes et stratégies des familles

• Pour le sociologue Raymond Boudon, les familles définissent des stratégies scolaires selon un calcul coûts-avantages. Les coûts sont ceux liés aux études, les avantages ceux obtenus grâce à un diplôme de niveau élevé. Or, pour les enfants de milieux défavorisés, les coûts sont le plus souvent supérieurs aux avantages, et inversement pour les ménages les plus aisés.

• Les familles, dans le système scolaire français, jouent un rôle important dans les choix d'orientation des enfants. Or, ces choix dépendent des attentes des parents. C'est dans les familles dont l'un des parents a le baccalauréat que les attentes pour des études longues dans les filières valorisées sont les plus importantes (document 3).

Conclusion

[bilan] En France, deux facteurs primordiaux jouent un rôle déterminant pour expliquer les inégalités de réussite scolaire. Le premier tient à l'origine sociale des élèves : ceux issus des milieux favorisés, ayant reçu de leurs parents un capital culturel, auront plus de chances de réussir leurs études. Et ce d'autant plus que ces élèves sont privilégiés par l'École elle-même qui valorise des savoirs scolaires maîtrisés par leurs parents diplômés. Un second facteur tient au milieu familial. Celui-ci tend à défavoriser les filles et peut créer un environnement propice, ou non, à la réussite scolaire. De plus, les stratégies familiales, notamment en matière d'orientation, accentuent les différences d'accès aux diplômes. [ouverture] Ce constat établi, il s'agit alors de s'attacher à réduire ces inégalités de réussite scolaire, la question étant de savoir comment procéder pour y parvenir.

17 Asie, mars 2021 • ÉTUDE DE DOCUMENT

La mobilité sociale des hommes

1 heure
6 points

INTÉRÊT DU SUJET • Peut-on s'extraire de son milieu social d'origine ? L'étude de la mobilité sociale des hommes français en 2015 apporte un éclairage nuancé à cette question.

DOCUMENT Destinées sociales des hommes selon la position sociale de leur père en 2015 (%)

CSP des fils / CSP des pères	Agriculteurs exploitants	ACCE*	CPIS*	Professions intermédiaires	Employés et ouvriers qualifiés	Employés et ouvriers non qualifiés	Ensemble
Agriculteurs exploitants	26,7	7,9	8,5	20,4	27,4	9,1	100
ACCE*	0,9	20,6	23,1	23,8	23,6	7,9	100
CPIS*	0,2	7,9	49	25,4	13,7	3,8	100
Professions intermédiaires	0,6	7,8	26,5	31,1	26,2	7,7	100
Employés et ouvriers qualifiés	0,6	7,2	12,7	26,8	42,6	10,1	100
Employés et ouvriers non qualifiés	0,6	6,5	8,3	18,7	43,9	22,1	100
Ensemble	2,8	9,1	20,4	25,3	32,4	10,1	100

Source : Insee, enquêtes Formation et qualification professionnelle 2014-2015.

Champ : France métropolitaine, hommes français actifs occupés ou anciens actifs occupés, âgés de 35 à 59 ans au 31 décembre de l'année d'enquête.
* ACCE : artisans, commerçants et chefs d'entreprise ; CPIS : cadres et professions intellectuelles supérieures.

▶ **1.** À l'aide des données du document, vous comparerez la destinée des fils de cadres et des fils d'employés et d'ouvriers non qualifiés (*2 points*).

▶ **2.** À l'aide des données du document et de vos connaissances, vous illustrerez et expliquerez une situation de mobilité ascendante et une situation de reproduction sociale (*4 points*).

LES CLÉS DU SUJET

Définir les mots clés

- La mobilité sociale désigne un **changement de la position sociale d'un individu,** évaluée par la catégorie socioprofessionnelle (CSP), par rapport à celle de ses parents (mobilité intergénérationnelle).
- On parle de **mobilité ascendante** lorsque l'individu acquiert une position sociale supérieure à celle de ses parents et de **reproduction sociale** lorsqu'il conserve la même position que celle de ses parents.

Comprendre le document

La mobilité sociale se mesure au moyen des **tables de mobilité** : la **table des destinées** (en %) indique quelles CSP occupent 100 hommes dont le père avait la même position sociale. Par exemple, en 2015 sur 100 fils d'agriculteurs, 26,7 étaient agriculteurs eux-mêmes et 8,5 étaient cadres. La **diagonale du tableau** indique la part des hommes dont le père occupait la même CSP.

Structurer la réponse à la seconde question

- Il s'agira de montrer dans un premier temps une situation de **mobilité ascendante** et d'en exposer les causes.
- Puis nous adopterons la même démarche pour une situation de **reproduction sociale.**

17 CORRIGÉ GUIDÉ

▶ **1.** En 2015, pour les fils de cadres c'est la reproduction, ou immobilité sociale, qui domine puisque près de la moitié d'entre eux (49 %) sont devenus cadres eux-mêmes. Chez les fils d'employés et ouvriers non qualifiés, seulement 22,1 % le sont eux-mêmes. Si 17,5 % des fils de cadres sont devenus ouvriers ou employés (13,7 + 3,8), c'est le cas des deux tiers des fils d'employés et ouvriers non qualifiés (43,9 + 22,1).

▶ **2.** *Les titres des parties ne doivent pas figurer sur votre copie.*

Introduction

La mobilité sociale désigne un changement de position sociale entre générations. Cette mobilité est ascendante lorsque l'individu acquiert une position supérieure à celle de ses parents. On parle de reproduction ou d'immobilité sociale lorsqu'il conserve la même position que ses parents. Nous allons successivement montrer et exposer les causes de chacune de ces situations.

Développement

• Sur 100 fils d'employés et ouvriers qualifiés 39,5 % (26,8 + 12,7) occupent une profession intermédiaire ou sont devenus cadres : ils connaissent donc une mobilité ascendante. Cette situation peut s'expliquer par la mobilité structurelle, liée à la croissance des emplois qualifiés, et par l'élévation du niveau de formation qui amène davantage d'individus vers ces emplois qualifiés.

MOT CLÉ
La mobilité structurelle désigne les déplacements intergénérationnels, ascendants ou non, liés aux transformations de la structure socioprofessionnelle.

• Les fils de cadres et d'employés et ouvriers qualifiés sont touchés par la plus forte reproduction sociale puisque respectivement 49 % et 42,6 % occupent la même position que celle de leur père. Ce phénomène s'explique principalement par le rôle socialisateur de la famille, qui transmet des capitaux (économique, culturel, social) déterminant les choix et la réussite scolaire ainsi que les possibilités d'insertion professionnelle.

Conclusion

La table des destinées permet de constater que les trajectoires sociales des individus sont influencées par leur position d'origine. Une telle situation met en lumière le rôle de la famille dans la mobilité et l'immobilité sociale, même si la structure socioprofessionnelle et le système de formation ont une action également importante.

La mobilité structurelle

2 h 30
10 points

INTÉRÊT DU SUJET • Cet exercice type bac permet de vous entraîner à réaliser un raisonnement de sociologie (partie 3 de l'épreuve composée) en travaillant spécifiquement sur l'une des causes de la mobilité sociale.

À l'aide de vos connaissances et du dossier documentaire, vous montrerez que l'évolution de la structure socioprofessionnelle constitue un déterminant de la mobilité sociale.

DOCUMENT 1 Catégorie socioprofessionnelle (CSP) du fils en fonction de celle du père en 2017 (en %)

	CSP du père						
CSP du fils	1	2	3	4	5	6	Ensemble
1. Agriculteurs exploitants	*79,4*	*3,1*	*2,9*	*2,6*	*1,7*	*10,3*	*100,0*
	24,6	**0,6**	**0,5**	**0,4**	**0,4**	**0,7**	**2,5**
2. Artisans, commerçants et chefs d'entreprise	*6,3*	*27,6*	*13,5*	*12,1*	*7,9*	*32,7*	*100,0*
	7,4	**19,3**	**8,8**	**7,3**	**7,2**	**8,0**	**9,4**
3. Cadres et professions intellectuelles supérieures	*4,3*	*14,6*	*32,9*	*20,3*	*9,2*	*18,7*	*100,0*
	11,6	**23,4**	**49,3**	**28,1**	**19,3**	**10,5**	**21,6**
4. Professions intermédiaires	*5,3*	*12,5*	*14,8*	*21,11*	*11,7*	*34,6*	*100,0*
	16,0	**22,0**	**24,4**	**32,2**	**27,0**	**21,4**	**23,8**
5. Employés	*4,8*	*11,4*	*9,9*	*17,3*	*16,1*	*40,6*	*100,0*
	6,9	**9,7**	**7,9**	**12,7**	**17,9**	**12,1**	**11,5**
6. Ouvriers	*8,5*	*10,8*	*4,2*	*9,6*	*9,2*	*57,8*	*100,0*
	33,5	**25,1**	**9,2**	**19,2**	**28,2**	**47,2**	**31,4**
Ensemble	*7,9*	*13,5*	*14,4*	*15,6*	*10,3*	*38,3*	*100,0*
	100,0	**100,0**	**100,0**	**100,0**	**100,0**	**100,0**	**100,0**

Source : Site de l'académie de Versailles, Insee, hommes de 30 à 59 ans, 2017.

Note : La table des destinées est en colonne (en gras), celle des recrutements est en ligne (en italiques).

DOCUMENT 2 Catégorie socioprofessionnelle des personnes en emploi de 1982 à 2018 (en %)

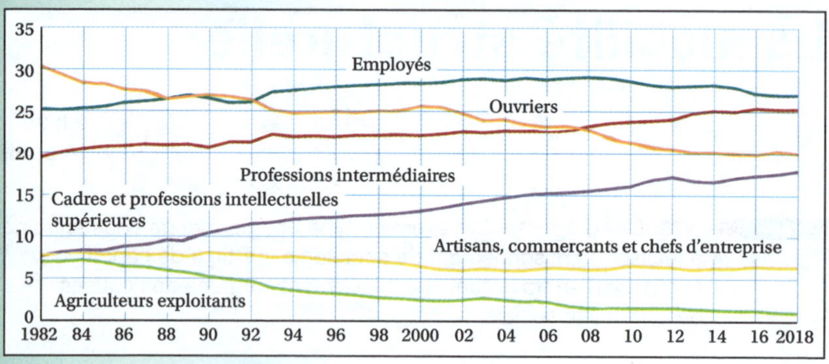

Source : *Emploi, chômage, revenus du travail*, coll. « Insee Références », Insee, édition 2019.

DOCUMENT 3 La mobilité sociale

En 2003, 65 % des hommes âgés de 40 à 59 ans exercent un métier dans une catégorie socioprofessionnelle différente de celle de leur père. Cette mobilité dépend en partie de l'évolution de la structure de l'économie et des dynamismes démographiques des différents groupes sociaux. Entre les années soixante-dix et aujourd'hui, l'agriculture a poursuivi son déclin séculaire. L'industrie a marqué le pas avant de décliner à son tour, provoquant une forte diminution du nombre d'ouvriers. […]

À l'inverse, la part des cadres et des professions intermédiaires dans la population active est passée de 21 % en 1977 à 38 % en 2003, accompagnant le développement des activités tertiaires. Les classes moyennes et supérieures du salariat sont donc forcément constituées de membres d'origines diverses. Les fils d'ouvrier et d'agriculteur accèdent aux catégories supérieures du salariat en raison de ce formidable appel d'air et non pas d'une réelle évolution de l'égalité des chances. […]

En 1977, 57 % des fils occupaient une position différente de celle de leur père, contre 65 % en 1993 et en 2003. Cependant, l'écart entre la structure sociale des pères et la structure sociale des fils était moindre en 1977 qu'en 1993 ou aujourd'hui. Du fait de l'évolution économique, occasionnant des échanges de plus en plus nombreux entre groupes sociaux pour s'adapter au marché de l'emploi, la mobilité structurelle a constamment augmenté entre 1977 et 2003.

Source : Stéphanie Dupays, « En un quart de siècle, la mobilité sociale a peu évolué », *Données sociales*, 2006.

LES CLÉS DU SUJET

Analyser les termes du sujet et mobiliser ses connaissances

Analyse du sujet

- **montrerez** : On vous demande d'exposer des éléments et de les expliquer.
- **évolution** : Ce sont les effets de changements que l'on veut mettre en évidence.
- **structure socioprofessionnelle** : Répartition des actifs/des emplois par CSP.
- **déterminant** : Synonyme de cause, de facteur.
- **mobilité sociale** : Déplacements au sein de la structure socioprofessionnelle entre générations (enfants/parents).

Exploiter les documents

- **Document 1.** Ce tableau présente les deux tables de mobilité (destinées/recrutements) en 2017. Pour identifier la mobilité structurelle, il faut comparer les **marges** du tableau (ligne et colonne « Ensemble ») qui montrent l'évolution entre la structure socioprofessionnelle des fils et celle de leurs pères.
- **Document 2.** Ce graphique montre les **transformations** de la structure socioprofessionnelle des emplois depuis 1982. On y voit ainsi les CSP dont la proportion augmente et celles dont le poids diminue.
- **Document 3.** Ce texte explique le lien entre les transformations socioprofessionnelles et la mobilité sociale. Il souligne que cette dernière est pour l'essentiel une **mobilité structurelle**.

Définir les arguments

Argument 1	Les transformations de la structure socioprofessionnelle conduisent au déclin de certaines CSP, et donc à une mobilité structurelle qui contraint les enfants issus de ces CSP à les quitter…
Argument 2	… et à accéder aux CSP en expansion.

18 CORRIGÉ GUIDÉ

Les titres des parties ne doivent pas figurer sur votre copie.

Introduction

La mobilité sociale, définie comme les changements de position sociale au cours de la vie active d'un individu ou par rapport à ses parents, s'explique en partie par les évolutions de la structure socioprofessionnelle qui dépendent des évolutions économiques et de l'emploi. On montrera successivement comment le déclin puis l'expansion de certaines catégories sociales favorisent une mobilité sociale structurelle.

I. La mobilité sociale est déterminée par le déclin de certaines catégories sociales

• La comparaison de la structure sociale des pères (ligne « Ensemble ») avec celle des fils (colonne « Ensemble ») met en évidence des catégories en déclin entre générations. On constate ainsi que si 7,9 % des hommes de 30-59 ans sont fils d'agriculteurs en 2017, seulement 2,5 % sont agriculteurs eux-mêmes. Dès lors, si 79,4 % des agriculteurs sont fils d'agriculteurs, seuls 24,6 % des fils d'agriculteurs sont devenus agriculteurs comme leur père et 75,4 % (100 – 24,6) ont été amenés à occuper d'autres positions sociales. Cette mobilité est également vraie, dans une moindre mesure, chez les enfants d'ouvriers et d'artisans, commerçants et chefs d'entreprise (document 1).

> **CONSEIL**
> Attention ! En exploitant les données des tables, distinguez bien la lecture en ligne (sur 100 ouvriers, 57,8 sont fils d'ouvriers) de la lecture en colonne (sur 100 fils d'ouvriers, 47,2 sont ouvriers).

• La baisse continue de la part des agriculteurs dans l'emploi total, passant de 7 % environ en 1982 à moins de 2 % en 2018, confirme cette tendance. La même évolution s'est produite pour la part des ouvriers, en diminution de 10 points (document 2). Ces baisses réduisent mécaniquement les chances d'occuper la même position sociale que celle de ses parents.

• Ces constats s'expliquent par les transformations profondes qui ont marqué les économies des pays développés au cours des dernières décennies, frappées par le déclin des activités et de l'emploi agricoles et plus tardivement par une désindustrialisation due au progrès technique et à la concurrence internationale (document 3).

II. La mobilité sociale découle également de l'expansion de certaines catégories sociales

• D'autres catégories socioprofessionnelles ont au contraire connu une expansion entre la génération des pères et celle des fils. Ainsi en 2017, 14,4 % des hommes de 30-59 ans sont fils de cadres et 21,6 % sont cadres eux-mêmes. Le poids des professions intermédiaires a également augmenté : 15,6 % des hommes de 30-59 ans sont fils de professions intermédiaires et 23,8 % le sont eux-mêmes (document 1).

• Ces données sont confirmées par le doublement de la part des cadres dans l'emploi entre 1982 et 2018 et la hausse de 5 points de celle des professions intermédiaires (document 2). Ces augmentations créent autant d'opportunités de mobilité sociale, principalement ascendante, dans les catégories moyennes et supérieures pour les enfants venant de CSP en déclin.

• Ces catégories en expansion sont caractéristiques du processus de tertiarisation des économies des pays développés et de la progression du salariat qualifié (document 3).

Conclusion

Les évolutions de la structure socioprofessionnelle expliquent ainsi une dimension importante de la mobilité sociale, dite structurelle. Celle-ci, pour une part relativement importante, est ascendante car elle est liée au développement des emplois qualifiés.

19

Sujet zéro 2020
Mobilisation des connaissances

La consommation engagée

30 min
4 points

INTÉRÊT DU SUJET • Agriculture biologique, circuits courts, boycott de certains produits : de quoi ces choix de consommation sont-ils le nom ?

En quoi la consommation engagée peut-elle être comprise comme une forme d'engagement politique ?

LES CLÉS DU SUJET

Définir les mots clés

• La **consommation engagée** désigne la **prise en compte de principes éthiques, sociaux ou politiques** dans le cadre de la consommation de biens et de services ainsi que les actions visant à les faire valoir auprès de l'opinion et des pouvoirs publics.

• L'**engagement politique** revêt les différentes formes de **participation individuelle et collective** à une activité politique en vue d'influencer les décisions politiques et les règles de fonctionnement de la société.

Structurer la réponse

• Dans un premier temps, il s'agit de montrer quels sont **les enjeux de la consommation engagée.**

• Dans un second temps, on mettra en évidence ses **acteurs** et leurs **modalités d'action.**

19 CORRIGÉ GUIDÉ

Les titres des parties ne doivent pas figurer sur votre copie.

Introduction

La consommation engagée désigne la prise en compte de principes éthiques, sociaux ou politiques dans le cadre de la consommation de biens et de services, visant à influencer l'opinion publique et l'action des décideurs politiques. Elle se développe dans un contexte de prise de conscience des enjeux environnementaux et sociaux de notre mode de développement.

Développement

- La consommation engagée va de pair avec l'observation des conséquences environnementales et sociales de nos modes de production et des choix de consommation qui les orientent, générant pollutions, déforestation ou encore alimentation de mauvaise qualité. Des citoyens en viennent alors à modifier leurs manières de consommer en cherchant à encourager, au travers de leurs achats, le respect par les producteurs de l'environnement et de normes sociales. Il s'agit également de mobiliser l'opinion publique par des pratiques militantes et de protestation afin d'obtenir des décideurs politiques qu'ils prennent en compte certaines revendications en matière de consommation.

> **MOT CLÉ**
> Les normes sociales désignent en particulier les règles de droit qui protègent les salariés dans l'exercice de leur travail.

- La consommation engagée s'appuie sur différents acteurs : des associations et collectifs de consommateurs, des groupements de producteurs (les associations pour le maintien d'une agriculture paysanne, ou AMAP, par exemple), des entreprises de l'économie sociale et solidaire, des militants. Défendant des causes aussi diverses que le refus de l'obsolescence programmée ou la défense du bien-être animal, elle mobilise un répertoire d'actions également diversifié, de la consommation issue de circuits courts à des actions plus protestataires tels que le boycott de produits (celui, par exemple, prôné par le collectif Éthique sur l'étiquette dans le secteur de l'habillement).

Conclusion

La consommation engagée, aux acteurs et actions fort divers, est bien une forme d'engagement politique qui contribue à modifier la prise de décision politique et le fonctionnement de nos sociétés afin de mieux prendre en compte les préoccupations, notamment environnementales.

20 France métropolitaine, septembre 2021
DISSERTATION

Les déterminants de l'engagement politique

4 heures
20 points

INTÉRÊT DU SUJET • S'engager politiquement est essentiel au fonctionnement de la démocratie. Mais qu'est-ce qui influence ou incite les citoyens à s'engager ?

Peut-on expliquer l'engagement politique seulement par des variables sociodémographiques ?

DOCUMENT 1 **Indemnités de fonction maximales dans les communes (en France)**

Population totale (tranches démographiques)	Indemnités maximales au 1er janvier 2019			
	Maires Montant des indemnités en euros		Adjoints Montants des indemnités en euros	
	Annuel	Mensuel	Annuel	Mensuel
< 500	11 901	991	4 620	385
500 à 999	18 809	1 567	4 993	416
1 000 à 3 499	24 083	2 006	9 241	770
10 000 à 19 999	25 670	2 139	10 262	855
20 000 à 49 999	42 005	3 500	15 403	1 283
50 000 à 99 999	51 340	4 278	20 536	1 711
100 000 à 200 000	67 675	5 639	30 804	2 567
> 200 000	67 675	5 639	33 837	2 819
Paris, Marseille, Lyon	67 675	5 639	33 837	2 819

Source : D'après les centres de gestion de la fonction publique territoriale de Bretagne, 2020.

DOCUMENT 2 **Écarts d'abstention à des élections (en points de pourcentage) selon différents critères sociodémographiques**

Écarts d'abstention 25-59 ans/65-69 ans				
	Présidentielle 1er tour	Présidentielle 2nd tour	Législatives 1er tour	Législatives 2nd tour
2007	8,9	11,5	32,8	37,1
2012	15,5	18,9	36,7	39,6
2017	18,2	21,1	35,1	37,1
Écarts d'abstention ouvriers/cadres				
	Présidentielle 1er tour	Présidentielle 2nd tour	Législatives 1er tour	Législatives 2nd tour
2007	5,8	6,5	16,6	13,9
2012	6,8	11,2	20	20,7
2017	12,55	12,01	25,8	23
Écarts d'abstention baccalauréat/études supérieures				
	Présidentielle 1er tour	Présidentielle 2nd tour	Législatives 1er tour	Législatives 2nd tour
2007	2,4	2,3	7,1	6,4
2012	4	4,9	8,7	9,9
2017	4,3	5,5	12	10,4

Source : d'après Céline Braconnier, Baptiste Coulmont, Jean-Yves Dormagen, « Toujours pas de chrysanthèmes pour les variables lourdes de la participation électorale. Chute de la participation et augmentation des inégalités électorales au printemps 2017 », *Revue française de science politique*, 2017.

Lecture : En 2007, lors du premier tour de l'élection présidentielle, le taux d'abstention des 25-29 ans était supérieur de 8,9 points à celui des 65-69 ans.

DOCUMENT 3 **Part des femmes parmi les députés (en %)**

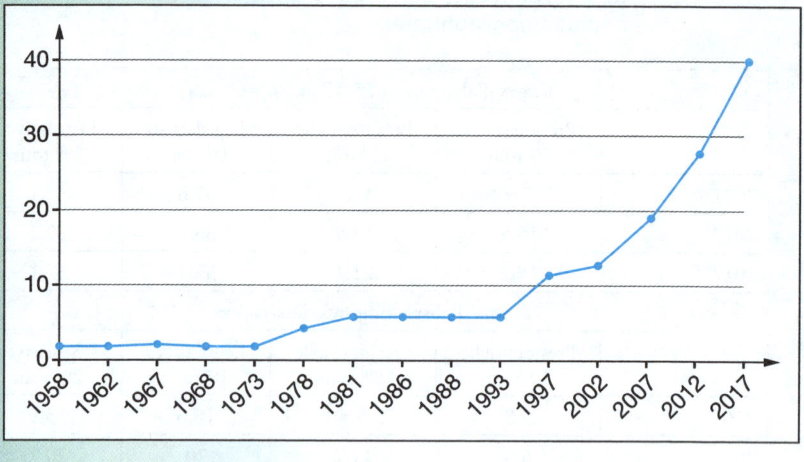

Source : Insee, Observatoire des inégalités, 2017.

DOCUMENT 4 **Les bénévoles dans la vie associative**

Jérôme Bourbigot, administrateur du comité départemental des médailles de la jeunesse et des sports et délégué du secteur de Cornouaille, a rappelé qu'il existait aujourd'hui trois médailles d'État : la légion d'honneur, la médaille du mérite et celle de la jeunesse et des sports.

« L'objectif de la Fédération française de médaillés de la jeunesse et des sports, régie par la loi 1901, consiste à intervenir auprès des pouvoirs publics et des organismes sportifs, socio-éducatifs et des mouvements d'éducation populaire afin d'appuyer tout projet, en faveur des jeunes et des moins jeunes. C'est soutenir également toute action visant à la valorisation du bénévolat, menée dans le mouvement associatif de la jeunesse et des sports. »

Il a fait remarquer que ce comité départemental restait méconnu alors qu'il existe un grand nombre de bénévoles impliqués. « Si dans vos clubs respectifs, vous sentez que des personnes peuvent réunir les conditions pour obtenir cette médaille, il ne faut pas hésiter à le signaler au comité », recommande-t-il.

Michel Loussouarn, le maire, a souligné que cette décoration saluait un nombre d'années d'engagement au quotidien, dans un club ou une association, au service, notamment, de la collectivité.

Bernard Guillou s'est vu remettre cette décoration pour son implication, depuis 23 ans, au sein du club d'aïkido de la commune dont il est le président. Il remarque : « C'est difficile pour cette discipline d'arts martiaux d'être visible, étant donné que l'on n'organise pas de compétition. C'est davantage une pratique philosophique, où l'on se sert du sport pour améliorer son esprit. »

Quant à Yves Bernard, bénévole impliqué depuis 1970, que ce soit au don du sang, pour les Joutes de l'Aven ou lors de la création du club de football kernévellois, l'ASK, il résume ainsi sa vision du bénévolat : « La vie associative est un combat qu'il faut mener avec détermination. Dans mon rôle de bénévole, je suis toujours allé à la rencontre des autres. »

Source : *Ouest-France*, 22 mai 2017.

LES CLÉS DU SUJET

Analyser la consigne et dégager une problématique

Analyse du sujet

peut-on expliquer
Vous devez travailler sur les causes de l'engagement politique.

engagement politique
Formes variées de participation aux actions politiques et associatives.

seulement par
Il s'agit de montrer la pluralité des causes.

variables sociodémographiques
Indicateurs de l'appartenance à des groupes sociaux : genre, âge, CSP, etc.

• **Problématique.** Si l'appartenance à des groupes sociaux influence l'engagement politique, d'autres facteurs jouent également un rôle.

Exploiter les documents

• **Document 1.** Ce tableau indique le montant en 2019 des **indemnités de fonction** perçues par les maires et leurs adjoints selon la taille de la commune. Quelle motivation de l'engagement est ici suggérée ? L'incitation est-elle aussi forte selon l'importance de la commune ?

• **Document 2.** À partir des écarts de taux d'**abstention**, les données de ce tableau mettent en évidence des **déterminants sociodémographiques** de ce phénomène. Quels sont-ils ? Sont-ils tous aussi importants ? La nature de l'élection a-t-elle aussi un impact ? Que suggère l'évolution de ces écarts ?

• **Document 3.** Ce graphique retrace la part des **femmes élues à l'Assemblée nationale** entre 1958 et 2017. Comment évolue le nombre de femmes députées ? Quels moyens les institutions et la loi ont-elles employés pour parvenir à ce résultat ?

• **Document 4.** Cet article de presse souligne le **rôle des bénévoles dans les associations.** Quel type d'incitation est mis en évidence ici ? Est-ce une incitation sélective ?

Définir le plan

I. Les déterminants sociodémographiques	• Quel est le rôle de l'âge, de la génération et du genre dans l'engagement politique (documents 2 et 3) ? • Comment la CSP et le diplôme exercent-ils un rôle sur l'engagement politique (document 2) ?
II. D'autres facteurs explicatifs	• Quelles incitations peuvent influencer la motivation individuelle à s'engager (documents 1 et 4) ? • Le contexte politique peut-il favoriser ou freiner l'engagement ?

20 CORRIGÉ GUIDÉ

Les titres des parties ne doivent pas figurer sur votre copie.

Introduction

[accroche] 2022 a été une année à fort enjeu électoral, avec les scrutins présidentiel puis législatif qui se sont déroulés en avril et juin. [présentation du sujet] Ces élections ont (re)posé la question de l'engagement politique, celui-ci désignant au sens large les formes variées de participation aux actions politiques et associatives. [problématique] Si l'appartenance à des groupes sociaux influence cet engagement, d'autres facteurs jouent également un rôle. [annonce du plan] Après avoir présenté les déterminants sociodémographiques de la participation politique, nous montrerons que d'autres facteurs y contribuent.

SES

I. Les déterminants sociodémographiques de l'engagement

> **▶ Le secret de fabrication**
> Il faut montrer ici comment agissent les principales variables sociodémographiques mises en avant par les sociologues pour expliquer les comportements politiques. En plus des documents proposés par le sujet, pensez à mobiliser aussi votre cours de première sur le vote.

1. Le rôle de l'âge, de la génération et du genre

• L'engagement politique sous ses formes les plus conventionnelles est moins fort chez les jeunes et augmente avec l'âge. On constate notamment que le taux d'abstention des 25-29 ans est systématiquement plus fort que celui des 65-69 ans, quelle que soit l'élection, avec un écart de 21,1 points au second tour de l'élection présidentielle de 2017 par exemple (document 2). Cependant les jeunes s'engagent plus volontiers dans des formes non conventionnelles, par exemple pour la défense du climat.

> **MOTS CLÉS**
> Les formes conventionnelles d'engagement sont liées au processus électoral, tandis que les formes non conventionnelles prennent la forme d'actions protestataires multiples (pétitions, manifestations, occupations…).

• Des effets de générations ont aussi une incidence sur l'engagement politique, marqué par les mobilisations d'une époque : c'est le cas des mouvements d'émancipation des années 1960-1970.

• L'engagement des femmes est marqué par un moindre intérêt pour la politique, un sentiment d'incompétence plus grand et un taux d'adhésion plus faible aux partis politiques. Cette situation explique pour partie la place réduite des femmes dans les fonctions électives, celles-ci ne représentant qu'un peu plus de 10 % des députés au début des années 2000 (document 3).

2. Le poids de la catégorie socioprofessionnelle et du diplôme

• L'appartenance à une catégorie socioprofessionnelle (CSP) a un impact sur la probabilité de s'engager, celle-ci étant globalement plus élevée pour les CSP moyennes et supérieures. La socialisation politique, qui diffère selon le milieu social, est à l'origine de compétences et d'un intérêt différenciés pour la politique. C'est ainsi qu'au premier tour des élections législatives de 2017 le taux d'abstention des ouvriers était supérieur d'environ 26 points à celui des cadres (document 2).

> **MOT CLÉ**
> La socialisation politique représente l'intériorisation des façons de penser et d'agir qui déterminent les représentations, les choix et les comportements politiques.

• Les ressources et les compétences nécessaires à l'engagement politique sont aussi liées au parcours scolaire et de formation, la probabilité de s'engager politiquement dépendant de la nature et du niveau de diplôme. Au premier tour des élections législatives de 2017 le taux d'abstention des titulaires du seul baccalauréat est en effet supérieur de 12 points à celui des titulaires d'un diplôme du supérieur (document 2).

II. D'autres déterminants de l'engagement

> **▶ Le secret de fabrication**
>
> Dans cette partie, selon une logique individualiste, il faut partir de l'analyse de Mancur Olson pour montrer le rôle des incitations, en élargissant à la notion de rétributions symboliques. Pour le rôle du contexte ensuite, vous devez mobiliser votre cours.

1. Des incitations matérielles et symboliques

• Selon l'économiste Mancur Olson, l'engagement dans des actions collectives suppose des incitations sélectives, encourageant l'individu rationnel, qui prend ses décisions sur la base d'un calcul coût-avantage, à ne pas se comporter en passager clandestin. Les indemnités de fonction que perçoivent les maires et leurs adjoints, d'autant plus élevées que la taille de la commune est importante (2 006 euros par mois pour un maire d'une commune de 1 000 à 3 499 habitants), peuvent ainsi contribuer à ce que des individus s'engagent durablement dans ces fonctions (document 1).

> **MOT CLÉ**
>
> Les incitations sélectives sont des avantages réservés aux participants d'une action collective (des services fournis aux seuls adhérents d'un syndicat par exemple).

• Mais l'engagement politique est aussi motivé par les rétributions symboliques qu'il procure, apportant des satisfactions non matérielles par la défense et le partage de causes et de valeurs communes qui poussent à agir quel qu'en soit le coût. Les décorations et médailles remises aux responsables associatifs particulièrement engagés constituent ainsi une forme d'encouragement public à l'engagement (document 4).

2. Le rôle du contexte et du cadre institutionnel

• La structure des opportunités politiques crée un cadre plus ou moins favorable à la participation politique. Le mécontentement suscité par une loi (la taxe carbone par exemple) ou par l'augmentation des prix (du carburant, des loyers…) peut inciter à des mobilisations et à l'engagement dans des organisations pour tenter de peser sur les décisions publiques, et ce d'autant plus dans le contexte d'une élection proche qui donne plus d'écho et de chance de succès à une revendication.

• Le cadre institutionnel et réglementaire peut aussi freiner ou au contraire contribuer à l'engagement politique. Diverses lois mises en œuvre depuis les années 2000 ont par exemple permis une augmentation significative de la part des femmes occupant des fonctions électives. Alors qu'elles ne représentaient qu'un peu plus de 10 % des députés à la fin de la décennie 1990, elles sont près de 40 % en 2017 (document 3).

Conclusion

[bilan] L'engagement politique est fortement lié à des variables sociodémographiques qui déterminent une probabilité plus ou moins forte à l'action politique. Cependant d'autres facteurs tels que les incitations et le contexte jouent aussi un rôle important. [ouverture] À un moment où l'abstention électorale n'a jamais été aussi forte, signe d'une défiance à l'égard des institutions politiques traditionnelles, il est important de bien identifier ces facteurs qui peuvent être des leviers pour encourager l'engagement politique de tous.

21 Étude de document

L'engagement des États en faveur de l'environnement

1 heure
6 points

INTÉRÊT DU SUJET • Les pays sont fiers d'annoncer qu'ils se coordonnent et mettent en scène leurs rencontres et leurs engagements. Mais leurs promesses sont-elles tenues ?

DOCUMENT **Engagements des pays en vertu du protocole de Kyoto et leur position en 2007 par rapport aux objectifs[1]**

Pays	Objectif de Kyoto [2008-2012]/ année de référence (1990)	Évolution des émissions depuis l'année de référence (1990) jusqu'en 2007[2]	Écart entre les émissions 2007[2] et l'objectif de Kyoto
EU 15	– 8,0 %	– 4,3 %	3,7
Russie	0,0 %	– 33,9 %	– 33,9
Japon	– 6,0 %	8,2 %	14,2
Bulgarie	– 8,0 %	– 35,6 %	– 27,6
Slovaquie	– 8,0 %	– 35,9 %	– 27,9
Nouvelle-Zélande	0,0 %	22,1 %	22,1
Norvège	1,0 %	10,8 %	9,8
Lituanie	– 8,0 %	– 49,6 %	– 41,6
Estonie	– 1,8 %	– 47,5 %	– 39,5
Croatie	– 5,0 %	– 5,2 %	– 0,2
Islande	10,0 %	31,3 %	21,8
États-Unis[3]	– 7,0 %	16,8 %	23,8

Source : CCNUCC, mission Climat de la Caisse des Dépôts, juillet 2009.

1. Les objectifs de Kyoto sont des engagements pris par différents pays, signataires du protocole de Kyoto, en termes de réduction des émissions de gaz à effet de serre, de façon à limiter le réchauffement climatique.
2. Le calcul est réalisé sur la base des émissions 2006, les données 2007 n'étant pas disponibles.
3. Les États-Unis n'ont pas ratifié le protocole de Kyoto et ne sont dès lors pas légalement contraints à respecter leur objectif.

▶ **1.** Comment ont été calculées les deux données en gras ?

▶ **2.** Mettez en évidence le comportement de passager clandestin de certains pays vis-à-vis de la pollution.

LES CLÉS DU SUJET

Définir les mots clés

- Le **passager clandestin** est celui qui souhaite utiliser un bien (par exemple, le climat) sans en supporter les coûts.
- La **pollution** est ici comprise comme le niveau d'émission de gaz à effet de serre (GES).

Comprendre le document

Ce tableau à double entrée est composé de deux taux de variation (celui de l'objectif d'émission de GES et celui des émissions réelles) et de l'écart entre les deux. Lorsque ce dernier est **positif,** le pays n'a **pas tenu son engagement.**

Structurer la réponse à la seconde question

- Dans la présentation du document, il faut expliquer comment il est construit et comment se lisent les données. Il faudra ensuite **diviser les pays en groupes,** avec d'un côté ceux qui ont tenu leur engagement (écart négatif), et de l'autre ceux qui ne l'ont pas fait (écart positif).
- Il restera à montrer que certains pays imposent aux autres la baisse des émissions de GES mais ne s'y tiennent pas eux-mêmes. Ce sont les **pays riches,** et en particulier les États-Unis qui n'ont finalement pas ratifié le protocole de Kyoto.

21 CORRIGÉ GUIDÉ

▶ **1.** Pour obtenir la donnée « – 4,3 % » :

$$\frac{(\text{émissions de GES en 2007} - \text{émissions de GES en 1990}) \times 100}{\text{émissions de GES en 1990}}.$$

• Pour obtenir la donnée « 3,7 points de pourcentage » :
taux de variation entre 1990 et 2007 des émissions (colonne 2)
– taux de variation entre 1990 et 2007 de l'objectif d'émission (colonne 1).

▶ **2.** *Les titres des parties ne doivent pas figurer sur votre copie.*

Introduction

Nous sommes tous dépendants d'un même environnement, et face à sa dégradation les pays du monde cherchent à s'entendre pour le préserver. Cependant, certains incitent les autres à moins polluer tout en continuant à le faire eux-mêmes.

Développement

• Le document compare des objectifs que se sont fixés les pays à la conférence de Kyoto de 1997 en termes de réduction des émissions de gaz à effet de serre (GES) sur la période 2008-2012 par rapport aux niveaux de 1990, et la réalité de cet engagement.

• Il apparaît que certains pays signataires du protocole de Kyoto (le Japon, la Norvège, etc.) n'ont pas tenu leurs engagements en termes de pollution, mesurée par le niveau d'émission de GES. Il en est de même pour les États-Unis, qui n'ont pas ratifié le protocole : l'écart entre l'évolution promise et l'évolution réelle de leurs émissions de GES est de 23,8 points de pourcentage. Ces pays se comportent ainsi en passagers clandestins en promettant des baisses d'émissions de GES qu'ils ne respectent pas.

> **À NOTER**
> Il faut toujours transformer le document, en calculant de nouvelles données ou en formant des groupes.

Conclusion

L'environnement est un bien commun qui incite les pays à adopter un comportement de passager clandestin. Les accords internationaux paraissent alors servir davantage de vitrine au développement durable. En réalité, peu de pays sont prêts à renoncer à leurs intérêts économiques.

22 Dissertation

Les outils de la politique climatique

4 heures
20 points

INTÉRÊT DU SUJET • Ce sujet permet de comprendre qu'il existe trois instruments de la politique climatique, à la fois efficaces mais qui doivent être utilisés de manière complémentaire en raison de leurs limites respectives.

Les instruments de la politique climatique sont-ils toujours efficaces pour assurer l'équilibre climatique ?

DOCUMENT 1 Les normes sur les véhicules protègent l'environnement

Les normes sont le principal outil des politiques environnementales domestiques : des normes thermiques sont, par exemple, utilisées en France dans le secteur du bâtiment pour diminuer la demande du secteur en énergie et son impact en termes d'émissions de dioxyde de carbone (CO_2). […] Pour réguler les émissions de CO_2 des véhicules routiers [sont] nouvellement produits : ceux-ci ne devront pas émettre plus de 130 grammes de CO_2 par kilomètre à compter de 2015, contre 160 environ à l'heure actuelle.

Source : Christian de Perthuis et Shaw Suzanne, « Instruments et acteurs. Normes, écotaxes, marchés de permis : quelle combinaison optimale ? », *L'Économie verte, Cahiers français*, n° 355, mars-avril 2010. La Documentation française © DILA.

DOCUMENT 2 Le recours à une taxe pour protéger l'environnement

	Montant 2008 (en millions d'euros)	Montant 2007 (en millions d'euros)	Part dans le PIB en 2008 (en %)
Taxes sur l'énergie	27 864	27 862	1,4
Taxes sur les transports[1]	11 260	11 087	0,6
Taxes sur la pollution et les ressources	1 934	2 035	0,1
Total des recettes fiscales environnementales	**41 058**	**40 984**	**2,1**

Source : « Les taxes environnementales en 2008 », *Chiffres et statistiques*, n° 204, Commissariat général au développement durable, avril 2011.

1. En 1997, le protocole de Kyoto a fixé des quotas visant à réduire globalement les émissions de gaz à effet de serre de 5 % entre 2008 et 2012 par rapport à la situation de 1990.

DOCUMENT 3 Volumes de transactions de quotas[1] depuis le lancement du système d'échange de quotas dans l'Union européenne

	Volumes échangés (en millions de quotas)	Valeur des transactions (en millions d'euros courants)	Prix moyen du quota (en euros courants)
2005	262	5 400	20,6
2006	828	14 500	17,5
2007	1 458	25 200	17,3
2008	2 731	61 200	22,4
2009	5 016	65 900	13,1

Source : Christian de Perthuis et Anaïs Delbosc, « Références économiques pour le développement durable, Prix du quota de CO_2 et taxe carbone : quelques éléments de cadrage », Conseil économique pour le développement durable, 2010.

1. Un quota représente un droit d'émission d'une tonne de dioxyde de carbone (CO_2).

LES CLÉS DU SUJET

Analyser la consigne et dégager une problématique

Analyse du sujet

- **instruments de la politique climatique** : Réglementation, taxation et marché des quotas d'émission de CO_2.
- **toujours efficaces** : Prouvez leur efficacité et mettez en évidence leurs limites.
- **assurer l'équilibre climatique** : Ne pas dépasser un plafond maximum d'émission de CO_2.

• **Problématique.** Il faut montrer comment les trois instruments de la politique climatique existants (réglementation, taxation et marché des quotas) limitent les externalités négatives, mais que leur action s'effectue de manière imparfaite.

Exploiter les documents

• **Document 1.** Quelles normes sont utilisées par la réglementation ? Celle-ci est-elle toujours efficace ?

• **Document 2.** Quel est l'objectif de la taxation ? Dans quels domaines est-elle appliquée ? Est-elle si conséquente par rapport au produit intérieur brut (PIB) ?

• **Document 3.** Les quotas échangés ont-ils augmenté en tonnes et en euros ? Les prix sont-ils suffisamment élevés ?

Définir le plan

I. Les instruments de la politique climatique protègent le climat	• Quels sont les trois instruments de la politique climatique aujourd'hui ? • Comment ces instruments agissent-ils pour protéger le climat ? Cherchez des exemples dans les documents.
II. Les limites des instruments de la politique climatique	• Quelles sont les limites de chacun des instruments ? • En quoi les documents permettent-ils de les illustrer ?

22 CORRIGÉ GUIDÉ

Les titres des parties ne doivent pas figurer sur votre copie.

Introduction

[accroche] En France, depuis janvier 2020, l'achat d'une voiture électrique ne donne plus systématiquement le droit à une prime de 6 000 euros, car certains modèles s'avèrent finalement nuisibles pour l'environnement. [présentation du sujet] En effet, les ressources naturelles renouvelables et non renouvelables se dégradent sous l'effet d'externalités négatives. Pour lutter contre cette dégradation, les pouvoirs publics peuvent utiliser les instruments de la politique climatique que sont la réglementation, la taxation (ou subvention) et le marché des quotas. Leur efficacité reste cependant discutée. [problématique] Nous allons expliquer comment la réglementation, la taxation et le marché des quotas limitent, chacun, les externalités négatives, mais de manière imparfaite. [annonce du plan] Dans une première partie, nous montrerons que ces instruments de la politique climatique ont une certaine efficacité pour protéger l'environnement. Puis, dans une seconde partie, nous verrons que leur portée respective reste cependant limitée.

> **CONSEIL**
> L'accroche est l'entrée en matière de votre devoir. Essayez de trouver un exemple d'actualité qui illustre la problématique. N'utilisez pas tout de suite les concepts.

> **▶ Le secret de fabrication**
> Un plan en trois parties, présentant tour à tour l'efficacité de chaque instrument puis ses limites, est ici possible. Cependant un plan en deux parties, analysant d'abord l'efficacité de tous les instruments, puis leurs limites, est préférable, car il permet un meilleur équilibre entre les développements.

I. Les instruments de la politique climatique protègent le climat

1. La réglementation protège par la contrainte

• La réglementation regroupe l'ensemble des normes juridiques fixées par les pouvoirs publics. Elle vise à édicter des règles, des normes environnementales permettant de limiter les pratiques qui sont à l'origine d'externalités négatives. C'est le cas des normes d'émission qui limitent le niveau de pollution des voitures neuves : celles-ci ne doivent pas « émettre plus de 130 grammes de CO_2 par kilomètre » (document 1). Il est possible aussi de recourir à des normes d'utilisation : par exemple, la vignette Crit'air, lancée en 2017, classe les véhicules en fonction de leur niveau d'émissions, et permet d'interdire la circulation des voitures les plus polluantes en cas de pic de pollution. Enfin, la réglementation peut aussi imposer des externalités positives, avec par exemple l'obligation de recycler les appareils en fin de vie.

• Les pouvoirs publics cherchent aussi à protéger les biens communs naturels bénéfiques au climat. Ainsi, il n'est pas possible de prélever du bois dans certaines forêts publiques.

2. La taxation internalise les externalités

• La taxation permet d'« internaliser les externalités » grâce à un système de taxation et de subvention. Celui-ci consiste d'une part à taxer les externalités négatives et d'autre part à subventionner les externalités positives. En effet, comme le marché ne prend pas en compte les externalités – on dit qu'il est « myope » –, il ne fixe pas les bons prix et ne transmet pas les bonnes incitations. Ainsi, les biens polluants étant moins chers à produire, ils sont encouragés par le marché. L'internalisation des externalités permet alors de fixer des prix exacts et incite les agents économiques à se détourner des biens les plus polluants.

• Une taxe de ce type a été mise en place en France pour les voitures. Lors de l'achat d'un véhicule électrique, donc producteur d'externalités positives, les consommateurs bénéficient d'une subvention ; à l'inverse les voitures polluantes sont taxées. En 2008, cette fiscalité environnementale a rapporté plus de 40 milliards d'euros à l'État, dont les deux tiers proviennent des taxes sur l'énergie (document 2).

CONSEIL
Citez explicitement les documents et transformez les données en faisant de nouveaux calculs (pourcentage, proportion, etc.).

3. Le marché des quotas détermine un plafond de pollution

• Le climat est un bien commun : il est à la fois non exclusif et rival. Or, comme le marché ne prend pas en charge ce type de bien (il est impossible de le facturer parce qu'il est impossible de savoir qui le consomme), le climat est victime de comportements de « passager clandestin ». Le marché des quotas d'émission dans l'Union européenne cherche à limiter les externalités négatives en fixant un plafond maximum de pollution (d'environ 10 000 milliards de tonnes de CO_2) et en posant un droit de propriété sur chaque tonne de CO_2. Le climat devient alors un bien exclusif et rival, en somme un bien privé, dont le marché peut s'occuper.

• Par conséquent, si une entreprise souhaite produire, elle doit utiliser ses quotas ou en acheter sur le marché, au prix fixé par la loi de l'offre et de la demande. Depuis 2005, les volumes et la valeur des transactions ont augmenté fortement : les premiers ont été multipliés par 20 les quatre premières années d'existence de ce système (document 3).

II. Les instruments de la politique climatique sont limités

1. Le niveau de réglementation est difficile à fixer

• Si la réglementation est uniforme, elle est plus facilement appliquée par de grandes entreprises, et moins par des petites. Elle peut dégrader la compétitivité des firmes et pénaliser la croissance. De plus, réglementer nécessite une surveillance et donc des institutions avec du personnel qualifié et du matériel, ce qui engendre un coût d'application et de contrôle élevé.

• En situation d'information imparfaite, les pouvoirs publics ne connaissent pas l'origine et l'intensité des externalités. Ils peuvent alors prendre de mauvaises décisions en fixant des normes soit trop laxistes, qui n'auront aucun effet, soit trop strictes, qui seront impossibles à respecter. Dans tous les cas, la réglementation n'incite pas à faire mieux, puisqu'une fois la norme respectée il est inutile d'aller au-delà.

MOT CLÉ
L'information est imparfaite lorsqu'un agent, ici l'entreprise ou le ménage, possède davantage de connaissances qu'un autre, ici l'État. Ce dernier a plus de chances de prendre les mauvaises décisions.

2. La taxation n'est que désincitative

• La taxation ne représente qu'une faible part du produit intérieur brut (PIB) : 2,1 % en 2008 (document 2). Elle n'empêche pas la pollution puisqu'il suffit de s'acquitter d'une taxe pour continuer à polluer. En revanche, elle peut réduire le pouvoir d'achat des agents économiques qu'elle frappe. Les subventions, quant à elles, ont un coût élevé pour les pouvoirs publics qui distribuent trop généreusement les sommes correspondantes.

• Des effets rebond, c'est-à-dire des effets inattendus qui aggravent la situation, peuvent survenir. Par exemple, si l'on rend les voitures électriques moins chères, les consommateurs risquent d'en acheter davantage, ce qui augmentera la production et donc, nécessairement, le niveau de pollution. De même, en présence de biens Veblen, c'est-à-dire de biens dont la demande croît lorsque le prix augmente, la taxation provoque une hausse de leur consommation, et donc de la pollution.

• Contrairement au marché des quotas d'émission, la taxation ne fixe pas de plafond maximum de pollution, parce qu'elle ne raisonne que sur la pollution individuelle.

3. Le marché des quotas fixe des prix trop bas

- Le marché des quotas européen a un effet limité, tout d'abord parce qu'il ne s'adresse qu'aux grandes entreprises (environ 1 500 en France). De plus, celles-ci bénéficient d'un nombre de quotas trop élevé pour modifier leur comportement polluant.
- Le prix déterminé par ce marché des quotas est insuffisant : les économistes estiment qu'il doit se situer autour de 25 euros par tonne pour être désincitatif (document 3). Et certaines périodes de hausse du prix (2008) s'expliquent par des activités spéculatives, réduisant son efficacité.
- Enfin, le marché des quotas ne concerne que les émissions de CO_2 et il provoque parfois des délocalisations polluantes de la part d'entreprises qui installent une partie de leur production à l'étranger, en général dans les pays pauvres, pour ne pas avoir à subir de contraintes.

Conclusion

[bilan] La réglementation, la taxation et le marché des quotas d'émission sont les trois instruments qui assurent l'équilibre climatique de manière efficace. La première a l'avantage d'agir comme une contrainte, alors que deux autres s'appuient sur des mécanismes incitatifs de marché. Ces instruments comportent tous des limites suffisamment importantes qui obligent à les utiliser de manière complémentaire.

CONSEIL
Votre ouverture montre au correcteur que vous maîtrisez d'autres problématiques, n'hésitez pas à proposer celle d'un chapitre différent.

[ouverture] Mais peut-on demander le même effort de mise en place de ces trois instruments à tous les pays et en particulier aux plus pauvres, très peu responsables des émissions de CO_2 dans le monde ?

HGGSP

1 En quoi consiste le programme d'HGGSP en Terminale ?

Le programme d'HGGSP en Terminale s'articule autour de 6 grands thèmes, dont 4 sont évalués lors de l'épreuve écrite.

A Thème 1 : De nouveaux espaces de conquête*

- **Axe 1** : Conquêtes, affirmations de puissance et rivalités
  - La course à l'espace, des années 1950 à l'arrivée de nouveaux acteurs
  - La dissuasion nucléaire et les forces de projection maritimes
- **Axe 2** : Enjeux diplomatiques et coopérations
  - Coopérer pour développer la recherche : la station spatiale internationale
  - Rivalités et coopérations pour les ressources des mers et des océans
- **Objet conclusif** : La Chine : à la conquête de l'espace, des mers et des océans

B Thème 2 : Faire la guerre, faire la paix : formes de conflits et modes de résolution

- **Axe 1** : La dimension politique de la guerre
  - De la guerre de Sept Ans aux guerres napoléoniennes
  - Le modèle de Clausewitz à l'épreuve des « guerres irrégulières » : d'Al-Qaida à Daech
- **Axe 2** : Le défi de la construction de la paix
  - Faire la paix par les traités : les traités de Westphalie (1648)
  - Faire la paix par la sécurité collective : l'ONU sous Kofi Annan (1997-2006)
- **Objet conclusif** : Le Moyen-Orient : conflits régionaux et tentatives de paix impliquant des acteurs internationaux (étatiques et non étatiques)

C Thème 3 : Histoire et mémoires*

- **Axe 1** : Histoire et mémoires des conflits
  - Les causes de la Première Guerre mondiale
  - Mémoires et histoire de la guerre d'Algérie
- **Axe 2** : Histoire, mémoire et justice
  - Les tribunaux *gacaca* face au génocide des Tutsi
  - Le tribunal pénal international pour l'ex-Yougoslavie (TPIY)
- **Objet conclusif** : L'histoire et les mémoires du génocide des Juifs et des Tsiganes

D Thème 4 : Identifier, protéger et valoriser le patrimoine : enjeux géopolitiques

- **Axe 1** : Usages sociaux et politiques du patrimoine

– Réaménager la mémoire. Les usages de Versailles de l'Empire à nos jours
– Conflits de patrimoine. Les frises du Parthénon depuis le XIXᵉ siècle

- **Axe 2** : La préservation du patrimoine, entre tensions et concurrences

– Paris entre protection et nouvel urbanisme
– La question patrimoniale au Mali
– Venise, entre valorisation touristique et protection du patrimoine

- **Objet conclusif** : La France et le patrimoine

E Thème 5 : L'environnement, entre exploitation et protection : un enjeu planétaire

- **Axe 1** : Exploiter, préserver et protéger

– Exploiter et protéger une ressource « naturelle » : la forêt française depuis Colbert
– « Révolution néolithique » et « révolution industrielle », deux ruptures ?

- **Axe 2** : Le changement climatique : approches historique et géopolitique

– L'évolution du climat en Europe du Moyen Âge au XIXᵉ siècle
– Le climat, enjeu des relations internationales

- **Objet conclusif** : Les États-Unis et la question environnementale

F Thème 6 : L'enjeu de la connaissance

- **Axe 1** : Produire et diffuser des connaissances

– L'alphabétisation des femmes du XVIᵉ siècle à nos jours dans le monde
– Produire de la connaissance scientifique : la question de la radioactivité de 1896 aux années 1950

- **Axe 2** : La connaissance, enjeu politique et géopolitique

– Les services secrets soviétiques et américains durant la guerre froide
– Circulation et formation des étudiants, transferts de technologie et puissance économique : l'exemple de l'Inde

- **Objet conclusif** : Le cyberespace : conflictualité et coopération entre les acteurs

** Thème non évalué lors de l'épreuve écrite de la session 2023.*

2 Quelles sont les épreuves du nouveau bac en HGGSP ?

Vous avez choisi la spécialité HGGSP en Terminale. Vous devrez donc passer l'épreuve écrite correspondante, mais également préparer une question en HGGSP en vue du Grand Oral.

A En résumé

L'épreuve écrite de spécialité (coeff. 16) →

DÉROULEMENT
- **Quand ? en mars**
- **Durée : 4 heures**
- **Structure : 1 dissertation et 1 étude critique de document(s) portant sur des thèmes différents du programme**
- **Barème : 20 points (10 pour chaque exercice)**

Le Grand Oral (coeff. 10) →

TRAVAIL EN AMONT
Sur deux questions dont l'une au moins se rapportant au programme de HGGSP

DÉROULEMENT
- **Quand ? au 3e trimestre**
- **Durée : 20 min**
- **Structure : exposé sur l'une des deux questions + entretien**

B L'épreuve écrite

1. La structure de l'épreuve

- Le sujet comporte **deux exercices**, notés chacun sur 10 points : une dissertation et une étude critique portant sur un ou deux document(s).
- Chaque exercice porte sur des thèmes différents du programme. En **année paire**, il peut s'agir des thèmes 1, 2, 3 et 5 du programme ; en **année impaire**, des thèmes 2, 4, 5 et 6. Les notions rencontrées en classe de première doivent par ailleurs être connues et peuvent être mobilisées.

> ATTENTION **Les thèmes non évalués à l'écrit peuvent faire l'objet d'une évaluation lors du Grand Oral : les thèmes 4 et 6 en année paire, les thèmes 1 et 3 en année impaire.**

2. Comment s'y préparer ?

- Vous devez bien évidemment fournir un **travail régulier** toute l'année, afin qu'au moment des révisions, vous n'ayez qu'à vous remettre en tête les notions déjà maîtrisées. Cela vous permettra également de mieux gérer votre stress le jour J !

> **CONSEIL Il est important de mémoriser au fur et à mesure les points essentiels du cours. Pour cela, faites des fiches et vérifiez régulièrement que vous n'avez pas oublié ce que vous avez appris.**

- Vous devez aussi **vous entraîner en temps limité**, dans les conditions de l'épreuve. Cela vous permettra de mieux vous organiser dans les différentes étapes de votre travail : lecture et analyse du sujet, mobilisation de vos connaissances, formulation de la problématique, élaboration du plan…

C Le « Grand Oral »

1. Les trois temps de l'épreuve

Les trois temps du Grand Oral

1. LA PRÉPARATION
- **Sur la question choisie par le jury (parmi les deux que vous avez travaillées)**
- **20 minutes pour mettre en ordre vos idées et préparer un support à remettre au jury**

2. L'EXPOSÉ
- **Présentation synthétique en 5 minutes**
- **Debout, sans notes**

3. L'ENTRETIEN
- **Sur l'exposé dans un premier temps (10 minutes)**
- **Puis sur votre projet de poursuite d'études (5 minutes)**

2. Comment s'y préparer ?

▶ Reportez-vous à la section « **Réussir le Grand Oral** » en fin d'ouvrage.

3 Comment réussir l'épreuve écrite ?

La dissertation et l'étude critique de document(s) doivent respecter des règles formelles. Pour l'une comme pour l'autre, la mise au point de la problématique, la construction du plan et le soin apporté à la rédaction sont des critères essentiels.

A Réussir la dissertation

L'exercice de dissertation consiste à traiter un sujet donné dans un **devoir argumenté et structuré**, comportant une introduction, un développement et une conclusion. Cela demande un travail de réflexion et de rédaction, que vous réussirez en procédant de façon méthodique.

1. Analyser le sujet

Analyser un sujet de dissertation

- Étudier la formulation et déterminer ce que l'on me demande
- Déterminer les bornes chronologiques et/ou spatiales
- Déterminer le type de sujet (analytique, dialectique…)
- Identifier et définir les notions et les mots clés

2. Dégager la problématique

- L'analyse du sujet et l'appel à vos connaissances aboutissent à la formulation d'une problématique, c'est-à-dire d'une question qui va vous servir de **fil conducteur**, et à laquelle vous allez tenter de répondre.
- La problématique doit souligner les **enjeux du sujet**. Elle en reprend les notions clés et, si possible, précise ses limites (chronologiques/spatiales).

3. Construire le plan

- Le plan permet de répondre à la problématique. Il compte **deux ou trois parties**, elles-mêmes subdivisées en deux ou trois sous-parties (un paragraphe chacune). Chaque partie doit faire progresser la réflexion sur le sujet.
- Au brouillon, préparez votre plan, en faisant appel à vos connaissances et en étant le plus précis possible (**idées essentielles**, **exemples**). Cela vous permettra ensuite de rédiger directement sur votre copie.

> CONSEIL **Soyez précis(e) dans le vocabulaire utilisé. La maîtrise des notions spécifiques est un des critères de l'évaluation.**

4. Rédiger le devoir

- Le devoir commence par une **introduction**. Celle-ci présente le sujet, justifie son intérêt et formule la problématique. Vous devez apporter le plus grand soin à votre introduction, et la rédiger une première fois au brouillon.

LES 5 ÉTAPES CLÉS DE L'INTRODUCTION

1. une accroche permettant de situer le sujet dans un contexte plus large
2. la définition des mots clés du sujet
3. la fixation des bornes chronologiques et spatiales
4. la formulation d'une problématique
5. l'annonce du plan

- Dans chaque partie, énoncez l'**idée principale**, puis démontrez-la par des idées secondaires (vos **sous-parties**) appuyées sur des **exemples** (personnages, faits, dates…).
- Enfin, faites le bilan en une phrase qui servira de **transition** vers la partie suivante.

> À NOTER **Si le sujet s'y prête, vous pouvez intégrer une production graphique à votre développement. Un fond de carte peut être fourni.**

- Votre devoir se termine par une **conclusion**, qui reprend les idées directrices de chaque partie et répond à la problématique. Elle s'achève par une ouverture vers un sujet connexe qui montre la richesse de celui que vous avez travaillé.

B Réussir l'étude critique de document(s)

L'étude critique de document(s) (ECD) se compose d'un titre et d'un ou deux documents de nature différente, accompagnés d'une consigne. Vous devez analyser ce ou ces documents dans un développement construit et argumenté.

1. Identifier le(s) document(s)

Identifier un document

- Déterminer sa nature, son genre et sa source
- Repérer sa date et son contexte, éventuellement l'espace ou l'échelle auxquels il renvoie
- Identifier son auteur et, le cas échéant, son destinataire
- Déterminer le thème qu'il aborde, son point de vue et son intention

2. Comprendre la consigne

● La consigne qui accompagne le(s) document(s) vise à orienter votre travail. Pour bien comprendre ce que l'on vous demande, repérez les **notions** et **mots clés** et définissez-les.

● Déterminez les **bornes chronologiques et spatiales** du sujet, puis faites appel à vos connaissances pour dégager les **enjeux**.

3. Dégager la problématique et construire le plan

● Formulez la question qui servira de **fil conducteur** à l'étude du (des) document(s). La problématique reprend les notions de la consigne. L'objectif est de montrer l'apport du (des) document(s) à la problématique.

● Votre plan doit permettre d'y répondre de façon logique, en **deux ou trois parties**. Construisez-le au brouillon, en sélectionnant et en regroupant les informations pertinentes du ou des documents.

4. Rédiger le devoir

● L'**introduction** doit présenter de façon détaillée le(s) document(s), en le(s) replaçant dans leur contexte. Elle se poursuit avec la problématique et l'annonce du plan.

> À NOTER **La présentation d'un document précise sa nature, son genre, sa source, son auteur, sa date, son contexte, son échelle, son destinataire et le thème abordé.**

● Le **développement** suit le plan élaboré au brouillon. Faites systématiquement référence au(x) document(s), en le(s) citant ou en relevant des informations ciblées. Respectez toujours la démarche suivante : affirmation/justification (en citant le document)/explicitation du document.

COMMENT FAIRE QUAND IL Y A DEUX DOCUMENTS ?

- Certains sujets comportent deux documents : un texte et une photographie, un texte et un tableau, un texte et une carte… Vous allez devoir montrer en quoi ils peuvent se confirmer, se compléter ou s'opposer.
- La méthode est la même qu'avec un seul document, mais veillez particulièrement au point de vue de chaque document.
- Dans votre rédaction, évitez de consacrer un paragraphe entier à chaque document : efforcez-vous de les associer dans chacune de vos parties.

● La **conclusion** répond à la problématique, en reprenant les idées directrices de chaque partie. Elle s'achève sur un bilan critique du (des) document(s) : quel est son (leur) intérêt historique et géographique ? Quelles sont ses (leurs) limites ?

Les États-Unis et l'environnement à différentes échelles

2 heures
10 points

INTÉRÊT DU SUJET • Le sujet s'appuie sur l'objet de travail conclusif du thème 5, en vous invitant à analyser la question sous l'angle multiscalaire, cher à la géographie et à la géopolitique.

▶ Les États-Unis et l'environnement à différentes échelles

LES CLÉS DU SUJET

Analyser le sujet

Les États-Unis et l'environnement à différentes échelles

Formulation
- Reprise partielle du titre de l'objet de travail conclusif
- Appel à mener une réflexion multiscalaire

Bornes chronologiques et spatiales
- Les États-Unis : pays continent, puissance mondiale
- Des premiers colons à nos jours

Type de sujet
Sujet thématique

Notions et mots clés
- Environnement : exploitation et protection
- Différentes échelles : du local à l'international

Dégager la problématique

- Les États-Unis entretiennent des rapports complexes à leur environnement du fait de la difficile maîtrise de leur territoire.
- Pourquoi la politique environnementale aux États-Unis génère-t-elle des tensions à toutes les échelles ?

Construire le plan

Les États-Unis sont tiraillés entre les besoins d'un État continent et la nécessaire prise en compte d'un développement durable respectueux de l'environnement.

I. À l'échelle nationale : entre exploitation et protection	• En quoi les États-Unis sont-ils précurseurs en matière de protection de l'environnement ? • Quel rapport entretiennent-ils avec l'environnement ? • Quels sont les acteurs dans cet État fédéral ?
II. À l'échelle internationale : une puissance divisée	• Dans quelle mesure cette puissance majeure donne-t-elle une impulsion internationale ? • Quels sont les freins intérieurs ? • Quelles sont les conséquences de son faible engagement dans les traités internationaux ?

23 CORRIGÉ **GUIDÉ**

Les titres et les indications entre crochets ne doivent pas figurer sur la copie.

Introduction

[Accroche] État continent, les États-Unis entretiennent des relations complexes avec leur environnement depuis la conquête de l'Ouest. [Présentation du sujet] Quelle que soit l'échelle spatiale, les acteurs du pays sont tiraillés entre l'appropriation des richesses et leur nécessaire protection. [Problématique] Pourquoi la politique environnementale aux États-Unis génère-t-elle des tensions à toutes les échelles ? [Annonce du plan] Si, à l'échelle nationale, leur volonté d'appropriation n'a pas empêché l'émergence d'une prise de conscience environnementale [I], leur rôle majeur d'impulsion de puissance internationale est parfois freiné par leurs doutes [II].

I. À l'échelle nationale : entre exploitation et protection

> ▶ **Le secret de fabrication**
>
> Veillez à bien montrer ici la diversité des acteurs, particulière notamment à l'organisation politique des États-Unis, un État fédéral.

1. Une nature à apprivoiser et exploiter

• Les premiers colons se sont installés dans un territoire peu transformé par les Amérindiens. Cette expérience d'une nature sauvage, la *Wilderness*, marque le rapport des Américains à la nature perçue comme une menace à dompter.

MOT CLÉ
La *Wilderness*, théorisée par Henry David Thoreau ou John Muir, désigne l'« état sauvage » ou plus spécifiquement la « nature vierge ».

• L'immensité du territoire favorise une exploitation prédatrice des ressources, qui semblent illimitées, inspirée par une conception religieuse puritaine où l'Amérique serait un nouveau paradis terrestre destiné à être transformé en terre d'abondance. Cette exploitation connaît un essor très important au XIXe siècle, avec l'industrialisation, et se poursuit aujourd'hui (gaz de schiste).

2. La conscience précoce d'un environnement à protéger

• Mais les ressources ne sont pas inépuisables : la nature apparaît comme fragile et donc à protéger. Dès lors, les États-Unis sont pionniers dans la sanctuarisation du territoire : en 1864, le premier parc naturel, le Yosemite, est créé en Californie et, en 1872, le parc de Yellowstone devient le premier parc national mondial. Aujourd'hui, on compte 61 parcs nationaux (2,2 % du pays), gérés à l'échelle fédérale par le National Park Service.

• À la volonté de préservation, où la nature est protégée pour elle-même et donc préservée de toute influence humaine (John Muir), s'oppose une lutte pour la conservation, approche qui prône un usage raisonnable des ressources naturelles : la nature n'est pas préservée pour elle-même mais en tant que réservoir pour l'homme (Gifford Pinchot).

3. Une gestion paradoxale par des acteurs multiples

▶ **Le secret de fabrication**
Veillez à placer quand vous le pouvez le vocabulaire spécifique des différentes disciplines (par exemple ici « multiscalaire » ou « conflits d'acteurs ») : cela montre que vous l'avez bien intégré et que vous êtes capable d'utiliser un langage scientifique.

• Les États-Unis sont un État fédéral : les décisions se prennent à plusieurs niveaux. Ainsi, la gestion de l'environnement peut paraître paradoxale car elle est pilotée à des niveaux multiscalaires. Les politiques fédérales de grands travaux (*New Deal*) ont parfois fait fi des volontés locales de sanctuariser certains territoires. Certains États revendiquent de plus en plus une décentralisation de la gestion de l'environnement et s'engagent dans des politiques de protection plus ambitieuses que celles de l'État fédéral.

• Les conflits d'acteurs sont récurrents : entre États limitrophes qui n'ont pas toujours les mêmes priorités (la Californie, très militante en matière environnementale, s'oppose ainsi au Nevada, en manque d'eau), entre populations locales et politiques gouvernementales (mobilisation des Sioux contre la fracturation hydraulique au Dakota, en 2017) ou entre populations et FTN (Erin Brockovich contre la contamination des nappes phréatiques au chrome).

[Transition] On retrouve ce positionnement paradoxal des États-Unis dans leur rôle de puissance internationale.

II. À l'échelle internationale : une puissance divisée

1. Une puissance majeure donneuse d'impulsion

• Plus grande puissance mondiale, les États-Unis ont su assumer un rôle de leader dans le domaine environnemental, notamment en tant que lanceur d'alerte (Rachel Carson). Pour son action internationale contre le réchauffement climatique, le vice-président Al Gore reçoit le prix Nobel de la paix en 2007.

• Nombre de métropoles américaines s'illustrent par leur engagement au niveau international dans le réseau C40 (Cities Climate Leadership Group), organisation qui vise à lutter contre le dérèglement climatique et est actuellement dirigée par le maire de Los Angeles. Plus de 3 000 entités américaines ont signé l'engagement pour le climat de la COP 23 de 2017, refusé par l'État fédéral.

• Des FTN américaines, soucieuses de leur image (*greenwashing*), s'engagent et sont pionnières dans des mesures en faveur de l'environnement. Ainsi, Walmart multiplie les initiatives contre les plastiques inutiles et le gaspillage, et des entreprises de la Silicon Valley (Google, Tesla) investissent dans des technologies innovantes (*data centers* marins, éclairage « intelligent » des maisons…).

MOT CLÉ

Le *greenwashing* est un procédé de marketing ou de relations publiques utilisé par une organisation pour se donner une image trompeuse de responsabilité écologique.

2. Des courants intérieurs qui freinent l'engagement international

• Dès les années 1980, les puissants lobbies du pétrole et du charbon s'attaquent aux politiques environnementales, notamment aux fondements scientifiques tels ceux du GIEC, et donnent ainsi naissance au scepticisme environnemental, qui atteint son apogée avec le retrait de l'accord de Paris.

• Donald Trump, ouvertement climatosceptique, annule de nombreuses mesures prises par l'administration Obama, comme le plan de réduction des gaz à effet de serre. Absent au sommet de l'urgence climatique en 2019 à l'ONU, il met en doute le lien entre le changement global et les incendies en Californie en septembre 2020.

• Cependant, certaines ONG sont très actives à Washington et dans les instances internationales, où elles forment un « lobby vert ». Ainsi, en août 2019, l'ONG américaine Earthjustice assigne en justice sa propre administration pour avoir assoupli la loi sur les espèces menacées.

3. Un faible engagement dans les traités internationaux

• Les États-Unis s'illustrent dans une posture de méfiance internationale au profit de la défense de leurs intérêts nationaux. Depuis 2005, ils sont le seul État industrialisé à ne pas avoir ratifié le protocole de Kyoto. Cette attitude attentiste s'est confirmée en 2019 avec leur retrait de l'accord de Paris mis en place lors de la COP 21.

• Ce positionnement contradictoire de stop-and-go empêche les États-Unis de prendre un vrai rôle de leadership dans la question environnementale et lui fait perdre de la crédibilité au niveau international.

Conclusion

[Réponse à la problématique] L'histoire et les réalités économiques et géopolitiques amènent les États-Unis à adopter une posture très paradoxale en matière environnementale, à la fois meneurs historiques de la lutte pour la préservation mais également plus gros pollueurs de la planète. [Ouverture] Particulièrement peu engagé sous le mandat Trump, le gouvernement fédéral semble revenir vers une diplomatie climatique offensive, avec la décision prise dès janvier 2021 par Joe Biden de réintégrer l'accord de Paris.

24 France métropolitaine, mai 2022
ÉTUDE CRITIQUE DE DOCUMENTS

L'évolution des formes de la guerre

2 heures
10 points

INTÉRÊT DU SUJET • Ce sujet vous permettra de réinvestir les notions vues dans l'introduction du thème 2 (typologie des conflits actuels), ainsi que tout l'axe 1 (dimension politique de la guerre). Un bel exemple de sujet de synthèse !

▶ **En analysant les documents, en les confrontant et en vous appuyant sur vos connaissances, caractérisez les différentes formes de guerres.**

DOCUMENT 1

Estampe de Johann Lorenz Rugendas (1775-1826), *La Grande Bataille d'Austerlitz*, début du XIXe siècle.

DOCUMENT 2

Composé en bonne partie de moudjahidines[1] étrangers ayant prêté allégeance à Oussama Ben Laden, mais contrôlé en Irak même par le Jordanien Abou Moussad Al-Zarkaoui, AQI (Al-Qaida en Irak) est à l'origine d'une campagne d'une extrême violence contre les forces de la coalition, le gouvernement irakien et les chiites du pays. Son objectif avoué consiste à faire voler en éclats le nouvel Irak en vue d'y instituer un califat. Par habitude, nous avons entrepris de cartographier l'organisation en lui attribuant une structure militaire traditionnelle, avec ses échelons et ses rangs. Au sommet se trouvait Al-Zarkaoui, suivi d'une succession de lieutenants et de fantassins. Cependant, plus nous y réfléchissons, plus nous constatons que ce modèle ne fonctionnait pas. Les lieutenants d'AQI n'attendaient pas les directives de leurs supérieurs pour agir, et encore moins les ordres de Ben Laden. Les décisions se prenaient de façon décentralisée, mais rapide, puis étaient transmises horizontalement à travers l'organisation. Les combattants d'Al-Zarkaoui étaient bien adaptés aux régions qu'ils fréquentaient, comme Falloujah et Al-Qaim[2], dans la province orientale d'Anbar et, grâce à la technologie moderne, ils entretenaient des liens étroits avec le reste de la province et du pays. Argent, propagande et information circulaient à un rythme alarmant, permettant une coordination rapide et efficace. Nous les voyions changer de tactique (passer d'attaques à la roquette à des attentats suicides, par exemple) quasi simultanément dans différentes villes. Ils exécutaient une funeste chorégraphie dont la structure, souvent méconnaissable, était en constante évolution.

Propos tenus en 2011 dans la revue *Foreign Policy* par le commandant des forces spéciales américaines Stanley McChrystal (2003-2008), in Jérémy Scahill, *Dirty Wars. Le Nouvel Art de la guerre*, 2014.

1. Combattants engagés dans le djihad.
2. Villes d'Irak.

LES CLÉS DU SUJET

Identifier le document

Nature, genre, source
- Doc. 1 : gravure de la bataille d'Austerlitz
- Doc. 2 : extrait d'un entretien paru dans la revue *Foreign Policy* en 2011, cité dans un livre

Auteurs
- Doc. 1 : Johann Lorenz Rugendas, peintre bavarois
- Doc. 2 : Stanley McChrystal, commandant des forces spéciales américaines de 2003 à 2008

Documents 1 et 2

Dates et contexte
- Doc. 1 : début du XIXe siècle, en Europe
- Doc. 2 : 2011, dix ans après les attentats du 11 septembre

Thèmes
- Doc. 1 : la victoire de Napoléon à Austerlitz
- Doc. 2 : les mutations du groupe Al-Qaida en Irak

Comprendre la consigne

- L'étude de documents concerne les formes de la guerre, sujet théorisé par Clausewitz, qui distingue la guerre réelle de la guerre absolue.
- Vous devez mettre en relation les deux documents et les analyser ensemble. Confrontez chaque exemple à la théorie de Clausewitz et montrez ensuite que cette théorie est en partie dépassée aujourd'hui.

Dégager la problématique et construire le plan

- Le modèle de Clausewitz propose une grille de lecture des guerres, que ce soit celles du passé, comme les guerres napoléoniennes ou des guerres plus actuelles, comme celles qui sont menées par des organisations terroristes. Cependant, cette grille de lecture ne concerne que les guerres régulières, interétatiques, et elle perd de sa pertinence pour analyser les guerres d'aujourd'hui.
- La problématique peut être celle-ci : l'analyse de Clausewitz, construite à partir de l'observation des guerres d'hier, est-elle toujours pertinente pour étudier les conflits contemporains ?

I. Des formes de guerres clausewitziennes ?
- En quoi les guerres napoléoniennes correspondent-elles aux formes de la guerre théorisées par Clausewitz ?
- Comment analyser le terrorisme islamiste à l'épreuve de la théorie de Clausewitz ?

II. Un modèle clausewitzien remis en cause
- Quelle est la spécificité des guerres irrégulières et asymétriques ?
- Qu'implique la présence d'acteurs non conventionnels ?

24 CORRIGÉ GUIDÉ

Les titres et les indications entre crochets ne doivent pas figurer sur la copie.

Introduction

[Accroche] Dans son ouvrage posthume, *De la guerre*, publié à partir de 1832, Carl von Clausewitz affirme que celle-ci est un « caméléon » puisqu'elle change sans cesse de formes. Sa théorie militaire reste aujourd'hui une référence pour étudier les conflits de l'époque moderne mais aussi les guerres actuelles. [Présentation du sujet] Le document 1 est un tableau historique du peintre bavarois Johann Lorenz Rugendas. Il représente la bataille d'Austerlitz durant les guerres napoléoniennes. Le second document est un extrait d'un ouvrage de Jérémy Scahill paru en 2014 dans lequel sont cités des propos tenus en 2011 par Stanley McChrystal, commandant des forces spéciales américaines. Il décrit les mutations de l'organisation Al-Qaida en Irak (AQI), plusieurs années après l'intervention dans le pays d'une coalition internationale menée par les États-Unis. [Problématique] On pourra donc se demander si l'analyse de Clausewitz, construite à partir de l'observation des guerres napoléoniennes, est toujours pertinente pour étudier les conflits irréguliers contemporains. [Annonce du plan] Pour ce faire, nous montrerons que les formes de la guerre, théorisées par Clausewitz, correspondent, en partie, aux formes des conflits présentés par les documents [I], puis nous présenterons la remise en question du modèle clausewitzien par la multiplication des guerres irrégulières et/ou asymétriques [II].

> **CONSEIL**
> Lorsqu'une interview est citée dans un ouvrage, présentez brièvement cette source. Ce sont les propos cités qui sont analysés ; l'auteur du document est donc celui qui s'exprime.

I. Des formes de guerres clausewitziennes ?

> **▶ Le secret de fabrication**
> Il est important de partir de l'analyse que Carl von Clausewitz fait des formes de la guerre et d'y revenir régulièrement dans votre devoir. Elle est le fil directeur de votre réflexion.

1. Les guerres napoléoniennes selon le modèle clausewitzien

• Clausewitz distingue la guerre réelle de la guerre absolue. Selon lui, la guerre réelle s'adapte à un contexte politique particulier ; elle fait face à des difficultés matérielles, des imprévus. Le stratège doit prendre en compte l'objectif

HGGSP

final du combat, qui est toujours politique, et les moyens qu'il est prêt à mettre en œuvre pour l'atteindre. Pour Clausewitz, la guerre absolue vise au contraire à l'anéantissement de l'adversaire, car les objectifs sont davantage idéologiques et impliquent une montée « aux extrêmes ».

• La bataille d'Austerlitz, en 1805, correspond en partie au concept de guerre réelle. Cette bataille, qui oppose l'Empire français à une coalition austro-russe, reste l'une des plus grandes victoires de Napoléon ; il y affirme sa puissance et l'influence de la France sur l'Europe. Sur l'estampe il apparaît sur son cheval blanc, sabre levé mais sans adversaires au sol. L'objectif est atteint, la bataille s'achève.

• Néanmoins, les guerres napoléoniennes, parce qu'elles impliquent des enjeux idéologiques – faire triompher les idéaux révolutionnaires – et parce qu'elles mettent en action des citoyens-soldats, favorisent une montée « aux extrêmes ». La violence des combats est suggérée sur le document 1 par les colonnes de fumée qui se détachent derrière la Grande Armée.

2. Le terrorisme islamiste à l'épreuve du modèle de Clausewitz

• Après 2001, la nébuleuse Al-Qaida est affaiblie. Elle multiple la création de groupes associés, dont Al-Qaida en Irak (AQI). Les « moudjahidines » cherchent à déstabiliser l'Irak après l'intervention occidentale de 2003 (document 2). À la date où le commandant des forces spéciales américaines tient ces propos, les troupes d'AQI se fondent progressivement dans celles de l'État islamique et souhaitent établir un « califat » : les objectifs sont aussi territoriaux.

> **À NOTER**
> Al-Qaida en Irak, créée en 2004 se dissout en 2007 puisque ses principaux combattants ont rejoint Daech.

• AQI mène également une « guerre absolue », car elle cherche l'élimination de ses adversaires : « les forces de la coalition », menée par les États-Unis, le gouvernement irakien et les chiites du pays. Le djihad a des motivations idéologiques : faire triompher l'islamisme radical, ce qui explique sa violence. Néanmoins, comme dans la « guerre réelle », le terrorisme s'adapte au contexte en changeant de moyen d'action, « nous les voyions changer de tactique » (document 2, l. 21-22), il cherche « une coordination rapide et efficace » (l. 21). Il mène une « petite guerre », selon les mots de Clausewitz : une guérilla, harcelant ses ennemis par des embuscades et des attentats.

[Transition] La théorie de Clausewitz permet donc de caractériser certaines formes de la guerre. Cependant, elle n'est pas totalement opérante concernant la menace terroriste, dont la nature n'est pas étatique et dont les acteurs ne sont pas conventionnels.

II. Un modèle clausewitzien remis en cause

1. D'une guerre régulière à une guerre irrégulière

• La bataille d'Austerlitz voit s'affronter des forces relativement équilibrées. Les guerres napoléoniennes se déroulent de 1799 à 1815, car il faut plusieurs campagnes militaires à Napoléon pour construire un vaste empire, et plusieurs coalitions contre lui pour aboutir à sa dislocation. La guerre est ici régulière et symétrique.

• En Irak, AQI mène une guerre asymétrique contre les forces américaines et le nouvel État irakien, beaucoup plus puissants que quelques milliers de combattants. Il s'agit aussi d'une guerre hybride, car AQI combine des modes d'action réguliers (« attaques à la roquette », emploi d'artillerie) et des modes d'action irréguliers comme « des attentats suicides » (l. 22). Les attentats sont médiatisés sur Internet, à des fins de propagande et pour terroriser l'ennemi.

MOT CLÉ
La guerre hybride est une stratégie qui allie guerre conventionnelle, guerre asymétrique et cyberguerre.

2. Des acteurs non conventionnels

• Sur l'estampe de Rugendas, on aperçoit les fantassins et les cavaliers derrière l'empereur victorieux : les acteurs de la guerre sont des armées régulières. Au moment de son essor, Al-Qaida apparaît comme une organisation fonctionnant aussi sur ce modèle avec « une structure militaire traditionnelle, avec ses échelons et ses rangs » (l. 9), mais en Irak, l'organisation change après 2003 et « les décisions se prenaient de façon décentralisée » (l. 14).

• Le génie militaire du chef ne joue plus un rôle central : « Les lieutenants d'AQI n'attendaient pas les directives de leurs supérieurs pour agir, et encore moins les ordres de Ben Laden » (l. 12-14), dirigeant d'Al-Qaida. Les combattants viennent de plus en plus de l'étranger et notamment d'Europe.

Conclusion

[Réponse à la problématique] Ainsi, les deux documents proposés soulignent bien les points communs et les différences des formes de la guerre à des époques différentes. Pour Clausewitz, elle est soit réelle, soit absolue, mais il s'agit toujours de « la continuation de la politique par d'autres moyens ». Néanmoins, les guerres actuelles menées par le terrorisme brouillent cette grille de lecture. [Ouverture] La menace terroriste subsiste et change de forme. Les terroristes étant privés de moyens de grande envergure, ce sont aujourd'hui des attaques de « loups solitaires » qui se multiplient. Or, comme le disait Clausewitz, c'est à ses effets politiques que l'on évalue le résultat d'une guerre.

25 Dissertation

Les conflits contemporains

2 heures
10 points

INTÉRÊT DU SUJET • Ce sujet, de difficulté modérée, vous permettra de mobiliser ce que vous avez retenu du cours ainsi que vos connaissances personnelles liées à l'actualité. Il sera l'occasion de valoriser vos qualités d'analyse.

▶ Les caractéristiques des conflits dans le monde d'aujourd'hui.

LES CLÉS DU SUJET

Analyser le sujet

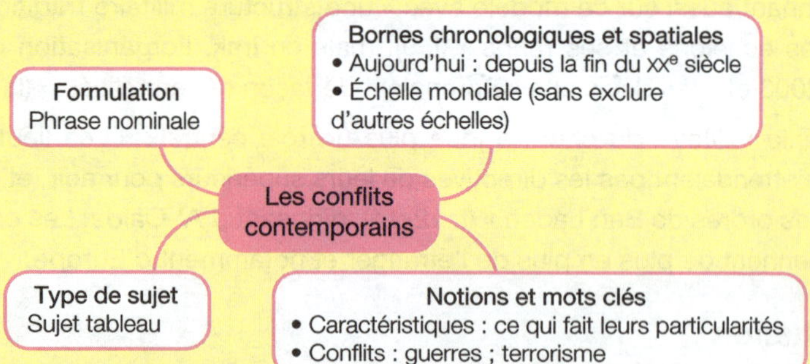

Dégager la problématique

• Depuis la fin de la guerre froide, les conflits dans le monde sont devenus plus complexes. Concentrés dans un « arc de crises », ils sont majoritairement intra-étatiques et fondés sur de multiples enjeux. De plus, à côté des États, des acteurs non étatiques s'affirment.

• La problématique est clairement indiquée par le libellé du sujet : comment se caractérisent les conflits dans le monde d'aujourd'hui ?

Construire le plan

La compréhension des conflits contemporains nécessite de prendre en compte différents paramètres : un plan thématique s'impose.

I. Une forte concentration géographique	• Quelles sont les différentes échelles des conflits ? • Quels exemples représentatifs peuvent les illustrer ?
II. Des conflits de natures diverses	• Quels critères permettent de distinguer les conflits ? • Quelle est la pertinence de ces critères ?
III. Des acteurs multiples, des modes de résolution variables	• Comment distinguer les protagonistes des conflits ? • Peut-on limiter la résolution des conflits à la notion de paix ?

25 CORRIGÉ GUIDÉ

Les titres et les indications entre crochets ne doivent pas figurer sur la copie.

Introduction

[Accroche] « L'espoir d'un monde sans guerre fait rêver l'humanité depuis longtemps. Mais la fin de la guerre froide, contrairement aux espoirs suscités, n'a pas débouché sur la fin des conflits », écrit Pascal Boniface en 2019 dans son ouvrage *La Géopolitique*. [Présentation du sujet] En effet, en 2017, on compte encore 38 conflits armés dans le monde. [Problématique] Comment se caractérisent les conflits dans le monde d'aujourd'hui ? [Annonce du plan] Pour répondre à cette question, nous soulignerons d'abord leur forte concentration géographique [I] ; puis nous présenterons la diversité de leur nature en termes de types d'affrontement, d'enjeux et d'intensité [II] ; enfin, nous en préciserons les acteurs et les modes de résolution [III].

> ▶ **Le secret de fabrication**
> L'introduction débute par une citation permettant de situer les conflits actuels dans une période longue. Cela permet ensuite de souligner ce qui fait leur particularité par rapport à la période de la guerre froide (1947-1991).

I. Des conflits concentrés géographiquement

1. À l'échelle mondiale : un « arc de crises »

• La majorité des conflits actuels sont concentrés dans un espace allant de la bande sahélo-saharienne jusqu'à l'Asie centrale, qualifié parfois d'« arc de crises ».

• Le foyer principal est constitué du Proche et Moyen-Orient où se déroulent les guerres les plus meurtrières : en Syrie, au Yémen, en Irak, en Afghanistan et au Pakistan. Ainsi, depuis 2011, le conflit syrien a entraîné la mort de près de 400 000 personnes.

• Le foyer secondaire correspond à l'Afrique saharienne, qui s'étend de la Mauritanie au Soudan. Depuis 2011, date du début des révolutions arabes, son instabilité s'est accrue ; la chute du colonel Kadhafi, dirigeant de la Libye, a favorisé la dissémination d'un gigantesque stock d'armes dans toute la région.

2. Aux échelles continentale et régionale : l'exemple des conflits africains

• La majeure partie du continent africain est le théâtre de conflits armés. Ces derniers se concentrent dans quatre régions : le Sahara et sa frange sahélienne ; la corne de l'Afrique ; le golfe de Guinée et l'Afrique équatoriale.

• À l'échelle régionale, les pays riverains du golfe de Guinée sont représentatifs des conflits actuels. Depuis 2002, l'organisation terroriste Boko Haram agit dans la région, au Nigeria, au Cameroun mais également au Tchad et au Niger, multipliant les attentats-suicides contre les intérêts occidentaux et contre les chrétiens.

À NOTER
En 2015, l'organisation terroriste Boko Haram a prêté allégeance à Daech pour se donner une plus grande visibilité.

3. Aux échelles nationale et locale : l'exemple de la République centrafricaine

• Depuis 2003, la République centrafricaine est en proie à une guerre civile au cours de laquelle s'affrontent l'armée régulière et des milices comme la Seleka. La France est partie prenante de ce conflit avec l'envoi de militaires en 2013 (opération Sangaris). Malgré la signature d'accords de paix en 2019, le pays connaît une forte instabilité.

• Bangui est l'épicentre de ce conflit : capitale de la République centrafricaine, ville la plus peuplée du pays, lieu de stationnement des militaires français. C'est à Bangui qu'ont lieu les différents coups d'État et les nombreux massacres de civils.

II. Des conflits de différentes natures

1. Une majorité de conflits intra-étatiques

• Depuis la fin de la guerre froide, les conflits armés sont majoritairement des conflits internes aux États : ils opposent souvent les forces gouvernementales à des groupes armés rebelles (ex. : Touaregs au Mali).

• Les conflits interétatiques sont peu nombreux mais plus médiatisés (guerre larvée en Irak entre les États-Unis et l'Iran).

• Cependant, la distinction entre conflits intra-étatiques et interétatiques est à nuancer en raison de l'intervention fréquente de puissances étrangères dans des conflits internes (ex. : l'Arabie saoudite et l'Iran dans la guerre civile au Yémen).

2. De multiples enjeux

• Les enjeux des conflits sont avant tout politiques : ils sont souvent dus à une rivalité entre États. C'est le cas du Cachemire disputé par l'Inde et le Pakistan depuis 1947. L'enjeu pour chacun de ces États est d'affirmer sa puissance face à son rival.

• Ils sont également économiques : les ressources naturelles suscitent rivalités et convoitises. Ainsi, la restriction de l'accès à l'eau imposée par l'État d'Israël aux Palestiniens des territoires occupés engendre de fortes tensions dans cette région aride.

• Ils peuvent parfois être idéologiques : c'est le cas de la « guerre sainte » anti-occidentale menée par Boko Haram au Nigeria, au Cameroun, au Tchad et au Niger.

3. Une inégale intensité

• Les conflits de forte intensité se caractérisent par des affrontements armés réguliers, comme en Syrie. Mais d'autres conflits connaissent des affrontements plus sporadiques : au Mali, le gouvernement, épaulé par des Casques bleus et des militaires français, est confronté à des raids de groupes islamistes implantés dans le Sahel.

• L'intensité et la durée des conflits permettent de distinguer des conflits majeurs entraînant des pertes humaines supérieures à 1 000 morts par an (Syrie) et des conflits mineurs dont les pertes sont moindres (Ukraine).

HGGSP

III. Des acteurs multiples, des conflits inégalement résolus

1. Acteurs traditionnels et nouveaux acteurs

- Par leur puissance militaire, les États restent les acteurs majeurs des conflits. Ainsi, forts de leurs flottes et de leurs bases militaires situées dans le monde entier, les États-Unis sont partie prenante de nombreux conflits (Afghanistan, Irak, Niger).
- Par ses opérations de maintien de la paix, l'Organisation des Nations unies (ONU) demeure également un acteur important. Ainsi, la mission de l'ONU en République démocratique du Congo (MONUC) permet d'éviter un conflit majeur dans cet État.
- Cependant, de nouveaux acteurs s'affirment depuis le début du XXIe siècle. Parallèlement ou conjointement avec l'ONU, des organisations régionales (OTAN, Union africaine) mènent des opérations de maintien de la paix. Sur les champs de bataille interviennent désormais aussi des combattants n'appartenant pas aux armées régulières : membres de sociétés militaires privées agissant pour le compte des États (États-Unis, Russie) ; combattants irréguliers membres de milices (ex. : le Hamas contre l'armée israélienne à Gaza).

2. Des conflits inégalement résolus

- Certains conflits sont réglés par la signature de traités de paix qui établissent les bases d'une paix durable. Ainsi, l'accord entre les FARC et le gouvernement colombien en 2016 a mis fin à cinquante ans de guérilla.

À NOTER
Depuis 2018, cet accord est toutefois contesté par le président colombien et d'anciens chefs guérilleros.

- D'autres conflits sont arrêtés suite à un cessez-le-feu qui fixe l'arrêt provisoire des combats (ex. : l'accord entre l'Ukraine et la Russie en 2015).
- De nombreux conflits sont en attente de résolution malgré la présence de forces de maintien de la paix. C'est le cas de l'Afghanistan où des négociations sont engagées entre les États-Unis et les talibans, tandis qu'attentats et assassinats se poursuivent.

Conclusion

[Réponse à la problématique] Ainsi les conflits dans le monde aujourd'hui se caractérisent, en premier lieu, par leur forte concentration géographique ; ensuite, par la domination de guerres intra-étatiques, la multiplicité des enjeux et une inégale intensité ; enfin, par l'affirmation d'acteurs non étatiques aux côtés des acteurs traditionnels et par des modes de résolution très inégaux. [Ouverture] En somme, les conflits du XXIe siècle sont plus complexes qu'au siècle précédent car le monde est davantage multipolaire.

Clausewitz et les conflits contemporains

2 heures
10 points

INTÉRÊT DU SUJET • Ce sujet est au cœur d'un des jalons du thème 2 : il vous invite à confronter le modèle de Clausewitz aux guerres irrégulières contemporaines liées au djihadisme. La présence d'un texte et d'une carte facilite la confrontation de ces deux modèles.

En analysant les documents, en les confrontant et en vous appuyant sur vos connaissances, répondez à la question suivante : la conception clausewitzienne de la guerre permet-elle de comprendre les conflits d'aujourd'hui liés au djihadisme ?

DOCUMENT 1

Le politologue et historien Raymond Aron analyse la pensée de Clausewitz développée dans son traité De la guerre.

Au point de départ, le modèle le plus simple, celui du duel, qui suggère une première définition de la guerre, épreuve de volonté avec l'emploi de la violence physique. L'analyse du modèle conduit à la théorie de l'ascension aux extrêmes […] et de la guerre absolue […]. En un deuxième moment, Clausewitz réintroduit les éléments principaux que le modèle a négligés : l'espace (un État n'est pas un lutteur, il dispose d'un territoire, d'une population) ; le temps (le sort d'une guerre, d'une bataille, d'un État ne se décide pas en un seul instant) ; l'asymétrie entre l'attaque et la défense, qui rend compte de la suspension des opérations ; enfin la politique, qui fixe la fin de la guerre elle-même et, en fonction de l'ensemble des circonstances, des intentions supposées de l'ennemi et des moyens disponibles, détermine le plan de guerre, la mesure des efforts. Le premier chapitre, résumé de la philosophie du traité tout entier, aboutit à une deuxième définition [...] du phénomène guerre, étrange triade de la passion (le peuple), de la libre activité de l'âme (le chef de guerre) et de l'entendement (la politique, l'intelligence personnifiée de l'État).

[...] La pensée de Clausewitz se prête à deux interprétations, non pas contradictoires mais divergentes. Ou bien on retient pour centre de sa pensée la bataille d'anéantissement [...]. Ou bien on fixe son attention sur l'autre versant de sa pensée : la guerre continuation de la politique par d'autres moyens ou avec l'addition d'autres moyens, donc la primauté de l'homme d'État sur le chef militaire, l'affirmation répétée que la guerre absolue ou idéale est la plus rare dans l'histoire, que la plupart des guerres, mesurées à la guerre absolue, ne sont que des demi-guerres. [...]

Comparée au XXe siècle, la période révolutionnaire et napoléonienne ne semble qu'une pâle répétition d'une pièce d'horreur à grand spectacle.

Raymond Aron, *Mémoires*, Julliard, 1983.

DOCUMENT 2 **Les terres de djihad en 2015**

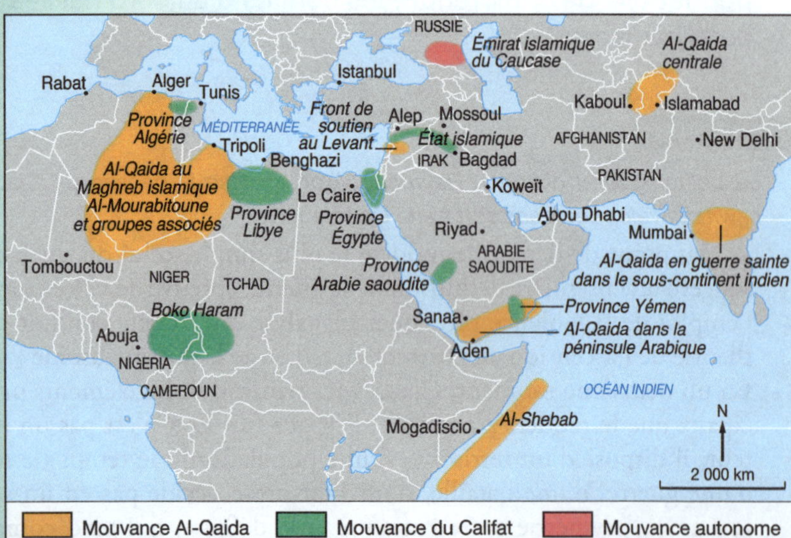

Source : Atelier de cartographie de l'Institut d'études politiques de Paris, 2015.

LES CLÉS DU SUJET

Identifier les documents

Documents 1 et 2

Nature, genre, source
- **Doc. 1** : texte géopolitique, extrait de *Mémoires*
- **Doc. 2** : carte géopolitique ; atelier de cartographie de Sciences-Po

Auteurs
- **Doc. 1** : le politologue et historien Raymond Aron
- **Doc. 2** : les cartographes de Sciences-Po

Date, espace et échelle
- **Doc. 1** : 1983 ; espace non déterminé ; échelle mondiale
- **Doc. 2** : 2015 ; de la Mauritanie à l'Inde ; échelle régionale

Thèmes
- **Doc. 1** : le modèle de Clausewitz
- **Doc. 2** : les zones d'implantation des mouvements djihadistes

Comprendre la consigne

• La consigne vous invite à interroger la **validité de la pensée de Clausewitz,** élaborée au XIXe siècle, à l'épreuve des conflits du XXIe siècle liés au **djihadisme.** Il s'agit de la guerre menée par des mouvements islamistes contre leurs adversaires.

• Le document 1 rappelle les principes fondamentaux de la **théorie militaire clausewitzienne.** Le document 2 permet d'en souligner les **limites,** en particulier dans leur **dimension spatiale.** Le sujet vous invite à mobiliser vos connaissances pour analyser ces documents.

Dégager la problématique et construire le plan

• Depuis le début du XXIe siècle, avec l'essor du djihadisme, les États sont confrontés à des guerres qui sortent du schéma classique théorisé par Clausewitz : les guerres irrégulières.

• C'est pourquoi, explicitement, le sujet vous invite à répondre à la problématique suivante : la conception clausewitzienne de la guerre permet-elle de comprendre les conflits contemporains liés au djihadisme ?

I. Les conflits contemporains : des duels entre États ?	• Quels sont les acteurs des conflits ? • S'agit-il d'une guerre d'anéantissement ?
II. Les conflits contemporains : une continuation de la politique par d'autres moyens ?	• Quels sont les espaces de la guerre ? • Quelle est la temporalité de la guerre ? • Y a-t-il une asymétrie attaque/défense ? • Quelle est l'importance du politique ?

26 CORRIGÉ GUIDÉ

Les titres et les indications entre crochets ne doivent pas figurer sur la copie.

Introduction

[Accroche] Aux XIXe et XXe siècles, le traité de théorie militaire *De la guerre* (publié en 1832) de Carl von Clausewitz est considéré comme une référence par de nombreux spécialistes des relations internationales. Cependant, avec l'essor de nouvelles formes de conflits liés au terrorisme islamiste à partir du début du XXIe siècle, les analyses clausewitziennes semblent moins pertinentes. [Présentation des documents] Les deux documents qui nous sont proposés en sont une illustration. Le premier est un texte géopolitique extrait des *Mémoires* du politologue et historien Raymond Aron. Publié en 1983, il analyse la pensée de Clausewitz à l'échelle mondiale. Le second est une carte géopolitique provenant de l'atelier de cartographie de Sciences-Po. Réalisée en 2015 par les cartographes de cette institution, elle présente à l'échelle régionale, de la Mauritanie à l'Inde, les zones d'implantation des mouvements djihadistes à ce moment-là. [Problématique] Nous analyserons ces documents pour répondre à la question suivante : la conception clausewitzienne de la guerre permet-elle de comprendre les conflits contemporains liés au djihadisme ? [Annonce du plan] Pour ce faire, nous prendrons en compte les deux interprétations de Raymond Aron : les conflits comme duels entre États [I], puis les conflits comme continuation de la politique par d'autres moyens [II].

I. Les conflits liés au djihadisme : des duels entre États ?

1. Le modèle le plus simple de Clausewitz…

• Comme le rappelle Raymond Aron au début de son texte, Clausewitz assimile la guerre à un duel au cours duquel deux États utilisent la violence pour l'emporter (« Au point de départ… de la violence physique », l. 1-3). En effet, Clausewitz a comme référence les guerres de la période moderne qui opposent des États ou des coalitions (guerre de Sept Ans, guerres des périodes révolutionnaire et impériale).

CONSEIL
Utilisez vos connaissances pour donner de la profondeur à votre analyse, au-delà des informations fournies par le document.

• L'objectif est de soumettre voire d'anéantir l'adversaire : c'est le concept de « guerre absolue ». D'où l'enjeu de la bataille décisive (« la bataille d'anéantissement ») au cours de laquelle se joue le sort de la guerre.

2. … à l'épreuve des conflits contemporains

• Comme nous le montre la carte, les conflits contemporains liés au djihadisme ne peuvent être assimilés à des conflits entre États. En effet, ils se caractérisent par l'affirmation d'acteurs non étatiques, en l'occurrence Al-Qaida et l'État islamique (désigné ici par le « Califat »). Ces organisations terroristes affrontent des États de la région (ex. : Boko Haram contre le Nigeria, le Niger, le Tchad et le Cameroun) ; ils s'attaquent également à des États extérieurs à la région (ex. : l'État islamique contre les puissances occidentales, la Russie et la Turquie).

• Par ailleurs, l'objectif de ces organisations n'est pas de soumettre ni d'anéantir leurs adversaires, plus puissants militairement. Elles engagent des conflits asymétriques. Le but est de déstabiliser l'adversaire en l'attaquant sur ses points faibles. Il n'y a donc pas de bataille décisive, mais plutôt une guerre d'usure. Ainsi, Al-Qaida, fondée en 1987, organise depuis la fin des années 1990 des attentats contre les intérêts occidentaux.

MOT CLÉ
Un conflit asymétrique se caractérise par un déséquilibre notable des forces militaires antagonistes.

[Transition] Le modèle le plus simple de la guerre pensé par Clausewitz et analysé par Raymond Aron ne peut donc servir à comprendre les conflits contemporains liés au djihadisme. Examinons maintenant si le modèle le plus élaboré a davantage de pertinence.

▶ Le secret de fabrication
Ce court paragraphe de transition vous permet d'articuler la première et la seconde partie de votre développement. Elle comprend une phrase de reprise de l'idée directrice déjà développée et une phrase d'ouverture sur ce qui sera développé.

HGGSP

II. Les conflits liés au djihadisme : une continuation de la politique par d'autres moyens ?

1. Le modèle le plus élaboré de Clausewitz...

• Dans son texte, Raymond Aron nous rappelle une formule célèbre de Clausewitz : « la guerre continuation de la politique par d'autres moyens » (l. 21-22). La guerre serait un moyen d'atteindre des objectifs politiques d'où « la primauté de l'homme d'État sur le chef militaire ».

• Dans le premier paragraphe, il énonce les caractéristiques de la guerre : un territoire ; une durée ; une alternance attaque/défense ; le contrôle de la guerre par la politique, « l'intelligence personnifiée de l'État » (l. 17).

• Enfin, il souligne la dynamique de la guerre, fruit d'un équilibre entre le peuple, le chef de guerre et l'État. D'une logique binaire (le « duel », l. 1) on passerait à une logique ternaire (la « triade », l. 15).

2. ... à l'épreuve des conflits contemporains

• Les objectifs du djihadisme ne sont pas politiques mais idéologiques : il s'agit de lutter contre les valeurs occidentales au nom d'une interprétation stricte du Coran. Cependant, en s'autoproclamant calife en 2014, le chef de l'organisation État islamique, Abou Bakr Al-Baghdadi entend fonder un véritable État.

• Comme le montre en partie le document 2, les caractéristiques du djihadisme échappent à la grille d'analyse de Clausewitz : il n'y a pas un territoire du djihadisme mais des zones d'action dispersées ignorant les frontières étatiques (à l'exception de l'État islamique qui s'est taillé un État à cheval sur la Syrie et l'Irak) ; on ne peut déterminer avec certitude le début et la fin des guerres qui se greffent sur des conflits antérieurs (ex. : Libye, Irak, Afghanistan) ; le djihadisme est essentiellement offensif ; il échappe à tout contrôle étatique.

> **À NOTER**
> Les terres de djihad se situent souvent dans des États déchirés par de longues guerres civiles (ex. : Afghanistan depuis 1979).

• Quant à la dynamique peuple/chef de guerre/État, elle ne joue pas en raison du caractère transnational du djihadisme. Comme l'indique la légende de la carte, on est en présence de groupes autonomes qui, en faisant allégeance à Al-Qaida ou à l'État islamique, entrent dans leur « mouvance » (ex. : Al-Shebab en Somalie pour Al-Qaida, Province Libye pour l'État islamique). L'émirat islamique du Caucase reste autonome.

Conclusion

[Réponse à la problématique] Ainsi, ces documents nous montrent bien les limites de la pensée de Clausewitz pour comprendre les conflits contemporains liés au djihadisme. Tout d'abord, si le théoricien assimile la guerre à un duel entre États ayant pour finalité l'anéantissement de l'adversaire, ces conflits se caractérisent par l'affirmation d'acteurs non étatiques qui cherchent avant tout à déstabiliser leurs ennemis. Par ailleurs, Clausewitz voit la guerre comme un moyen pour un État d'atteindre un objectif politique ; d'où des caractéristiques spatiales, temporelles, tactiques et politiques bien déterminées. Or le djihadisme échappe à cette grille d'analyse par ses objectifs et ses modalités. [Intérêt et limites des documents] L'intérêt de ces documents est de permettre la confrontation entre la théorie et la réalité des conflits contemporains. Cependant, le document 2 est trop descriptif pour comprendre le fonctionnement du djihadisme.

27 Dissertation

Le Moyen-Orient, un foyer de conflits majeur depuis 1945

2 heures
10 points

INTÉRÊT DU SUJET • Ce sujet mobilise vos connaissances sur l'objet conclusif consacré au Moyen-Orient. Son intérêt réside dans l'analyse que vous ferez de cette région située au cœur de l'« arc des crises ». À cette occasion, vous utiliserez des notions géopolitiques comme les enjeux, les acteurs et les modes de résolution des conflits.

Le Moyen-Orient, un foyer de conflits majeur depuis 1945.

LES CLÉS DU SUJET

Analyser le sujet

Le Moyen-Orient, un foyer de conflits majeur depuis 1945

Formulation
- Forme affirmative
- Caractérisation d'une région du monde

Bornes chronologiques et spatiales
- De la fin de la Seconde Guerre mondiale à nos jours
- Le Moyen-Orient dans sa globalité

Type de sujet
Sujet analytique

Notions et mots clés
- Conflits : guerres ouvertes, tensions
- Majeur : au cœur d'enjeux mondiaux

Dégager la problématique

- Vous devez montrer ce qui fait du Moyen-Orient le foyer majeur de conflits armés dans le monde depuis 1945.
- On peut ainsi formuler la problématique de la façon suivante : Pourquoi les conflits au Moyen-Orient sont-ils au cœur des questions internationales depuis 1945 ?

Construire le plan

Pour expliquer ce qui fait de la région un foyer de conflits majeur, un plan analytique est le plus adapté. En effet, il s'agit de mettre en évidence les facteurs des conflits, leurs protagonistes et la façon dont on tente de les résoudre.

I. Des enjeux mondiaux	• Quels types d'enjeux ? • À quelles échelles ?
II. Des acteurs multiples	• Quels types d'acteurs ? • Comment interviennent-ils dans les conflits ?
III. Des modes de résolution inégalement efficaces	• Quels modes de résolution des conflits ? • Avec quelle efficacité ?

HGGSP

27 CORRIGÉ GUIDÉ

Les titres et les indications entre crochets ne doivent pas figurer sur la copie.

Introduction

[Accroche] Les tensions militaires survenues entre les États-Unis et l'Iran sur le territoire irakien au tournant des années 2019-2020 soulignent combien le Moyen-Orient est une région particulièrement sensible. [Présentation du sujet] En effet, depuis la fin de la Seconde Guerre mondiale durant laquelle le pétrole a joué un rôle essentiel dans la victoire des Alliés, le Moyen-Orient, en particulier la région du golfe Persique, est le théâtre de nombreux conflits armés aux enjeux souvent mondiaux.

[Problématique] Pourquoi les conflits au Moyen-Orient sont-ils au cœur des questions internationales depuis 1945 ? [Annonce du plan] Pour répondre à cette problématique, nous présenterons d'abord les enjeux mondiaux de ces conflits [I], puis leurs multiples acteurs [II] avant de souligner l'inégale efficacité des modes de leur résolution [III].

I. Des enjeux mondiaux

1. Des enjeux économiques

• Le Moyen-Orient possède les plus grandes réserves d'hydrocarbures au monde : 50 % des réserves de pétrole et 40 % des réserves de gaz. C'est donc une région stratégique pour l'approvisionnement énergétique des pays industrialisés comme les États-Unis ou plus récemment la Chine, devenue le premier importateur de pétrole.

• Le Moyen-Orient est aussi un lieu de passage incontournable pour le trafic maritime mondial. Le canal de Suez et le détroit de Bab El-Mandeb sont nécessairement empruntés pour les échanges commerciaux entre les pays de l'Union européenne et ceux de l'Asie orientale. Avec 40 % du total, le détroit d'Ormuz constitue un point de passage stratégique pour le trafic pétrolier mondial.

2. Des enjeux politiques

• Pendant la guerre froide, la région est divisée entre les alliés des États-Unis et ceux de l'Union soviétique. Parmi les premiers on trouve l'Arabie saoudite, Israël, la Turquie et l'Iran (jusqu'en 1979) ; parmi les seconds, l'Égypte (jusqu'en 1972), la Syrie et l'Irak. Les guerres israélo-arabes, qui opposent l'État hébreu à des coalitions de pays arabes, sont à appréhender à la lumière de la rivalité américano-soviétique.

> **À NOTER**
> L'Iran du shah est un fidèle allié des États-Unis. Après sa chute en 1979, le pays rompt avec les Américains sans pour autant rallier l'Union soviétique.

• Dans les années 1990, le Moyen-Orient est le théâtre de l'instauration d'un « nouvel ordre mondial » voulu par les États-Unis. En effet, au lendemain de la victoire de la coalition internationale contre l'Irak durant la guerre du Golfe (1991), la superpuissance américaine se veut la garante du respect du droit international en n'hésitant pas à jouer le rôle de « gendarme du monde ».

• Après les attentats du 11 septembre 2001, le Moyen-Orient devient le principal foyer de la lutte contre le terrorisme menée par les États-Unis, leurs alliés occidentaux et la Russie. Dans cette logique, les États-Unis interviennent militairement en Afghanistan, pays qui abrite des camps d'entraînement d'Al-Qaida (2001) puis envahissent l'Irak, soupçonné de soutenir le terrorisme (2003). Plus récemment, les frappes aériennes américaines, occidentales et russes en Syrie ont pour but de détruire les forces de l'organisation terroriste État islamique.

3. Des enjeux culturels

• Le Moyen-Orient abrite les lieux saints des religions monothéistes à savoir l'islam, le christianisme et le judaïsme. Ainsi, Jérusalem est le lieu de vives tensions entre Juifs orthodoxes et Arabes musulmans qui revendiquent le libre accès au même sanctuaire : le « mont du Temple » pour les premiers, l'« esplanade des Mosquées » (troisième lieu saint de l'islam) pour les seconds. Tensions d'autant plus vives que Jérusalem, conquise en 1967 et proclamée capitale de l'État hébreu en 1980, est revendiquée par les Palestiniens.

> ▶ **Le secret de fabrication**
> En développant l'exemple de Jérusalem, vous opérez un changement d'échelle fort à propos. En effet, les conflits au Moyen-Orient sont multiscalaires : ils sont à envisager à l'échelle mondiale, régionale, nationale et locale. À cette dernière échelle, l'exemple de La Mecque est une alternative : c'est le premier lieu saint de l'islam mais dont le contrôle par l'Arabie saoudite est contesté par les chiites.

• Le Moyen-Orient connaît aussi le déploiement d'un certain nombre d'idéologies transnationales, génératrices de potentiels conflits : en particulier le sionisme, le nationalisme arabe et l'islamisme. Le sionisme, théorisé dès la fin du XIXe siècle par Theodor Herzl, a pour objectif de créer un État juif en Palestine. Ce projet se concrétise avec la proclamation de l'État d'Israël en 1948, qui en retour nourrit le nationalisme arabe. Celui-ci vise en effet à défendre les droits des Arabes comme nation voire de les unifier (panarabisme). Cette idéologie a eu ses champions : le président égyptien Nasser dans les années 1950-1960 ; le président irakien Saddam Hussein dans les années 1980. L'islamisme quant à lui préconise l'application de la loi coranique (la charia) dans les États musulmans et le rejet des valeurs occidentales. Il se divise en de nombreux courants et tendances et inspire la politique extérieure de régimes comme celui de la Turquie ou, côté chiite, celui de la République islamique d'Iran.

II. Des acteurs multiples

1. Les États

• À différentes échelles, le Moyen-Orient est le théâtre d'affrontements entre puissances. À l'échelle mondiale, s'opposent aujourd'hui les États-Unis et la Russie, à la recherche d'un statut de superpuissance. Ainsi, cette dernière est intervenue de façon décisive dans le conflit syrien en 2015 pour soutenir le régime du président Bachar El-Assad contre l'État islamique et les rebelles anti-Assad. Elle a souligné l'impuissance de la coalition internationale formée autour des États-Unis. À l'échelle régionale, on assiste également à une lutte d'influence entre puissances : actuellement, l'Arabie saoudite et l'Iran s'affrontent indirectement dans de nombreux États (Yémen, Irak, Syrie ou encore Liban).

• Comme dans le reste du monde, l'ONU tâche de maintenir la paix. Environ 15 000 Casques bleus ont été envoyés dans la région dans le cadre d'opérations de maintien de la paix comme l'ONUST au Proche-Orient. L'Union européenne, au titre de la PESC (Politique étrangère et de sécurité) intervient également en faveur de la paix dans la région : depuis 2017, une mission civile européenne assiste le gouvernement irakien pour la mise en œuvre d'une stratégie de sécurité.

> **À NOTER**
> L'ONUST (Organisme des Nations unies chargé de la surveillance de la trêve) fait respecter depuis 1948 le cessez-le-feu et les accords d'armistice conclus entre Israël et les États arabes voisins.

2. Les acteurs non étatiques

• Le Moyen-Orient est le terrain d'action privilégié d'organisations terroristes transnationales comme Al-Qaida et l'organisation État islamique. Contrairement à la stratégie déterritorialisée d'Al-Qaida, l'organisation État islamique s'est taillé de 2014 à 2017 un vaste territoire de 200 000 km^2 à cheval sur l'Irak et la Syrie. Ces organisations mènent une guerre asymétrique contre les États de la région comme la Syrie et les puissances étrangères.

• Les combattants irréguliers relaient les stratégies des États. Ainsi, aux côtés de la coalition internationale dirigée par les États-Unis, qui intervient principalement par des bombardements aériens, les combattants kurdes luttent au sol contre ceux de l'État islamique. Le désengagement des États-Unis à la fin de l'année 2019 laisse les Kurdes aux prises avec la Turquie qui les combat au même titre que Daech.

III. Des modes de résolution inégalement efficaces

1. Des traités et des processus de paix

• Deux traités de paix ont définitivement mis fin à des conflits interétatiques. Après quatre conflits, Israël et l'Égypte signent le traité de Washington en 1979. L'Égypte récupère le Sinaï et reconnaît l'État hébreu. Cependant, le volet palestinien de l'accord, qui prévoit un statut d'autonomie aux Palestiniens des territoires occupés, reste lettre morte. En 1994, un second traité de paix israélo-arabe est signé entre Israël et la Jordanie. Les deux États normalisent leurs relations et règlent les contentieux territoriaux.

> **À NOTER**
> Il s'agit de : la guerre de 1948-1949 ; la guerre de Suez (1956) ; la guerre des Six-Jours (1967) ; la guerre du Kippour (1973).

• En 1993, sous l'impulsion des États-Unis, le Premier ministre israélien Yitzhak Rabin et le dirigeant de l'OLP Yasser Arafat signent les accords d'Oslo. Ceux-ci prévoient la reconnaissance mutuelle d'Israël et d'un État palestinien en échange de l'arrêt du terrorisme palestinien et de la répression israélienne. Ces accords sont complétés en 1995 par les accords d'Oslo II qui précisent le découpage de la Cisjordanie. Mais très vite, le processus de paix israélo-palestinien s'enlise avec l'assassinat de Rabin en 1995, l'opposition du Hamas, parti islamiste rival de l'OLP, la reprise de la colonisation juive en territoire palestinien et le déclenchement de la seconde intifada en 2000. Il est aujourd'hui au point mort.

2. Des cessez-le-feu et des conflits latents

• Des cessez-le-feu mettent provisoirement un terme à des conflits internationaux. C'est le cas de la guerre Iran-Irak (1980-1988). Après huit années d'un conflit qui a fait sans doute un million de victimes et a détruit l'économie des deux États belligérants, le Conseil de sécurité de l'ONU adopte à l'unanimité la résolution 598. Celle-ci prévoit la mise en place d'un cessez-le-feu et le retrait des troupes sur la base des frontières internationalement reconnues. Si l'Irak l'accepte aussitôt, il faut attendre l'année suivante pour que l'Iran la valide à son tour.

• De nombreux conflits sont en attente de résolution, faute de terrain ou de volonté d'entente. C'est le cas au Yémen, en proie à une guerre civile puis théâtre d'une intervention militaire (nommée « Tempête décisive ») opérée par une coalition dirigée par l'Arabie saoudite en 2015. L'enlisement du conflit opposant par partis interposés cette puissance à l'Iran, a conduit à une catastrophe humanitaire (10 000 morts, famine, choléra). Bien que des pourparlers de paix aient été entamés fin 2018, aucune paix durable ne se profile.

Conclusion

[Réponse à la problématique] Ainsi, depuis 1945, le Moyen-Orient est bien un foyer de conflits majeur à l'échelle mondiale : par ses enjeux, économiques, politiques et culturels ; par la diversité de ses acteurs ; par les modes de résolution qui impliquent souvent les États-Unis ou l'ONU. [Ouverture] Face à la multiplicité des conflits dans la région, Jean-Paul Chagnollaud estime que « si la paix paraît impossible à moyen terme, cela ne signifie pas que le Moyen-Orient soit condamné à une guerre perpétuelle ».

CONSEIL
Une citation est possible en fin de conclusion si elle ouvre le sujet sur une question plus vaste.

HGGSP

28 Sujet zéro • DISSERTATION

Le patrimoine : entre héritage et construction

2 heures
10 points

INTÉRÊT DU SUJET • Le patrimoine est pris entre deux dynamiques. D'un côté, il constitue une trace du passé, de l'autre il est récupéré et adapté par les sociétés en fonction d'enjeux immédiats.

Le patrimoine, héritage du passé ou construction mémorielle ?

LES CLÉS DU SUJET

Analyser le sujet

Le patrimoine, héritage du passé ou construction mémorielle ?

Formulation
- Définir ce qu'est le patrimoine
- Cette explication repose sur la confrontation de deux expressions

Bornes chronologiques et spatiales
- Du XIXe siècle à aujourd'hui
- Bornes spatiales non précisées

Type de sujet
Sujet analytique

Notions et mots clés
- Patrimoine : ensemble de biens matériels ou immatériels pensés comme le bien d'une communauté
- Héritage du passé : ce qui a été transmis au fil de l'histoire
- Construction mémorielle : sens donné par les sociétés actuelles à ce qui constitue le patrimoine

Dégager la problématique

- Les États et les sociétés utilisent le patrimoine à des fins politiques, économiques et sociales.
- Entre héritage du passé et construction mémorielle, comment les sociétés pensent-elles leur patrimoine ?

Construire le plan

Le plan doit rester analytique car aucune rupture n'est assez nette pour donner du sens à un plan chronologique.

I. Des fonctions multiples	• À quoi le patrimoine sert-il ? • Quels éléments patrimoniaux sont mis en avant pour comprendre le passé ?
II. Un levier de la puissance	• Comment les chefs d'État réinterprètent-ils le patrimoine ? • Qu'est-ce que le patrimoine nous apprend sur les rivalités géopolitiques ?
III. Un patrimoine conflictuel	• Qu'est-ce qu'un conflit d'usage lié au patrimoine ? • À qui le patrimoine appartient-il ?

HGGSP

28 CORRIGÉ GUIDÉ

Les titres et les indications entre crochets ne doivent pas figurer sur la copie.

Introduction

▶ Le secret de fabrication

La formulation du sujet est assez complexe. Pour votre problématique, vous pouvez reprendre les termes « héritage du passé » et « construction mémorielle » tout en proposant une question personnelle. Vous montrez ici que ce sont les sociétés qui définissent les usages du patrimoine. Le terme « ou » ne doit surtout pas vous amener à choisir d'emblée entre les deux expressions.

[Accroche] En mars 2021, alors que la Grèce réclame de nouveau la restitution des frises du Parthénon, le Premier ministre britannique Boris Johnson répond que celles-ci ont été légalement acquises et qu'elles restent la propriété du British Museum. [Présentation du sujet] Cet exemple témoigne de l'augmentation des conflits liés au patrimoine. Le patrimoine est ici entendu dans un sens collectif, il englobe l'ensemble des biens matériels et immatériels pensés comme le bien d'une communauté. Le patrimoine est autant un héritage du passé qu'une construction mémorielle. Il dépend profondément du sens que la société actuelle souhaite ou non valoriser.

[Problématique] Entre héritage du passé et construction mémorielle, comment les sociétés pensent-elles leur patrimoine ? [Annonce du plan] Le patrimoine a d'abord de multiples fonctions liées aux intérêts immédiats des sociétés [I]. Ces usages témoignent de la participation du patrimoine à la construction de la puissance [II]. Ces disparités d'usage et ces enjeux expliquent la place du patrimoine dans de nombreux conflits [III].

I. Des fonctions multiples

1. Des enjeux politiques

• Dans les relations avec des pays alliés, les gouvernants ont un usage politique du patrimoine. La Chine a ainsi mis en place la « diplomatie du panda » : le prêt de pandas à des zoos étrangers pour une dizaine d'années contre une forte somme d'argent.

• Le patrimoine a une charge symbolique et la mémoire ne retient souvent qu'une partie de l'identité des monuments. Le château de Versailles est associé avant tout à Louis XIV alors qu'il a été utilisé par d'autres rois et chefs d'État. C'est un grand honneur pour un dirigeant d'y être invité aujourd'hui.

MOT CLÉ
Le *soft power* permet un rayonnement international ; le patrimoine en fait partie lorsqu'il est par exemple utilisé sur le plan diplomatique pour conclure des accords commerciaux ou des partenariats culturels.

2. Une fonction économique et sociale

• Si le patrimoine est un objet de construction mémorielle, c'est aussi parce qu'il constitue une ressource importante. Le conflit entre la Grèce et le Royaume-Uni autour des frises du Parthénon illustre cette dimension économique. La restitution des frises à Athènes ferait perdre une pièce majeure au British Museum.

• Les sociétés sélectionnent les éléments de leur passé qu'elles souhaitent mettre en avant. Le gouvernement espagnol a par exemple décidé de sortir la sépulture de Franco en 2019 de *El Valle de los Caidos* afin de consacrer le monument à l'ensemble des Espagnols morts au cours de la guerre civile.

[Transition] Le patrimoine est bien un héritage du passé, mais les sociétés contemporaines le reconstruisent en fonction de leurs sensibilités et de leurs intérêts immédiats. Ce patrimoine contribue dès lors à la puissance de celui qui le met en avant.

CONSEIL
Dans vos transitions, reprenez des éléments de votre problématique pour y répondre au fur et à mesure.

II. Un levier de la puissance

1. Un patrimoine et une mémoire sélectifs

• Il est difficile de patrimonialiser un élément culturel dans sa globalité. Ce sont souvent des éléments typiques qui sont ainsi reconnus : la pizza d'Italie et le repas gastronomique français sont inscrits au patrimoine de l'Unesco.

• La mémoire relève aussi d'un processus sélectif selon les volontés politiques. La ville de Vichy reste ainsi associée au gouvernement de Pétain. La mairie mène aujourd'hui une campagne pour réhabiliter son image en valorisant son patrimoine architectural.

2. La vitrine du pays

• Les chefs d'État utilisent certains éléments du patrimoine pour faire rayonner leur pays dans le cadre des relations internationales. Ainsi, lors de la visite en France du président Donald Trump, Emmanuel Macron l'a invité à la tour Eiffel pour un repas gastronomique préparé par le chef Alain Ducasse. Vladimir Poutine et Xi Jinping ont été reçus au château de Versailles.

> ▶ **Le secret de fabrication**
>
> Illustrez vos idées d'exemples. La difficulté ici est de ne s'appuyer que sur les deux jalons (frises du Parthénon et château de Versailles). Pour éviter un propos trop répétitif, n'hésitez pas à utiliser des exemples abordés dans d'autres leçons. L'exemple du repas gastronomique est développé dans l'objet de travail conclusif.

• Le patrimoine sert aussi à montrer sa suprématie à ses concurrents. En 2018, quand Xi Jinping fait visiter la Cité Interdite à Donald Trump, c'est certes une marque de respect, mais en présentant ce monument édifié au XVe siècle, le président chinois rappelle aussi à son homologue que son pays a une longue histoire, contrairement aux États-Unis.

[Transition] Les dirigeants utilisent le patrimoine pour mettre en avant leur puissance. Cela implique de sélectionner certains éléments, au risque de provoquer des conflits.

III. Un patrimoine conflictuel

1. L'exemple français

• La société française est parfois marquée par des conflits d'usage vis-à-vis de certains monuments. En septembre 2021, l'Arc de Triomphe a été emballé selon le projet de l'artiste Christo. Certains Parisiens y ont vu une souillure sur un monument qu'ils considèrent comme le leur.

• L'héritage entre donc parfois en contradiction avec la construction mémorielle dévolue à certains lieux. En 2016, pour le centenaire de la bataille de Verdun, des enfants allemands et français ont couru au milieu des sépultures du site sur fond de percussions. Des associations, ainsi que certains politiques, y ont vu un manque de respect envers les morts alors que les organisateurs voulaient marquer l'union entre deux pays autrefois ennemis.

CONSEIL
Quand vous prenez l'exemple d'un conflit d'usage, présentez les différents points de vue des acteurs.

2. Le passé contre la construction mémorielle

• Les conflits du patrimoine sont aussi liés à une interprétation plurielle du passé. Dans le cas des frises du Parthénon, les Grecs mettent en avant le fait qu'elles sont la propriété des Athéniens. Les Britanniques, eux, insistent sur une transaction légale quand lord Elgin les a rachetées en 1800 après un accord avec le Grand vizir alors que la Grèce n'était pas indépendante.

• Le patrimoine participe à la construction de l'identité collective. L'un des conflits majeurs liés au patrimoine reste les œuvres saisies en Afrique pendant la colonisation et rapportées en Europe. Les États anciennement colonisés parlent de spoliation et exigent le retour de leurs biens.

MOT CLÉ
La spoliation est le fait de déposséder quelqu'un de ses biens, souvent par la force ou la fraude.

Conclusion

[Réponse à la problématique] Le patrimoine est donc à la fois un héritage du passé et une construction mémorielle. Cet héritage reste présent et les sociétés contemporaines mettent en avant tel ou tel aspect de leur patrimoine en fonction d'intérêts immédiats. [Ouverture] Cette question se pose de façon plus prononcée dans les pays qui ont subi une destruction de leur patrimoine. À Mossoul en Irak, la reconstruction de la mosquée al-Nouri a été confiée à des Égyptiens par l'Unesco. Or, de nombreux Irakiens se plaignent car les architectes risquent de ne pas replacer la mosquée dans l'histoire irakienne.

Les menaces sur le patrimoine dans le monde

2 heures
10 points

INTÉRÊT DU SUJET • Ce sujet invite à s'interroger sur les menaces qui pèsent sur le patrimoine mondial : destruction de monuments par des groupes islamistes, détérioration par une fréquentation touristique excessive. Il convient ensuite de présenter les différents acteurs qui tentent de répondre à ces menaces à toutes les échelles.

En analysant les documents, en les confrontant et en vous appuyant sur vos connaissances, répondez à la question suivante : quelles menaces pèsent sur le patrimoine mondial et comment les différents acteurs tentent-ils d'y remédier ?

DOCUMENT 1

Mardi 24 janvier, la directrice générale de l'Unesco, Mme Irina Bokova, a reçu le maire de Venise, M. Luigi Brugnaro, au siège de l'Unesco, avec des représentants du gouvernement italien, afin de discuter de la protection du site de Venise et sa lagune, inscrit au patrimoine mondial de l'Unesco depuis 1987.

Cette rencontre fait suite à la visite de la directrice générale à Venise les 3 et 4 novembre 2016 à l'occasion des 50 ans de la grande inondation de Venise. La discussion a porté sur les mesures mises en œuvre par les autorités italiennes et la municipalité de Venise pour assurer la protection du site à long terme. Le Comité du patrimoine réuni en juillet 2016 avait exprimé plusieurs recommandations et demandé à l'Italie d'en faire rapport avant le 1er février 2017.

Les autorités italiennes ont réaffirmé leur volonté de répondre aux préoccupations soulevées par le Comité du patrimoine mondial en juillet dernier à propos de la préservation de la ville de Venise. Cet engagement s'est traduit par l'adoption d'un nouveau « Pacte pour

Venise », signé le 26 novembre dernier et qui prévoit 457 millions d'euros d'investissement pour la préservation de la ville de Venise et sa lagune au cours des quatre prochaines années. De plus, dans le cadre du plan stratégique national pour le développement du tourisme, présenté par le ministère des Activités et Biens culturels et du Tourisme le 16 décembre dernier, et dont l'objectif est de mettre le tourisme durable au centre des politiques nationales, une action spécifique pilote est prévue pour le suivi et la gestion des flux touristiques à Venise.

« Venise est un patrimoine partagé de valeur universelle exceptionnelle. Nous devons tous travailler ensemble, l'Unesco, le gouvernement, la municipalité et toutes les parties prenantes. Ce matin, le maire de Venise m'a présenté en détail le grand nombre d'actions réalisées et les projets concrets qu'il a l'intention de mettre en œuvre. J'ai pu mesurer l'ampleur des efforts menés conjointement par la municipalité et le gouvernement. Nous allons continuer à travailler dans cet esprit », a déclaré Irina Bokova.

« Ma présence aujourd'hui est le signe de la confiance et de l'attachement de Venise à la coopération internationale. J'ai présenté à la directrice générale les progrès accomplis au cours des quinze derniers mois par l'administration municipale, qui témoignent du fort engagement pour la revitalisation de Venise et montrent une inversion de tendance par rapport au passé. Je souhaite que cette rencontre soit le point de départ d'une coopération qui offre une nouvelle vision de la ville, une vision pour les vingt prochaines années, où tous s'engagent pour un avenir meilleur pour les jeunes et les générations futures », a déclaré le maire, Luigi Brugnaro.

L'entretien bilatéral entre la directrice générale et le maire s'est poursuivi par une journée de réunions de travail pour évoquer les différents aspects de la gestion de ce site du patrimoine mondial.

Source : publication sur le site Internet de l'Unesco du 24 janvier 2017, consultée le 23 mai 2020.

DOCUMENT 2

Avant et après : le temple de Baalshamin, l'un des monuments emblématiques de Palmyre en Syrie, a été détruit par Daech en août 2015. Le site de Palmyre est inscrit sur la liste du patrimoine mondial en péril de l'Unesco.

ph © JOSEPHEID/AFP

Source : Joseph Eid, AFP, *Le Monde*, 2 avril 2016.

LES CLÉS DU SUJET

Identifier les documents

Documents

Nature, genre, source
- Doc. 1 : texte publié par le site de l'Unesco
- Doc. 2 : photographie de l'AFP publiée par le journal *Le Monde*

Auteurs
- Doc. 1 : rédacteurs de l'Unesco
- Doc. 2 : le photographe Joseph Eid

Dates et contexte
- Doc. 1 : 2017, coopération entre la ville de Venise et l'Unesco
- Doc. 2 : Syrie, après 2015

Thèmes
- Doc. 1 : la protection du site de Venise et sa lagune
- Doc. 2 : la destruction du site de Palmyre par Daech

Comprendre la consigne

• La consigne vous invite à aller plus loin qu'une simple présentation des menaces qui pèsent sur le patrimoine, comme pourrait le suggérer une lecture rapide du sujet.
• Il s'agit d'identifier les différents risques qui menacent le patrimoine et les mesures prises par les différents acteurs pour y faire face.
• La problématique à laquelle vous répondrez est la suivante : en quoi ces documents témoignent-ils de la vulnérabilité du patrimoine et des politiques mises en œuvre pour le protéger ?

Dégager la problématique et construire le plan

Au regard du sujet, suivre le plan de la consigne est la solution la plus facile mais aussi la plus efficace afin de gagner du temps.

I. Un patrimoine mondial menacé	• Pourquoi le site de Venise est-il menacé ? • En quoi le site de Palmyre témoigne-t-il de nouvelles menaces sur le patrimoine ?
II. Un patrimoine mondial à protéger	• Quels sont les différents acteurs de la protection du patrimoine ? • Quelles mesures prendre pour faire face à ces menaces ?

29 CORRIGÉ GUIDÉ

Les titres et les indications entre crochets ne doivent pas figurer sur la copie.

Introduction

[Accroche] Le patrimoine est une trace du passé que les sociétés décident de transmettre aux générations futures pour ses caractéristiques exceptionnelles. Il est par définition fragile et doit donc être protégé. [Présentation du sujet] Le site Internet de l'Unesco, institution de l'ONU chargée de l'identification et la protection du patrimoine mondial, présente le 24 janvier 2017 un article sur la protection d'un site remarquable mais vulnérable : celui de Venise et de sa lagune. Un an plus tôt, le journal *Le Monde* publie une photo du site de Palmyre en Syrie, en grande partie détruit en août 2015 par l'organisation terroriste Daech. [Problématique] En quoi ces documents témoignent-ils de la vulnérabilité du patrimoine et des politiques mises en œuvre pour le protéger ? [Annonce du plan] Pour répondre à cette question, nous présenterons les menaces qui pèsent sur le patrimoine [I] puis les actions pour y faire face [II].

▶ Le secret de fabrication
Lorsque le plan est suggéré dans la consigne, il faut veiller à ne pas répéter celui-ci dans la problématique. Utilisez alors des synonymes ou préférez une formulation plus générale.

I. Un patrimoine mondial menacé

1. Un patrimoine victime des aléas naturels

• « Venise est un patrimoine partagé de valeur universelle exceptionnelle », ainsi s'exprime la directrice de l'Unesco en 2017, rappelant le statut particulier dont la ville et sa lagune bénéficient depuis 1987. Venise est non seulement inscrite sur la liste du patrimoine mondial de l'Unesco mais son caractère « universel » la place sous une vigilance particulière de l'institution onusienne.

• C'est à l'occasion des « 50 ans de la grande inondation de Venise » qu'Irina Bokova, directrice générale de l'Unesco, s'est rendue sur place. En effet, en 1966, Venise avait été victime de pluies torrentielles provoquant des inondations exceptionnelles et la détérioration de nombreuses œuvres d'art. L'opinion publique prit alors conscience de la vulnérabilité de Venise.

• Venise est en effet particulièrement soumise aux aléas naturels : le phénomène d'*acqua alta* (« hautes eaux ») s'explique par la montée des eaux de l'Adriatique. Avec le changement climatique, le phénomène a tendance à devenir plus fréquent. Tassant les fondations de la ville, il menace des édifices exceptionnels tels la place Saint-Marc, sa basilique et le palais des Doges.

2. Un patrimoine menacé par le terrorisme

• Ailleurs dans le monde, d'autres menaces, de nature politique, pèsent sur des sites patrimoniaux mondialement connus. C'est le cas du site de Palmyre, en Syrie, où le temple de Baalshamin a été détruit par Daech en août 2015. La superposition d'une photographie du site avant sa destruction avec une autre présentant l'ampleur des dégâts est saisissante.

• Comme au Mali en 2012, le patrimoine est ici victime du fondamentalisme religieux. Le temple d'une divinité antique est détruit à l'explosif par Daech, organisation islamique qui depuis 2014 procède à la destruction organisée et au vol d'objets appartenant au patrimoine culturel des territoires qu'il contrôle en Irak, en Syrie ou en Libye.

CONSEIL
Le site de Palmyre n'est pas un jalon du thème traité. Néanmoins, vous avez étudié le cas du Mali où la problématique est la même, ainsi que Daech dans le thème « Faire la guerre, faire la paix ». Ne cloisonnez pas vos connaissances.

3. Un patrimoine fragilisé par le « surtourisme »

MOT CLÉ
Le surtourisme désigne un phénomène de saturation de certains sites touristiques par un nombre croissant de visiteurs.

• Une autre menace est évoquée par le document 1, celle du « surtourisme ». Paradoxalement, le phénomène d'*acqua alta* fonctionne comme un cliché vendeur pour tout professionnel du tourisme à Venise, comme son carnaval. Il faut rappeler que près de 30 millions de touristes se rendent dans cette ville chaque année.

• Aussi, la « gestion des flux touristiques » est devenue un casse-tête pour les autorités de la ville, comme le rappelle le texte : ce sont près de 77 000 personnes par jour qui déambulent dans un centre-ville d'une superficie de 17 km^2. Les rues bondées, les transports saturés, les prix exorbitants de l'immobilier, le non-respect de lieux sacrés sont liés à ce « surtourisme ». Venise devient un parc d'attractions.

[Transition] Les menaces qui pèsent sur le patrimoine entraînent des mouvements de protestation. Ils viennent du monde entier concernant la Syrie, ils sont issus d'organisations de résidents à Venise. Cela oblige les différents acteurs du patrimoine à intervenir.

II. Un patrimoine mondial à protéger

1. De nombreux acteurs à toutes les échelles

• « Nous devons tous travailler ensemble, l'Unesco, le gouvernement, la municipalité et toutes les parties prenantes » : cette citation du document 1 présente la multiplicité des acteurs de la protection du patrimoine. Au premier rang desquels l'Unesco, organisme de l'ONU qui, dès 1954 adopte une convention pour la protection des biens culturels en cas de conflit armé.

• À partir de 1978, le comité du Patrimoine mondial distingue le caractère exceptionnel de certains biens ou sites en les inscrivant sur une liste. Ils sont alors placés sous la sauvegarde internationale par l'intermédiaire d'une coopération financière et matérielle.

• L'Unesco peut aussi les classer sur la liste du patrimoine « en péril », comme c'est le cas de Palmyre. Venise a failli rejoindre cette liste à la suite d'une demande du maire. Ce classement permet à l'Unesco d'engager d'importants travaux ou de déplacer certains biens patrimoniaux comme au Mali.

• Cette inscription, donnant une mauvaise image d'un site prisé des touristes, comme Venise, peut être un moyen de pression sur les autorités afin que celles-ci prennent des mesures concrètes pour protéger ce site. Ces mesures sont mises en œuvre par les autorités centrales (gouvernements) mais aussi par les collectivités territoriales (municipalité de Venise).

2. Les mesures de protection

• Les autorités italiennes et celles de Venise ont répondu aux demandes de l'Unesco en adoptant un « pacte pour Venise » en 2016, c'est-à-dire un plan d'investissement pour « sauvegarder » et revitaliser la ville. Plusieurs solutions sont à l'étude ou mises en place : contrôler les locations de logements, instaurer un quota de visiteurs (portiques), créer une nouvelle taxe.

• Il s'agit des « projets concrets » évoqués par le maire. Des mesures de protection plus anciennes ont aussi vu le jour, comme le très coûteux projet MOSE, sorte de « cloisons oscillantes » permettant de limiter les inondations.

• À Palmyre, tout reste à faire. Le rôle de l'Unesco est pour l'instant d'évaluer précisément les dommages subis et de récolter des fonds avant d'entreprendre peut-être des actions de restauration une fois la situation politique stabilisée.

À NOTER
Depuis la date de l'article, la ville de Venise a interdit en 2021 la fréquentation du grand canal aux gros paquebots de croisière (bateaux de plus de 200 touristes).

HGGSP

Conclusion

[Réponse à la problématique] La patrimonialisation peut être au cœur d'enjeux géopolitiques, comme en Syrie, qui aboutissent à la destruction de biens patrimoniaux. L'attractivité touristique peut aussi mettre en péril la préservation du patrimoine, comme à Venise. Le patrimoine est donc vulnérable et il revient à l'Unesco et aux autorités nationales et locales de prendre des mesures pour le préserver, que ce soit par des opérations concrètes de protection ou par des mesures de restauration. [Ouverture] Quelles que soient les mesures prises, elles engagent des investissements coûteux. À l'heure où le monde vit une crise sanitaire sans précédent, ces sujets ne semblent plus être une priorité pour les différents acteurs locaux. Si la Covid-19 a vidé Venise de ses touristes, nul doute que la municipalité de la « Sérénissime » sera plus encline à mener des campagnes de communication pour les faire revenir qu'à accélérer la mise en place d'une « taxe » pour limiter leur afflux.

30 Sujet spécimen 2021 • DISSERTATION

Valoriser le patrimoine en France

2 heures
10 points

INTÉRÊT DU SUJET • Depuis 1959, l'État gère le patrimoine en France. Dans le cadre d'une multiplication des acteurs et des enjeux, la notion de patrimoine s'est progressivement élargie.

Quelles sont les finalités de la valorisation du patrimoine en France ?

LES CLÉS DU SUJET

Analyser le sujet

Quelles sont les finalités de la valorisation du patrimoine en France ?

Formulation
- Question assez simple au premier abord
- Les termes « finalités » et « valorisation » au cœur du sujet

Bornes chronologiques et/ou spatiales
- De la Révolution française au XXIe siècle
- L'ensemble de l'espace français

Type de sujet
Sujet évolutif

Notions et mots clés
- Valorisation : mise en valeur de certains éléments relevant du patrimoine
- Patrimoine : ensemble de biens matériels ou immatériels pensés comme le bien d'une communauté
- Finalités : objectifs

Dégager la problématique

- Quelles sont les principales étapes de la valorisation du patrimoine français ?
- Pourquoi le patrimoine est-il un élément de la puissance de la France ?

Construire le plan

L'objectif est ici de montrer comment la notion de patrimoine s'est élargie car l'État en fait de plus en plus un élément de sa puissance.

I. Protéger pour valoriser le patrimoine	• À quel moment les premières politiques du patrimoine sont-elles mises en place ? • Qui sont les acteurs de la valorisation du patrimoine ?
II. Un patrimoine pluriel	• Qu'est-ce que le patrimoine français ? • Comment la notion de patrimoine a-t-elle été élargie ?
III. Une valorisation nécessaire à la puissance	• Comment le patrimoine français est-il valorisé ? • Quel lien les Français entretiennent-ils avec leur patrimoine ?

HGGSP

30 CORRIGÉ GUIDÉ

Les titres et les indications entre crochets ne doivent pas figurer sur la copie.

Introduction

▶ Le secret de fabrication

Sans être chronologique, le plan proposé permet de montrer une véritable évolution sur deux siècles. Dans un premier temps, la protection l'emporte sur la valorisation. Comme plusieurs chefs d'État y voient un élément de puissance, ils organisent sa valorisation et élargissent la notion de patrimoine. Désormais, la puissance de la France ne se pense plus sans cette dimension patrimoniale.

[Accroche] En 2018, la France lance le Loto du patrimoine, qui combine un tirage le 14 juillet et un jeu de grattage. L'objectif est d'utiliser cet argent pour assurer l'entretien de monuments en péril. [Présentation du sujet] Cet exemple témoigne de la volonté de l'État français de valoriser des monuments en difficulté. C'est pendant la Révolution que se met en place une politique de protection du patrimoine. Au fil du temps, l'État et de multiples acteurs y voient une ressource et un moyen de rayonner. Le pays est ainsi associé dans le monde autant à la tour Eiffel qu'à Victor Hugo et à la baguette de pain. Les actions de valorisation du patrimoine ont pour objectif de renforcer le *soft power* et ainsi de participer à l'idée d'une « exception française ». [Problématique] Dans quelle mesure la valorisation du patrimoine participe-t-elle à la puissance de la France ? [Annonce du plan] Dans un premier temps, protéger le patrimoine a permis de le valoriser. [I] Puis la notion de patrimoine s'est élargie. [II] Enfin, cette valorisation s'est avérée nécessaire pour faire du patrimoine un pilier de la puissance française. [III]

I. Protéger pour valoriser le patrimoine

1. Entre protection et valorisation

• Au début de la Révolution française, une commission des monuments est créée pour réaliser un inventaire des édifices et objets publics alors que les biens ecclésiastiques sont l'objet de nombreux actes de vandalisme. Cette volonté de protection est la première étape de valorisation.

• Au XIXe siècle, le patrimoine recouvre alors essentiellement les monuments. C'est ainsi que naît en 1840 l'Inspection générale des monuments historiques chargée de dresser une liste de monuments que l'État doit protéger. Certains monuments sont alors mis en valeur, comme le château de Versailles, où Napoléon III reçoit la reine Victoria en 1855.

2. Les acteurs du patrimoine

• L'État reste l'acteur majeur de la valorisation. C'est lui décide de ce qui relève ou non du patrimoine. Ainsi, il élargit la définition du patrimoine, en y incorporant les objets issus des fouilles archéologiques en 1941 ou le patrimoine naturel en 1960. Par l'ouverture au public et la création d'événements, l'État valorise certains éléments patrimoniaux.

MOT CLÉ
Le patrimoine naturel est un paysage remarquable composé de ressources naturelles à préserver.

• Les collectivités territoriales mettent davantage en valeur le patrimoine local. Dans les années 1970-1980, le conseil régional du Nord-Pas-de-Calais soutient la création du Centre historique minier de Lewarde. Il s'agit de la première étape de la mise en valeur du patrimoine houiller de la région, ce qui a conduit l'Unesco à classer le site au patrimoine mondial.

CONSEIL
Quand vous évoquez les acteurs, évitez le catalogue exhaustif. Privilégiez les acteurs les plus importants, puis illustrez par des exemples.

[Transition] La valorisation est généralement l'étape qui suit la protection. La France prend peu à peu conscience de cette ressource et élargit alors sa définition du patrimoine.

II. Un patrimoine pluriel

1. La place du matériel

• La notion de patrimoine reste encore fortement associée aux monuments. La France attire les touristes par ses monuments. L'Arc de Triomphe a ainsi accueilli 1,61 million de visiteurs en 2019, le Mont-Saint-Michel 1,48 million et le château de Carcassonne plus de 600 000 visiteurs. Ces édifices incarnent différentes pages de l'histoire du pays et permettent la valorisation de certaines régions.

• Dans les années 1970, l'État commence aussi à mettre en avant le patrimoine industriel, scientifique et technique. Il s'agit parfois d'un moyen d'améliorer l'image de certains sites. Ainsi, au Centre historique minier de Lewarde le visiteur reconstitue le quotidien d'un mineur.

MOT CLÉ
Le patrimoine industriel rassemble les paysages, objets et bâtiments liés à une activité industrielle.

2. Le développement du patrimoine immatériel

• L'Unesco définit le patrimoine culturel immatériel (PCI) par l'ensemble des pratiques, représentations et savoir-faire que les communautés reconnaissent comme faisant partie de leur patrimoine culturel. Les différents acteurs privés et publics français inscrivent alors au patrimoine de nombreux éléments, comme la dentelle au point d'Alençon en 2009.

• La France met aussi en avant sa gastronomie. En 2010, le repas gastronomique des Français est inscrit au PCI. Ce patrimoine pluriel explique que la France soit le pays le plus visité au monde puisqu'en 2018 elle a accueilli près de 90 millions de visiteurs venus admirer ses monuments, découvrir sa gastronomie et ses traditions.

[Transition] Cet élargissement de la notion de patrimoine s'est fait rapidement et témoigne de la volonté de l'État d'en faire un pilier de sa puissance.

III. Une valorisation sélective mais nécessaire à la puissance

1. Les méthodes de valorisation

• La France valorise son patrimoine au cours de différents événements. En 1984 sont ainsi lancées les « journées portes ouvertes dans les monuments historiques ». Elles se sont depuis élargies à une partie de l'Union européenne et permettent d'accéder alors à certains monuments habituellement fermés au grand public.

• La valorisation du patrimoine français se fait aussi à l'étranger pour illustrer le rayonnement de la France. En mars 2015, à l'initiative du ministre des Affaires étrangères, 1 000 chefs organisent un repas gastronomique dans les ambassades de 150 pays. On parle ici de gastrono-diplomatie.

MOT CLÉ
La gastrono-diplomatie est l'utilisation par un État de sa gastronomie comme moyen de rayonnement et de puissance à l'international.

2. Les limites

• Seuls quelques monuments sont pleinement valorisés au point de connaître une fréquentation importante. La moitié des visites de musées se concentrent ainsi sur 1 % d'entre eux. La valorisation du patrimoine repose souvent sur quelques associations et elle manque de rayonnement.

▶ Le secret de fabrication

Le devoir met en avant le patrimoine et la façon dont celui-ci participe à la puissance de la France. Il est important de montrer que ce processus rencontre des oppositions et connaît des limites. Vous nuancez ainsi votre propos, ce qui donne une dimension plus réflexive à votre copie : elle se démarquera des autres.

• Des voix dénoncent le fait que la notion de patrimoine se soit trop élargie à de nombreux domaines, au risque de faire perdre au pays son identité. On parle ici d'inflation patrimoniale ou de « tout patrimoine ». Il importe alors de redonner davantage de sens à chaque élément patrimonialisé.

Conclusion

[Réponse à la problématique] La France a très tôt compris l'intérêt de valoriser son patrimoine. Si la notion s'est élargie, le processus n'a profité qu'à quelques éléments patrimoniaux. Le patrimoine reste pourtant un élément clé de la puissance française dans les relations internationales. [Ouverture] Malgré les quelques faiblesses du modèle français, force est de constater le succès de sa politique patrimoniale ; il lui incombe donc désormais d'aider les pays en difficulté ou qui sortent de conflits à protéger leur patrimoine et à le mettre en valeur.

31 Étude critique de documents

Le patrimoine, élément du rayonnement culturel français

2 heures
10 points

INTÉRÊT DU SUJET • Le patrimoine matériel et immatériel de la France fait partie intégrante de sa puissance et contribue à son rayonnement international.

D'après les documents proposés, vous montrerez comment la France utilise son patrimoine pour renforcer son influence dans le monde.

DOCUMENT 1 La gastronomie, cette nouvelle arme de la diplomatie française

Pour faire rayonner notre gastronomie, le Quai d'Orsay organise jeudi un dîner à la française dans nos ambassades de 150 pays.

La gastronomie, une affaire d'État ? « Oui », à en croire le ministère des Affaires étrangères. Jeudi 19 mars [2015], à l'appel de Laurent Fabius[1], le ban et l'arrière-ban des meilleurs chefs français et étrangers est convoqué pour la confection d'un déjeuner à la gloire de la cuisine française. Le clou de cette manifestation : un dîner d'exception à Versailles, dans la galerie des Batailles, concocté par six grands chefs étoilés, d'Alain Ducasse à Joël Robuchon, à l'intention de l'ensemble des ambassadeurs étrangers.

Le même jour, l'opération-charme sera dupliquée dans les ambassades, consulats, restaurants de 150 pays où 1 300 chefs s'efforceront, avec un dîner à la française, de prouver que la gastronomie fait partie du patrimoine français. Comme ses paysages, son architecture, sa littérature, son cinéma ou sa mode. Une façon de rappeler que notre cuisine, au cœur de notre culture, peut être aussi le meilleur ambassadeur de nos valeurs et de notre art de vivre. […]

Alors futile, ridicule cette glorification des arts de la bouche et de la table ? Certainement pas. À l'époque du *soft power* […], la culture gastronomique fait partie de la boîte à outils d'une grande puissance. Que pour imprimer sa marque, la France l'utilise conjointement avec la politique, la diplomatie, la force militaire ou la règle de droit, pourquoi pas ? C'est en tout cas l'intention de Laurent Fabius. […]

Moins glorieux que de vendre des Rafale[2], moins gratifiant que d'exporter des Airbus ? Pas sûr. Dans la guerre économique, il faut savoir cultiver le cru et le cuit, le *soft* et le *hard*. Aux États-Unis où les séries et les blockbusters hollywoodiens rapportent plus que l'industrie aéronautique, personne ne songe à établir une hiérarchie des atouts et des intérêts de la nation. Alors pourquoi pas le goût, cet héritage séculaire ?

Jean-Gabriel Fredet, « La gastronomie, cette nouvelle arme de la diplomatie française », site Challenges.fr, 17 mars 2015.

---

1. Laurent Fabius est ministre des Affaires étrangères de 2012 à 2016.
2. Les Rafale sont des avions de combat de Dassault aviation développés pour la Marine nationale et l'Armée de terre française qui sont exportés dans plusieurs pays.

DOCUMENT 2 **Les 10 sites, classés monuments nationaux, les plus visités en France (en milliers de visites en 2018)**

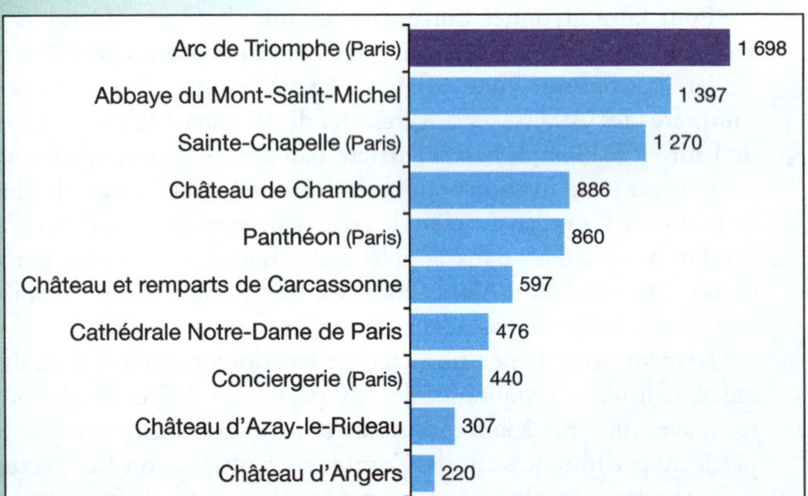

« Cinq graphiques pour décrypter le patrimoine français », *Le Figaro*, 20 septembre 2019.

LES CLÉS DU SUJET

Identifier les documents

Nature, genre, source
- Article de presse tiré du site économique de *Challenges*
- Graphique réalisé par *Le Figaro* à partir des données du ministère de la Culture

Auteur et destinataire
- **Doc. 1 :** Jean-Gabriel Fredet
Lecteurs de la presse économique
- **Doc. 2 :** *Le Figaro*
Lecteurs des grands quotidiens nationaux

Documents 1 et 2

Date et échelles
- 2015, échelle internationale
- 2018, échelle nationale

Thèmes
- Rôle de la gastronomie dans la puissance de la France
- Monuments nationaux français les plus visités

Comprendre la consigne

Le *soft power* français repose en grande partie sur son patrimoine riche et varié. Dans ce cadre, la gastronomie est utilisée par les autorités françaises à des fins diplomatiques.

Dégager la problématique et construire le plan

Le patrimoine doit être pensé comme un élément contribuant à la puissance de la France. En effet, le patrimoine, et ici plus spécifiquement la gastronomie, sont des moyens d'exporter et de promouvoir le modèle français.

I. Le patrimoine, un atout touristique
- Sur quoi repose l'identité culturelle de la France ?
- Quelle place occupe le patrimoine parmi les motivations des touristes venus en France ?

II. La France vue de l'étranger au prisme de son patrimoine

Comment le patrimoine et la gastronomie sont-ils utilisés par les politiques pour donner une image positive de la France à l'étranger ?

III. Contribuer à la puissance du pays

Dans quelle mesure le patrimoine apparaît-il comme un élément du *soft power* français ?

31 CORRIGÉ GUIDÉ

Les titres et les indications entre crochets ne doivent pas figurer sur la copie.

Introduction

[Accroche] Selon le chef français Antonin Carême (1784-1833), « les seules ententes internationales possibles sont des ententes gastronomiques ». [Présentation du sujet] Ce cuisinier reconnu en Europe à l'époque du congrès de Vienne (1815) témoigne ici du rôle de la gastronomie dans la négociation diplomatique. Le repas apparaît en effet comme un temps propice à la poursuite des négociations sous une forme plus décontractée entre les chefs d'État. Les deux documents reviennent plus largement sur la place du patrimoine dans la puissance de la France. Le premier est l'extrait d'un article tiré du site de la revue *Challenges* paru en 2015 décrivant comment la diplomatie française a fait une démonstration de force grâce à ses grands chefs cuisiniers. Le second présente, sous forme d'un graphique paru en 2019 dans *Le Figaro*, les monuments nationaux les plus visités en France.

> **CONSEIL**
> La citation est un excellent moyen d'accroche. Pensez bien à la relier à la présentation du sujet.

[Problématique] Dans quelle mesure le patrimoine matériel et immatériel contribue-t-il à la puissance de la France ? [Annonce du plan] Nous verrons tout d'abord que la France attire de nombreux touristes grâce à son patrimoine riche et varié [I], ensuite que la patrie de Victor Hugo est identifiée au travers de ce patrimoine depuis l'étranger [II], enfin que cette perception du patrimoine français consolide la puissance du pays [III].

I. Le patrimoine, un atout touristique

1. Séduire par le patrimoine

• La France raconte d'abord son histoire par ses monuments aux visiteurs qui viennent découvrir le pays. Dans le document 2, les monuments nationaux apparaissent comme un condensé de l'histoire de France : les remparts de Carcassonne rappellent le Moyen Âge, le château de Chambord évoque la Renaissance, le Panthéon rassemble les grandes personnalités du pays tels Jean Jaurès et Simone Veil.

> **▶ Le secret de fabrication**
> Vous devez utiliser les deux documents. Or, ici le document 1 s'avère plus riche en informations que le 2. Sur votre brouillon, relevez les monuments du document 2 pour essayer de les répartir entre chacune des trois parties.

• Le patrimoine immatériel participe également à ce jeu de séduction. Le repas gastronomique français, aux côtés de la cuisine mexicaine, a été inscrit au patrimoine culturel immatériel de l'humanité adopté par l'Unesco. Les femmes et hommes politiques recourent ainsi à la gastrono-diplomatie, comme le ministre des Affaires étrangères Laurent Fabius qui organise en France une « opération charme » (doc. 1, l. 11) pour les ambassadeurs ou à l'étranger dans les ambassades et consulats français.

MOT CLÉ
On appelle « gastrono-diplomatie » l'utilisation par un État de sa gastronomie comme outil de rayonnement et de puissance à l'échelle internationale.

2. Un argument touristique

• Premier pays touristique au monde en nombre de visiteurs, la France a attiré 89,3 millions de touristes étrangers en 2018. Parmi les nombreux édifices visités figurent les monuments nationaux présentés dans le document 2. L'Arc de Triomphe est ainsi le plus fréquenté avec 1 698 000 visiteurs par an.

• Laurent Fabius s'appuie sur l'ensemble du patrimoine puisqu'il utilise deux des principaux éléments du patrimoine français, un monument et la gastronomie : « Le clou de cette manifestation : un dîner d'exception à Versailles, dans la galerie des Batailles, concocté par six grands chefs étoilés » (doc. 1, l. 7-9). Le temps d'une soirée, les ambassadeurs vont donc déguster l'une des meilleures cuisines au monde dans le château de Louis XIV.

[Transition] Si la France utilise, comme d'autres pays, son patrimoine pour attirer les touristes et séduire ses hôtes, celui-ci est aussi connu depuis l'étranger.

II. La France vue de l'étranger au prisme de son patrimoine

1. Exporter la culture française

• La France est l'un des pays parvenant le mieux à exporter sa culture, en particulier grâce à l'Organisation internationale de la francophonie. Dans les pays ayant appartenu à l'empire français comme l'Algérie et le Sénégal, nombreux sont les habitants à maîtriser le français. Ses monuments inspirent dans le monde entier. Par exemple, le complexe hôtel-casino Paris Las Vegas a reproduit une tour Eiffel avec l'autorisation du maire de Paris.

▶ Le secret de fabrication

La réflexion est souvent moins poussée dans l'étude critique des documents que dans la dissertation. Insistez au cours de votre développement sur l'intérêt de votre sujet. Vous expliquez ici que le patrimoine n'a pas les effets immédiats de la puissance militaire et économique, mais que son empreinte à l'échelle mondiale est plus durable. Placez ces éléments réflexifs en début ou fin de sous-partie.

• L'exportation de la gastronomie s'inscrit dans cette même logique, même si ce rayonnement de la France s'avère plus discret que les échanges économiques ou militaires : « Moins glorieux que de vendre des Rafale, moins gratifiant que d'exporter des Airbus ? Pas sûr. » (doc. 1, l. 24-25). Les échanges culturels comme la gastronomie n'impliquent pas dans l'immédiat de fortes retombées économiques, mais consolident la présence de la France dans le monde et sa puissance.

2. Les monuments et la gastronomie depuis l'étranger

• Certains monuments du patrimoine français sont mondialement connus comme la tour Eiffel ou Notre-Dame de Paris. L'incendie de Notre-Dame en avril 2019 a suscité une vive émotion dans le monde entier ; Vladimir Poutine a déclaré : « Notre Dame est un symbole historique de la France, un trésor inestimable de la culture européenne et mondiale ».

• Les chefs français ont également une renommée dépassant le cadre des frontières. Le chef étoilé Alain Ducasse (doc. 1, l. 9) dispose de restaurants dans de nombreux pays et fait partie selon le magazine *Forbes* des 100 personnalités les plus influentes au monde. La gastronomie « peut être aussi le meilleur ambassadeur de nos valeurs et de notre art de vivre » (doc. 1, l. 16-17) et un support de l'influence française.

[Transition] Ce patrimoine français, reconnu et apprécié tant en France qu'à l'étranger, apparaît comme un pilier de la puissance française.

III. Contribuer à la puissance du pays

1. Le *soft power* français

• Comme l'Italie, la France peut utiliser son patrimoine pour valoriser son image auprès des étrangers venus visiter le pays et dans le monde : « À l'époque du *soft power* […], la culture gastronomique fait partie de la boîte à outils d'une grande puissance » (doc. 1, l. 19-20). Le concept de *soft power* développé par Joseph Nye recouvre les critères non coercitifs de la puissance, notamment les éléments culturels. La France s'avère ici particulièrement concernée avec « ses paysages, son architecture, sa littérature, son cinéma ou sa mode » (doc. 1, l. 14-15).

• Paris représente le cœur du patrimoine français puisque sur les dix monuments nationaux les plus visités en 2018, la moitié se trouvent dans la capitale : l'Arc de Triomphe, la Sainte-Chapelle, le Panthéon, Notre-Dame et la Conciergerie (doc. 2). Et la plupart des grands chefs français possèdent au moins un restaurant à Paris.

2. La gastronomie, un symbole français assumé

• Certes, le patrimoine n'a pas les mêmes capacités que l'armée ou l'économie pour imposer la puissance du pays, mais il s'agit d'un outil supplémentaire pour s'affirmer dans le concert des nations : « pour imprimer sa marque, la France l'utilise conjointement avec la politique, la diplomatie, la force militaire ou la règle de droit » (doc 1, l. 21-22). La France a d'ailleurs permis l'adoption en 2005 de la convention de l'Unesco pour la protection et la promotion de la diversité des expressions culturelles.

MOT CLÉ
Adoptée en 2005, elle reconnaît les acteurs et les biens culturels comme vecteurs de valeurs et d'identité. Dans le cadre de la mondialisation, ces éléments nécessitent une protection particulière.

• L'article prend la forme d'un plaidoyer pour la promotion de la gastronomie française, notamment par une comparaison avec les États-Unis : « Aux États-Unis où les séries et les blockbusters hollywoodiens rapportent plus que l'industrie aéronautique, personne ne songe à établir une hiérarchie des atouts et des intérêts de la nation. Alors pourquoi pas le goût, cet héritage séculaire ? » (doc. 1, l. 26-30). Hollywood est en effet autant associé à la première puissance du monde que son armée ou ses firmes transnationales.

Conclusion

[Réponse à la problématique] Le chef cuisinier Antonin Carême avait donc raison. La gastronomie est un support indéniable de la diplomatie. Les deux documents montrent à quel point le patrimoine participe au rayonnement international de la France. Si l'article se concentre sur la gastronomie, le graphique montre la diversité des monuments, même si les plus visités se trouvent souvent dans la capitale. [Critique du document] Il aurait pu être intéressant de compléter ces éléments par une analyse approfondie du patrimoine régional ou de l'importance des paysages français. [Ouverture] Alors que la mondialisation bouleverse les positions économiques et militaires de chacun, le patrimoine apparaît comme un pilier durable de la puissance. La France, avec son patrimoine historique, architectural et naturel exceptionnel, peut l'utiliser davantage dans la construction d'un modèle particulier.

CONSEIL
Pour montrer la continuité de votre réflexion, n'hésitez pas à reprendre l'auteur de la citation utilisée en introduction.

32 Sujet zéro 2020 • DISSERTATION

Les sociétés humaines face aux fluctuations du climat

2 heures
10 points

INTÉRÊT DU SUJET • Depuis le Moyen Âge, les sociétés font face aux changements climatiques et comprennent progressivement l'impact qu'ont leurs activités sur l'environnement.
À partir de la fin du XXe siècle, le thème du réchauffement climatique s'impose dans les relations internationales.

Les sociétés humaines face aux fluctuations du climat, hier et aujourd'hui.

LES CLÉS DU SUJET

Analyser le sujet

Formulation
- « Face à » : les sociétés humaines sont confrontées aux changements climatiques
- « Hier » : approche historique ; « aujourd'hui » : approche géopolitique

Bornes chronologiques et spatiales
- Depuis le Moyen Âge
- L'Europe pour les changements climatiques
- Le monde pour le climat dans les relations internationales

Les sociétés humaines face aux fluctuations du climat, hier et aujourd'hui

Type de sujet
Sujet évolutif

Notions et mots clés
- Sociétés humaines : groupes humains constitués sous des formes privées (ONG) ou publiques (État)
- Fluctuations du climat : changements de températures et leur impact

Dégager la problématique

- Quels changements climatiques connaissent les Européens, puis les habitants du monde, depuis le Moyen Âge ?
- Comment les sociétés tentent-elles d'agir sur ces changements ?

Construire le plan

Le plan thématique permet d'insister sur les inégalités entre les pays et sur l'impact du changement climatique, tout en lui donnant une profondeur historique.

I. Les changements à travers l'histoire	• Quelles fluctuations climatiques ont connues les sociétés européennes depuis le Moyen Âge ? • Quel est le lien entre l'industrialisation et le réchauffement climatique ?
II. Des conséquences plurielles	• Quels sont les impacts des fluctuations climatiques sur les sociétés ? • Quelles sociétés sont les plus touchées par le réchauffement climatique ?
III. Une mobilisation inégale	• Quels acteurs se mobilisent face au changement climatique ? • Quel est le rôle des États ?

32 CORRIGÉ GUIDÉ

Les titres et les indications entre crochets ne doivent pas figurer sur la copie.

Introduction

▶ Le secret de fabrication

Pour l'accroche, plutôt que de recourir à une citation pas assez connectée au sujet, vous pouvez vous appuyer sur un livre abordé en cours. La parole de spécialistes montre que vous avez assimilé quelques grandes idées de leur ouvrage et donne une valeur supplémentaire à votre ouverture.

[Accroche] Dans *Les Révoltes du ciel*, les historiens Fabien Locher et Jean-Baptiste Fressoz montrent que les sociétés modernes ont pris assez tôt conscience de leur impact sur le climat. [Présentation du sujet] Les fluctuations du climat ont toujours eu des conséquences sur les modes de vie des sociétés. Ces dernières, par leurs activités, agissent aussi sur le climat et en prennent pleinement conscience depuis la fin du XXe siècle.

[Problématique] Dans quelle mesure les sociétés ont-elles été impactées par les fluctuations climatiques et comment ont-elles tenté d'y remédier ?

[Annonce du plan] Tout d'abord, depuis le Moyen Âge, les fluctuations climatiques accompagnent l'histoire des sociétés [I], ces fluctuations ont eu de fortes conséquences sur les sociétés et leur environnement [II]. Aussi, les États et les citoyens ont commencé à prendre conscience du phénomène et à se mobiliser pour limiter le réchauffement climatique. [III]

I. Les changements climatiques à travers l'histoire

1. Périodes chaudes et périodes froides

• Les sociétés humaines ont été confrontées à différentes phases climatiques. Entre le Xe et le XIIIe siècle, l'optimum climatique médiéval (OCM) marque un réchauffement de l'hémisphère nord, et plus particulièrement de l'Amérique du Nord et l'Europe.

• Ces périodes d'adoucissement alternent avec des moments de refroidissement à l'image du Petit Âge glaciaire entre le XVe et le milieu du XIXe siècle. Les hivers sont plus froids et les automnes pluvieux, alors que les glaciers avancent sur les vallées.

2. Le poids du réchauffement climatique

• Le XIXe siècle ouvre l'ère de l'anthropocène. Contrairement aux variations climatiques antérieures, ce sont les sociétés et leurs activités qui sont responsables d'un réchauffement climatique. En effet, le recours aux énergies fossiles (charbon, pétrole, gaz) provoque une augmentation des gaz à effet de serre (GES) et donc à une augmentation des températures.

MOT CLÉ
L'anthropocène (« âge de l'humain ») se caractérise par une empreinte humaine si forte qu'elle peut modifier en profondeur l'environnement et le climat.

• L'industrialisation se diffuse dans les pays riches, puis émergents au cours du XXe siècle et le réchauffement s'accélère. Les travaux du GIEC (Groupe d'experts intergouvernemental sur l'évolution du climat) montrent depuis trois décennies le lien entre le réchauffement et les activités des sociétés industrielles.

• Tous les pays ne participent pas au réchauffement avec la même intensité, par exemple, les États-Unis émettent plus de 10 000 millions de tonnes de CO_2 par an et Madagascar moins de 100 millions.

CONSEIL
N'hésitez pas à utiliser des chiffres pour un ou deux exemples dans votre copie. Ils donnent du poids à votre argumentation.

[Transition] Ces changements climatiques ont de multiples conséquences sur les êtres humains et leurs milieux.

II. Des conséquences plurielles

1. Sur les milieux

• Les fluctuations climatiques modifient évidemment les milieux naturels. Et les sociétés humaines subissent leurs effets : si l'optimum climatique médiéval permet de bons rendements agricoles, le Petit Âge glaciaire provoque une diminution des récoltes et donc d'importantes disettes.

• Plus grave, le réchauffement climatique apparu depuis le XIXe siècle entraîne la fonte des glaciers et donc la hausse du niveau des mers, ainsi que l'extinction de nombreuses espèces animales et végétales. Les conséquences sont frappantes dans certains espaces insulaires et en Arctique.

2. Sur les sociétés

• La hausse du niveau des mers menace donc des populations qui sont concentrées sur les littoraux. En Chine et aux États-Unis, c'est le cas de la majorité des habitants. La ville de Jakarta, en Indonésie, est régulièrement touchée par des inondations, si bien que le gouvernement a réfléchi à délocaliser la capitale du pays vers Palangkaraya, hors de l'île de Java.

> **CONSEIL**
> Si les jalons sont attendus pour illustrer votre copie, amenez quelques exemples originaux (ici Palangkaraya) qui feront sortir votre copie du lot.

• Si les pays riches et émergents ont la plus grande responsabilité dans le réchauffement climatique, ce sont les sociétés des pays pauvres qui en sont les principales victimes. Ainsi, les espaces les plus menacés par des phénomènes climatiques extrêmes (canicules, cyclones, sécheresses) sont l'Afrique subsaharienne, l'Amérique centrale et du Sud, puis l'Asie du Sud.

[Transition] Les fluctuations climatiques ont toujours eu des conséquences sur les sociétés, mais depuis la fin du XXe siècle, elles s'aggravent. Les sociétés prennent plus ou moins conscience de ces menaces.

III. Une mobilisation inégale

1. Un souci croissant

• Les sociétés humaines ont très tôt compris que leurs activités avaient un impact sur leur environnement. Dès le Petit Âge glaciaire, les hommes recourent par exemple aux registres météorologiques, qui mesurent l'évolution des températures de l'atmosphère, et s'interrogent sur l'évolution du climat. Par le boisement ou le reboisement, ils comprennent aussi qu'ils peuvent influer sur le cycle de l'eau.

• La prise de conscience se renforce à la fin du XXe siècle. En 1992, lors du sommet de la Terre de Rio, le GIEC explique qu'il faut limiter le réchauffement à 1,5 °C pour le siècle suivant afin de limiter les phénomènes météorologiques extrêmes. Pour cela, les sociétés doivent trouver un équilibre entre le développement économique et la préservation de l'environnement.

2. Une accélération au cours des années 2000

• Depuis les années 2000, les États s'impliquent davantage. Malgré certaines divergences, l'accord de Paris de 2015 marque une nouvelle étape puisque la majorité des pays du monde s'y engagent pour limiter leurs émissions de GES. Les États-Unis s'en retirent avec Donald Trump en 2017, mais Joe Biden y replace le pays dès son entrée en fonction en 2021.

• Toutefois, beaucoup estiment que l'action des États est encore trop timide. Les organisations non gouvernementales tentent de sensibiliser les gouvernements pour limiter le réchauffement. Certaines personnalités, comme Greta Thunberg, mettent cette cause sur le devant de la scène par des marches citoyennes et des discours dans les grandes institutions. Face à ces démarches, les climatosceptiques comme Donald Trump ou Jair Bolsonaro nient encore le réchauffement climatique.

MOT CLÉ
Les climatosceptiques sont des acteurs publics ou privés qui nient le réchauffement climatique ou la responsabilité des sociétés humaines dans ce phénomène.

Conclusion

[Réponse à la problématique] Si les fluctuations climatiques font partie de l'histoire des sociétés, l'anthropocène ouvre une nouvelle ère. Les sociétés humaines, à travers leurs activités industrielles et leur mode de vie, génèrent une hausse progressive des températures aux conséquences multiples. [Ouverture] Si la politique des États et des acteurs économiques a provoqué un réchauffement climatique, ces mêmes acteurs doivent désormais privilégier la préservation de l'environnement à l'économie pour remédier à ces dégâts qui affectent la planète entière.

▶ Le secret de fabrication

L'ouverture est une étape délicate car elle clôt le devoir et doit dans l'idéal ouvrir sur un autre sujet. Vous pouvez utiliser la prospective. Vous avez soulevé un problème dans votre dissertation qui n'est pas résolu à ce jour, vous pouvez donc proposer une piste cohérente et réfléchie pour qu'il se résolve dans le futur.

33 Sujet spécimen 2021
ÉTUDE CRITIQUE DE DOCUMENTS

La gestion des milieux « naturels »

2 heures
10 points

HGGSP

INTÉRÊT DU SUJET • Les milieux « naturels » sont le résultat d'une rencontre entre la société et un milieu particulier. La réussite de cette rencontre repose sur l'équilibre entre son exploitation et sa protection.

DOCUMENT 1

Ainsi, la nouvelle forêt peut être la forêt actuelle plantée depuis quelques années, mais aussi les forêts récentes datant de quelques décennies seulement, telles celles installées depuis la guerre de 1914-18, dans les zones rouges du front, ou encore des forêts séculaires dont on peut dater avec précision l'acte de naissance à l'image de la forêt du littoral landais ou des forêts de montagne créées dans un cas pour fixer les dunes littorales et dans l'autre pour stabiliser les bassins de réception des torrents montagnards.

Bien souvent un acte législatif souligne le début de la création de ces nouvelles entités forestières, par exemple la législation sur la restauration des terrains de montagne de 1860 et 1882, sur les zones rouges de 1919 ou celle portant sur la création du Fonds forestier national en 1946.

Du désordre écologique provoqué par les torrents ravageurs aux décisions politiques de reboisement, ces nouvelles forêts s'inscrivent dans un contexte historique qu'il importe de caractériser avec précision. Une nouvelle forêt doit toujours être datée. Tout reboisement est à resituer dans une époque avec ses contraintes écologiques, ses besoins économiques, ses conflits sociaux et ses choix politiques. Landes et montagnes au XIXe siècle constituent de véritables laboratoires où s'élaborent de nouveaux systèmes de gestion forestière, révélateurs des aspirations et des contradictions de toute une société.

D'après Paul Arnould, « Les nouvelles forêts françaises »,
L'Information géographique, volume 60, n° 4, 1996.

DOCUMENT 2 **Carte du parc national de Yellowstone (États-Unis)**

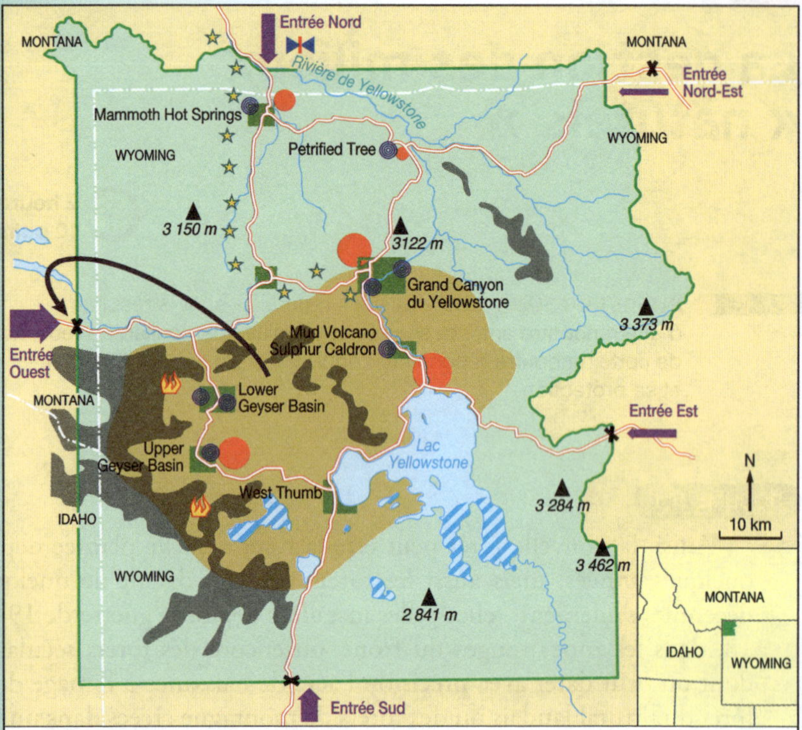

1. Concentration d'événements naturels

- Un cadre pittoresque : forêts, lacs, reliefs élevés
- Limite de la caldeira, volcan endormi depuis 400 000 ans
- Anciennes coulées de lave
- Événements géothermiques majeurs : geysers, sources d'eau chaude
- Limites des espaces protégés

2. Mise en valeur forte mais régulée

- Grandes routes carrossables ouvertes aux véhicules à moteur
- Lieux de concentration touristique (campings, hôtels, restaurants, boutiques)
- Infrastructures hôtelières (gîtes, hôtels, campings)
- Entrée fermée en hiver ; accès payant
- Lacs partiellement ou totalement fermés à la navigation à moteur

3. Pression anthropique et conflits sociaux

- Accès au parc par entrée en 2007 / Total 2,87 millions en 2007
- Conflit autour de la ressource en eau
- Conflit d'usage entre ski nordique et motoneiges : projet de quotas de motos
- Politique de réintroduction du loup
- Grands incendies de 1988

Source : Samuel Depraz, *Géographie des espaces naturels protégés*, éditions Armand Colin, 2008.

En analysant les documents, en les confrontant et en vous appuyant sur vos connaissances, montrez que concilier exploitation et protection des milieux « naturels » constitue un défi.

LES CLÉS DU SUJET

Identifier les documents

Nature, genre, source
- **Doc. 1** : extrait d'un article paru en 1996 dans la revue scientifique *L'Information géographique*
- **Doc. 2** : croquis tiré d'un livre de géographie de 2008

Auteurs
- **Doc. 1** : Paul Arnould, géographe spécialiste des forêts et de l'environnement
- **Doc. 2** : Samuel Depraz, géographe spécialiste des espaces naturels

Documents 1 et 2

Espaces et échelles
- **Doc. 1** : les forêts françaises depuis le XIXe siècle
- **Doc. 2** : le parc national de Yellowstone (États-Unis)

Thèmes
- **Doc. 1** : exploiter et protéger les forêts françaises
- **Doc. 2** : gérer durablement le parc national Yellowstone

Comprendre la consigne

- Les milieux « naturels » sont pris entre la nécessaire exploitation et le besoin de protection.
- Le terme « défi » montre la difficulté à résoudre ce dilemme.

Dégager la problématique et construire le plan

- Le terme « naturels » est placé entre guillemets : il n'existe pas de milieu naturel puisque les sociétés aménagent, exploitent et préservent leur milieu.
- La survie de ces milieux et des sociétés qui y vivent repose sur un équilibre fragile entre exploitation et protection.

I. Entre phénomènes naturels et actions humaines

- Quand sont nés le parc de Yellowstone et les forêts françaises ?
- Comment les humains ont-ils construit des milieux dits « naturels » ?

II. Les sociétés et leur milieu	• Quelles menaces les humains font-ils peser sur ces milieux fragiles ? • Quels sont les principaux aménagements réalisés ?
III. Exploiter et protéger son milieu	• Quels rôles jouent les pouvoirs publics dans l'exploitation et la préservation de ces milieux ? • Comment trouver le juste équilibre entre exploitation et protection ?

33 CORRIGÉ GUIDÉ

Les titres et les indications entre crochets ne doivent pas figurer sur la copie.

Introduction

[Accroche] L'écrivain François-René de Chateaubriand a écrit : « Les forêts précèdent les peuples, les déserts les suivent ». L'écrivain montre ici l'impact précoce des sociétés sur les forêts. Aujourd'hui, les images de la déforestation en Amazonie ou en Afrique centrale témoignent de la validité de son constat.
[Présentation des documents] Les deux documents proposés reviennent sur le rapport des humains à leur milieu. Le premier est l'extrait d'un article intitulé « Les nouvelles forêts françaises », publié par le géographe Paul Arnould dans la revue *L'Information géographique* en 1996. Le second est un croquis du parc de Yellowstone réalisé par le géographe Samuel Depraz et issu de son livre *Géographie des espaces naturels protégés*.
[Problématique] Dans quelle mesure les sociétés parviennent-elles à mener une gestion durable de leurs milieux « naturels » ? [Annonce du plan] Avec l'anthropocène, les milieux « naturels » reposent sur la combinaison d'éléments naturels et humains [I]. Ces sociétés agissent donc sur leur milieu et le transforment [II] : la préservation de celui-ci repose sur la recherche d'un équilibre entre l'exploitation et la protection. [III]

> **▶ Le secret de fabrication**
> Formuler la problématique est parfois complexe. Ne vous contentez pas de mettre la consigne à la forme interrogative. Pour éviter de partir dans une mauvaise direction, rapprochez la consigne de l'axe du programme et n'hésitez pas à utiliser une notion majeure du cours, ici la « gestion durable ».

I. Entre phénomènes naturels et actions humaines

1. Des milieux « naturels »

• Les deux milieux présentés dans les documents ont été construits au fil de l'histoire. Ainsi, le parc de Yellowstone se situe en partie sur un volcan endormi, la caldeira, où les coulées de lave ont formé certains territoires et dont les sources d'eau chaude sont l'une des spécificités du parc.

• En revanche, les forêts françaises sont plus récentes puisque le texte de Paul Arnould relève plusieurs actions sur les forêts dont les plus anciennes datent du Second Empire (1852-1870) : « La législation sur la restauration des terrains de montagne de 1860 et 1882 » (l. 10-11). Néanmoins, la volonté de protection des forêts par l'État remonte au Moyen Âge.

2. Patrimonialiser des espaces « naturels » ?

• Le sujet met le terme « naturels » entre guillemets et invite donc à le nuancer. Les forêts sont ainsi avant tout le résultat de l'action humaine. Les politiques de reboisement sont lancées par les gouvernements, comme en France sous Colbert pour construire une flotte avec le bois issu des forêts. Aux États-Unis, dans les années 1870-1880, c'est le président Grant qui crée le parc national de Yellowstone pour protéger cet espace.

MOT CLÉ
Un parc national est une portion de territoire où la faune et la flore sont protégées de certaines activités humaines.

• Les sociétés agissent sur ces milieux et certaines évolutions, que l'on croit être le fruit de la nature, sont en réalité le produit de l'action humaine (ex. : la réintroduction de loups dans le parc de Yellowstone). Cependant, en fonction des acteurs, cela peut provoquer des conflits d'usage comme dans le parc de Yellowstone où certains veulent permettre l'usage de motoneiges alors que d'autres souhaitent les interdire.

[Transition] Le parc de Yellowstone et les forêts françaises ne sont donc pas des milieux « naturels ». Les sociétés y agissent en fonction de leurs intérêts.

II. Les sociétés et leur milieu

1. Les menaces naturelles et anthropiques

• Certaines menaces sont les conséquences de phénomènes naturels comme les incendies de 1988 dans le parc de Yellowstone provoqués par la foudre et amplifiés par la sécheresse. Un tiers du parc a été touché et il a dû être fermé.

• Les risques sont aussi la conséquence de certaines activités humaines. Les forêts françaises ont ainsi été ravagées par la Première Guerre mondiale. Le texte se réfère en effet à cet événement : « telles celles installées depuis la guerre de 1914-1918 » (l. 3-4). Des forêts situées à l'est et au nord de la France ont été en partie détruites pour utiliser le bois ou parce qu'elles représentaient un obstacle dans l'avancée des armées.

2. Des espaces à aménager

• Les sociétés voient aussi dans ces espaces une possibilité d'agir pour préserver l'environnement, par exemple « la forêt du littoral landais ou des forêts de montagne créées dans un cas pour fixer les dunes littorales et dans l'autre pour stabiliser les bassins de réception des torrents montagnards » (l. 5-8). En effet, en Gironde, plusieurs villages ont été engloutis par le sable et c'est Napoléon III qui a décidé d'assécher les marais et de planter des forêts dans les Landes pour fixer notamment la dune du Pilat.

CONSEIL
Aucun nom propre n'apparaît dans les documents. Le correcteur appréciera que vous associiez certaines informations à des acteurs majeurs de l'axe étudié.

• Ces aménagements permettent aussi de mettre en valeur les sites pour attirer des visiteurs, à l'image du parc de Yellowstone qui a reçu plus de quatre millions de touristes en 2019. Ils viennent y admirer les geysers, le grand canyon, les sources d'eau chaude, pratiquer le kayak ou encore y camper. La forêt des Landes est elle aussi devenue un espace récréatif.

[Transition] Le parc de Yellowstone et les forêts françaises restent perçus comme « naturels » par les sociétés. Pour préserver ce patrimoine, ces dernières doivent trouver le juste équilibre entre protection et exploitation.

III. Exploiter et protéger son milieu

1. L'action de l'État

• La protection des forêts et la création des parcs nationaux reposent d'abord sur une action volontariste. Ce sont en effet des ministres ou chefs d'État comme Colbert, Napoléon III ou de Gaulle qui, en France, ont pris des « décisions politiques de reboisement » (l. 15). Ce sont également les autorités politiques qui dans le parc de Yellowstone délimitent les espaces protégés.

• Pour cela, les pouvoirs publics s'appuient sur différentes institutions qu'ils créent au besoin, comme le Fonds forestier national, en 1946 (l. 12-13), dont le but est d'aider la filière d'activité du bois et le reboisement. De même, le parc de Yellowstone crée le corps des *rangers* ; ceux-ci gèrent au quotidien les parcs nationaux et mettent en place des règles pour les visiteurs.

2. La recherche de l'équilibre

• Les sociétés humaines doivent trouver un équilibre entre exploiter, protéger et préserver leur environnement. Ainsi, la direction du parc de Yellowstone aménage à la fois des hôtels-restaurants pour les touristes, délimite pour les protéger les espaces les plus fragiles et ferme partiellement certains lacs à la navigation (document 2). C'est sur ce fragile équilibre que repose la gestion durable des parcs nationaux.

• Il en est de même pour la gestion des forêts où les périodes de défrichements ont alterné avec des phases de reboisement en fonction des intérêts de la société : « Tout reboisement est à restituer dans une époque avec ses contraintes écologiques, ses besoins économiques, ses conflits sociaux et ses choix politiques » (l. 17-19). En effet, pour Colbert, les forêts devaient participer à la puissance économique et militaire de la France ; pour Napoléon III, il s'agissait de créer de nouvelles ressources ; quant à de Gaulle, il souhaitait trouver un équilibre entre exploitation et préservation de la ressource.

Conclusion

[Réponse à la problématique] Les documents présentés montrent que les milieux « naturels » sont surtout le résultat d'actions humaines. Le Yellowstone et les forêts françaises incarnent une réussite contrastée car les sociétés ont cherché à mettre en place un équilibre entre l'exploitation et la protection, sans toujours y parvenir. [Ouverture] Ces deux documents auraient gagné à être comparés avec des milieux où l'exploitation se fait au détriment de toute protection, comme dans les forêts d'Amazonie et d'Indonésie.

> **▶ Le secret de fabrication**
>
> Votre copie doit reposer sur un fil rouge cohérent. Pour voir si celui-ci fonctionne, une fois votre brouillon terminé, lisez votre problématique et le titre de vos trois parties. Elles doivent apporter des éléments de réponse différents à votre problématique. Synthétisez ensuite l'ensemble dans une réponse concise en conclusion.

34 Sujet zéro 2020 • ÉTUDE CRITIQUE DE DOCUMENT

Limiter le réchauffement climatique : un enjeu planétaire

2 heures
10 points

INTÉRÊT DU SUJET • Le changement climatique a été assez tôt un sujet d'inquiétude au sein des Nations unies. Ce texte de 1979 montre l'importance de la recherche d'une action mondiale pour préserver l'environnement.

En analysant le document et en vous appuyant sur vos connaissances, répondez à la question suivante : pourquoi et comment le changement climatique devient-il un enjeu des relations internationales ?

DOCUMENT **Extrait de la déclaration finale de la Conférence mondiale sur le climat**

Du 12 au 23 février 1979, la Conférence mondiale sur le climat a réuni à Genève un groupe d'experts et de scientifiques issus de 50 pays, sous le patronage de l'Organisation météorologique mondiale (OMM) et avec la collaboration de plusieurs organismes internationaux.

Considérant l'influence prédominante que le climat exerce sur la société humaine et compte tenu de l'importance croissante que les facteurs climatiques revêtent pour de nombreux aspects des activités et des entreprises humaines, la conférence estime qu'il est devenu indispensable et urgent que les pays du monde entier :

a) tirent pleinement parti des connaissances actuelles sur le climat ;

b) prennent des mesures pour approfondir sensiblement ces connaissances ;

c) prévoient et préviennent celles des conséquences possibles de l'action de l'homme sur le climat qui pourraient nuire au bien-être de l'humanité.

Le problème

Le climat mondial a lentement évolué au cours des millénaires, des siècles et des décennies écoulés et il continuera de se modifier à l'avenir. Or, si l'homme peut tirer profit de conditions climatiques favorables, il est aussi vulnérable aux changements et aux variations du climat comme aux manifestations de conditions extrêmes telles que les sécheresses et les inondations. L'alimentation, l'eau, l'énergie, l'habitat et la santé sont autant d'aspects de la vie humaine qui dépendent fortement du climat. Les mauvaises récoltes céréalières et le déclin marqué de certains types de pêches qui se sont produits récemment mettent l'accent sur cette vulnérabilité.

Or, même des variations normales et de faibles changements par rapport aux conditions climatiques normales peuvent exercer une influence importante sur les activités de l'homme.

Si tous les pays sont vulnérables aux variations climatiques, les pays en développement, surtout ceux qui sont situés dans des zones arides et semi-arides ou au contraire très pluvieuses, le sont plus particulièrement. Il est toutefois possible d'atténuer les répercussions néfastes de ces variations et même d'en tirer parti en mettant à profit les connaissances climatologiques disponibles. Les climats des différents pays du globe sont interdépendants. C'est pour cette raison, et aussi à cause de la demande croissante de ressources émanant d'une population mondiale en expansion et qui lutte pour améliorer ses conditions de vie, qu'il est urgent d'élaborer une stratégie globale commune visant à mieux comprendre le climat et à l'utiliser de façon plus rationnelle.

Or, sans le vouloir, l'homme moderne modifie le climat à l'échelon local et aussi, dans une moindre mesure, à l'échelle régionale. On peut donc sérieusement craindre qu'en intensifiant sans cesse ses activités l'homme ne provoque des changements climatiques dont l'effet se ferait sentir dans toute une région, voire dans le monde entier. Cette éventualité ne fait qu'accentuer le caractère urgent d'une action mondiale concertée visant à étudier l'évolution possible du climat mondial et à utiliser les nouvelles connaissances ainsi acquises pour organiser le développement futur de notre société.

Organisation météorologique mondiale,
Déclaration finale de la Conférence mondiale sur le climat
tenue à Genève du 12 au 23 février 1979.

HGGSP

LES CLÉS DU SUJET

Identifier le document

Document

Nature, genre, source
- Extrait d'une déclaration qui clôt une conférence mondiale
- Premier appel lancé par des scientifiques sur le climat

Auteur
- Organisation météorologique mondiale (OMM)
- Organisation spécialisée des Nations unies

Date et contexte
- 1979
- Conférence qui se tient à Genève mais concerne l'ensemble du monde

Thème
- Les activités humaines ont un impact sur l'environnement
- Les acteurs impliqués dans la protection de l'environnement

Comprendre la consigne

- Les sociétés humaines sont de plus en plus touchées par des phénomènes climatiques extrêmes. Les acteurs (citoyens, scientifiques, ONG et États) sont désormais sensibilisés à ce problème.
- Comment le changement climatique devient-il un enjeu des relations internationales ?

Dégager la problématique et construire le plan

- Le document montre l'accélération des dérèglements climatiques, à l'échelle mondiale. La déclaration veut sensibiliser les populations à ces questions en s'appuyant sur les scientifiques.
- Dans quelle mesure cette déclaration sur le climat en 1979 tente-t-elle de sensibiliser les dirigeants et l'opinion publique au changement climatique ? Un plan analytique en trois parties s'impose pour répondre à cette question.

I. L'augmentation des phénomènes météorologiques extrêmes
- Comment les sociétés ont été marquées par les fluctuations climatiques ? Quels sont les phénomènes météorologiques extrêmes ?
- Dans quelle mesure les pays sont-ils inégaux face au changement climatique ?

II. Le monde face au changement climatique	• Pourquoi le changement climatique est-il un phénomène mondial ? • Comment lutter contre le réchauffement climatique ?
III. Le rôle des scientifiques et de la société	• Quel est le rôle des scientifiques ? • Quel rôle peut jouer la société ?

HGGSP

34 CORRIGÉ GUIDÉ

Les titres et les indications entre crochets ne doivent pas figurer sur la copie.

Introduction

[Accroche] L'ancien secrétaire général des Nations unies Ban Ki-moon a dit : « Le changement climatique s'est produit à cause du comportement humain, il est donc naturel que ce soit aux êtres humains de résoudre ce problème ». [Présentation du sujet] Ban Ki-moon souligne qu'il est temps de passer du constat aux actes. Le document proposé revient sur cette question puisqu'il s'agit d'extraits de la déclaration finale de la Conférence mondiale sur le climat organisée à Genève en février 1979. Elle montre que les sociétés ont une parfaite connaissance du changement climatique et qu'il convient désormais d'agir à différentes échelles pour y remédier.

MOT CLÉ
Le changement climatique désigne l'ensemble des modifications du climat, caractérisées depuis la fin du XIXe siècle par un réchauffement.

[Problématique] Dans quelle mesure cette déclaration sur le climat en 1979 tente-t-elle de sensibiliser les dirigeants et l'opinion publique au changement climatique ? [Annonce du plan] La déclaration constate d'abord une augmentation des phénomènes météorologiques extrêmes, [I] elle affirme ensuite que l'ensemble des espaces sont concernés par cette question, [II] avant de développer un discours scientifique qui doit constituer la base de toute action. [III].

I. L'augmentation des phénomènes météorologiques extrêmes

1. Un phénomène global

• Les changements climatiques ont marqué les sociétés à travers l'histoire : « Le climat mondial a lentement évolué au cours des millénaires, des siècles et des décennies écoulés » (l. 13-14). En effet, des périodes de réchauffement comme l'optimum climatique médiéval, au Moyen Âge, ont alterné avec des phases de refroidissement, comme le Petit Âge glaciaire à l'époque moderne.

• L'ensemble du globe est concerné, à des degrés divers par les variations climatiques : « Les climats des différents pays du globe sont interdépendants » (l. 31-32). Ce qui se passe dans un lieu a des répercussions à des milliers de kilomètres. C'est le cas de la fonte des glaces qui provoque une hausse du niveau des mers, dont les espaces insulaires sont les premières victimes.

2. Les inégalités face aux changements climatiques

• Les principales victimes vivent dans l'hémisphère sud, dans des pays pauvres ou émergents : « Si tous les pays sont vulnérables aux variations climatiques, les pays en développement […] le sont plus particulièrement » (l. 26-29). Une région touchée par des phénomènes métérorologiques extrêmes est d'autant plus vulnérable qu'elle est pauvre. Ainsi, le Japon se remet plus rapidement des catastrophes qui le touchent régulièrement qu'Haïti du séisme de 2010.

> **▶ Le secret de fabrication**
>
> La comparaison est particulièrement appréciée pour mener votre raisonnement. En prenant ici le contraste entre un pays riche et un pays pauvre, vous montrez que la vulnérabilité dépend de la situation économique du pays.

• Toutefois, ce sont les pays du Nord qui dirigent les débats puisque la conférence se tient à Genève et les 50 représentants de gouvernements appartiennent essentiellement à des pays riches. En outre, en 1979, une partie des pays africains et asiatiques, qui ont gagné leur indépendance depuis peu, ont du mal à s'insérer dans les organisations internationales.

[Transition] L'observation du réchauffement climatique montre qu'il s'agit d'un phénomène mondial et multiscalaire.

II. Le monde face au changement climatique

1. Les changements à l'échelle locale

• En 1979, l'Organisation météorologique mondiale (OMM) constate que l'homme par ses activités agit sur les territoires du quotidien : « sans le vouloir, l'homme moderne modifie le climat à l'échelon local et aussi, dans une moindre mesure, à l'échelle régionale » (l. 38-39). Des activités comme la surpêche en mer de Chine agissent ainsi sur l'équilibre mondial.

• Cette vulnérabilité impacte les besoins primaires dans ces pays souvent en difficulté : « L'alimentation, l'eau, l'énergie, l'habitat et la santé sont autant d'aspects de la vie humaine qui dépendent fortement du climat » (l. 18-20). Le changement climatique provoque sécheresse et mauvaises récoltes, ce qui entraîne par exemple la sous-alimentation et le difficile accès à l'eau potable dans des pays comme le Congo.

CONSEIL
Le texte est très théorique, n'hésitez donc pas à l'illustrer par des exemples concrets issus de vos connaissances.

2. Du local au global

• Si les effets du changement climatique se ressentent à l'échelle locale, le texte essaie habilement de créer une cause commune à plusieurs endroits : « la société humaine » (l. 1-2), « une population mondiale » (l. 33-34), « le monde entier » (l. 42-43) et « notre société » (l. 46). Les auteurs essaient donc de rassembler l'ensemble des pays par l'usage progressif du « nous ».

▶ Le secret de fabrication

Les copies qui étudient le type de langage employé, l'usage des pronoms personnels et les répétitions sont assez rares. C'est pourtant un bon moyen de comprendre les objectifs de l'auteur, surtout lorsqu'il s'agit d'une déclaration aspirant à avoir un rayonnement mondial.

• Pour accélérer le rassemblement et la prise de conscience, les auteurs de la déclaration insistent sur « le caractère urgent d'une action mondiale » (l. 43-44). Après avoir sensibilisé aux impacts des changements climatiques, le texte appelle ici à une action mondiale et rapide.

[Transition] La déclaration, solidement construite, aspire à montrer l'interconnexion du monde et le fait que le changement climatique concerne tous les humains. Pour répondre à ce problème global, il faut s'appuyer sur la communauté scientifique.

III. Le rôle des scientifiques et de la société civile

1. De meilleures connaissances

• Le texte insiste particulièrement sur le travail des scientifiques, il souhaite que les pays « tirent pleinement parti des connaissances actuelles sur le climat » (l. 6) et des « nouvelles connaissances ainsi acquises » (l. 45-46). Si les réflexions sur le climat ont commencé dès l'époque moderne, notamment avec Buffon au XVIIIe siècle, les travaux s'accentuent depuis 1945.

• Cette connaissance doit cependant encore s'affiner : il faut « approfondir sensiblement ces connaissances » (l. 7-8). Cet appel a été entendu puisqu'en 1988 est créé le GIEC qui dépend de l'OMM.

MOT CLÉ
Le GIEC (Groupe international d'experts sur l'évolution du climat), qui rassemble 195 pays, est chargé d'évaluer les risques liés au réchauffement climatique d'origine humaine.

2. L'urgence de l'action

• Cette connaissance approfondie a pour but d'aboutir à une action globale pour limiter les changements climatiques, car il est « possible d'atténuer les répercussions néfastes de ces variations » (l. 29-30). L'OMM aspire donc à limiter les bouleversements climatiques mondiaux, dont le réchauffement au premier rang, par une gouvernance mondiale.

• Cette action des États et des Nations unies ne peut toutefois fonctionner qu'en s'appuyant sur des citoyens sensibilisés à ce problème. C'est pour cela que la déclaration rappelle que le climat concerne le « bien-être de l'humanité » (l. 10-11) et « le développement futur de notre société » (l. 46). La société doit s'emparer de ces questions pour favoriser une véritable action à l'échelle mondiale.

Conclusion

[Réponse à la problématique] La déclaration de 1979 constitue une sorte d'acte fondateur de la lutte contre le réchauffement climatique lié aux activités humaines. Cependant, ce texte ne montre pas la réception de ces idées au sein de l'opinion publique. Il serait sans doute intéressant de consulter un article de presse ou une caricature de l'époque pour savoir si la population s'est intéressée à cette conférence. [Ouverture] Ce texte date de 1979 ; pourtant, les Nations unies, quatre décennies plus tard, ne parviennent pas à imposer une lutte ambitieuse contre le réchauffement climatique, comme le montrent les limites de l'accord de Paris signé en 2015.

35 Étude critique de documents

Les États-Unis et la question environnementale : le cas de Pittsburgh

2 heures
10 points

HGGSP

INTÉRÊT DU SUJET • La ville de Pittsburgh est une métropole située dans la *Rust Belt*, ancienne région industrielle du Nord-Est des États-Unis. Pourtant, elle s'illustre depuis plusieurs années par une politique environnementale ambitieuse.

D'après les deux documents, montrez que Pittsburgh connaît une trajectoire particulière par rapport à la politique environnementale états-unienne.

DOCUMENT 1 Pittsburgh, une métropole respectant l'accord de Paris

Alors que les États-Unis sortaient des accords de Paris sur le climat, la ville de Pittsburgh, en Pennsylvanie, autrefois capitale de la sidérurgie, est devenue un modèle dans la lutte contre le réchauffement climatique.

« J'ai été élu pour représenter les habitants de Pittsburgh, pas de Paris », a expliqué le président américain Donald Trump, jeudi 1er juin [2017], utilisant la cité industrielle de l'Est américain (Pennsylvanie) pour justifier le retrait de l'accord de Paris sur le climat. Formule choc, mais mauvais choix de ville. Dans les minutes qui ont suivi, le maire démocrate de la ville, Bill Peduto, a renvoyé le chef de l'État dans les cordes sur Twitter.

« Les États-Unis rejoignent la Syrie, le Nicaragua et la Russie, en décidant de ne pas participer à l'accord mondial de Paris. C'est maintenant aux villes de prendre les rênes » de l'économie verte [...].

Mais le président n'a pas cité que Pittsburgh. Dans sa déclaration, il a insisté : « Il est temps de mettre Youngstown, dans l'Ohio, Detroit, dans le Michigan et Pittsburgh, en Pennsylvanie, qui comptent parmi les meilleurs endroits de ce pays, devant Paris, en

France. » Il fait ainsi l'amalgame entre d'anciennes villes industrielles laissées pour compte, comme Detroit, et d'autres comme Pittsburgh qui connaissent une fulgurante renaissance postindustrielle avec des centres urbains qui se sont totalement métamorphosés ces dernières années.

Toutefois, un point commun ressort entre ces trois villes, en dehors de leur localisation dans la *Rust Belt* industrielle : elles ont toutes voté Clinton en novembre 2016. […]

Le Monde avec AFP, site LeMonde.fr, 2 juin 2017.

DOCUMENT 2 **De la ville industrielle à la ville verte**

Des années 1930 à aujourd'hui, Pittsburgh s'est réinventée. Aujourd'hui, c'est une ville « verte ».

ph © Margaret Bourke-White / The LIFE Picture Collection / Getty Images

ph © HaizhanZheng / iStockphoto / Getty Images

LES CLÉS DU SUJET

Identifier les documents

Documents

Nature, genre, source
- Doc. 1 : article de presse
- Doc. 2 : photographies

Auteur et destinataire
- Doc. 1 : *Le Monde* avec l'AFP (Agence France-Presse)
- Doc. 2 : Source non précisée

Date et échelles
- Années 2010
- Pittsburgh dans les années 1930 et de nos jours
- Échelles mondiale (accord de Paris), nationale (Maison Blanche), locale (Pittsburgh)

Thème
- Transformation d'une ville industrielle en « ville verte »
- Différences entre la politique gouvernementale aux États-Unis et les politiques locales

Comprendre la consigne

- L'arrivée de Donald Trump bouleverse les objectifs environnementaux à l'échelle mondiale. Cependant, aux États-Unis, des maires et des gouverneurs d'État tentent d'appliquer un développement durable.
- L'exemple de Pittsburgh illustre cette double dynamique.

Dégager la problématique et construire le plan

- La consigne et le texte invitent à privilégier un plan thématique.
- La ville de Pittsburgh montre que la politique environnementale des États-Unis doit être observée à différentes échelles. Les villes et États fédérés peuvent adopter leur propre politique environnementale.

I. L'impact mondial de la politique environnementale états-unienne	La révolution industrielle a conduit à une augmentation de la pollution aux États-Unis. Alors que la majorité des pays tentent de limiter leur impact sur l'environnement, les États-Unis restent en dehors de cette démarche.
II. Pittsburgh, un modèle particulier	Malgré son passé sidérurgique, la ville de Pittsburgh s'est reconvertie dans des activités moins polluantes. Ce changement apparaît dans le paysage urbain et contraste avec la politique environnementale du pays.
III. Le cas de Pittsburgh, reflet de la multiplicité des acteurs	Le système politique états-unien repose sur des autorités multiples. Les différences politiques se ressentent à diverses échelles et laissent une réelle autonomie aux villes et États fédérés.

35 CORRIGÉ GUIDÉ

Les titres et les indications entre crochets ne doivent pas figurer sur la copie.

Introduction

[Accroche] En janvier 2017, quand Donald Trump prend ses fonctions de Président, il fait supprimer la page consacrée à l'environnement sur le site de la Maison-Blanche. Pour autant, si les États-Unis apparaissent comme les mauvais élèves du développement durable, des villes et des États fédérés mènent une politique environnementale ambitieuse. [Présentation du sujet] C'est sur ce jeu d'échelles que revient le corpus documentaire en s'appuyant sur l'exemple de la métropole de Pittsburgh. Le document 1 est un texte rédigé par *Le Monde* avec l'Agence France-Presse en juin 2017. Il montre comment la ville de Pittsburgh reste dans l'accord de Paris malgré le retrait du pays demandé par D. Trump. Le document 2 compare deux photos de Pittsburgh en 1930 et de nos jours, opposant une Pittsburgh industrialisée à une ville plus verticalisée et mieux structurée. [Problématique] Dans quelle mesure la métropole de Pittsburgh illustre-t-elle les paradoxes de la politique environnementale états-unienne ? [Annonce du plan] La politique environnementale de la première puissance mondiale a un impact sur l'ensemble de la planète [I]. Pourtant, de grandes villes comme Pittsburgh parviennent à suivre une voie singulière par rapport aux directives de Washington [II]. Cette opposition montre la multiplicité d'acteurs impliqués dans la question environnementale aux États-Unis [III].

I. L'impact mondial de la politique environnementale états-unienne

1. Un pays au cœur de la révolution industrielle

• Pittsburgh appartient à la « *Rust Belt* » (document 1, l. 21), soit la « ceinture de la rouille ». Des industries lourdes avaient été installées dans cette région pendant la révolution industrielle à la fin du XIXe siècle, lui valant le surnom de *Manufacturing Belt*. Le déclin de ces industries lourdes a provoqué une crise de ces activités et donc le changement de surnom.

• C'est d'ailleurs à cette identité que fait référence la photographie des années 1930 (document 2 A). On y voit les fumées de la cheminée d'une usine en arrière-plan alors qu'au premier plan trône le pont en acier Fort Pitt Bridge. La ville a longtemps été considérée comme la capitale de la sidérurgie, car elle est idéalement située à la confluence de deux rivières qui se rejoignent pour former le fleuve Ohio.

▶ Le secret de fabrication

Quand l'étude porte sur deux documents, le correcteur apprécie que vous les croisiez dans votre analyse. Si vous le pouvez, utilisez-les dans la même sous-partie. Ici sur la photo des années 1930, vous comprenez que Pittsburgh était une ville industrielle mais vous ne savez pas quelles activités y étaient pratiquées. Le texte vous apporte cette information en expliquant que Pittsburgh a été la « capitale de la sidérurgie ».

2. Un climatosceptique à la Maison-Blanche

• Bien que les États-Unis soient le pays de la *Wilderness*, ils sont parmi les plus importants pollueurs. Ils émettent autant de gaz à effet de serre que la Chine et exploitent des énergies polluantes comme les gaz de schiste, dont l'extraction a été permise par Barack Obama. L'arrivée de Donald Trump a bouleversé la politique environnementale mondiale. Il s'est rapidement retiré de l'accord de Paris sur le climat, comme le rappelle le texte (l. 4). Persuadé que le réchauffement climatique n'existe pas, il a surtout privilégié pour son pays l'économie au détriment de l'environnement.

MOT CLÉ

La *Wilderness* désigne la « nature sauvage » non encore soumise à l'humain. Cette notion a accompagné la conquête de l'Ouest aux États-Unis ; elle s'illustre aujourd'hui encore par la présence de phénomènes dangereux comme les ouragans.

• Cette décision a nui à l'image du pays car la majorité des acteurs mondiaux ont rejoint l'accord de Paris et peu l'ont refusé, à l'exception de dictatures ou d'États en difficultés économiques : « Les États-Unis rejoignent la Syrie, le Nicaragua et la Russie, en décidant de ne pas participer à l'accord mondial de Paris » (document 1, l. 8-9). Il s'agit donc d'une perte de prestige pour la première démocratie du monde dont beaucoup aimeraient qu'elle prenne la tête d'une politique internationale durable. Depuis 2017, le Nicaragua et la Russie ont ratifié le texte. Les États-Unis sont donc le seul pays, avec la Syrie, à ne pas être dans l'accord.

[Transition] Si les États-Unis sont devenus un important pollueur comme les autres pays occidentaux avec la révolution industrielle, ils maintiennent cette politique au XXIe siècle malgré une prise de conscience mondiale. Pour autant, en changeant d'échelle, il convient de nuancer ce constat.

II. Pittsburgh, un modèle particulier

1. De la cité industrielle à la ville verte

• Pittsburgh continue à être considérée par certains comme une ville industrielle. Or, le texte explique que cette image fait partie du passé : « d'anciennes villes industrielles » (document 1, l. 15). La ville a dû s'adapter, elle est passée à d'autres activités dans la recherche, l'éducation et la santé. Cette métropole de Pennsylvanie voit sa reconversion saluée puisque le président Barack Obama, qui a souscrit à l'accord de Paris sur le climat, y a accueilli le G20 en 2009.

• Pourtant, Donald Trump semble ignorer cette métamorphose puisqu'il prend l'exemple de Pittsburgh pour se retirer de l'accord de Paris en déclarant : « J'ai été élu pour représenter les habitants de Pittsburgh, pas de Paris » (document 1, l. 1-2). Le président insinue que la ville peut encore polluer avec des activités d'industrie lourde pour se développer sur le plan économique.

> **MOT CLÉ**
> Adopté en 2015, **l'accord de Paris** sur le climat est une déclaration d'intention par laquelle chaque État signataire s'engage à diminuer l'émission de gaz à effet de serre pour contenir le réchauffement climatique.

2. Une métamorphose inscrite dans le paysage urbain

• La comparaison des deux photographies (document 2) illustre le changement d'activités de la métropole de Pennsylvanie. Les autorités municipales ont transformé ce centre industriel en quartier des affaires, agréable à vivre, grâce à la verticalisation du bâti et aux espaces verts.

• Cette transformation semble avoir été rapide, comme l'indique l'article du *Monde* : « une fulgurante renaissance postindustrielle avec des centres urbains qui se sont totalement métamorphosés ces dernières années » (document 1, l. 17-19). Cela explique la différence entre la réussite de Pittsburgh et le maintien de la crise dans d'autres villes de la *Rust Belt*.

[Transition] Pittsburgh était donc un exemple mal choisi pour justifier le retrait de l'accord de Paris. Les États-Unis sont un État fédéral, aussi les décisions prises à la Maison-Blanche peuvent diverger à l'échelle locale.

III. Une multiplicité d'acteurs et d'échelles

1. Un système complexe

• Tout d'abord, le maire de Pittsburgh et Donald Trump n'appartiennent pas au même parti politique. Le président est républicain, alors que Bill Peduto est « le maire démocrate de la ville » (document 1, l. 6). Il y a donc une opposition entre les deux hommes, d'autant plus que certaines villes de la *Rust Belt* ont soutenu la candidate démocrate Hilary Clinton à l'élection présidentielle de 2016 (document 1, l. 21-22).

> **CONSEIL**
> En géographie, le changement d'échelles est particulièrement apprécié. Il permet de nuancer une situation en la regardant à l'échelle de la ville, du pays et monde.

• Dans l'idéal, la politique environnementale est le résultat d'un consensus entre l'État fédéral et les États fédérés. Mais chaque ville dispose d'une réelle autonomie, ce qui explique peut-être pourquoi Donald Trump a confondu Pittsburgh avec une autre ville de la *Rust Belt*, Detroit, qui a connu une grave crise et a beaucoup de difficultés à en sortir (document 1, l. 15-16).

2. Le choix local des villes vertes

• Pour Bill Peduto, il paraît évident que la politique environnementale doit être menée à l'échelle locale : « C'est maintenant aux villes de prendre les rênes de l'économie verte » (document 1, l. 9-10). En effet, si Washington a laissé ces questions de côté, certains pouvoirs locaux (villes, États) ont fait le choix de s'engager en faveur de l'environnement.

• Le pari semble gagnant puisqu'en plus de l'accueil du G20 en 2009, Pittsburgh connaît une « fulgurante renaissance » (document 1, l. 17). Après avoir longtemps perdu des habitants, la population de la ville se stabilise et certains investisseurs étrangers viennent s'y implanter, comme Sony.

Conclusion

[Réponse à la problématique] L'exemple de Pittsburgh montre la nécessité de changer d'échelles pour comprendre la politique environnementale états-unienne qui ne peut se résumer aux déclarations et actions tonitruantes de leur président. [Critique du document] Ce corpus montre avec justesse comment Pittsburgh s'est reconvertie en quelques décennies pour sortir de la crise postindustrielle. Toutefois, les documents se concentrent sur des questions politiques et ne montrent pas les activités pratiquées dans la métropole ni les pratiques quotidiennes des citoyens. [Ouverture] Si des villes comme Pittsburgh et des États comme la Californie tendent vers un développement durable, cela ne pourra être atteint qu'avec des décisions fortes prises par le président pour changer un système mondial.

▶ Le secret de fabrication

L'ouverture est la dernière image que vous laissez au correcteur. Elle a pour but de proposer un sujet en lien avec celui qui vient d'être traité ou bien d'ouvrir sur la période suivante. Ici tout votre travail a montré les contradictions entre les différentes autorités politiques dans le pays. Vous expliquez donc que les États-Unis doivent d'abord surmonter ces contradictions pour s'insérer dans une politique environnementale à l'échelle mondiale.

36

France métropolitaine • Septembre 2021

DISSERTATION

Le rôle des États dans l'élaboration et la protection des connaissances

2 heures
10 points

INTÉRÊT DU SUJET • Ce sujet vous permet de retravailler tout le thème en insistant sur le rôle central du principal ordonnateur de la connaissance, l'État.

Quels rôles jouent les États dans l'élaboration et la protection des connaissances ?

LES CLÉS DU SUJET

Analyser le sujet

Le rôle des États dans l'élaboration et la protection des connaissances

Formulation
- Question : attention à problématiser le sujet pour éviter le catalogue
- Position centrale de l'État, au pluriel, ce qui insiste sur les différences

Bornes chronologiques et/ou spatiales
- Pas de bornes chronologiques : montrer une évolution temporelle
- Pas de bornes spatiales : montrer la diversité

Type de sujet
Sujet de synthèse

Notions et mots clés
- Rôle des États : seuls les États sont en position d'encadrer toutes les dimensions des enjeux de la connaissance
- Élaboration : rôle d'impulsion, moyens de recherche, cadre de travail
- Protection : des chercheurs, des savoirs, des données

Dégager la problématique

• L'État a tout intérêt à faire émerger la connaissance : il joue un rôle que lui seul peut assurer.
• Quel rôle fondamental les États jouent-ils dans l'élaboration et la protection des connaissances ?

Construire le plan

Un plan thématique s'impose.

I. Les seuls à pouvoir favoriser les conditions d'émergence	• Les États financent principalement les moyens d'élaborer la connaissance. • Ils en favorisent la circulation.
II. Sécuriser la connaissance pour asseoir sa puissance	• Sécuriser certaines connaissances : une question de souveraineté. • Les États doivent assurer un rôle de régulateur.
III. Les États, un frein à la connaissance ?	• Contrôler voire censurer les données sensibles. • La connaissance comme arme ?

36 CORRIGÉ GUIDÉ

Les titres et les indications entre crochets ne doivent pas figurer sur la copie.

Introduction

[Accroche] Dans une société toujours plus tournée vers les possibilités qu'offre le cyberespace, la connaissance (science, technologie, information) prend une importance de plus en plus large. [Présentation du sujet] Dès lors, les États ne peuvent se désinvestir de leur place centrale dans l'impulsion et la sécurisation des savoirs. [Problématique] Quel rôle fondamental les États jouent-ils dans l'élaboration et la protection des connaissances ? [Annonce du plan] Les États sont les seuls à pouvoir en favoriser les conditions d'émergence [I], à pouvoir les sécuriser pour asseoir leur puissance [II], tout en constituant parfois un frein [III].

I. Les États, moteurs de l'émergence de la connaissance

1. Les États principaux commanditaires de la connaissance

• Les États sont les organisateurs de la connaissance : sans leur action volontariste et les investissements qu'ils sont les seuls à pouvoir consentir, il n'y a pas de système efficace de production de la connaissance (écoles, universités, centres de recherche). C'est le pari que fait l'Inde depuis quelques années. À l'heure d'Internet, les États s'assurent également du déploiement des réseaux nécessaires.

À NOTER
L'intitulé du sujet est au présent, il nous invite plutôt à réfléchir sur le rôle des États aujourd'hui, même si quelques incursions dans le passé sont possibles.

• Maîtriser la connaissance pour asseoir sa puissance et son prestige est une constante historique dans les stratégies des États, comme Louis XIV avec son Académie royale des sciences. Aujourd'hui, la puissance repose en grande partie sur la capacité des États à financer et maintenir une recherche développement suffisante pour supporter la concurrence des autres États. La *Big Science*, sur laquelle repose une bonne part de la recherche, requiert d'importants investissements financés par les États.

MOT CLÉ
La *Big Science* désigne les domaines scientifiques (en physique, astronomie, biologie…) qui nécessitent de larges investissements.

2. Les États organisent les conditions de l'élaboration de la connaissance

• La maîtrise de la connaissance permet aux États d'imposer leur puissance économique. Les pays émergents investissent ainsi massivement dans la connaissance pour accélérer leur essor en tant que puissance. Les campagnes d'alphabétisation et d'élévation du niveau scolaire général vont dans ce sens. La puissance passe également par la capacité d'exercer une influence, notamment par la diffusion de la connaissance, par exemple par le biais des transferts de connaissances ou de compétences.

• Les conditions favorables à la circulation sont assurées par l'État : la loi en France encourage la diffusion de la connaissance, quand l'État a financé au moins la moitié de la recherche ; l'Union européenne construit un espace européen de recherche ; les échanges sont encouragés entre étudiants (Erasmus), les professeurs ou les chercheurs. Les États-Unis investissent massivement dans les câbles sous-marins pour les flux dématérialisés.

[Transition] L'enjeu pour les États ne se limite cependant pas à donner l'impulsion, ils organisent la protection des connaissances.

II. Sécuriser la connaissance pour asseoir sa puissance

1. Sécuriser certaines connaissances : une question de souveraineté

• Un État est puissant dès lors qu'il est capable de montrer sa capacité de contrôle. La connaissance, lorsqu'elle est considérée comme stratégique, est étroitement surveillée pour en assurer la maîtrise. Il revient alors à l'État de sécuriser ses circuits, par exemple en les protégeant de la déperdition liée au *brain drain* (fuite des cerveaux).

• Dans les secteurs sensibles, comme la défense ou certaines industries, l'État sécurise les connaissances : la force armée d'un État dépend de sa maîtrise des sciences et technologies. C'est notamment le cas pour le nucléaire dont la recherche est verrouillée. Les États organisent leur résilience en protégeant les réseaux de communication (ANSSI pour la France).

2. Les États doivent assurer un rôle de régulateur

• Les États assurent l'encadrement normatif de la connaissance. Le cadre réglementaire de la recherche (lois de programmation), de la transmission, de la circulation des connaissances est un élément relevant de leur souveraineté. L'Union européenne est en pointe sur les questions réglementaires, notamment dans le cyberespace, avec la RGPD depuis 2018.

• Mais dans un monde de la connaissance de plus en plus global, il est difficile pour les États de peser. Seuls les États-Unis semblent être à même d'assumer leur puissance réglementaire, notamment en appliquant le principe d'extraterritorialité. La sécurité des informations et des connaissances passe par un cadre de sécurité collectif : c'est l'objet de l'Appel de Paris de 2018.

[Transition] Mais la recherche de puissance des États et leur volonté de contrôle peuvent aussi aboutir, à l'inverse, à constituer un obstacle plus qu'un facilitateur.

> **▶ Le secret de fabrication**
>
> Dans un intitulé avec une interrogation, vous pouvez envisager de mettre en question le sujet, en développant les limites dans une troisième partie. Cela permet d'apporter de la nuance aux deux premières et de complexifier l'argumentation.

HGGSP

III. Les États, un frein à la connaissance ?

1. Contrôler voire censurer les données sensibles

• Les savoirs scientifiques sont au cœur de la hiérarchie économique et politique des États : ceux-ci peuvent être amenés à protéger leurs intérêts, et à limiter la diffusion des connaissances, comme le montre l'exemple du procès du MIT contre Aaron Swartz. Sur Internet la question de l'*open data* est cruciale pour l'avenir.

> **MOT CLÉ**
> Les données ouvertes (en anglais : *open data*) sont des données numériques dont l'accès et l'usage sont laissés libres aux usagers, qui peuvent être d'origine privée mais surtout publique.

• Les États empêchent parfois la libre circulation, en imposant leur souveraineté par le contrôle des connaissances stratégiques, y compris en ayant recours à la censure. Ainsi, la Chine verrouille une bonne partie des réseaux sociaux ; la Turquie bloque Wikipédia. Cela ne se limite pas aux dictatures : les publications scientifiques qui contrediraient le roman national sont parfois interdites en Inde.

2. Les connaissances comme arme d'État

• Les tensions sont telles que les États peuvent être amenés à voler les connaissances des autres, par l'espionnage. La Chine est impliquée dans nombre d'affaires d'espionnage industriel ; l'affaire Snowden en 2013 a révélé les pratiques américaines de collecte massive d'informations par une interception systématique des communications mondiales. Le contre-espionnage surveille étroitement les scientifiques, cibles privilégiées des démarchages étrangers (cf. archives Venona ou les Cinq de Cambridge).

• La connaissance est un tel levier de puissance que si l'on souhaite affaiblir un État, une stratégie efficace consiste à faire fuiter ce butin de guerre comme lors de l'affaire Farewell. Aujourd'hui certains États sont tentés d'utiliser les connaissances comme arme dans la cyberguerre, par exemple dans l'affrontement entre la Russie et l'Estonie.

Conclusion

[Réponse à la problématique] Les États ont donc un rôle primordial dans le domaine de la connaissance : sa maîtrise et son contrôle constituent le fondement de leur puissance et de leur souveraineté. [Ouverture] L'équilibre est donc difficile pour eux entre volonté de la construire, de la protéger et de la mettre à leur service. Dans un monde où les pratiques se déterritorialisent, les États peinent cependant à trouver la place à laquelle ils prétendent.

37 France métropolitaine • Juin 2021
ÉTUDE CRITIQUE DE DOCUMENTS

La connaissance, enjeu géopolitique et économique pour les États

2 heures
10 points

INTÉRÊT DU SUJET • Depuis 1945, la puissance des États repose de plus en plus sur la maîtrise et la circulation des connaissances.

En analysant les documents, en les confrontant et en vous appuyant sur vos connaissances, montrez pourquoi et comment les États font de la connaissance un enjeu géopolitique et économique.

HGGSP

DOCUMENT 1

L'ambassadeur des États-Unis montre les photos des sites de lancement de missiles à Cuba prises par un avion espion, au conseil de sécurité de l'ONU le 25 octobre 1962.

ph © UNPhoto/MH

Source : UN Photo/MH.

DOCUMENT 2

Le 31 janvier 2012, le gouvernement indien avait annoncé l'entrée en négociation pour l'achat de 126 Rafale, 18 livrés par la France et 108 fabriqués en Inde. Un accord intergouvernemental a permis l'acquisition par l'Inde de 36 avions de combat Rafale, évaluée à 7,8 milliards d'euros (en incluant logistique et armement). Conclu en septembre 2016, il ouvre la voie à une coopération technologique et industrielle de très haut niveau et sans précédent.

Ce contrat conclu après la mise en place de la politique du « Make in India[1] » devait comprendre des *offsets* (compensations industrielles) estimées à 3,9 milliards d'euros, visant à faire émerger une filière aéronautique privée indienne. Pour mettre en œuvre une partie de ces *offsets* (compensations industrielles), Dassault Aviation a décidé de créer un partenariat avec le groupe Reliance qu'il a librement choisi. Cette alliance Dassault-Reliance Aerospace Ltd (DRAL) a été créée le 10 février 2017. Des partenariats ont également été signés avec d'autres entreprises indiennes telles que BTSL, DEFSYS, Kinetic, Mahindra, Maini, SAMTEL…

À Nagpur, sont installés les hangars d'assemblage et de fabrication des pièces de Falcon 2000. Le but est de fabriquer des pièces et de réaliser l'assemblage final du Falcon 2000 en Inde. L'usine DRAL de Nagpur, dont la première pierre a été posée le 27 octobre 2017, fabrique désormais des pièces de Falcon 2000 et produira, dans un second temps, des pièces de Rafale. Une première équipe de managers indiens a été initiée aux méthodes de production mises en œuvre dans l'usine Dassault Aviation de Biarritz pendant six mois. Les Indiens ont également reçu, en France, une formation intensive aux procédés de fabrication.

Les premiers agréments, y compris européens, pour obtenir les certifications nécessaires à la mise en œuvre du « Make in India », ont été délivrés en 2019. De fait, les pièces des avions civils peuvent désormais être fabriquées en Inde. Il est prévu que 30 % des *offsets* (compensations industrielles) soient réalisés à travers l'organisation publique indienne de recherche et développement du secteur de la défense, tandis que 28 % seront menés par Dassault Aviation lui-même et 21 % par les groupes français Thales et Safran qui construisent le Rafale. […]

Les pilotes indiens ont été formés sur la base aérienne de Mérignac depuis avril 2019. La livraison du premier Rafale à l'Inde a eu lieu le 8 octobre 2019, à Mérignac.

Source : d'après le rapport publié sur le site Internet du Sénat, le 1er juillet 2020. Consulté le 19 octobre 2020.

1. « Make in India » : produire en Inde.

LES CLÉS DU SUJET

Identifier les documents

Documents

Nature, genre, source
- Doc. 1 : Photographie
- Doc. 2 : Extrait d'un rapport

Auteurs
- Doc. 1 : Photographe présent au Conseil de sécurité de l'ONU
- Doc. 2 : Le Sénat français

Dates et échelles
- Doc. 1 : Octobre 1962 pendant la crise des missiles de Cuba
- Doc. 2 : 2020
- Échelles régionale (espace caribéen, Inde) et mondiale

Thèmes
- Doc. 1 : La menace nucléaire et l'espionnage pendant la guerre froide
- Doc. 2 : La vente d'avions Rafale à l'Inde, puis le transfert de connaissances France/Inde

Comprendre la consigne

- La connaissance, militaire et/ou industrielle, prend une place croissante dans les échanges entre puissances.
- La connaissance est un moyen de s'imposer face à ses concurrents.

Dégager la problématique et construire le plan

- Sur le plan militaire, la connaissance permet de prendre le dessus sur son ennemi et, sur le plan économique, elle participe à la performance des entreprises.
- Dans le cadre de la mondialisation, la connaissance circule, intentionnellement ou non, et régit les relations entre États.

I. Connaître son adversaire ou son partenaire	• Quelles sont les informations échangées ? • Quels sont les objectifs de l'espionnage ?
II. Un support majeur de la mondialisation	• Comment les connaissances circulent-elles ? • Pourquoi ces échanges entre alliés ou rivaux sont-ils devenus indispensables ?
III. La puissance par la connaissance	• Dans quelle mesure les armées s'appuient-elles sur la connaissance ? • Pourquoi la performance économique est-elle liée à la connaissance ?

37 CORRIGÉ GUIDÉ

Les titres et les indications entre crochets ne doivent pas figurer sur la copie.

Introduction

[Accroche] En octobre 1962, le monde retient son souffle alors que des avions U2 viennent de repérer des rampes de lancement de missiles à Cuba, pointées vers le territoire américain. [Présentation du sujet] Cette crise montre l'importance prise par la connaissance pour surpasser son ennemi sur le plan militaire. Le document 1 est une photographie prise à l'ONU le 25 octobre 1962 alors que l'ambassadeur des États-Unis expose les découvertes faites par la CIA. Pour sa part, le document 2 est l'extrait d'un rapport du Sénat français sur les échanges organisés entre Dassault Aviation et l'Inde. Rédigé en juillet 2020, il témoigne de l'importance des liens à nouer avec la puissance émergente d'Asie du Sud. [Problématique] Dans quelle mesure la connaissance, objet géopolitique et économique, est-elle devenue un pilier de la puissance des États ? [Annonce du plan] Tout d'abord la connaissance est indispensable pour connaître les forces et faiblesses des autres États. [I] Ces derniers ont fait de la connaissance un flux majeur des réseaux de la mondialisation. [II] Enfin, cette centralité de la connaissance témoigne d'une importance croissante dans la construction et le maintien de la puissance. [III]

▶ Le secret de fabrication

L'accroche est une étape complexe. Si vous manquez d'inspiration, utilisez les documents. Ici, exploitez le document 1 mais amenez des informations qui n'y figurent pas : les avions espions U2 et les rampes de lancement.

I. Connaître son adversaire ou son partenaire

1. La quête d'informations

• La connaissance repose d'abord sur le recueil d'informations pour connaître son adversaire, son voisin ou son ennemi. Ainsi, dans le document 1, depuis que Fidel Castro a pris le pouvoir à Cuba en 1958, l'île, proche de la Floride, s'est rapprochée de l'URSS de Khrouchtchev, alors ennemie des États-Unis dans le cadre de la guerre froide.

> **CONSEIL**
> Dans la première partie, n'hésitez pas à replacer les éléments dans leur contexte historique sans vous éloigner des documents.

• La connaissance de ses alliés est aussi nécessaire pour mesurer leur fiabilité et leur puissance économique. L'accord entre la France et l'Inde autour de l'échange d'avions et de savoir-faire militaires est conçu comme la première étape à « une coopération technologique et industrielle de très haut niveau et sans précédent » (l. 6-7).

2. L'espionnage militaire et industriel

• La guerre froide reste associée dans les imaginaires à la figure de l'espion. En 1947, les États-Unis créent la CIA pour collecter et analyser les informations sur l'ennemi communiste. En 1962, c'est la CIA qui informe le président Kennedy de la présence de rampes de lancement de missiles à Cuba.

> **MOT CLÉ**
> La CIA (Central Intelligence Agency) est l'agence centrale de renseignement américaine chargée du renseignement à l'étranger.

• L'espionnage n'est pas uniquement l'affaire d'agents secrets et d'agences opaques. Les entreprises recourent à l'espionnage industriel pour percer les secrets de fabrication d'entreprises concurrentes. Le contrat signé entre Dassault Aviation et le groupe Reliance est un moyen d'obtenir des informations sur la filière aéronavale indienne et il en est de même pour l'Inde.

[Transition] La connaissance est donc depuis longtemps un enjeu géopolitique. Sur le plan économique son importance s'est accrue avec la mondialisation.

II. Un support majeur de la mondialisation

1. La circulation des connaissances

• Si le temps de l'espionnage repose sur le secret pour faciliter l'infiltration dans le camp ennemi, il est suivi d'un temps de révélation. C'est le cas dans le document 1 où l'ambassadeur des États-Unis présente les découvertes faites par la CIA à l'ensemble du monde.

• Pour les industries, les échanges de connaissance sont devenus habituels. L'accord entre l'Inde et la France dépasse les seuls achats de Rafale puisque « les Indiens ont également reçu, en France, une formation intensive aux procédés de fabrication » (l. 26-27). Dassault accepte donc de diffuser son savoir dans le cadre de l'accord.

2. Des échanges indispensables

• À l'heure de la mondialisation, aucun pays ne peut vivre en autarcie. Certaines agences d'espionnage sont alliées. En 1956, c'est le Mossad (service secret israélien) qui découvre le rapport secret de Nikita Khrouchtchev dénonçant les crimes de Staline et qui le remet à la CIA.

> **CONSEIL**
> Le recours aux connaissances personnelles doit toujours être modéré dans une étude critique de documents. Pour éviter le hors-sujet, veillez à citer un document dans chaque paragraphe.

• La recherche et développement est désormais un pilier de la puissance. C'est l'objectif du « Make in India » évoqué dans le texte. Lancé par le Premier ministre Narendra Modi, ce programme doit permettre le développement de vingt-cinq secteurs industriels innovants en encourageant les entreprises étrangères à produire en Inde (l. 28-31). Il s'agit ici d'un transfert de technologie.

[Transition] La circulation de la connaissance entre les différents acteurs de la mondialisation montre que la puissance est désormais inconcevable sans la connaissance.

III. La puissance par la connaissance

1. La suprématie militaire

• La connaissance permet de surpasser l'adversaire sur les champs de bataille. La crise des missiles de Cuba inquiète les États-Unis car la côte Est serait menacée par des armes nucléaires. Aujourd'hui, les armées occidentales recourent de plus en plus aux drones et aux satellites pour limiter les pertes humaines.

• Si l'équilibre a fini par être atteint entre les deux grands sur le plan des armes nucléaires, les États-Unis gardaient l'avantage sur le plan des informations grâce aux avions U2 devenus célèbres après Cuba.

2. Un pilier de l'économie

• Les industries actuelles et les principales puissances mondiales reposent sur l'économie de la connaissance. Des Indiens ont été formés par la firme Dassault : « Les Indiens ont également reçu, en France, une formation intensive aux procédés de fabrication » (l. 26-27). L'Inde compte aujourd'hui plus de 500 000 étudiants répartis dans 86 pays.

• La question semble d'ailleurs tellement importante qu'elle est l'objet d'un rapport du Sénat. La connaissance et sa diffusion sont ici autant un enjeu économique que géopolitique puisque les échanges concernent des avions militaires et donc le secteur de la défense (l. 33-34).

MOT CLÉ
L'économie de la connaissance s'appuie sur le savoir et la compétence. Elle se caractérise par l'augmentation des savoirs grâce à une production collective (État, entreprises, laboratoires).

▶ Le secret de fabrication

L'analyse externe des documents est souvent oubliée. Elle permet pourtant à votre copie de se démarquer. Insistez ici sur le fait que la photo a été prise à l'ONU ou que le Sénat commande un rapport sur les échanges entre la France et l'Inde ; cela permet de montrer la pertinence de votre sujet.

Conclusion

[Réponse à la problématique] Peter Drucker avait bien raison quand il décrivait la société de la connaissance. Depuis Hiroshima, la puissance ne peut se penser sans la connaissance aussi bien sur le plan économique que géopolitique. Les documents ont le mérite de bien montrer ces deux aspects à six décennies d'intervalle. Néanmoins, ils ne reviennent pas sur les limites comme la fuite partielle des cerveaux indiens vers d'autres pays. [Ouverture] Si les conflits entre États semblent s'éloigner, l'affaire des sous-marins entre la France, l'Australie et les États-Unis en 2021 prouve que la connaissance reste un pilier de la suprématie militaire.

HGGSP

38 Sujet spécimen 2021 • DISSERTATION

Le cyberespace, réalités et défis

2 heures
10 points

INTÉRÊT DU SUJET • Objet géographique au cœur de multiples enjeux géopolitiques, l'analyse du cyberespace est désormais indispensable pour comprendre les rapports de force.

▶ Le cyberespace, quelles réalités et quels défis ?

LES CLÉS DU SUJET

Analyser le sujet

Le cyberespace, quelles réalités et quels défis ?

Formulation
- Un concept
- Deux clés de lecture de ce concept

Bornes chronologiques et spatiales
- Depuis les années 1990
- Le cyberespace et les grandes puissances qui l'organisent

Type de sujet
Sujet analytique

Notions et mots clés
- Cyberespace : monde virtuel constitué de données numérisées
- Réalités : éléments composant cet espace
- Défis : enjeux auxquels sont confrontés les acteurs du cyberespace

Dégager la problématique

- Le cyberespace repose sur des acteurs, des réseaux et des flux traditionnels mais aussi spécifiques à cet espace.
- Les puissances présentes dans le cyberespace doivent y défendre leur sécurité tout en élaborant un mode de gouvernance complexe.

Construire le plan

Le plan doit faire ressortir les spécificités du cyberespace.

I. Un espace particulier	• Qui agit dans le cyberespace ? • Comment le cyberespace fonctionne-t-il sur le plan géographique ?
II. Un espace sous tensions	• Quelles réalités les cyberattaques recouvrent-elles ? • Quelles sont les stratégies de défense des États ?
III. Le dilemme entre coopération et souveraineté	• Quelles sont les formes de gouvernance ? • Pourquoi les États limitent-ils leur coopération dans le cyberespace ?

38 CORRIGÉ GUIDÉ

Les titres et les indications entre crochets ne doivent pas figurer sur la copie.

Introduction

[Accroche] En octobre 2020, l'hôpital de Düsseldorf est victime d'une cyberattaque. N'ayant plus accès aux données médicales, il transfère certains patients vers d'autres hôpitaux, dont une femme qui décède au cours du trajet. [Présentation du sujet] Cette tragédie révèle l'importance du cyberespace et la nécessité de sa protection. Le cyberespace est un monde virtuel constitué de données numérisées (les datas) où la communication repose sur l'interconnexion mondiale des ordinateurs. Les acteurs, individuels ou collectifs, y agissent sur des infrastructures organisées en réseaux. Pris entre la surveillance des États et une liberté certaine, l'ensemble des acteurs doivent s'adapter à cet espace particulier tout en le sécurisant face aux menaces qui y pèsent. [Problématique] Comment le cyberespace, primordial dans la vie quotidienne des sociétés, s'organise-t-il pour répondre à de multiples défis ? [Annonce du plan] Le cyberespace est d'abord un espace géographique particulier, parfois complexe à comprendre. [I] La circulation de nombreuses données y favorise les cyberattaques menées par des États ou des acteurs privés. [II] Les États doivent alors trouver un équilibre entre la coopération et la défense de la souveraineté pour protéger leurs données. [III]

▶ Le secret de fabrication

Le sujet invite à une problématique simple : « Quels sont les réalités et les défis du cyberespace ? » Essayez de la renforcer sans vous éloigner du sujet. La problématique proposée ici se fait en deux temps mais montre que vous avez bien saisi les enjeux : des réalités particulières et des défis auxquels il devient urgent de répondre.

I. Un espace particulier

1. Des acteurs multiples

• Les États sont présents dans le cyberespace pour leur fonctionnement mais aussi pour tenter d'y imposer des règles, afin de protéger leurs ressortissants et leurs entreprises. Néanmoins, ces États rencontrent de nombreuses difficultés pour contrôler cet espace.

• Ce sont les firmes transnationales qui y exercent une influence croissante. Les GAFAM-NATU américaines et BATX chinoises s'y livrent une âpre concurrence. Pour leur part, les citoyens et les entreprises y agissent au quotidien mais ont besoin d'une protection particulière.

MOT CLÉ
Les GAFAM-NATU sont les géants américains du Net : Google, Amazon, Facebook, Amazon, Microsoft, Netflix, Airbnb, Tesla et Uber, alors que les BATX sont chinoises : Baidu, Alibaba, Tencent, Xiaomi.

2. Un réseau matérialisé

• Les données du Net circulent grâce à des infrastructures concrètes dont les satellites ne constituent qu'une minorité. Ce sont les câbles sous-marins, équipés en fibre optique, qui permettent la circulation des données. Aujourd'hui près de 450 câbles connectent le monde, tel le câble Marea de Facebook et Microsoft qui s'étend sur 6 400 kilomètres entre leurs data centers de Virginia Beach et Bilbao. Il s'agit du câble le plus puissant au monde.

CONSEIL
Illustrez votre propos avec quelques exemples originaux. L'exemple du câble Marea provient d'un épisode du *Dessous des cartes*.

• En 2021, 4 milliards de personnes sont connectées à Internet avec de forts contrastes puisque 95 % des Américains du Nord sont connectés contre 48 % des Asiatiques. Le moindre incident sur un câble peut avoir d'importantes conséquences économiques.

[Transition] Le cyberespace est un espace où se sont multipliées les opportunités en peu de temps. Cela attise les convoitises et provoque une conflictualité spécifique.

II. Un espace sous tensions

1. Le poids des cyberattaques

• Internet est devenu le théâtre de cyberattaques dès la fin des années 1980. Trois types d'attaques peuvent y être menés : le logiciel malveillant (*malware*) qui capture les données et réclame une rançon en échange ; le cheval de Troie (logiciel malveillant qui s'installe sur un ordinateur sans le consentement de son utilisateur) et l'hameçonnage (*phishing*) qui siphonne les données personnelles.

• Aujourd'hui, les pays occidentaux sont les principales cibles des cyberattaques. La cybercriminalité coûte chaque année 400 à 600 milliards de dollars et il s'avère que près de la moitié des internautes et des entreprises sont victimes d'au moins une cyberattaque par an.

CONSEIL
Pour illustrer vos idées et montrer que vous avez des connaissances, pensez à donner quelques chiffres ou pourcentages.

2. Une arme géopolitique

• Les États organisent dans le cyberespace des attaques contre d'autres États pour les affaiblir et poursuivre une rivalité, comme la Russie contre l'Estonie en 2007 alors que celle-ci allait rentrer dans l'UE. En 2016, lors de la présidentielle américaine, des hackers russes révèlent des e-mails d'Hillary Clinton afin de favoriser Donald Trump.

• Le cyberespace permet aussi à des mouvements populaires de s'exprimer dans des dictatures. En 2011, lors des « printemps arabes », des individus utilisent ainsi les réseaux sociaux pour déjouer la censure gouvernementale. Le groupe Anonymous s'y présente ainsi comme un mouvement réunissant des défenseurs de la liberté d'expression.

[Transition] Cette multiplication des conflits et des acteurs dans le cyberespace implique une gouvernance raisonnée entre les principaux acteurs.

III. Le dilemme entre coopération et souveraineté

1. Le cas français

> ▶ **Le secret de fabrication**
> L'une des difficultés de la dissertation en HGGSP est la place à accorder aux jalons. Le cas français représente l'un des deux jalons de l'objet de travail conclusif, il faut donc y consacrer une sous-partie, pour ensuite mettre cet exemple en perspective.

• Les acteurs privés et publics français doivent faire face à des cyberattaques émanant de multiples ennemis. En 2017, une centaine d'attaques ont ciblé le ministère de la Défense et la SNCF a été infectée par le *malware* NotPetya qui a touché de nombreuses entreprises françaises.

• La France a donc élaboré une stratégie de cyberdéfense en coordination avec l'OTAN, qui peut intervenir dans le cyberespace. Le cyberespace est désormais pleinement pris en compte dans les stratégies de défense et mentionné dans les Livres blancs. L'armée française s'appuie sur 3 000 cybersoldats et l'Agence nationale de la sécurité des systèmes d'information (ANSSI).

MOT CLÉ
L'Agence nationale de la sécurité des systèmes d'information, créée en 2009, est chargée de mettre en place la stratégie de cyberdéfense de la France.

2. Élaborer la gouvernance

• La gouvernance du cyberespace peut déjà se penser dans le cadre des alliances régionales. En 2019, le Conseil européen adopte ainsi un règlement sur la cybersécurité. Il reste néanmoins difficile de trouver un terrain d'entente entre les 27 États membres, car il s'agit aussi de partager des informations sensibles sur la vulnérabilité de chaque pays.

• La mise en place d'une gouvernance mondiale est encore plus complexe. Seule l'ONU peut être à l'initiative de certains projets, mais les rivalités entre les États-Unis et la Chine ou le rôle du gouvernement russe dans de nombreuses attaques font que cette gouvernance ne se traduit que par des mots, comme avec l'Appel de Paris en 2018. Emmanuel Macron y réclamait une coopération internationale pour régir le cyberespace.

Conclusion

[Réponse à la problématique] En l'espace de quatre décennies, le cyberespace a bouleversé la géopolitique mondiale. Ce réseau matérialisé par des infrastructures concrètes a créé de nouvelles formes de conflictualités et des opportunités diverses pour de multiples acteurs. [Ouverture] Alors que l'espace et les mers apparaissent comme des espaces de conquête marqués par la rivalité sino-américaine, le cyberespace ouvre des possibilités à certains pays tels la Russie ou le Nigeria, d'où viennent la majorité des mails d'hameçonnage.

La domination américaine du cyberespace

2 heures
10 points

INTÉRÊT DU SUJET • Cet exercice vous propose de croiser deux documents qui permettent de prendre la mesure de la suprématie américaine dans le cyberespace.

D'après les documents proposés, vous montrerez que les États-Unis dominent largement le cyberespace, exerçant une puissance s'appuyant sur leur maîtrise du réseau et des données qui y circulent.

DOCUMENT 1 **Les États-Unis, contrôleurs du numérique européen**

Les États-Unis dominent largement l'univers numérique. C'est dans ce pays qu'est né Internet, et c'est là que se trouvent les mastodontes du secteur, très gourmands en données personnelles. Même si celles-ci sont stockées sur des serveurs en Europe, les citoyens européens ont *de facto* mis leurs vies numériques entre les mains d'entreprises américaines.

C'est vrai pour les réseaux sociaux – le seul concurrent sérieux de Facebook en la matière, VKontakte, n'est populaire qu'en Russie et dans certains pays d'Europe de l'Est –, mais également pour la recherche et la vente en ligne, où Google et Amazon ont mis leurs rivaux à la peine. La prépondérance des géants américains est quasi totale dans le domaine de la publicité en ligne, où la croissance combinée de Google et Facebook dépasse la croissance globale du marché.

Cette influence des États-Unis place ce pays dans une position privilégiée pour longtemps. Les masses de données collectées par les sociétés du numérique constituent aussi un atout concurrentiel dans de très nombreux secteurs de pointe. La technologie du *deep learning*, utilisée pour produire des intelligences artificielles performantes, est particulièrement consommatrice de données.

La domination américaine sur les données ne concerne pas seulement le domaine économique. Les données collectées par les géants du Web sont également exploitées par les forces de l'ordre et les services de renseignement américains, en vertu d'une législation accommodante qui leur permet d'accéder aux données d'utilisateurs. Y compris à celles d'utilisateurs européens, même si un accord international garantit théoriquement des protections aux internautes résidant en Europe.

Martin Untersinger *et al.*, « Cyberespace : la guerre mondiale des données », *Le Monde*, 23 juillet 2018.

DOCUMENT 2 **Part du trafic Internet restant dans l'État**

Les calculs, établis par la chaire Castex de cyberstratégie (IHEDN), l'Inria et l'IFG (université Paris-VIII), ne sont pas exhaustifs mais sont représentatifs de la réalité. En France, moins de 25 % du trafic Internet reste dans le pays, soit environ 200 millions de sites web visités par mois. Le reste du trafic se dirige vers des sites américains, soit environ 650 millions de visites par mois.

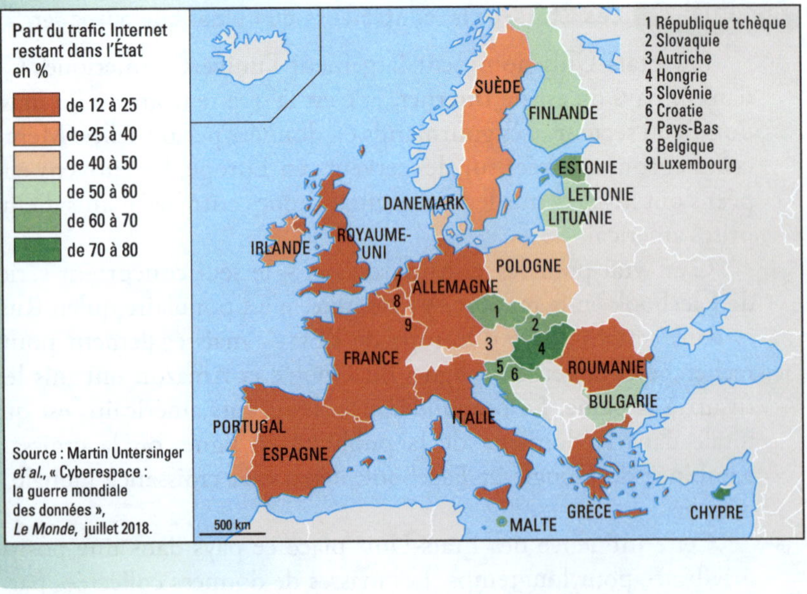

Source : Martin Untersinger *et al.*, « Cyberespace : la guerre mondiale des données », *Le Monde*, juillet 2018.

LES CLÉS DU SUJET

Identifier le document

Documents 1 et 2

Nature, genre, source
- **Doc. 1 :** article du site Internet du quotidien *Le Monde*
- **Doc. 2 :** carte de l'Europe extraite du même article

Auteurs
Plusieurs journalistes experts de la question

Date et contexte
Juillet 2018, à l'issue du colloque international « Cartographie du cyberespace », organisé à Paris en mars 2018

Thème
Le contexte peu concurrentiel d'un cyberespace dominé par les États-Unis

Comprendre la consigne

- Les États-Unis ont créé Internet et conservent de ce fait une longueur d'avance sur les autres pays en matière de maîtrise du cyberespace.
- Leur *hard power* et *soft power* s'étendent donc tout naturellement aussi dans cet espace, ce qui les place dans une position de domination, notamment dans le domaine du traitement des données.

Dégager la problématique et construire le plan

- Le cyberespace est, au même titre que les autres territoires, un espace où s'exerce la puissance des États.
- Comment les États-Unis l'utilisent-ils comme levier de puissance, notamment dans le domaine du traitement des données ?

I. Le cyberespace, terrain de la puissance américaine	• Quels avantages les États-Unis tirent-ils de leur position dominante dans le cyberespace ? • Quelles couches de l'Internet sont sous l'emprise majoritaire des Américains ?
II. Un enjeu de puissance économique	• Comment les États-Unis déploient-ils leur puissance économique sur le Net ? • Quelles perspectives ouvre le marché des données ?
III. Un vecteur supplémentaire de la puissance politique américaine	• Que permet la maîtrise des données en matière de puissance politique ? • Quelle lecture géopolitique peut-on faire du cyberespace ?

39 CORRIGÉ GUIDÉ

Les titres et les indications entre crochets ne doivent pas figurer sur la copie.

Introduction

[Accroche] Le cyberespace est, au même titre que les autres territoires, un espace où s'exerce la puissance des États. [Présentation du sujet] Créateurs d'Internet, les États-Unis dominent cet espace et y exercent une puissance sans encore grande concurrence. C'est la nature de cette cyberpuissance américaine que nous invitent à analyser les deux documents proposés, un texte dédié à la domination sur l'Europe et une carte sur la part prépondérante du Web états-unien sur l'ensemble du trafic, tous deux tirés d'un article du quotidien français *Le Monde* de 2018. [Problématique] Comment les États-Unis utilisent le cyberespace comme levier de puissance, notamment dans le domaine du traitement des données ? [Annonce du plan]. Les États-Unis ont une approche du cyberespace comme un territoire où exercer leur puissance dominante à tous les niveaux [I], que ce soit en matière économique [II] ou politique [III].

I. Le cyberespace, terrain de la puissance américaine

1. Une puissance qui profite de sa position dominante

• Les États-Unis sont les inventeurs du cyberespace, comme le rappelle d'emblée le texte : « c'est dans ce pays qu'est né Internet » (document 1, l. 1-2). Ils ont donc une longueur d'avance sur n'importe quelle autre puissance.

> **▶ Le secret de fabrication**
>
> N'oubliez pas qu'une étude critique de documents doit obligatoirement s'appuyer sur les éléments tirés des documents : on cite exactement les textes, entre guillemets, et on relève les éléments précis tirés des documents iconographiques ou des cartes et graphiques. Un apport de connaissance qui ne pourrait prendre appui sur aucun élément du document est vraisemblablement hors sujet.

• L'histoire du cyberespace a commencé en effet aux États-Unis, avec la création en 1969 de l'Arpanet pour les besoins de la Défense. Celui-ci devient Internet avec la création des noms de domaine en 1983 et du World Wide Web en 1989. Internet sort de l'espace américain avec le développement des réseaux à travers le monde, mais les États-Unis gardent une maîtrise incontestée, comme le montrent les connexions et la prédominance des sites web américains sur la carte (document 2).

2. La maîtrise de toutes les couches du réseau

• Les entreprises qui gèrent les réseaux et les différentes couches d'Internet sont aux mains des États-Unis : « c'est là que se trouvent les mastodontes du secteur » (document 1, l. 2-3). C'est le cas des firmes qui gèrent les applications qui permettent l'accès au web, les mails et réseaux sociaux, notamment les GAFAM (« Google et Amazon ont mis leurs rivaux à la peine », l. 10-11), concentrés dans la Silicon Valley.

• Mais cela concerne aussi les services assurant la transmission, c'est-à-dire le routage et l'adressage : ils sont réalisés par l'ICANN dont le siège est situé en Californie. C'est ce qui explique qu'une partie prépondérante du trafic Internet se dirige automatiquement vers les États-Unis, comme le montre la carte, avec par exemple quasiment 75 % du trafic français.

MOT CLÉ
L'ICANN est une société à but non lucratif, autorité de régulation d'Internet. Elle attribue la classe d'adresse et l'identifiant de réseau et garantit l'unicité des identifiants de réseau au niveau international.

• Enfin, les sociétés qui entretiennent et font fonctionner l'infrastructure physique du cyberespace sont pratiquement toutes américaines, que ce soit pour les câbles terrestres et sous-marins, les relais et les serveurs. Google, par exemple, a commencé à déployer, en mars 2020, son premier câble sous-marin, le *Dunan*t, long de 6 600 km. Celui-ci reliera Virginia Beach, aux États-Unis, à la France et devrait absorber plus de 50 % de la capacité disponible de la bande passante sur le réseau transatlantique.

[Transition] Cette maîtrise américaine du cyberespace est particulièrement visible dans le domaine économique.

II. Le cyberespace, un enjeu de puissance économique

1. Un espace économique maîtrisé par les États-Unis

• Les entreprises américaines qui ont accompagné l'émergence d'Internet ont eu le temps de penser et façonner le cyberespace notamment dans le champ économique. En s'appuyant sur le marché états-unien, les GAFAM ont conquis assez rapidement une position dominante dans le monde, afin d'être en mesure de capter la valeur ajoutée du traitement des données, comme le suggère le texte « les mastodontes du secteur, très gourmands en données personnelles » (document 1, l. 2-3). Les acteurs économiques états-uniens ont perçu, dès la fin des années 1990, l'émergence d'une nouvelle économie qui exploite les données de masse et les informations qu'elles contiennent. Cette avance conceptuelle sur l'Europe a été cruciale. L'accent est mis sur l'innovation technologique pour conserver cette avance.

• Au-delà des achats, transactions et activités commerciales et financières possibles dans le réseau, une des sources majeures de profits dans le cyberespace provient des régies publicitaires : « La prépondérance des géants américains est quasi totale dans le domaine de la publicité en ligne » (document 1, l. 11-12). Cela fait d'ailleurs l'objet de batailles juridiques avec les GAFAM, qui ne paient qu'une infime partie des impôts sur les bénéfices qu'elles devraient verser aux États.

2. Les États-Unis dominent le marché de l'économie des données

• Le cyberespace est constitué de plusieurs couches dont la dernière mais pas la moindre est la couche cognitive. Celle-ci repose sur des milliards de données produites et collectées chaque jour qui « constituent aussi un atout concurrentiel dans de très nombreux secteurs de pointe » (document 1, l. 17-18). Les États-Unis sont passés maîtres dans la production de contenus sur le Net, mais également dans l'exploitation de ces données, les *big data*, qui, une fois traitées, leur permettent de conforter leur puissance économique.

• Un exemple de la domination des États-Unis dans l'exploitation des données, est l'analyse des événements en cours par des logiciels ou « *deep learning*, utilisée pour produire des intelligences artificielles performantes » (document 1, l. 18-19), notamment dans le domaine de la reconnaissance faciale. Mais elle nécessite des investissements colossaux et des technologies de pointe, que peu de pays maîtrisent.

MOT CLÉ
Le *deep learning*, ou apprentissage profond, est une technologie d'apprentissage fondée sur des réseaux de neurones artificiels, permettant à un programme de reconnaître le contenu d'une image ou de comprendre le langage parlé.

[Transition] Le *smart power* américain s'appuie justement sur cette couche cognitive du cyberespace pour consolider sa puissance politique.

III. Un vecteur de la puissance politique des États-Unis

1. Le contrôle des données, un levier de puissance politique

• Les révélations d'E. Snowden ont montré au monde entier que les États-Unis utilisent le cyberespace pour capter des informations à leur profit : « Les données collectées par les géants du Web sont également exploitées par les forces de l'ordre et les services de renseignement américains » (l. 22-24).

• On sait ainsi que depuis 2011, la NSA (National Security Agency) contribue aux applications Windows et Android, renforçant le doute sur l'existence de portes dérobées informatiques permettant d'analyser ou de prendre le contrôle à distance de serveurs ou terminaux mobiles. Le cyberespace est aussi le territoire du cyberespionnage, aussi bien sur le terrain politique qu'économique, et encore une fois au profit de la puissance dominante.

2. Une géopolitique calquée sur les fractures traditionnelles

• Sur la carte de la part du trafic Internet restant dans l'État, on peut observer une ligne séparant l'Europe en deux, selon le tracé bien connu de l'ancien rideau de fer. La connexion avec le réseau américain est beaucoup plus importante chez les anciens alliés de l'Ouest que dans l'Est de l'Europe, comme si la géopolitique d'aujourd'hui laissait perdurer des fractures anciennes.

• Le texte reprend cet aspect, en évoquant qu'en ce qui concerne « les réseaux sociaux – le seul concurrent sérieux de Facebook en la matière, VKontakte, n'est populaire qu'en Russie et dans certains pays de l'Est » (l. 7-9). En effet, le réseau social russe remplace Facebook en Russie, Biélorussie et Ukraine, pour un nombre important d'utilisateurs, qui semblent en partie échapper à l'influence américaine. L'intérêt politique de ces outils ne fait pas de doute dès lors qu'on observe que le FSB, par exemple, s'y intéresse particulièrement.

À NOTER
Le FSB (Service fédéral de sécurité de la fédération de Russie) est le service secret de la Russie chargé de la sécurité intérieure.

3. Des accords favorables à la puissance américaine

• Les Européens se trouvent très dépendants dans ce système verrouillé. L'accord *Safe Harbor* (2000) autorisait, sous certaines conditions, des entreprises états-uniennes à transférer des données personnelles présentes en Europe vers leur territoire. La Cour de justice de l'Union européenne a décidé de le suspendre en 2015.

• Depuis 2016, « un accord international garantit théoriquement des protections aux internautes résidant en Europe » (l. 26-28) ; il s'agit du Bouclier de protection des données, ou *Privacy Shield*. Mais celui-ci repose sur un système peu sûr d'autocertification des entreprises états-uniennes.

Conclusion

[Réponse à la problématique] Les États-Unis utilisent donc le cyberespace comme terrain privilégié de leur puissance, profitant de leur position dominante en raison de leur maîtrise unique des outils et technologies pour l'exploitation d'Internet, notamment en Europe. [Ouverture] Cette domination n'est pour le moment que très partiellement contestée, et pour l'essentiel surtout du fait de la Russie et de la Chine. L'Union européenne a pris du retard dans la construction de sa cyberpuissance, et seule une politique volontariste d'envergure pourra permettre de combler au moins en partie son retard. Il en va pourtant de sa survie en tant qu'acteur de l'économie et de la géopolitique mondiale.

HGGSP

Philosophie

INFOS et CONSEILS sur l'épreuve

1 Quel est le nouveau programme de philosophie en Terminale ?

Avec ce programme, vous acquérez une culture philosophique solide et développez vos capacités d'analyse et de réflexion.

A Les notions

- Le programme s'organise autour de **trois perspectives** : l'existence humaine et la culture, la morale et la politique, et la connaissance.
- **17 notions** sont explorées : l'art, le bonheur, la conscience, le devoir, l'État, l'inconscient, la justice, le langage, la liberté, la nature, la raison, la religion, la science, la technique, le temps, le travail et la vérité.
- Voir les cartes mentales des notions en fin d'ouvrage.

B Les repères

- Les repères sont des **distinctions lexicales et conceptuelles** qui vous permettent d'analyser le sens et la portée d'un problème, puis de construire votre réflexion. En voici la liste :

absolu/relatif · abstrait/concret · en acte/en puissance · exemple/preuve · analyse/synthèse · concept/image/métaphore · contingent/nécessaire · expliquer/comprendre · en fait/en droit · formel/matériel · idéal/réel · croire/savoir · genre/espèce/individu · hypothèse/conséquence/conclusion · identité/égalité/différence · impossible/possible · intuitif/discursif · légal/légitime · médiat/immédiat · objectif/subjectif/intersubjectif · obligation/contrainte · origine/fondement · persuader/convaincre · principe/cause/fin · public/privé · ressemblance/analogie · essentiel/accidentel · théorie/pratique · transcendant/immanent · universel/général/particulier/singulier · vrai/probable/certain

- Voir le « Lexique des repères » en fin d'ouvrage.

C Les auteurs

- L'extrait de l'explication de texte de l'écrit est nécessairement issu de la liste d'auteurs au programme. L'étude des œuvres des auteurs majeurs vous aide également à construire votre réflexion dans une dissertation.
- Pour accéder à la liste, reportez-vous à la page : https://eduscol.education.fr/cid144166/philosophie-bac-2021.html.

2 En quoi consiste l'épreuve ?

Il s'agit d'une épreuve écrite de 4 heures, coefficient 8. L'épreuve orale ne concerne que les élèves qui doivent passer le « rattrapage ».

A Quelles sont les modalités de l'épreuve ?

L'épreuve écrite vient clôturer une année pendant laquelle votre professeur vous a transmis une culture philosophique tout en vous aidant à former votre jugement critique.

L'épreuve de philosophie

DÉROULEMENT
4 heures
coefficient : 8

STRUCTURE
trois sujets au choix sur des notions différentes :
- **2 sujets de dissertation ;**
- **1 explication de texte**

NOTEZ BIEN Si vous êtes concerné(e) par l'oral de rattrapage en philo, voici quelques précisions :
- Vous devez expliquer un extrait de l'œuvre étudiée en classe (10 min.) puis répondre aux questions du jury (10 min.).
- Les consignes sont les mêmes que pour l'explication de texte écrite, si ce n'est que vous ne pouvez approfondir autant l'analyse et qu'il faut restituer l'extrait dans l'œuvre que vous êtes censé(e) connaître.

B Quels sont les critères d'évaluation ?

Le correcteur doit prendre en compte ces divers critères (sans barème) :
1. la capacité à **saisir les enjeux philosophiques** du sujet et la pertinence de la réflexion ;
2. la **qualité de l'argumentation**, quelle que soit la réponse apportée ;
3. l'appropriation de la **culture philosophique** (notions, repères, auteurs) ;
4. l'**organisation** du devoir (pour tout type de sujet, introduction, développement structuré en plusieurs parties et conclusion) ;
5. la **clarté** de l'expression.

3 Comment s'organiser pendant l'épreuve ?

Vous disposez de 4 heures pendant lesquelles vous devez vous organiser méthodiquement. Pour ne pas céder à la panique le jour de l'épreuve, vous devez vous entraîner à faire des devoirs en temps limité tout au long de l'année.

ATTENTION **Vous pourrez, le jour du bac, être confronté(e) à un texte ou à un sujet de dissertation que vous ne comprendrez pas. Ne faites donc pas d'impasse méthodologique : entraînez-vous aux deux types d'épreuve.**

Il faut...	Il ne faut pas...
1. Pendant les dix premières minutes, avant de vous lancer	
• **Lire calmement les trois sujets** • **Choisir le sujet que vous allez traiter** en procédant par élimination (celui relatif aux notions que vous maîtrisez)	Commencer à traiter tous les sujets en même temps
2. Au brouillon (entre 1 h 30 et 2 heures)	
• **Analyser le sujet choisi** • Construire un plan détaillé	• Revenir en arrière après avoir choisi un sujet • Se lancer dans la rédaction sans avoir construit un plan du devoir
3. Sur la copie (entre 1 h 30 et 2 heures selon le temps passé au brouillon)	
Évaluer le temps qu'il vous reste afin de consacrer la même attention aux différentes parties	Consacrer trop de temps à rédiger le début du devoir et bâcler la fin
4. Pendant les dix dernières minutes, avant de rendre votre copie	
Relire l'intégralité du devoir : • Veiller à ce qu'il n'y ait pas de phrases incomplètes, de répétitions • Vérifier l'orthographe ainsi que la grammaire et la syntaxe	• Rendre un devoir sans conclusion • Se contenter de recopier en conclusion des phrases du devoir • Rendre un devoir plein d'incohérences et d'erreurs

4 Comment réussir la dissertation ?

Le sujet de dissertation vous pose une question : ce n'est qu'après en avoir saisi le sens et avoir discuté les différentes hypothèses possibles que vous allez proposer une réponse originale.

A La feuille de route

Étape 1 • Définir les termes du sujet (au brouillon)

● Chaque terme du sujet doit être analysé, même ceux qui vous semblent les plus anodins.

> EXEMPLE **Dans le sujet « Démontrer, est-ce établir une vérité ? », il faut s'interroger sur le choix du verbe « établir », qui n'est pas « découvrir ».**

● Vous devez repérer des **liens entre les concepts** (similitude, opposition, dépendance…).

● Il faut ensuite reformuler le sujet à l'aide de vos analyses conceptuelles.

Étape 2 • Dégager la problématique et proposer des réponses (au brouillon)

● Derrière la question du sujet se trouvent d'autres interrogations et des propositions de réponses qui peuvent s'opposer entre elles.

● Le problème peut se présenter alors comme une **alternative entre deux thèses** accompagnées d'une objection/restriction, sous la forme :

ou bien [thèse 1], mais alors [objection/restriction 1],
ou bien [thèse 2], mais alors [objection/restriction 2].

● Transformez ces deux thèses en deux **grandes parties**. Dans une troisième partie, vous devez essayer – en approfondissant le problème ou en apportant un nouvel éclairage – de dépasser l'opposition qui en résulte.

Étape 3 • Chercher des idées pour chaque partie, les organiser en un plan détaillé (au brouillon)

● Notez les titres de chaque partie et sous-partie. Pour chacune d'entre elles, trouvez un **argument**, ainsi qu'une **référence** ou un **exemple**.

> ATTENTION **Les références et exemples jouent un rôle clé dans votre argumentation. Vous devez vous appuyer sur la culture philosophique acquise mais pouvez également utiliser d'autres références : historiques, littéraires, cinématographiques…**

● Rédigez entièrement les **transitions** : elles justifient le passage d'une partie à l'autre.

Étape 4 • Rédiger l'introduction

● L'introduction vise à définir les **enjeux du sujet** en dégageant sa problématique (mise en tension entre deux idées).

● Elle comprend les étapes suivantes :

Étape	Contenu
1	Accroche qui introduit le sujet, en évitant les lieux communs (problème général, exemple ou simple reformulation du sujet…)
2	Définition et analyse des termes du sujet
3	Formulation de la question posée par le sujet en reprenant ses termes puis énonciation du problème sous-jacent
4	Annonce du plan

ATTENTION **Évitez de commencer votre devoir par de grandes généralités du type « De tout temps, l'homme… », ou encore par des considérations nostalgiques incertaines sur ce qui se passe « De nos jours… ».**

● L'introduction doit **entrer dans le vif du sujet** à partir de son analyse (étape 2), même si celle-ci est succincte dans un premier temps. Il s'agit de montrer que la réponse à la question que l'on vous pose n'est pas évidente et appelle une discussion.

Étape 5 • Rédiger le développement

● Reprenez et **suivez votre plan** (de préférence en trois parties) établi au brouillon, sans noter les titres.

● **Au début de chaque partie**, annoncez le plan des sous-parties, puis faites des paragraphes (en allant à la ligne avec un alinéa) pour chacune d'entre elles.

● **Terminez chaque partie** par une brève conclusion et l'amorce d'une nouvelle idée (objection ou besoin d'approfondir) pour faire la transition vers la partie suivante.

CONSEIL **Entre l'introduction, les parties et la conclusion, ainsi qu'entre les parties, sautez deux ou trois lignes pour aérer votre copie.**

- Quelques conseils plus précis pour le développement :

Veillez à...	Évitez de...
Donner un argument philosophique pour chaque idée se trouvant dans un paragraphe	Énoncer des affirmations sans les justifier
Relier votre propos au seul sujet et non à l'ensemble du chapitre qui s'y rapporte	Faire des digressions hors sujet ou de tenir des propos pour lesquels le lecteur doit imaginer le lien avec le sujet
Donner des références philosophiques précises en les explicitant et en les reliant au sujet	Plaquer le cours de manière artificielle sur le sujet
Soigner vos transitions et veillez à la progression de votre propos	Passer du coq à l'âne...

Étape 6 • Rédiger la conclusion

- Il vous faut **répondre au problème** posé en introduction : faites la synthèse de votre développement (et non pas simplement un résumé) en montrant la progression de votre réflexion.
- Vous pouvez éventuellement terminer par une **nouvelle question** que le sujet engage et qui pourrait faire l'objet d'un nouveau sujet.

> ATTENTION **Il ne s'agit pas de commencer à traiter une nouvelle question ou de croire que l'on pourrait sauver le devoir par une révélation de dernière minute.**

- Vous pouvez noter quelques idées au brouillon en vue de la conclusion, dès le début ou au fur et à mesure de votre développement au cas où vous n'auriez plus assez de temps à la fin du devoir, mais généralement la conclusion est **l'aboutissement de la réflexion** que vous aurez menée tout au long de l'épreuve.

Étape 7 • Se relire

- Prenez l'habitude **après chaque paragraphe** de vous relire en veillant au sens et à l'orthographe. Cela permettra – mieux qu'une seule relecture en fin d'épreuve – de vérifier la progression de votre propos et d'éviter erreurs et maladresses de style.
- Gardez cependant dix minutes avant la fin de l'épreuve pour relire l'ensemble du devoir.

B Huit erreurs à éviter

1 **Ne retranscrivez pas votre cours tel quel**, car vous risquez d'être hors sujet. Votre cours, votre connaissance des auteurs et du vocabulaire philosophique doivent être au service de votre réflexion.

2 **Évitez les lieux communs et les généralisations abusives** : on vous demande une réflexion personnelle et philosophique. Si vous commencez votre devoir par « Depuis la nuit des temps, l'homme… », cela ne manquera pas d'agacer votre examinateur.

3 **Ne posez pas l'une après l'autre deux thèses contraires**, car ce serait vous contredire. Argumentez une thèse puis une autre en les nuançant l'une par rapport à l'autre grâce à des distinctions conceptuelles.

4 **Ne vous contentez pas d'énoncer des idées philosophiques sans références**. Vous devez vous montrer capable d'utiliser précisément et à bon escient votre cours.

5 **Ne citez pas une référence sans l'analyser** : l'explication que l'auteur apporte pour appuyer sa thèse est aussi importante que la thèse elle-même, sinon vous ne ferez que donner un « argument par autorité ».

6 **Ne cumulez pas plusieurs exemples pour une même idée**. L'exemple a une valeur illustrative, non argumentative, en revanche il peut servir de contre-argument pour réfuter une thèse. Choisissez-le dans le domaine d'une culture générale commune plutôt que dans votre vie privée. Un seul exemple suffit pour une idée.

7 **N'indiquez pas entre guillemets une citation approximative**. Si vous ne la connaissez pas par cœur, contentez-vous d'expliquer la thèse de l'auteur mais toujours en précisant les sources (titre souligné, auteur).

8 **Ne vous perdez pas dans des opinions vagues ou sentiments passionnés**. Vos affirmations doivent être soumises à un examen critique et rationnel. Il faut penser par soi-même mais en construisant sa pensée par la raison, une réflexion argumentée acceptable par tous.

5 Des conseils spécifiques pour l'explication de texte

Comme dans le cas de la dissertation, l'explication d'un texte permet de dégager des enjeux philosophiques dans un écrit organisé méthodiquement. Vous devez cependant expliciter le sens du texte par son étude linéaire. Voici donc quelques conseils spécifiques.

A La feuille de route

Étape 1 • Faire une lecture approfondie du texte

- Après avoir lu plusieurs fois le texte, vous devez repérer le thème de l'extrait, la **thèse principale** et les **étapes de son argumentation** (autrement dit le plan).
- L'ensemble du texte peut éclairer le détail, et inversement.

Étape 2 • Identifier la question que se pose l'auteur (au brouillon)

Cette première étape accomplie, vous pouvez en déduire **la question** à laquelle le texte répond (si elle n'est pas explicite dans le texte) et **le problème philosophique** plus général auquel elle se rattache.

Étape 3 • Mettre au jour les étapes de l'argumentation et bâtir le plan (au brouillon)

Le plan de votre devoir doit **suivre le plan du texte** que vous avez repéré, en en distinguant bien les parties et sous-parties. Votre explication est donc une étude linéaire de l'extrait.

Étape 4 • Rédiger le devoir

- Votre **introduction** doit contenir :

– une accroche liée au problème général auquel le texte se rapporte ;
– la question à laquelle le texte répond ;
– le titre, l'auteur et la date ;
– la thèse de l'auteur ;
– le plan du texte qui sera le plan du devoir.

PHILOSOPHIE

● Dans le **développement**, vous devez mener l'analyse conceptuelle rigoureuse et minutieuse du détail du texte, sans jamais perdre de vue la problématique générale.

> CONSEIL **Des exemples ou des références extérieures peuvent également vous permettre d'expliciter le propos de l'auteur, à condition qu'ils ne s'éloignent pas du texte.**

B Six erreurs à éviter

1 **Évitez le contresens**. Le contresens est une mauvaise interprétation du texte, qui revient à lui faire dire le contraire de ce qu'il contient.

2 **Fuyez la paraphrase ou le résumé**. La paraphrase consiste à redire exactement dans les mêmes termes ce qui se trouve dans le texte. Or, vous devez éclairer les idées qui demeurent encore implicites dans le propos de l'auteur. L'analyse conceptuelle et les exemples peuvent vous y aider. De la même manière, un résumé même juste sera insuffisant.

3 **Méfiez-vous des anachronismes**. Faire un anachronisme, c'est ne pas replacer un événement à la bonne période. Dans une explication de texte, cela consiste à commenter la thèse d'un auteur, en s'appuyant par exemple sur celle d'un autre auteur plus tardif.

4 **Ne changez pas de sujet**. Vous devez toujours être attentif au texte dans son fond et dans sa forme. En aucun cas il ne peut servir de prétexte à réciter un cours sur le thème dont il est question ou sur l'auteur si ce n'est pas directement relié au propos du texte. La connaissance de l'auteur peut être bienvenue, mais elle n'est pas requise.

5 **Ne restez pas dans une approche découpée du texte**. Il est bien de suivre le détail du texte, mais cela n'a d'intérêt que si vous le rapportez à la thèse principale et à la logique de son argumentation.

6 **Mobilisez vos connaissances**. L'intérêt d'une explication est de relier le texte à une problématique plus générale qui se rapporte à l'une des notions du cours.

40 Sujet zéro 2020

Y a-t-il de justes inégalités ?

DISSERTATION

4 heures
20 points

INTÉRÊT DU SUJET • Si les discriminations raciales nous paraissent injustes, il semble en revanche que nous acceptions plus facilement les inégalités sociales. De fait, il y a des riches et des pauvres, des puissants et des faibles. Mais est-ce vraiment juste ?

LES CLÉS DU SUJET

Définir les termes du sujet

Y a-t-il

Il s'agit de s'interroger sur la possibilité même de « justes inégalités » : on se demande donc si la justice est compatible ou non avec certaines inégalités, et si oui avec lesquelles.

Justes

• Ce qui est juste, c'est en un premier sens ce qui est légal, puisque la justice désigne d'abord l'institution garante de l'application des lois.
• Ce qui est juste désigne par ailleurs ce qui est conforme à la norme morale et politique, qui définit ce qui doit être. Cette norme peut être considérée comme une vertu propre à l'homme ou comme ce qui est conforme à l'ordre de la nature.

Inégalités

• L'inégalité désigne l'absence ou la rupture d'égalité. Du latin *aequalis* (de même niveau), l'égalité se distingue de l'identité : deux personnes non identiques, c'est-à-dire différentes, peuvent être reconnues de même niveau d'un certain point de vue.
• On distingue l'égalité mathématique, dont le principe est « à chacun la même chose », de l'égalité proportionnelle, ou équité, qui a pour principe « à chacun ce qui lui revient » selon ses besoins, mérites, etc.
• Le pluriel nous invite à examiner différents types d'inégalités : les inégalités naturelles (de talent, de taille etc.) se distinguent des inégalités sociales, inégalités scolaires, inégalités de droits, par exemple.

Dégager la problématique

Problématique

- Notre sentiment d'injustice naît souvent du constat d'une rupture d'égalité.
- Mais doit-on revendiquer l'égalité comme un principe absolu de justice, ou bien déterminer les conditions auxquelles certaines inégalités pourraient être considérées comme justes ?

Construire un plan

1. Les inégalités naturelles ne sont ni justes ni injustes	• Les inégalités naturelles sont en réalité des différences hiérarchisées socialement. • Mais, si toutes les inégalités sont historiques, peut-on dire qu'elles sont construites dans un souci de justice ?
2. Les inégalités sociales sont injustes	• Les inégalités sociales ne découlent ni de notre nature ni de nos mérites. • Dans cette perspective, à quelles conditions pourraient-elles être justes ?
3. Les inégalités ne sont justes qu'à certaines conditions	• Les inégalités ne sont justes qu'à condition d'être subordonnées à la volonté générale. • Les inégalités ne peuvent être justes que si l'égalité des chances est garantie.

40 CORRIGÉ GUIDÉ

Les titres en couleurs et les indications entre crochets servent à guider la lecture mais ne doivent en aucun cas figurer sur la copie.

Introduction

[Reformulation du sujet] Il s'agit de savoir si la justice est compatible ou non avec certains types d'inégalités. *A priori*, on pourrait penser que l'inégalité est nécessairement injuste : les discriminations heurtent notre aspiration à la justice en ce qu'elles hiérarchisent des différences naturelles. Pourtant, toutes les inégalités sont-elles injustes ? [Définition des termes du sujet] La justice désigne ce qui est conforme à la loi juridique, puisque la justice est l'institution garante de l'application des lois, mais c'est aussi une norme morale et politique. Du latin *aequalis* (de même niveau), l'égalité se distingue de l'identité, puisque deux personnes différentes peuvent être de même niveau selon un certain point de vue. Le pluriel nous invite ici à envisager divers types d'inégalités : les inégalités naturelles (de talent, de taille etc.) se distinguent des inégalités sociales, scolaires, ou encore de droits. [Problématique et plan] En quoi certaines inégalités pourraient-elles être justes ? Faut-il revendiquer l'égalité comme principe absolu de justice, ou bien déterminer les conditions auxquelles certaines inégalités peuvent être revendiquées comme justes ?

1. Les inégalités naturelles ne sont ni justes ni injustes

A. Les inégalités naturelles n'existent pas

• Dans un premier temps, on pourrait penser que toutes les inégalités naturelles sont injustes : nous naissons avec certaines qualités physiques ou intellectuelles et ces inégalités naturelles sont le fait du hasard, qui ne saurait être considéré comme un principe de justice.

• Mais est-il vraiment injuste qu'un homme naisse plus petit qu'un autre ? Cet homme n'est pas inégal aux autres, mais différent d'eux. De fait, selon Rousseau dans le *Discours sur l'origine et les fondements des inégalités parmi les hommes*, ces différences n'empêchent pas les hommes d'être égaux en tant qu'ils sont tous membres de l'espèce. La question de la justice ou de l'injustice des inégalités naturelles ne se pose donc pas.

> **À NOTER**
> La distinction identité/égalité/différence est un repère du programme. **Égal**, du latin *aequalis,* signifie « de même niveau ». Est **différent** ce qui se distingue d'une chose, ne lui est pas **identique** (du latin *idem*, « le même »).

B. Toutes les inégalités ont une origine historique

• S'il existe des inégalités, elles sont donc d'ordre politique. Les inégalités sociales ont une origine, comme l'indique le titre du discours de Rousseau, c'est-à-dire que, loin de découler de l'ordre naturel, elles résultent de l'histoire empirique des hommes.

• Or, ce qui a été ne correspond pas forcément à ce qui devrait être, c'est-à-dire que les inégalités ne sont pas forcément fondées. En distinguant l'origine et le fondement des inégalités, Rousseau indique ainsi que ce n'est pas parce que les inégalités sociales existent qu'elles sont justifiées et doivent persister. À l'état de nature, observe-t-il, nous étions tous égaux, puisque tous membres de la même espèce, et en même temps différents du point de vue de nos qualités. C'est bien la société qui crée les inégalités, en inscrivant ces différences naturelles dans une hiérarchie. Rousseau explique comment,

> **À NOTER**
> La distinction origine/fondement est un repère du programme. L'**origine** désigne le point de départ chronologique d'une chose, le **fondement** désigne sa raison d'être, et ce qui la justifie.

PHILOSOPHIE

après l'apparition de l'idée de propriété, les hommes basculent dans un état social où la force n'est plus seulement une qualité naturelle mais ce qui explique la richesse, et son absence ce qui explique la pauvreté. C'est ainsi qu'avec la société naissent les premières inégalités.

[Transition] Dès lors, nous devenons inégaux du point de vue du droit, de la richesse ou du prestige. Mais ces inégalités construites par les hommes, qui nous inscrivent dans des hiérarchies obéissent-elles à un quelconque principe de justice ?

2. Les inégalités sociales sont injustes

A. Les inégalités sociales ne découlent pas de notre nature

- Les inégalités sociales existent : elles sont légales, c'est-à-dire conformes aux lois juridiques, mais sont-elles pour autant légitimes ? On pourrait penser que les inégalités découlent de notre nature qui nous pousserait à vouloir nous distinguer des autres. C'est ainsi que Mandeville, dans *La Fable des abeilles*, met l'existence des inégalités sur le compte d'une tendance humaine, l'orgueil, qui nous pousse à vouloir plus que les autres et à chercher à faire reconnaître notre supériorité. Le déploiement aveugle de la poursuite de nos intérêts privés concourrait cependant à la prospérité économique d'une société.

> **À NOTER**
> La distinction légal/légitime est un repère du programme. Ce qui est **légal** est conforme à la loi juridique, ce qui est **légitime** est conforme à la morale.

- Mais sommes-nous seulement motivés par notre intérêt égoïste, incapables, donc, de vouloir la justice ? C'est précisément cette définition de la nature humaine que rejette Rousseau, observant qu'à notre inclination naturelle à faire ce qui nous avantage s'oppose une tendance tout aussi naturelle à éprouver la souffrance des plus fragiles, qu'il appelle la pitié. Si nous sommes capables de vouloir la justice et la protection du plus faible, c'est parce que nous sommes tous capables d'éprouver la pitié, ce sentiment naturel qui défie la logique de l'intérêt personnel.

B. Les inégalités sociales ne sont pas équitables

- Mais si les inégalités ne sont pas légitimées par notre nature, ne le sont-elles pas par le fait que notre richesse ou notre prestige social sont liés à notre travail ? C'est ce qu'établit Locke dans le *Second traité du gouvernement civil* : le travail « fixe ma propriété », autrement dit légitime la propriété privée. S'il est juste que je prive les autres d'un champ, c'est que j'ai labouré et fait fructifier ce champ, ce que tout autre que moi aurait pu faire.

• Pourtant, ma richesse ou ma pauvreté sont-elles toujours proportionnelles à mon travail ou à ma paresse ? Si j'hérite de ce champ, est-ce toujours en vertu de ma responsabilité individuelle ? De fait, si la répartition des richesses ne se fait pas selon le travail personnel mais subsiste à travers les générations, il est difficile de justifier cette répartition par le principe de responsabilité individuelle. C'est ce que souligne Rousseau, en insistant sur l'idée selon laquelle la répartition des richesses doit obéir à un principe de justice, et non reposer sur le hasard des naissances.

[Transition] Mais quel pourrait être ce principe de justice ? À quelles conditions les inégalités sociales et économiques pourraient-elles devenir justes ?

3. Les inégalités ne sont justes qu'à certaines conditions

A. Les inégalités doivent être soumises à la volonté générale

• De fait, les inégalités de richesse existent. Mais toute inégalité n'est ni juste ni injuste en soi : la question est de savoir selon quelles modalités ces inégalités peuvent devenir justes. Dans *Du contrat social*, Rousseau démontre qu'elles peuvent devenir justes à condition de pouvoir être régulées par la communauté des citoyens. Alors seulement nous pouvons considérer qu'elles sont affranchies de la logique des intérêts particuliers, qu'elles obéissent à l'intérêt général et par conséquent qu'elles sont justes.

À NOTER
Dans *Du contrat social*, Rousseau remarque que si notre volonté particulière « tend par sa nature aux préférences », la volonté générale qui anime le citoyen « tend vers l'égalité ».

• Le droit de propriété revient donc à la communauté des citoyens, qui doit pouvoir décider du mode, de l'extension et de la forme de la propriété : « car l'État à l'égard de ses membres est maître de tous leurs biens par le contrat social, qui, dans l'État sert de base à tous les droits. » Dans ce cas seulement, les inégalités sociales, nées de l'idée de la propriété privée, ne sont pas incompatibles avec la justice : le recours à la loi semble être une procédure équitable en soi pour décider si une différence individuelle est juste ou non.

B. Les inégalités sociales doivent obéir à un principe de justice

• Mais comment faire pour freiner notre tendance à la préférence qui creuse sans cesse les inégalités ? Comment concilier inégalités économiques ou sociales et justice ? Dans sa *Théorie de la justice*, John Rawls développe le concept du voile d'ignorance : pour imaginer la société la plus juste possible, dit-il, chacun doit s'efforcer de penser la société

L'AUTEUR
John Rawls (1921-2002).
Rawls développe, dans le contexte des luttes pour les droits civiques aux États-Unis, une œuvre cherchant à concilier le principe des libertés individuelles avec celui d'une solidarité sociale.

PHILOSOPHIE

en ignorant quelle position il occupera dans celle-ci, c'est-à-dire sa classe sociale, son genre, sa couleur de peau, etc. De cette façon, chacun de nous aura intérêt à réduire les inégalités, puisque nous pourrions éventuellement appartenir à la classe sociale la plus basse, être handicapé, etc.

• Rawls définit alors deux principes de justice : premièrement, chaque personne doit avoir un droit égal aux libertés les plus étendues compatibles avec les libertés des autres. Deuxièmement, « les inégalités sociales et économiques doivent être organisées de façon à ce que, à la fois, a) elles apportent aux plus désavantagés les meilleures perspectives (principe de différence) et b) elles soient attachées à des fonctions et à des positions ouvertes à tous, conformément à la juste égalité des chances ». Autrement dit, si les inégalités de droits ne sont jamais justes, seules peuvent l'être des inégalités sociales reposant sur une égalité des chances, qui ne doit pas être un principe mais une réalité.

Conclusion

En définitive, si nous ne sommes pas seulement animés par notre désir d'être supérieurs aux autres mais aussi réticents à l'égalité absolue de nos conditions, certaines inégalités pourraient nous apparaître justes. Mais elles ne pourraient l'être qu'à condition de se conformer à l'intérêt général et de ne pas prendre leur source dans le hasard des naissances, ce qui ne peut être garanti que par un ensemble de dispositifs sociaux qui établiraient dans les faits une stricte égalité des chances.

41 Sujet zéro 2020

Existe-t-il des vérités définitives ?

DISSERTATION

4 heures
20 points

INTÉRÊT DU SUJET • L'histoire des sciences nous montre que même une théorie scientifique tenue pour vraie à une époque peut être, plus tard, remise en cause. La vérité scientifique nous semble pourtant particulièrement stable. Mais alors, quel type de vérité pourrait résister au passage du temps ?

LES CLÉS DU SUJET

Définir les termes du sujet

Existe-t-il

Il s'agit de s'interroger sur la possibilité même, pour certaines vérités, de ne pas être provisoires mais irrévocables, stables pour toujours.

Vérités

• La vérité désigne la correspondance entre l'idée et la chose, c'est-à-dire l'adéquation d'un discours ou d'une représentation à la réalité.

• Elle désigne par ailleurs l'accord de la pensée avec elle-même : on parle alors de vérité logique.

• Le pluriel nous invite à établir une distinction entre différents types de vérités : car si elle peut être établie par les sciences au moyen de la démonstration, de l'expérimentation ou de l'argumentation, la vérité est aussi un enjeu pour l'art, la religion ou pour la vie quotidienne. Les vérités mathématiques se distinguent, par exemple, des vérités d'expérience ou de la vérité révélée par la foi.

Définitives

• Le définitif s'oppose au provisoire : ce terme désigne donc la fin d'un processus de changement.

• Une vérité définitive serait en ce sens une vérité absolue, non soumise à variation, qui resterait une vérité indépendamment du temps, au contraire d'une vérité momentanée, relative au temps.

PHILOSOPHIE

Dégager la problématique

Problématique

- On pourrait penser qu'une vérité n'en est une que si elle est définitive : une vérité qui varierait ne semble pouvoir désigner qu'une erreur.
- Pourtant, si même les vérités scientifiques sont susceptibles d'être remises en cause, est-il possible qu'une vérité persiste à l'identique dans le temps ?

Construire un plan

1. La vérité doit être définitive	• Le discours vrai se distingue de l'opinion et du préjugé, sujets à variations. • Les vérités mathématiques sont le modèle de toute vérité, mais peut-on percevoir définitivement le vrai dans le réel ?
2. La plupart des vérités sont provisoires	• Les vérités issues de notre expérience sont provisoires par nature. • Seules les vérités formelles sont certaines et immuables : mais alors, une idée peut-elle être vraie pour toujours ?
3. Il n'y a que des vérités provisoires	• Même les vérités scientifiques sont susceptibles d'être remises en cause. • Les vérités évoluent tout comme la réalité.

41 CORRIGÉ GUIDÉ

Les titres en couleurs et les indications entre crochets servent à guider la lecture mais ne doivent en aucun cas figurer sur la copie.

Introduction

[Reformulation du sujet] Il s'agit de savoir s'il est possible pour une vérité d'en rester toujours une. On pourrait penser qu'une vérité n'en est une que si elle est définitive. Pourtant, dès lors qu'il existe une histoire des mathématiques, cela ne signifie-t-il pas que toutes les vérités peuvent un jour être remises en cause ? [Définition des termes du sujet] La vérité désigne en un premier sens la correspondance entre l'idée et la chose, c'est-à-dire l'adéquation d'un discours ou d'une représentation à la réalité. On distingue pourtant les vérités formelles propres à la logique des vérités matérielles portant sur la réalité. Le pluriel nous invite d'ailleurs à établir une distinction entre différents types de vérités : les vérités mathématiques se distinguent, par exemple, des vérités d'expérience ou de la vérité révélée, c'est-à-dire de la vérité religieuse. Le définitif s'oppose au provisoire et désigne la fin d'un processus de changement. Une vérité définitive serait donc une vérité absolue, figée, qui resterait une vérité indépendamment du temps. [Problématique] Il s'agit donc de savoir si une vérité peut subsister à l'identique dans le temps : est-il possible de concevoir des vérités permanentes, ou bien n'y a-t-il que des vérités temporaires ?

> À NOTER
> La distinction absolu/relatif est un repère du programme. **Absolu** (du latin *absolutus*, séparé de) signifie indépendant d'un contexte, tandis qu'une chose **relative** est en relation avec un contexte, dépend de lui.

1. La vérité doit être définitive

A. La vérité se distingue de l'opinion ou du préjugé

• Dans un premier temps, on pourrait penser qu'il n'y a de vérité que définitive : quelle serait en effet la valeur d'une vérité qui se donnerait pour provisoire ? Ne serait-elle pas une vérité incertaine, qui pourrait un jour apparaître comme une erreur ?

• De fait, l'idée vraie se distingue de l'opinion, autrement dit le préjugé, idée qui précède l'exercice du jugement, et ne procède donc d'aucun savoir. Si l'opinion est de l'ordre d'une croyance, c'est-à-dire de l'adhésion subjective à une idée tenue pour vraie, l'idée vraie est de l'ordre du savoir, ce qui garantit sa stabilité. La philosophie se construit précisément contre la relativité et la versatilité des opinions qui, parce qu'elles ne sont pas fondées sur le savoir, ne peuvent en aucun cas prétendre à la vérité.

B. Les vérités mathématiques sont le modèle de toute vérité

• Si la vérité doit être définitive, les vérités mathématiques en sont le modèle, dans la mesure où elles sont sans rapport avec la réalité, donc indépendantes du temps. Descartes, dans les *Règles pour la direction de l'esprit*, indique ainsi que les mathématiques doivent être le modèle de toute science, en raison de la certitude absolue de leurs vérités.

• Si les vérités mathématiques sont certaines, si elles échappent à toute remise en cause et donc à toute variation, c'est, dit-il, en raison de leur méthode (la déduction est purement rationnelle, elle ne dépend pas de l'expérience) et de la simplicité de leurs objets (les nombres ou les figures existent dans notre esprit indépendamment de la réalité extérieure). De ce fait, les vérités mathématiques sont immuables puisqu'elles ne dépendent pas des variations éventuelles de la réalité.

[Transition] Mais existe-t-il des vérités définitives en dehors des vérités mathématiques ? Ne pouvons-nous rien penser du réel qui ne soit provisoire ?

PHILOSOPHIE

2. La plupart des vérités sont provisoires

A. Les vérités d'expérience sont précaires sans être des erreurs

Il semble que tout ce que je peux dire de vrai concernant la réalité soit incertain, ou plus précisément à la fois vrai et provisoire. Si la vérité ne se définit pas comme accord de ma pensée avec elle-même (on parle alors de vérité logique, ou vérité-cohérence), elle correspond alors à l'adéquation à la réalité : quand je dis qu'il neige, cette proposition n'est vraie que tant qu'elle correspond à l'état actuel de la réalité. Les vérités portant sur le réel sont donc provisoires : si je dis qu'il neige, il s'agit d'une vérité temporaire, qui n'apparaîtra d'ailleurs pas comme une erreur dès lors que l'état de la réalité se modifiera.

B. Toutes les vérités d'expérience sont seulement probables

- De façon générale, on peut dire que toute représentation se rapportant à l'expérience sensible ne peut être dite vraie que provisoirement. C'est en ce sens que Hume distingue les « vérités de fait » des « vérités de raison ».
- Les vérités mathématiques restent toujours vraies, puisqu'elles n'ont aucun rapport avec la réalité : « Même s'il n'y avait jamais eu de cercle ou de triangle dans la nature, les vérités démontrées par Euclide conserveraient pour toujours leur certitude et leur évidence ».
- En revanche, les vérités de fait sont provisoires, et en ce sens probables. De fait, la proposition « le soleil se lèvera demain » est probablement vraie, puisqu'il en a toujours été ainsi jusqu'à aujourd'hui, et puisque des lois physiques m'expliquent ce phénomène. Mais rien ne garantit l'uniformité du réel, c'est-à-dire que rien ne prouve que ce qui a eu lieu jusqu'ici aura toujours lieu. Tout ce que je peux dire ou penser de la réalité sensible n'est donc que probable, et en ce sens pour toujours provisoire, puisque « le contraire d'un fait quelconque est toujours possible ».

> **À NOTER**
> Est **probable** ce qui est vraisemblable, ce qui a plus de chance d'être vrai que faux. Ce qui est **certain** ne tolère aucun doute.

[Transition] Mais alors, en dehors des vérités formelles, peut-on tenir une seule vérité pour indubitable, impossible à remettre en cause ?

3. Il n'y a que des vérités provisoires

A. Même les vérités scientifiques ont une histoire

- Dans cette perspective, on peut difficilement penser qu'il existe des vérités définitives autres que celles de la logique, qui de fait ne sont pas tributaires des modifications de la réalité. Russell nous rappelle ainsi que les vérités scientifiques elles-mêmes sont prises dans une histoire : penser un progrès des sciences, c'est nécessairement penser les vérités scientifiques comme provisoires. La science « s'attend à ce que des modifications de ses théories actuelles deviennent tôt ou tard nécessaires, et se rend compte que sa méthode est logiquement incapable d'arriver à une démonstration complète et définitive. » En effet, si certaines lois scientifiques ne peuvent pas être remises en cause, elles sont susceptibles d'être modifiées par le développement des outils d'observation ou par de nouvelles découvertes.

• Comme l'explique Kuhn, les théories scientifiques peuvent être bouleversées. Ces « changements de paradigme » qui correspondent à des changements dans l'ordre de nos représentations collectives, nous interdisent de penser qu'une science qui porte sur le réel puisse énoncer une vérité définitive : ces vérités ne sont pas indépendantes du temps, ni de l'évolution de nos représentations et de nos besoins.

L'AUTEUR
Thomas Samuel Kuhn (1922-1996). Kuhn théorise le concept de « changement de paradigme » pour rendre compte de la discontinuité du progrès scientifique.

B. Nos vérités évoluent

• Finalement, si l'idée d'une vérité provisoire nous apparaît problématique, n'est-ce pas parce que nous sommes prisonniers d'une certaine conception de la vérité ? Nous pensons en effet qu'elle doit être « solide », pour reprendre les termes de Bergson, alors que toute vérité est « fluide », c'est-à-dire que ce que nous appelons vérité n'est jamais qu'une affirmation que nous tenons pour vraie selon une certaine perspective nécessaire à notre action.

• De fait, si la vérité est adéquation au réel et que l'état du réel est provisoire, toutes nos vérités ne sont-elles pas appelées à s'adapter à ce caractère mouvant du réel et à nos exigences d'action ? Comme le remarque Weber dans les *Essais sur la théorie de la science*, s'il est possible par exemple de parler de vérités en histoire, « science du réel » qui contrairement aux « sciences de la nature » procède par argumentation, c'est bien dans la mesure où l'historien s'appuie sur une méthode qu'il doit pouvoir présenter. Pourtant, souligne Weber, il n'y a pas de vérité unique en histoire, mais seulement une pluralité d'hypothèses qui se complètent et dont la diversité tient à nos différentes exigences de sens. Autrement dit, l'histoire est bien une science humaine dans la mesure où elle procède d'une certaine méthode et tend à l'objectivité, mais ses vérités restent toujours partielles, à compléter ou à enrichir.

Conclusion

Ainsi, s'il y a des vérités définitives, on ne peut les penser que comme des vérités logiques qui, par définition, ne peuvent pas être remises en cause. Toute autre vérité est provisoire dans le sens où toute vérité portant sur le réel ne s'élabore pas indépendamment de nos besoins. En somme, toute vérité dépend d'une certaine perspective d'action, si bien que même la vérité scientifique doit être envisagée comme une vérité provisoire, toujours à élaborer.

PHILOSOPHIE

42 Sujet zéro 2020

Durkheim, *Les Règles de la méthode sociologique*

EXPLICATION DE TEXTE

4 heures
20 points

INTÉRÊT DU SUJET • Si mon frère me confie un secret et que je le trahis, je sais immédiatement que j'ai mal agi. Ma conscience morale intervient alors, et j'éprouve du remords. Mais d'où vient ce remords ? Est-il produit par ma conscience individuelle, ou n'est-il que le reflet d'une exigence sociale ?

Expliquez le texte suivant :

Quand je m'acquitte de ma tâche de frère, d'époux ou de citoyen, quand j'exécute les engagements que j'ai contractés, je remplis des devoirs qui sont définis, en dehors de moi et de mes actes, dans le droit et dans les mœurs. Alors même qu'ils sont d'accord avec mes sentiments propres et que j'en sens intérieurement la réalité, celle-ci ne laisse pas d'être objective[1] ; car ce n'est pas moi qui les ai faits, mais je les ai reçus par l'éducation. Que de fois, d'ailleurs, il arrive que nous ignorons le détail des obligations qui nous incombent et que, pour les connaître, il nous faut consulter le Code et ses interprètes autorisés ! De même, les croyances et les pratiques de sa vie religieuse, le fidèle les a trouvées toutes faites en naissant ; si elles existaient avant lui, c'est qu'elles existent en dehors de lui. Le système de signes dont je me sers pour exprimer ma pensée, le système de monnaies que j'emploie pour payer mes dettes, les instruments de crédit que j'utilise dans mes relations commerciales, les pratiques suivies dans ma profession, etc., etc., fonctionnent indépendamment des usages que j'en fais. Qu'on prenne les uns après les autres tous les membres dont est composée la société, ce qui précède pourra être répété à propos de chacun d'eux. Voilà donc des manières d'agir, de penser et de sentir qui présentent cette remarquable propriété qu'elles existent en dehors des consciences individuelles.

Émile Durkheim, *Les Règles de la méthode sociologique*, 1895.

1. Ne laisse pas d'être objective : demeure objective.

LES CLÉS DU SUJET

Repérer le thème et la thèse

- Dans ce texte, Durkheim se demande si toutes nos pensées et actions dérivent de nos consciences individuelles.
- Il démontre ici qu'en réalité, à l'origine d'un certain nombre de nos conduites et de nos pensées se trouvent des faits sociaux.

Dégager la problématique

Problématique
- On pourrait penser que nous avons le pouvoir de nous prescrire certaines conduites. Mais est-ce toujours le cas ?
- Ces pensées et actions ne nous sont-elles pas, au fond, dictées par cette réalité extérieure qu'est la société ?

Repérer les étapes de l'argumentation

1. Nos conduites morales sont d'origine sociale (l. 1 à 7)	• Durkheim envisage les actions que nous faisons par devoir : ces comportements sont-ils, comme nous le sentons, prescrits par notre conscience propre ? • Il montre que notre conscience ne fait qu'intérioriser, par l'éducation, des impératifs extérieurs et leur obéir.
2. Les principes de nos actions nous sont extérieurs (l. 7 à 16)	Durkheim avance ensuite deux arguments : • ce qui prouve que ces impératifs nous sont extérieurs, c'est que nous ne les connaissons pas toujours ; • de plus ces impératifs nous préexistent.
3. Les impératifs moraux sont des faits sociaux (l. 16 à 20)	• Durkheim rapproche ces impératifs d'autres institutions sociales comme la langue ou la monnaie. • Tout comme ces réalités sociales qui nous préexistent, les impératifs moraux sont des faits sociaux.

42 CORRIGÉ GUIDÉ

Les titres en couleurs et les indications entre crochets servent à guider la lecture mais ne doivent pas figurer sur la copie.

Introduction

[Question abordée] Dans cet extrait des *Règles de la méthode sociologique*, Durkheim se demande si toutes nos pensées et actions dérivent de nos consciences individuelles. Nous pourrions croire que nous avons le pouvoir de nous prescrire librement certaines conduites. Mais est-ce toujours le cas ? [Thèse] Durkheim démontre ici qu'en réalité, à l'origine d'un certain nombre de nos actions, de nos sentiments et de nos pensées se trouvent des faits sociaux. Autrement dit, des comportements et pensées que nous croyons nôtres, ne sont en réalité qu'un reflet de la société dans laquelle nous vivons. [Problématique et annonce du plan] Pour démontrer cela, Durkheim envisage les conduites que nous adoptons par devoir : sont-elles, comme nous le sentons, fixées par notre conscience propre ? Il montre que notre conscience ne fait qu'intérioriser, par l'éducation, des impératifs extérieurs et leur obéir. Il avance alors deux arguments : ce qui prouve que ces impératifs nous sont extérieurs, c'est que nous n'en connaissons pas le détail et qu'ils nous préexistent. Enfin, Durkheim rapproche ce type d'impératifs d'autres institutions comme la langue ou la monnaie. Tout comme ces réalités sociales qui préexistent à l'usage que j'en fais, les impératifs moraux sont des faits sociaux.

1. Nos conduites morales sont d'origine sociale

A. Nos devoirs sont définis en dehors de nous

• Dans un premier temps, Durkheim démontre qu'une grande partie des conduites que nous croyons dictées par notre conscience sont d'origine sociale. Le texte s'ouvre sur trois exemples d'actions que nous faisons par « devoir », c'est-à-dire selon des règles qui circonscrivent nos obligations.

• De fait, les statuts de « frère », « d'époux » ou encore de « citoyen » impliquent l'obéissance à des codifications fines : je serai ainsi un bon frère si je respecte les règles de la solidarité familiale. Ainsi, la fraternité est un statut mais exige que je conforme ma conduite à certains principes généraux qui me sont extérieurs, dans la mesure où je ne les ai pas élaborés. En l'occurrence, ces principes sont définis par les « mœurs », c'est-à-dire les coutumes.

• En tant qu'époux ou en tant que citoyen, ces principes sont définis par le droit, c'est-à-dire l'ensemble des lois juridiques qui déterminent, dans une société et à un moment donnés, ce qu'il m'est prescrit ou interdit de faire. Pourtant, si je trahis mon frère, ma conscience interviendra, j'en concevrai du remords. De fait, je n'ai pas l'impression d'agir par contrainte quand je me conforme à mes obligations. Mais cela signifie-t-il que les principes d'actions du bon frère sont définis par ma conscience ?

B. Notre conscience les intériorise par l'éducation

• Durkheim fait alors apparaître l'origine de cette illusion : c'est, dit-il, que je « sens », quand je trahis mon frère, que j'agis mal. Ma conscience morale se révolte, si bien que, puisque je « sens intérieurement » ce que je devrais faire, je pourrais en conclure que les règles à suivre sont définies par moi.

• À cette subjectivité du sentiment, Durkheim oppose alors l'objectivité de ces règles : le fait qu'elles correspondent à mes sentiments ne signifie pas que je les ai produites. Cela implique en revanche qu'elles ont été inscrites en moi par l'« éducation », ce processus de formation qui peu à peu va me faire intérioriser des règles sociales extérieures à moi. Ainsi, mes devoirs de frère, de citoyen ou d'époux ne sont pas « faits » par moi mais « reçus » en vertu de mon éducation : si j'éprouve une souffrance en transgressant ces règles, c'est que je les ai intériorisées.

> **À NOTER**
> Est dit **objectif** ce qui se rapporte à un objet, sans dériver de ma **subjectivité**, c'est-à-dire de l'ensemble des sentiments, valeurs, goûts, qui me sont propres.

[Transition] Mais si les principes de mes actions coïncident avec ce que j'éprouve en mon for intérieur, qu'est-ce qui prouve que ce n'est pas ma conscience qui les a produits ?

2. Les principes de nos actions nous sont extérieurs

A. Nous ne les connaissons pas toujours

• Dans un deuxième temps de sa démonstration, Durkheim expose deux arguments visant à prouver que les principes de nos actions nous sont bien souvent extérieurs, même si nous les éprouvons comme des réalités intimes.

• Tout d'abord, il arrive parfois que nous ne connaissions pas le « détail » de ces règles. Il peut exister un écart entre notre sentiment d'agir comme un bon fils et les règles de droit relatives à ce statut, puisque je peux un jour découvrir que j'enfreins l'une de ces règles que je ne connaissais pas. Peu de gens savent, par exemple, que la loi les oblige à subvenir aux besoins de leurs parents s'ils sont dans le besoin. C'est là la preuve que ces règles d'action dont je pouvais croire qu'elles émanaient de mon cœur ou de ma conscience sont en réalité définies indépendamment de moi, et donc par la société.

B. Ils nous préexistent

• Outre le fait que nous ne connaissons pas tout des obligations liées à nos divers statuts sociaux, une deuxième observation nous prouve que les règles de nos actions ne nous sont pas dictées par notre conscience : c'est, dit Durkheim, que ces règles nous préexistent.

• Il s'appuie alors sur les principes religieux. Bien sûr, si je suis croyant et que je transgresse un commandement, ma conscience morale se révoltera. Mais là encore, est-ce parce que je viole une règle d'action qui m'est propre ? En réalité, ces commandements existent depuis des siècles à l'extérieur de ma conscience et me survivront. De la même façon que mon comportement de frère est « reçu », les règles religieuses qui me servent de principes sont « toutes faites », c'est-à-dire que je n'ai aucune part dans leur élaboration.

> **▶ Le conseil de méthode**
> Vous devez toujours, quand vous citez des termes ou des distinctions dans le cours de votre devoir, les définir, et vous appuyer sur ces définitions pour expliquer le texte.

[Transition] Mais alors, comment se fait-il que ma conscience morale me rappelle si souvent des règles qui sont pourtant extérieures à moi ?

3. Les impératifs moraux sont des faits sociaux

A. Les institutions sociales sont indépendantes de notre usage

- Enfin, Durkheim conclut sa démonstration en rapprochant les actions effectuées par devoir, conformément aux règles juridiques ou morales propres à un statut, des actions faites dans le cadre d'autres institutions sociales.
- Il prend l'exemple des langues, de la monnaie, du crédit ou des pratiques professionnelles. Les langues ne sont pas faites par nous, elles nous sont extérieures. Ainsi, si je me sers d'une réalité instituée par la société, cela ne signifie pas pour autant que je l'ai produite. De la même façon que je me sers d'une langue, système de signes qui me préexiste, pour exprimer mon intériorité, j'intériorise certaines règles d'action qui me sont pourtant extérieures.

> **DÉFINITION**
> Un **fait social** se caractérise d'abord selon Durkheim par son origine, il provient de la société, et non de la conscience des individus et de leurs libres choix.

B. La société nous détermine

La société ne nous détermine donc pas seulement à agir en nous contraignant, mais aussi en produisant des « manières d'agir, de penser et de sentir » dont nous croyons qu'elles proviennent de nous. Les règles de nos actions sont définies socialement, intériorisées et dès lors contenues dans nos consciences individuelles, qui régulièrement nous les rappellent. Ces manières d'agir existent donc en dehors de nous, bien que nous les éprouvions comme appartenant à la vie intérieure de notre conscience.

Conclusion

En définitive, si nous avons parfois mauvaise conscience en violant une règle d'action correspondant à l'un de nos rôles sociaux, il faut en déduire que nous avons intériorisé une règle extérieure, définie socialement. Nos obligations relèvent donc du « fait social » tel qu'il est défini par Durkheim, à savoir une réalité existant hors de ma conscience individuelle et me prescrivant des façons d'agir, de penser ou de sentir, sans que j'en aie conscience.

Arendt, *La Crise de la culture*

EXPLICATION DE TEXTE

4 heures
20 points

INTÉRÊT DU SUJET • Pour quelles raisons *La Joconde* nous fascine-t-elle à ce point ? Au-delà de la dimension historique et esthétique de l'œuvre, ce que nous entrevoyons dans le regard de Mona Lisa, n'est-ce pas l'éternité d'une œuvre qui subsistera bien longtemps après notre mort ?

Expliquez le texte suivant :

Parmi les choses qu'on ne rencontre pas dans la nature, mais seulement dans le monde fabriqué par l'homme, on distingue entre objets d'usage et œuvres d'art ; tous deux possèdent une certaine permanence qui va de la durée ordinaire à une immortalité potentielle dans le cas de l'œuvre d'art. En tant que tels, ils se distinguent d'une part des produits de consommation, dont la durée au monde excède à peine le temps nécessaire à les préparer, et d'autre part, des produits de l'action, comme les événements, les actes et les mots, tous en eux-mêmes si transitoires qu'ils survivraient à peine à l'heure ou au jour où ils apparaissent au monde, s'ils n'étaient conservés d'abord par la mémoire de l'homme, qui les tisse en récits, et puis par ses facultés de fabrication. Du point de vue de la durée pure, les œuvres d'art sont clairement supérieures à toutes les autres choses ; comme elles durent plus longtemps au monde que n'importe quoi d'autre, elles sont les plus mondaines des choses. Davantage, elles sont les seules choses à n'avoir aucune fonction dans le processus vital de la société ; à proprement parler, elles ne sont pas fabriquées pour les hommes, mais pour le monde, qui est destiné à survivre à la vie limitée des mortels, au va-et-vient des générations. Non seulement elles ne sont pas consommées comme des biens de consommation, ni usées comme des objets d'usage : mais elles sont délibérément écartées des procès de consommation et d'utilisation, et isolées loin de la sphère des nécessités de la vie humaine.

Hannah Arendt, *La Crise de la culture*, 1968.

PHILOSOPHIE

La connaissance de la doctrine de l'auteur n'est pas requise. Il faut et il suffit que l'explication rende compte, par la compréhension précise du texte, du problème dont il est question.

LES CLÉS DU SUJET

Repérer le thème et la thèse

- Hannah Arendt s'interroge ici sur la spécificité de l'œuvre d'art.
- Elle démontre que la singularité et la supériorité de l'œuvre d'art tiennent à ce qu'elle incarne une forme de défi humain adressé au temps, en raison même de son inutilité.

Dégager la problématique

Problématique

- On pourrait penser que l'œuvre d'art est un objet artificiel comme les autres, issu des techniques et du travail humain.
- Mais n'est-elle pas le seul objet artificiel qui résiste au passage du temps ? Et comment expliquer cela ?

Repérer les étapes de l'argumentation

1. La spécificité de l'œuvre d'art parmi les objets artificiels (l. 1 à l. 11)	• Arendt établit d'abord la singularité de l'œuvre d'art, en répartissant les objets produits par l'homme en quatre catégories correspondant à quatre types d'inscriptions dans le temps : l'œuvre d'art se distingue de l'« objet d'usage », mais aussi des « produits de consommation » et des « produits de l'action ». • Mais comment expliquer que l'œuvre d'art soit plus durable que n'importe quel objet ?
2. La supériorité de l'œuvre d'art (l. 11 à l. 22)	De là, elle établit la supériorité essentielle de l'œuvre d'art, en énonçant les raisons pour lesquelles elle est plus durable que tout autre objet : c'est, dit Arendt, que l'œuvre d'art est inutile dans la perspective de notre survie comme de notre vie pratique. Étrangère au monde du besoin, elle ne s'épuise pas dans la satisfaction qu'elle procure.

43 CORRIGÉ GUIDÉ

Les titres en couleurs et les indications entre crochets servent à guider la lecture mais ne doivent en aucun cas figurer sur la copie.

Introduction

[Question abordée] Dans cet extrait de *La Crise de la culture*, Arendt s'interroge sur la spécificité de l'œuvre d'art. En tant que produit de l'art humain – *ars*, en latin, signifie technique –, on pourrait penser que l'œuvre d'art est un objet artificiel comme un autre, dont la spécificité tiendrait simplement à sa vocation esthétique.

> **DÉFINITION**
> L'art désigne au sens large l'ensemble des productions humaines. L'œuvre d'art, plus spécialement, est l'œuvre propre aux beaux-arts, c'est-à-dire aux créations marquées par leur vocation esthétique.

[Problématique] Mais n'est-elle pas le seul objet artificiel qui résiste au passage du temps ? Et comment expliquer cela ? [Thèse] Arendt démontre que ce qui fait la supériorité de l'œuvre d'art tient à son inscription dans le temps : elle incarne un défi humain adressé au temps. Cela s'explique par son inutilité, à savoir son détachement essentiel vis-à-vis du monde du besoin et des nécessités de la vie. [Annonce du plan] Pour démontrer cela, Arendt part d'un examen des objets artificiels, répartis en quatre genres correspondant à quatre types d'inscriptions dans le temps. Mais comment expliquer que l'œuvre d'art soit plus durable que n'importe quel objet ? De là, Arendt établit la supériorité de l'œuvre d'art. C'est, dit-elle, que l'œuvre d'art est inutile dans la perspective de notre survie comme de notre vie pratique. Étrangère au monde du besoin, elle ne s'épuise pas dans la satisfaction qu'elle procure.

1. La spécificité de l'œuvre d'art parmi les objets artificiels

A. Œuvres d'art et objets d'usage

• Qu'est-ce qui fait la spécificité de l'œuvre d'art ? Arendt ouvre sa démonstration sur une analyse large du champ des objets artificiels auquel appartient l'œuvre d'art, c'est-à-dire de ces objets issus des techniques et savoir-faire humains. À ceux-ci s'opposent les objets naturels, à savoir l'ensemble des objets non produits et non modifiés par l'homme. Parmi les objets artificiels, observe-t-elle, deux objets sont marqués par une certaine « permanence », autrement dit, par une inscription durable dans le temps. Les « objets d'usage », dont on se sert pour des besoins pratiques – une chaise, un vêtement –, disposent en effet d'une certaine durée : ils ne disparaissent pas lorsque nous nous en servons, mais, comme leur nom l'indique, ils s'usent, c'est-à-dire qu'ils offrent une résistance durable bien que passagère au temps, puisqu'il faudra des mois ou des années avant qu'ils deviennent impropres à remplir leur fonction.

• De cette « durée ordinaire » des objets à vocation pratique, Arendt distingue cependant l'« immortalité potentielle » auxquelles tendent les œuvres d'art. Le terme peut sembler énigmatique, puisqu'une œuvre d'art ne vit et ne meurt pas. Cependant, cette œuvre, créée par l'homme, ne disparaît pas avec lui, et, de ce fait, peut apparaître comme une trace d'immortalité. Ce qui explique cela, c'est qu'un tableau, par exemple, n'a aucune valeur pratique : puisqu'on ne s'en sert pas, on ne peut donc l'user. Si son « immortalité » est « potentielle » (il n'est pas conçu en vue d'un certain usage, mais peut, au cours du temps, être détruit, perdu, oublié), il n'en reste pas moins que conservé, c'est-à-dire préservé de l'action érosive du temps et des hommes, il n'a en soi aucune raison de s'user, et, à terme, de disparaître.

B. Produits de consommation et produits de l'action

• Arendt distingue alors ces objets durables de deux autres types de productions humaines, marquées, *a contrario*, par leur caractère éphémère. Les « produits de consommation » ont en effet une durée d'existence très réduite, puisqu'ils sont voués à la consommation : or, consommer, c'est détruire, faire disparaître une chose.

• Les « produits de l'action », eux, ne doivent leur inscription dans le temps qu'à la faculté humaine d'en conserver la trace. Arendt donne trois exemples de ceux-ci : « les événements, les actes et les mots » disparaissent aussitôt qu'ils ont surgi. Autrement dit, ce que je dis disparaît dès que je l'ai dit, et ne doit son inscription durable qu'au fait qu'une personne l'aura écrit ou conservé d'une quelconque manière. Ce n'est ainsi que ressaisi dans le discours de l'historien qu'un événement historique pourra trouver une forme de permanence.

[Transition] En établissant une distinction entre les objets artificiels susceptibles de durer et ceux qui en tant que tels ne durent pas, Arendt met en évidence une hiérarchie des productions humaines selon une perspective temporelle. De fait, l'œuvre d'art est le seul objet artificiel qui prétend s'éterniser. Mais comment expliquer cela ?

▶ **Le conseil de méthode**

Le correcteur évalue votre capacité à mettre en évidence la progression du raisonnement : il faut donc faire des transitions pour montrer quelle question reste en suspens à ce point de l'argumentation.

2. La supériorité de l'œuvre d'art

A. L'œuvre d'art s'adresse au monde

• C'est précisément à cette question qu'Arendt entreprend de répondre dans un second temps de sa démonstration. À quoi tient le fait que seule l'œuvre d'art tende à l'immortalité ? Comment expliquer sa supériorité essentielle ? À la différence quantitative établie précédemment entre l'œuvre d'art et les autres objets artificiels (sa durée est supérieure à celle des autres), Arendt ajoute alors une perspective qualitative : autrement dit, la différence entre l'œuvre d'art et toute autre production humaine n'est pas seulement de degré, mais de nature. C'est que l'œuvre d'art est, parmi elles, la seule qui s'adresse au « monde », et non aux « hommes ».

• Les œuvres d'art, dit-elle, sont « les plus mondaines des choses ». Mais que signifie cette étrange expression ? Si l'homme mondain est celui qui fréquente la bonne société, Arendt prête ici au terme une tout autre signification : dire que l'œuvre d'art tient sa supériorité du fait qu'elle est la plus « mondaine » des choses, c'est dire qu'elle ne s'adresse pas aux « hommes » – dont l'existence est très réduite dans le temps –, mais au « monde », c'est-à-dire à ce qui subsiste au-delà de la mort des hommes et des générations auxquelles ils appartiennent.

• En d'autres termes, l'artiste ne s'adresse pas avant tout aux hommes de son époque ni à ceux de la suivante, et son œuvre ne l'empêchera pas, lui, de mourir : il s'adresse à l'ensemble des générations, à ce qui subsiste par-delà les naissances et les morts. Le monde, en ce sens, est constitué par l'ensemble des œuvres qui sont la marque de l'esprit humain, et se distingue en cela de la nature, ou monde naturel.

B. L'œuvre d'art appartient à la sphère de la liberté

• Mais d'où l'œuvre d'art tient-elle cette capacité à faire monde ? Arendt rappelle alors que les œuvres d'art ne peuvent être usées, ni consommées. En d'autres termes, elles n'ont pas de fonction pratique, et ne disparaissent pas dans la satisfaction qu'elles nous procurent. Et ce qui explique cela, c'est qu'elles sont par essence étrangères à la « sphère des nécessités de la vie humaine » : elles sont inutiles en ce sens qu'elles ne nous permettent ni de survivre, ni de vivre plus facilement. Bien sûr, on peut pervertir une œuvre d'art en l'instrumentalisant, en la consommant : mais écouter de la musique pour courir, est-ce se rapporter à elle en tant qu'œuvre d'art ? Comme le remarque Bergson, c'est bien parce que l'œuvre d'art nous affranchit du

> **À NOTER**
> L'art, dit Bergson dans *Le Rire*, « n'a d'autre objet que d'écarter les symboles pratiquement utiles, les généralités socialement acceptées, enfin tout ce qui nous masque la réalité, pour nous mettre face à face avec la réalité même ».

PHILOSOPHIE

critère de l'utile selon lequel nous découpons ordinairement le réel qu'elle modifie notre perception et nous bouleverse.

• De fait, l'œuvre d'art est en soi étrangère au monde de la nécessité qu'est le monde naturel. Ce qui est nécessaire, c'est ce sans quoi nous ne pouvons pas être : la « sphère de la nécessité » désigne ainsi celle du besoin, qui nous renvoie à notre animalité, en ce qu'elle nous inscrit dans la répétition et dans la cyclicité propres à la vie biologique. Le « monde » – fait de nos œuvres – s'élève ainsi au-delà du monde naturel dans lequel nous sommes pourtant inscrits en tant qu'hommes, rivés à la nécessité de satisfaire leurs besoins, de consommer pour produire. Et c'est bien notre capacité à créer des œuvres d'art qui nous émancipe de ce cycle permanent du besoin, et signe notre liberté, comprise comme pouvoir de nous affranchir de la nécessité ou de la seule vie biologique.

Conclusion

Ainsi, c'est par l'œuvre d'art que se constitue un monde proprement humain : c'est par elle que nous nous détachons de notre seule vie biologique, à laquelle toutes nos autres productions, aussi ingénieuses soient-elles, nous relient. Et c'est bien en cela qu'elle apparaît comme un défi adressé au passage du temps : si elle n'empêche personne de mourir, elle est du moins le signe d'une permanence des hommes au travers des cycles de la vie. Dès lors, c'est bien l'inutilité de nos œuvres d'art qui en fait la valeur.

4 AUTRES SUJETS POUR S'ENTRAÎNER

- En quel sens peut-on parler d'un travail de l'artiste ?
- Les œuvres d'art éduquent-elles notre perception ?
- À quoi bon expliquer une œuvre d'art ?
- L'art n'est-il pas qu'un divertissement ?

▶ Retrouvez les corrigés sur annabac.com

Doit-on tout faire pour être heureux ?

DISSERTATION

4 heures
20 points

INTÉRÊT DU SUJET • Mes études exigent parfois que je renonce à mon plaisir immédiat. Je sais bien, alors, que je ne me sacrifie pas, mais que je résiste à de petits plaisirs en vue d'obtenir un plus grand bonheur. Mais pourquoi la quête du bonheur devrait-elle l'emporter sur tout le reste ?

LES CLÉS DU SUJET

Définir les termes du sujet

Devoir

« Doit-on ? » peut signifier « a-t-on le devoir ? » ou « est-il bon de ? ». Cela suppose qu'on ait le choix : il s'agit donc d'une question morale, qui implique que l'on justifie ce choix.

Tout faire

• « Tout faire » signifie « faire tout ce qu'il nous est possible de faire, en vertu de nos forces et de nos capacités ».

• Cela peut également signifier « faire n'importe quoi ». En ce sens, la question signifie : doit-on employer tous les moyens, quels qu'ils soient, pour parvenir à cette fin ?

Bonheur

• Étymologiquement, bonheur vient de *augurium*, qui en latin signifie « chance » : le bonheur nous adviendrait par hasard, indépendamment de notre volonté ou de nos mérites.

• S'il est impossible de définir les conditions du bonheur, puisque les mêmes choses ne nous rendent pas tous heureux, on peut en revanche définir le bonheur comme un sentiment de satisfaction durable, distinct, en cela, du bien-être qui ne désigne que la sensation de satisfaction ponctuelle du corps.

Dégager la problématique

Problématique

A priori, il semble paradoxal de faire de la quête du bonheur un impératif. N'avons-nous pas naturellement tendance à tout faire pour être heureux ?

Pourtant, la fin – le bonheur – justifie-t-elle les moyens – tout ce que nous pourrions faire en vue de l'obtenir ?

Construire un plan

1. On ne doit pas tout faire pour être heureux	La quête du bonheur ne peut faire l'objet d'un impératif : cet impératif serait vain et par ailleurs absurde, puisque le bonheur ne dépend pas de nous et que son contenu est variable.
2. On ne doit pas faire n'importe quoi pour être heureux	Pourtant, agir sans règle, en nous livrant aveuglément à nos passions et à nos impulsions immédiates, nous détourne du bonheur. Il est donc bon pour nous d'adopter des principes de conduites nous permettant de l'obtenir.
3. On doit faire tout ce qui est en notre pouvoir pour être heureux	Nous devons donc faire tout ce qui est en notre pouvoir pour réguler nos conduites en vue d'obtenir cette fin ultime qu'est le bonheur : agir de cette manière, c'est être fidèle à soi.

44 CORRIGÉ GUIDÉ

Les titres en couleurs servent à guider la lecture et ne doivent en aucun cas figurer sur la copie.

Introduction

[Reformulation du sujet] Il s'agit ici de se demander s'il est impératif d'ordonner notre vie à la visée du bonheur. *A priori*, il peut sembler paradoxal de faire de la quête du bonheur un impératif : ne le recherchons-nous pas naturellement ? [Définition des termes du sujet] « Doit-on ? » peut signifier : « a-t-on le devoir ? », ou « est-il bon de ? ». « Tout faire » signifie : « faire tout ce qu'il nous est possible de faire, en vertu de nos forces et de nos capacités », ou encore « faire n'importe quoi ». Le bonheur est un sentiment de satisfaction durable, distinct en cela du bien-être, qui ne désigne, lui, que la sensation de satisfaction ponctuelle du corps. Ce terme vient du latin *augurium*, qui signifie

« chance » : le bonheur – comme le malheur, d'ailleurs – nous adviendrait par hasard, indépendamment de notre volonté. [Problématique] Mais alors, ne serait-il pas absurde de tout faire pour devenir heureux ? Et, à supposer que nous puissions faire notre propre bonheur, sa poursuite justifie-t-elle toutes les actions entreprises en vue de l'obtenir ? [Annonce du plan] Nous verrons d'abord qu'on ne doit pas tout faire pour être heureux dans la mesure où la quête du bonheur ne peut faire l'objet d'un impératif. Mais si la poursuite du bonheur ne peut pas justifier tous nos actes, si en ce sens nous ne devons pas faire n'importe quoi pour être heureux, pourtant ne devons-nous pas faire tout notre possible pour l'être ?

1. On ne doit pas tout faire pour être heureux

A. Le bonheur ne dépend pas de nous

• Dans un premier temps, on pourrait penser qu'on ne doit pas tout faire pour être heureux dans la mesure où ordonner toutes nos actions à la poursuite du bonheur pourrait sembler absurde.

• En effet, si, comme son étymologie l'indique, le bonheur ne dépend pas de nous, s'il ne dépend pas de nos efforts ni de notre volonté, mais du hasard et de la chance, alors tout ce que nous ferions en vue de l'obtenir serait vain. Si le bonheur nous advient de façon accidentelle, sans résulter de nos efforts ni de notre vertu, alors il ne saurait devenir le but de notre vie, auquel nous devrions ordonner tous nos actes.

B. Le bonheur ne doit pas être le but de notre vie

• C'est précisément ce que remarque Kant : le bonheur nous advient ou non, indépendamment de ce que nous faisons. De fait, nous pouvons être vicieux et heureux, comme vertueux et malheureux. Par conséquent, le bonheur ne saurait être le but de notre vie et le principe de nos actions, puisque la poursuite du bonheur peut nous incliner indifféremment au vice comme à la vertu.

• Si « tout faire », c'est faire le bien comme le mal, alors nous ne pouvons en aucun cas avoir l'obligation morale de tout faire pour être heureux. Un devoir est en effet une obligation morale, et aucun impératif moral ne pourrait nous prescrire, sans contradiction, de faire le bien comme le mal.

• La seule chose que nous *devons* faire, dit Kant, ce qu'il est en notre pouvoir de faire et ce qui peut être une obligation morale pour nous, c'est d'écouter notre raison, faculté morale propre à l'homme, afin de réaliser notre humanité en devenant vertueux. Par conséquent, nous devons tout faire pour être vertueux, y compris sacrifier, si besoin est, notre bonheur à cette quête morale.

À NOTER
Nous deviendrons alors, pour reprendre l'expression de Kant, « digne d'être heureux » : autrement dit, si l'homme vertueux n'est pas nécessairement heureux, il aura du moins la certitude, qu'il soit heureux ou non, de mériter le bonheur.

[Transition] Pourtant, le bonheur ne peut-il en aucun cas être un but pour nous ? N'y a-t-il aucun moyen de l'obtenir, ne dépend-il pas du tout de nos efforts ? Et, finalement, est-il si sûr que la poursuite du bonheur nous incline nécessairement à faire n'importe quoi ?

2. On ne doit pas faire n'importe quoi pour être heureux

A. Le vice rend malheureux

• Dans un second temps, on peut pourtant se demander s'il est vrai que le bonheur advient indépendamment de nos efforts, et s'il est certain que le vice comme la vertu puissent nous conduire au bonheur. Que l'on ne doive pas faire « tout et n'importe quoi », c'est-à-dire que l'on ne doive pas emprunter les chemins du vice pour parvenir au bonheur, c'est précisément ce que démontre Rousseau dans la *Lettre à M. d'Offreville*, en établissant le caractère fallacieux de l'idée d'un bonheur obtenu par le vice.

• S'il n'est pas suffisant, dit Rousseau, de faire le bien pour être heureux – le bonheur dépendant pour une bonne part de l'obtention de biens qui ne dépend pas de notre conduite morale –, faire le bien procure pourtant une satisfaction, condition nécessaire d'accès au bonheur. Celui qui fait le mal, dit Rousseau, ne peut jouir que d'un faux bonheur et se trouve incapable de supporter les maux. En ce sens, on peut donc dire qu'il est insensé de faire n'importe quoi si l'on veut être heureux : ce que nous interdit le vice, c'est la possibilité même de jouir d'un vrai bonheur.

B. La poursuite du bonheur implique d'être vertueux

• Que la poursuite du bonheur ne doive pas nous porter à faire n'importe quoi, c'est encore ce que démontre Spinoza, en définissant la vertu comme le fait de se conformer à ce que veut notre nature, et le vice comme le fait de tourner le dos à ce que veut notre nature. Mais que veut notre nature ?

• Notre nature veut que nous conservions et développions notre être, dit Spinoza. Or, le bonheur, dit-il, « consiste pour l'homme à pouvoir conserver son être ». Ainsi, pour obtenir le bonheur, nous devons nous écarter des passions tristes, qui diminuent notre puissance d'agir. Si la nature nous pousse à chercher le bonheur, elle nous pousse à chercher notre utile propre, qui coïncide avec celui d'autrui : pour devenir heureux, il est donc nécessaire d'adopter des principes moraux qui ne sont pas contraignants mais nécessaires pour réaliser notre bonheur.

[Transition] Mais alors, si nous voyons ce qu'il nous faut éviter pour devenir heureux, savons-nous aussi ce qu'il faut faire ? Que nous est-il possible de faire pour obtenir le bonheur ? Est-il si certain qu'il ne soit pas entièrement en notre pouvoir ?

3. On doit faire tout ce qui est en notre pouvoir pour être heureux

> ▶ **Le secret de fabrication**
> Les deux dernières parties s'appuient sur le double sens de la formule « tout faire », qui signifie à la fois « faire n'importe quoi » (y compris le mal) et « faire ce qui est en notre pouvoir ». Selon le sens retenu, la réponse à la question s'inverse.

A. Le bonheur est le but de notre vie

• S'il est faux de croire que faire tout et n'importe quoi, y compris le mal, nous procurera le bonheur, il est en revanche tout à fait justifié de mettre toutes nos forces au service de cette quête.

• C'est en particulier ce qu'indique Épicure : nous devons tout mettre en œuvre pour devenir heureux, d'une part parce que le bonheur est l'ultime fin, le plus grand bien pour nous, ce que nous indique la nature en nous poussant spontanément à le rechercher. D'autre part parce que nous pouvons tous devenir heureux, à condition, précisément, de ne pas céder aux diverses passions liées à notre ignorance.

L'AUTEUR
Épicure
(341 av. J.-C. –270 av. J.-C.).
Fondateur du Jardin, Épicure affirme que le bonheur est le souverain bien, et que toute connaissance est subordonnée à l'éthique, qui est le moyen de l'obtenir.

B. Il existe une méthode du bonheur

• Dans la *Lettre à Ménécée*, Épicure développe ainsi une méthode du bonheur, nommée *tetrapharmakos* (quadruple remède), qui entend nous apprendre à accéder à un bonheur défini comme *ataraxie*, c'est-à-dire « absence de troubles ». Que faut-il faire pour être heureux ?

• La première condition d'accès au bonheur, dit-il, est de combattre les craintes qui nous empêchent de bien vivre. Ces craintes fondamentales (des dieux, de la mort) reposent en premier lieu sur une ignorance à laquelle il est possible de remédier par la philosophie, entendue comme « soin de l'âme », médecine qui s'appuie sur la connaissance pour nous délivrer des troubles. Une fois débarrassés des craintes, nous pourrons combattre l'illimitation du désir (qui nous jette bien souvent dans de faux plaisirs et nous voue à la souffrance) et notre incapacité à endurer la douleur. Enfin, nous pourrons apprendre à agir selon un calcul des plaisirs et des peines, en vue d'obtenir le plus grand bonheur.

• Ainsi, il est bon de faire tout ce qu'il nous est possible de faire pour être heureux, non seulement parce que le bonheur est ce pour quoi nous sommes faits, mais parce qu'il est en notre pouvoir d'apprendre à devenir heureux.

Conclusion

En définitive, on peut dire que si la poursuite du bonheur ne peut pas faire l'objet d'un devoir au sens d'obligation morale, elle apparaît pourtant comme une quête légitime. Il est faux de dire qu'il faille faire tout et n'importe quoi pourvu qu'on atteigne le bonheur, puisque la conduite déréglée, l'action sans principe, nous plonge dans l'incertitude et le malheur. En revanche, il convient de mettre toutes nos forces au service de la recherche du bonheur, en ce qu'il est la fin ultime que la nature nous donne les moyens d'atteindre.

2 AUTRES SUJETS POUR S'ENTRAÎNER

- Peut-on se tromper en se croyant heureux ?
- Explication d'un extrait du *Discours sur l'origine et les fondements de l'inégalité parmi les hommes*, de Rousseau

▶ Retrouvez les corrigés sur annabac.com

Kant, *Critique de la raison pure*

EXPLICATION DE TEXTE

4 heures
20 points

INTÉRÊT DU SUJET • La conscience est le propre de l'homme. Elle fonde l'unité de la pensée et de la vie d'un individu. Elle fait de chacun de nous un sujet qui peut dire « je », un sujet responsable de sa pensée et de ses actes.

Expliquez le texte suivant :

Le : *je pense* doit nécessairement *pouvoir* accompagner toutes mes représentations ; car, si tel n'était pas le cas, quelque chose serait représenté en moi qui ne pourrait aucunement être pensé – ce qui équivaut à dire que la représentation ou bien serait impossible, ou bien ne serait du moins rien pour moi. La représentation qui peut être donnée avant toute pensée s'appelle intuition. Donc, tout le divers de l'intuition entretient une relation au : *je pense,* dans le *même sujet* où ce divers se rencontre.

[…] Je l'appelle l'*aperception pure* pour la distinguer de l'aperception empirique, ou encore l'*aperception originaire* parce qu'elle est cette conscience de soi qui, en produisant la représentation : *je pense*, laquelle doit pouvoir accompagner toutes les autres et est une et identique dans toute conscience, ne peut être accompagnée d'aucune autre.

Emmanuel Kant, *Critique de la raison pure*, I, 2,
trad. Alain Renaut, Flammarion, 2006.

La connaissance de la doctrine de l'auteur n'est pas requise. Il faut et il suffit que l'explication rende compte, par la compréhension précise du texte, du problème dont il est question.

LES CLÉS DU SUJET

Repérer le thème et la thèse

• Identifiez l'**opposition entre le vocabulaire de l'expérience sensible** (« représentations », « intuition », « divers », « empirique ») **et celui de la conscience** (« je pense », « aperception », « pour moi », « même sujet »,

« pure », « originaire », « une et identique »). Les mots mis en italique par l'auteur vous aideront beaucoup.

- Les termes « intuition », « aperception empirique » ou « représentation » sont l'équivalent des perceptions sensibles immédiates données aux sens avant la conscience.
- Dans quelle mesure faut-il **distinguer l'aperception pure de l'aperception empirique** ? Les perceptions se suffisent-elles à elles-mêmes ou supposent-elles autre chose pour les unifier ? D'où vient la conscience et pourquoi est-elle nécessaire ?
- Il faut veiller à ne pas confondre « perceptions » et « aperception » : les perceptions sont multiples, sensibles et dispersées ; l'aperception est une, *a priori,* et unificatrice. L'aperception est la manière de saisir les perceptions d'un point de vue unifiant.

Dégager la problématique

Problématique

- Kant interroge le rapport entre conscience et perceptions sensibles, entre unité du sujet et diversité des perceptions. Que se passerait-il s'il n'y avait pas d'unité des perceptions ?
- Comment unifier notre connaissance au-delà de la dispersion des sensations ? En supposant une unité d'aperception préalable à l'expérience, l'auteur s'oppose à l'empirisme de Hume.

Repérer les étapes de l'argumentation

1. Sans un « je pense », aucune pensée n'est possible (l. 1 à l. 6)	• Si l'on raisonnait par l'absurde, que se passerait-il si les représentations sensibles (couleurs, goûts, formes) étaient seules, livrées à elles-mêmes ? • Repérez les implications et les conséquences absurdes de cette hypothèse.
2. Le « je pense » est la condition de notre connaissance (l. 6 à l. 7)	• Repérez le connecteur logique qui annonce la thèse. • En quoi cette thèse apparaît-elle comme le résultat d'une démonstration ? • Quel rapport entre le divers sensible et le « je pense » est affirmé ?
3. L'aperception pure conditionne l'aperception empirique (l. 8 à l. 12)	• Expliquez le vocabulaire technique utilisé : « aperception pure », « originaire »… • Quel est le rôle du « je pense » et que signifie ici le verbe « accompagner » ?

45 CORRIGÉ GUIDÉ

Les titres en couleurs et les indications entre crochets servent à guider la lecture mais ne doivent en aucun cas figurer sur la copie.

Introduction

[Accroche] Nous disons couramment « je pense » ou « je parle », mais qui est ce « je » et d'où vient-il ? [Problématique] Le présent texte soulève la question de la formation de notre esprit pensant, des conditions de notre pensée et de notre connaissance, et de l'unité du sujet : comment sais-je que c'est *moi* qui pense, et non que *ça* pense ? [Thèse] Contre l'empirisme, qui défend que notre esprit se réduit à nos seules perceptions, Kant soutient que le sujet conscient précède l'expérience comme « aperception pure » et « originaire », afin d'assurer l'unité du divers sensible. Cela pose la question des conditions de notre connaissance, ainsi que celle du rapport entre pensée et expérience. Tandis que pour Hume le sujet pensant dérive de l'expérience, pour Kant le « je pense » précède et conditionne l'expérience. [Annonce du plan] Le texte se déroule en trois étapes : l'auteur commence par réfuter la thèse adverse ; il présente ensuite sa thèse qui fait du « je pense » la condition de l'expérience ; enfin, il développe sa définition du « je pense ».

1. Sans un « je pense », aucune pensée n'est possible

> ▸ **Le secret de fabrication**
>
> Généralement, un texte philosophique démontre une thèse, avant de réfuter une thèse contraire. Ici, l'auteur procède en sens inverse : il commence par approfondir la thèse à laquelle il s'oppose. Et cette réfutation revêt la forme d'un raisonnement par l'absurde : si A est faux, alors B est vrai.

A. La thèse de l'auteur : le « je pense » est nécessaire

- L'auteur affirme sa thèse d'emblée, en une proposition simple : « Le *je pense* doit nécessairement *pouvoir* accompagner toutes mes représentations. »
- Les représentations désignent ici les perceptions sensibles, comme celles d'une couleur, d'une odeur ou d'un objet. Le terme « représentation » suggère que ce n'est pas l'objet lui-même, mais un double sensible ou imaginaire que reçoivent nos sens en provenance de l'objet perçu. Or « se représenter » est une façon de penser, qui suppose un support ou un sujet.

• La formulation « doit nécessairement *pouvoir* » indique ici une nécessité logique et annonce la réfutation qui suit. Enfin, le verbe « accompagner » indique un redoublement réflexif du *je* : le sujet s'approprie la représentation et la fait sienne.

B. La thèse empirique adverse : l'expérience suffit

• À peine cette thèse brièvement énoncée, l'auteur démontre l'absurdité de la thèse empiriste adverse (« car, si tel n'était pas le cas »), selon laquelle l'expérience se suffit à elle-même. Il en souligne les implications et les conséquences absurdes. Sans le « je pense » :

– je n'aurais absolument pas conscience des perceptions, je ne saurais donc pas qu'elles existent ;

– les représentations n'existeraient pas, puisqu'il n'y aurait personne pour se les « re-présenter », elles ne seraient que des présentations dans le vide ;

– les perceptions ne seraient pas miennes, mais elles seraient dispersées de façon anonyme. Pouvoir dire « mes perceptions » ou « je perçois » suppose l'existence préalable d'un *je*.

• Dans le *Traité de la nature humaine*, Hume considère que notre esprit est comme un flux de perceptions dont l'unité se forme peu à peu par associations. C'est ce que réfute Kant : le « je pense » n'est pas le résultat, mais la condition transcendantale de mon expérience sensible.

[Transition] Ayant réfuté la thèse adverse, l'auteur peut désormais réaffirmer sa thèse sur la nécessité du « je pense ».

2. Le « je pense » est la condition de notre connaissance

> **▶ Le secret de fabrication**
> Cette deuxième étape étant très brève et synthétique (une phrase !), il faut veiller à donner une explication très détaillée de tous les termes.

A. L'intuition sensible doit être unifiée

Le divers de l'expérience sensible, ou « intuition », doit être unifié pour pouvoir être pensé. On ne peut se représenter des sensations disparates. Kant contredit ici la théorie sensualiste de Condillac, pour qui toute l'activité de l'esprit est contenue dans la sensation. Dans le *Traité des sensations*, ce dernier imagine une statue « animée d'un esprit dépourvu de toute espèce d'idée », qui respire l'odeur d'une rose et dont la conscience s'identifie à l'odeur de rose.

> **DÉFINITION**
> L'**intuition** est ce qui m'est donné par les sens. Le terme « empirique » renvoie à ce qui vient de l'expérience sensible.

B. Le « je pense » unifie l'intuition

• Chaque perception en moi est accompagnée du même « je pense ». L'esprit humain ne peut percevoir sans recueillir et rassembler ses perceptions dans une forme unifiante.

• Comparons cette idée au point de fuite, en perspective : ce point n'existe pas « en soi », mais il est nécessaire de le supposer pour avoir une vision cohérente. Si l'on regarde un tableau de la Renaissance, ce qu'il représente fait un ensemble cohérent si l'on adopte le point de vue du spectateur à l'origine de la perspective.

C. Le « je pense » assure donc l'unité du sujet

Il est la condition *a priori* ou transcendantale de toute expérience. Le « je pense » n'est pas lui-même connu par expérience, car l'expérience ne nous donne que des perceptions éparses et en désordre. Il est supposé comme condition nécessaire pour que cela devienne *mon* expérience unifiée.

> **DÉFINITION**
> ***A priori*** **ou transcendantal** désigne, chez Kant, ce qui précède l'expérience sensible et la rend possible.

[Transition] Dans un troisième et dernier mouvement, le texte explicite ce pouvoir d'unification en précisant les concepts qui servent à le désigner.

3. L'aperception pure conditionne l'aperception empirique

> **▶ Le secret de fabrication**
> Cette dernière étape explicite la thèse que l'auteur reformule au moyen d'un vocabulaire plus technique qu'il faut s'efforcer de comprendre et de définir.

A. L'aperception précède la perception

L'aperception se distingue de la perception dans la mesure où elle désigne le pouvoir d'accueil et de synthèse des perceptions diverses. Le terme d'« aperception » a été créé par Leibniz, chez qui il désigne simplement une perception accompagnée de réflexion et de conscience. Kant y ajoute le pouvoir d'unification constitutif du sujet et de l'esprit.

B. « Aperception pure » *vs* « aperception empirique »

• Tous nos actes de perception font intervenir un pouvoir intellectuel qui n'en dérive pas. L'« aperception pure » est dite encore « originaire » pour signifier qu'elle précède nos perceptions.

• L'« aperception empirique » est notre pouvoir de recevoir des données sensibles, lequel réside dans les sens et non dans la pensée.

PHILOSOPHIE

C. L'unité d'aperception fonde le « je pense » et la conscience

L'ensemble de ces définitions nous conduit à voir dans l'« aperception originaire », ou dans le « je pense » transcendantal, le sujet conscient. L'on revient ici au sens latin de la conscience : *cum-scire* (« savoir avec ») implique de faire quelque chose en le sachant et en le rassemblant.

Conclusion

Dans ce texte, Kant soutient une conception rationaliste de la conscience et du sujet, irréductibles à la seule perception. Cette idée suppose un dédoublement de l'esprit réflexif qui, tout en même temps, perçoit le monde et se sait le percevoir. Cette conscience est propre à l'homme, qu'elle rend responsable de sa connaissance (science) et de ses actes (morale). Elle explique comment notre esprit unifie notre expérience et constitue l'unité du *je*. Cette définition de la conscience s'oppose au cogito cartésien, auquel le formalisme de Kant et de Husserl reproche son caractère « substantiel » : la conscience n'est pas une *chose* parmi d'autres existants, mais la *forme* qui unifie les objets perçus.

Peut-on être moral par intérêt ?

DISSERTATION

4 heures
20 points

INTÉRÊT DU SUJET • Si une vieille dame entre dans le bus et que je lui cède ma place, il s'agit d'une bonne action, faite contre mon intérêt immédiat qui aurait été de rester assis. Mais ne me suis-je pas levé en espérant sa reconnaissance, celle des autres voyageurs, ou simplement pour éviter de me faire rabrouer ?

LES CLÉS DU SUJET

Définir les termes du sujet

Peut-on

« Peut-on ? » signifie ici « est-il possible ? » : la question est celle de la compatibilité de la morale et de l'intérêt.

Être moral

Au sens large, « être moral » signifie respecter les règles de vie et les valeurs propres à un groupe d'individus, se conformer à leurs mœurs. La philosophie morale développe une réflexion portant sur ce qui doit guider nos actions : ainsi, pour les morales eudémonistes, bien agir, c'est agir en vue d'être heureux, alors que des morales plus formelles définissent l'action morale comme une action faite par devoir.

Par intérêt

L'intérêt est ce qui nous avantage. Agir par intérêt, c'est agir parce que nous escomptons un profit de cette action. À cette action, dont la valeur tient à ce qu'elle nous apporte, s'oppose l'action désintéressée, dont la valeur est intrinsèque.

Dégager la problématique

Problématique

- Quand notre bonne action est faite en vue d'une récompense ou d'un plaisir, n'est-elle pas au fond une action intéressée, faite dans le but d'en tirer profit ?
- Mais si faire le bien nous procure du plaisir, en quoi cela rendrait-il notre action immorale ?

Construire un plan

1. Une action morale ne peut pas être faite par intérêt	On ne peut pas être moral par intérêt car la morale est incompatible avec la logique égoïste de l'intérêt. Une action morale est une action désintéressée.
2. L'action morale procure une satisfaction	Il est néanmoins possible de trouver un avantage à être moral : le fait de bien agir ne nous procure-t-il pas une forme de satisfaction ?
3. On ne peut être moral que par souci de soi	Être moral n'est pas se sacrifier, mais au contraire se soucier de soi, c'est-à-dire veiller à vivre à la hauteur de nos potentialités.

46 CORRIGÉ GUIDÉ

Les titres en couleurs et les indications entre crochets servent à guider la lecture mais ne doivent en aucun cas figurer sur la copie.

Introduction

> **▶ Le conseil de méthode**
> Une introduction de dissertation contient la définition des termes du sujet et une problématique qui montre que vous comprenez la tension qui existe entre les deux réponses possibles.

[Reformulation du sujet] Il s'agit ici de savoir si une bonne action faite en vue d'un bénéfice peut être tenue pour morale. *A priori*, on aurait tendance à opposer l'action vertueuse à l'action intéressée. Mais en quoi le fait de tirer profit de mon action la rendrait-elle immorale ? [Définition des termes du sujet] Être moral signifie d'abord respecter les règles de vie et les valeurs propres à un groupe d'individus, se conformer à leurs mœurs. De façon plus précise, être moral c'est bien agir, c'est-à-dire agir par pur devoir ou encore agir selon certains principes visant à obtenir le bonheur. Agir par intérêt, c'est être poussé à agir par la recherche d'un gain, au terme d'un calcul soupesant les avantages et inconvénients d'une action. [Problématique et plan] Il s'agira donc de se demander si une action morale peut résulter d'un calcul d'intérêts, ou si au contraire elle se définit par son caractère désintéressé, voire sacrificiel. Mais si faire le bien me satisfait, alors, ce plaisir rend-il pour autant mon action immorale ? Et finalement, n'est-ce pas toujours pour moi que je fais le bien ?

1. Une action morale ne peut pas être faite par intérêt

A. On ne peut pas faire le bien par égoïsme

- Dans un premier temps, on pourrait penser qu'il est impossible qu'une action soit morale si elle est faite dans la perspective d'un avantage personnel. Il semble que la logique calculatrice et égoïste de l'intérêt, selon laquelle je pèse les avantages et les inconvénients pour moi d'une conduite, soit incompatible avec une action communément perçue comme spontanée et altruiste, par laquelle je me montre justement capable de renoncer à la poursuite de mon avantage.
- Pourtant, suffit-il de faire du bien aux autres pour être moral ? Celui qui aide les autres dans l'espoir d'un gain à venir – obtenir une récompense, aller au paradis – n'agit-il pas par intérêt ?

B. Une action morale est une action désintéressée

- C'est précisément parce qu'une telle vertu conditionnée, et en ce sens instrumentale (je fais le bien en échange d'une récompense possible), pose problème que Kant propose un tout autre critère de moralité de nos actions : mon action n'est morale, affirme-t-il, qu'à condition d'être désintéressée.
- Autrement dit, l'altruisme ne suffit pas à définir l'action morale : pour qu'elle soit morale, mon action doit être faite sans aucune considération d'intérêt – ni le mien, ni celui des autres –, mais seulement parce que je sais qu'elle correspond à ce que je dois faire. On ne peut pas être moral en agissant « conformément au devoir », c'est-à-dire qu'il ne suffit pas de faire le bien pour être moral : encore faut-il le faire sans autre but que de faire le bien. Telle est l'action faite « par devoir » : action dont l'intention désintéressée seule garantit la moralité.

> **À NOTER**
> Dans les *Fondements de la métaphysique des mœurs*, Kant éclaire cette distinction par l'exemple du « marchand avisé » : l'action honnête du marchand est-elle une action morale ? Non, répond Kant, dès lors que son honnêteté est le moyen de garder sa clientèle, et non une fin en soi.

C. Celui qui fait le bien par plaisir n'agit pas moralement

• Mais alors, celui qui prend plaisir à faire du bien aux autres est-il immoral ? L'action du philanthrope, dit Kant, ne peut être tenue pour morale dans la mesure où elle ne trouve pas sa source dans sa raison, prescriptrice de la loi morale, mais dans ses inclinations. Autrement dit, s'il fait le bien par plaisir, alors ce qui le motive à le faire est toujours la poursuite de son intérêt. *A contrario*, l'homme vertueux agit selon sa seule raison, qui lui prescrit de soumettre ses actions à l'épreuve de l'« impératif catégorique » (« Agis uniquement d'après la maxime qui fait que tu puisses vouloir en même temps qu'elle devienne une loi universelle. »).

• De ce fait, le philanthrope est hétéronome, c'est-à-dire que son principe d'action est pathologique, et non autonome comme celui qui trouve seulement dans sa raison le principe de ses actions. À moins d'imaginer un cas dans lequel ce philanthrope serait empêché de prendre plaisir à sa bonne action et agirait par devoir, son action, en apparence morale, ne l'est donc pas. Reste pourtant à savoir, comme Kant le reconnaît lui-même, si une action affranchie de tout intérêt et de toute satisfaction est humainement possible.

[Transition] De fait, le problème qui se pose est celui de la possibilité même de l'acte moral. Nos actions ne sont-elles pas toujours guidées par la recherche d'une satisfaction quelconque ?

2. L'action morale procure une satisfaction

A. Une action désintéressée est humainement impossible

• Dans *Le Fondement de la morale*, Arthur Schopenhauer remarque que Kant lui-même ne peut faire abstraction de la logique de l'intérêt qui est à l'œuvre en chacun d'entre nous, en nous permettant d'espérer que nos actions morales seront peut-être récompensées plus tard par un « souverain bien » consistant en une coïncidence de la vertu et du bonheur.

• Par ailleurs, Kant n'évoque-t-il pas un calcul de notre raison (je ne dois pas mentir parce que personne ne me ferait plus confiance ; je dois être secourable parce que je voudrais qu'on me porte secours, etc.) ? De fait, dit Schopenhauer, penser une action accomplie sans intérêt est impossible : « Qu'est-ce dès lors qu'un intérêt, sinon l'action d'un motif sur la volonté ? Là où il y a un motif pour mettre en jeu la volonté, il y a un intérêt ; et s'il n'y a pas de motif, elle ne peut pas plus agir, qu'une pierre ne peut, sans être poussée ni tirée, changer de place. »

À NOTER
Dans les *Éléments métaphysiques de la doctrine de la vertu*, Kant explique que « chacun désire qu'on lui vienne en aide. Or, si un homme laissait voir que sa maxime est de ne pas vouloir aider les autres, alors chacun serait autorisé à lui refuser tout secours. Ainsi, la maxime de l'égoïste combat contre elle-même. »

B. L'action morale est celle qui nous rend heureux

Autrement dit, comment le devoir pourrait-il être pour nous un motif d'action ? Et si ce n'est notre intérêt, qu'est-ce qui peut être assez puissant pour infléchir notre volonté ? Les morales eudémonistes placent au cœur de la définition de l'acte moral la perspective du bonheur : bien agir, dit ainsi Épicure, c'est œuvrer en vue du bonheur conçu comme absence de troubles. Ce motif d'action est assez puissant pour agir sur ma volonté, et assez universel pour servir de fondement à une éthique. Dès lors que ce qui est bien, c'est ce qui me fait du bien, la recherche de la satisfaction fait partie intégrante de l'action morale, et ne s'ajoute pas à elle comme un objet extérieur.

[Transition] Si la poursuite de la satisfaction et la moralité de nos actions ne sont pas incompatibles, peut-on dire alors qu'on n'est moral que par calcul ?

3. On ne peut être moral que par souci de soi

A. L'action morale est faite par compassion

Si être moral me satisfait, est-ce pour autant par intérêt que je le suis ? En réalité, si nous pouvons être moraux, dit Rousseau dans le *Discours sur l'origine et les fondements des inégalités parmi les hommes*, c'est précisément parce que le principe d'action qui nous porte à agir par intérêt et qu'il nomme « amour de soi » se trouve modéré par cet autre principe d'action qu'est la pitié. Ainsi, je ne suis pas poussé à agir moralement par calcul, mais par ce « sentiment naturel » qui, comme le souligne Schopenhauer, repose sur une identification aux autres : « Dès que cette pitié s'éveille, le bien et le mal d'autrui me tiennent au cœur aussi directement que peut y tenir d'ordinaire mon propre bien, sinon avec la même force : entre cet autre et moi, donc, plus de différence absolue. » Autrement dit, par la pitié, je suis capable d'éprouver comme mienne la souffrance de l'autre, et par conséquent son intérêt comme étant le mien. C'est ainsi par pitié que j'agis moralement : loin de me sacrifier, je comprends par cette expérience troublante que je ne suis pas distinct des autres, et que la justice est désirable.

L'AUTEUR
Jean-Jacques Rousseau (1712-1778).
Contre une tradition qui fait de la raison le centre de notre être, la philosophie de Rousseau affirme le pouvoir du sentiment, source de la morale comme de la politique.

B. L'action morale implique une exigence vis-à-vis de soi

- Par conséquent, ce n'est ni par devoir, ni par sacrifice, ni par calcul d'intérêt que j'agis moralement, mais bien par souci de moi-même. C'est par négligence et ignorance de moi-même que je peux au contraire faire le mal : ce qu'indique Socrate en réinvestissant la parole delphique, puisque « connais-toi toi-même » est la formule qui me rappelle qu'être vertueux s'ancre avant tout dans un rapport à soi.
- L'attitude morale implique une exigence vis-à-vis de soi, un effort de formation de soi-même. Autrement dit, il ne s'agit pas de se conformer à des règles morales pour être moral : ce qui définit ma moralité est le rapport que j'entretiens à moi-même. Comme le rappelle Michel Foucault, se soucier de soi ne signifie pas s'intéresser à soi ni défendre ses intérêts particuliers, mais faire de soi son œuvre propre.

Conclusion

Il apparaît alors que si l'action morale ne peut se donner pour une action faite par intérêt au sens où cette action n'aurait d'autre raison d'être que la poursuite de ce qui m'avantage, elle ne peut non plus être comprise comme une action désintéressée ou sacrificielle. Ce qui me pousse à vouloir bien agir, c'est avant tout le souci que j'ai de moi-même, c'est-à-dire de m'améliorer.

4 AUTRES SUJETS POUR S'ENTRAÎNER

- Respecter tout être vivant, est-ce un devoir moral ?
- Explication d'un extrait de *Émile ou De l'éducation*, de Rousseau
- Explication d'un extrait de la *Lettre à Élisabeth*, de Descartes
- Explication d'un extrait de *Leçons d'éthique*, de Kant

▶ Retrouvez les corrigés sur annabac.com

Que devons-nous à l'État ?

DISSERTATION

4 heures
20 points

INTÉRÊT DU SUJET • Le discours patriotique affirme que nous devons tout à la « patrie ». Si nous ne nous reconnaissons pas toujours une patrie, du moins sommes-nous membres d'un État : mais en quoi serait-il notre créancier ?

LES CLÉS DU SUJET

Définir les termes du sujet

Devoir

- « Devoir à » signifie en un premier sens « avoir une dette », « être débiteur envers quelqu'un ». En ce sens, il s'agit de se demander en quoi l'État pourrait être notre créancier, c'est-à-dire ce qu'il nous apporte, ce qu'il nous garantit.
- Devoir signifie également avoir une obligation, un devoir envers quelqu'un. Il s'agit alors de savoir ce que l'État est en droit de nous réclamer.

État

- L'État se définit comme l'autorité politique souveraine, qui produit et applique les lois propres à une société donnée, à un moment spécifique de son histoire.
- En ce sens, on distingue l'État, corps politique constitué de citoyens, de la société civile, simple association d'individus mus par leur intérêt privé.

Dégager la problématique

Problématique

- Il s'agit de savoir pour quelles raisons nous devons être reconnaissants à l'État, et de quoi. Que nous apporte et que nous garantit l'État ?
- Et inversement, que nous demande-t-il en échange, et au nom de quoi ? Est-il si sûr que nous lui devions quelque chose ?

Construire un plan

1. Nous devons obéissance aux lois	Nous avons le devoir d'obéir à l'État en nous pliant aux lois et en cherchant à être conforme à l'intérêt général.
2. Nous devons à l'État notre liberté	En effet, nous devons à l'État notre liberté : hors de lui, serait-elle même possible ?
3. Nous ne sommes pas les débiteurs de l'État	Notre rapport à l'État ne doit pas nécessairement se poser en termes de dette et d'obligation.

47 CORRIGÉ GUIDÉ

Les titres en couleurs servent à guider la lecture et ne doivent en aucun cas figurer sur la copie.

Introduction

[Reformulation du sujet] Se demander ce que nous devons à l'État, c'est présupposer que nous lui devons quelque chose, et se demander quelle dette et quelle obligation nous aurions envers lui. [Définition des termes du sujet] Car devoir signifie bien en un premier sens avoir une dette, être débiteur envers quelqu'un. En ce sens, il s'agit de se demander en quoi l'État est notre créancier, c'est-à-dire ce qu'il nous apporte, ce qu'il nous garantit. Mais devoir signifie également avoir une obligation envers quelqu'un. L'État se définit comme l'autorité politique souveraine, qui produit et applique les lois propres à une société donnée. [Problématique] Le problème posé par le sujet réside dans l'ambiguïté de l'expression « devoir à », qui renvoie à la fois à l'idée d'une dette que nous aurions vis-à-vis de l'État, et à l'obligation que nous avons envers lui. Mais comment pouvons-nous être à la fois ceux qui doivent une chose à l'État et ceux à qui l'État doit quelque chose ? Quel est le sens du contrat que nous avons avec l'État, et quels sont les termes de ce contrat ? La question est bien celle d'une réciprocité, puisqu'il s'agit de nous demander pour quelles raisons nous devons être reconnaissants à l'État, et de quoi. Que nous garantit l'État ? Que nous demande-t-il en échange ? Et d'ailleurs, est-il si sûr que nous devions une chose à l'État ? [Annonce du plan] Dans un premier temps, nous nous demanderons quels sont nos devoirs envers l'État : en quoi peut-on dire que nous lui devons obéissance ? Mais ce devoir n'est-il pas conditionné par ce que nous attendons de l'État, ce qu'il nous garantit ? Enfin, nous nous demanderons si notre rapport à l'État doit nécessairement se poser en termes de dette et d'obligation.

1. Nous devons obéissance aux lois

A. Le premier devoir du citoyen est de se soumettre à l'État

On pourrait penser que ce que nous devons à l'État, c'est l'obéissance. C'est ce que dit Hobbes dans le *Léviathan*, en définissant le pacte qui est à l'origine de la formation de l'État comme un pacte entre les individus, au profit du souverain. Dès lors, les sujets doivent exclusivement au Léviathan – c'est-à-dire à l'État symbolisé comme un corps formé par le peuple et une tête formée par le roi – une soumission complète, à laquelle Hobbes autorise seulement certaines exceptions liées au droit à la vie.

B. L'État n'a pas à exiger notre soumission

Mais si nous devons obéissance à l'État, est-ce nécessairement sous la forme de ce contrat par lequel nous renonçons à l'exercice de nos volontés particulières ? C'est le problème qu'envisage Rousseau, en redéfinissant dans *Le Contrat social* le contrat qui est au fondement de l'État comme celui par lequel chaque citoyen s'engage vis-à-vis de l'État qui, en retour, s'engage vis-à-vis de chaque citoyen. Chaque citoyen, étant auteur de la loi, ne doit plus soumission, mais obéissance à l'État. Autrement dit, ce que je dois à l'État, c'est une obéissance aux lois issues de ma volonté générale.

DÉFINITION
La « volonté générale » ne désigne pas la simple addition des volontés particulières, mais la capacité qu'a chacun d'entre nous de vouloir ce qui est conforme à l'intérêt général.

[Transition] Si nous devons obéissance aux lois, ce n'est alors qu'en vertu d'un contrat par lequel l'État nous garantit quelque chose. Mais quelle est cette chose que nous attendons en retour comme un dû ?

2. Nous devons à l'État notre liberté

A. L'État nous permet de survivre

• En premier lieu, on pourrait dire que l'État nous garantit, en échange de notre obéissance aux lois, la sécurité. La nécessité de l'État provient en effet de la nécessité de sortir du rapport de force et de l'instabilité de rapports de pouvoir établis sur la force.

• Si j'accepte d'obéir aux lois, c'est dans la mesure où l'État exerce l'autorité qui me garantit, en retour, qu'il sanctionnera ceux qui enfreignent ces lois. Le libéralisme, doctrine politique centrée sur l'idée selon laquelle prévaut la liberté des individus, fait ainsi de la sécurité la prérogative essentielle de l'État. Celui-ci est pensé comme un État de droit, c'est-à-dire garant d'un ensemble de libertés individuelles qui le précèdent et sur lesquelles il ne doit pas intervenir.

B. L'État est la condition de possibilité de notre liberté

• Mais cette sécurité dont nous pouvons être redevables à l'État n'est-elle pas simplement la condition de possibilité de notre liberté ? C'est ce que souligne Rousseau, en établissant que les lois ne sont jamais que le moyen de nous rendre libres. S'il perd la liberté naturelle de subvenir à ses besoins, en vertu des forces dont il dispose, le citoyen gagne, par l'association politique, la liberté sociale, définie comme jouissance de droits garantis par la loi qu'il s'est donnée à lui-même.

• Par conséquent, ce que je dois à l'État, ce sont les droits qu'à travers lui je me donne, et qu'il me garantit : je suis membre de cet État qui n'est rien, sans moi. Autrement dit, si je peux être redevable à l'État, c'est dans la mesure où il me protège du jeu des intérêts particuliers, en n'étant pas seulement une structure d'autorité, mais également un ensemble d'institutions (administratives, scolaires, juridiques, etc.) qui harmonisent les rapports entre les individus et concourent à la justice sociale.

[Transition] Mais finalement, pouvons-nous seulement définir notre rapport à l'État en termes de dette et d'obligation ? Qu'implique cette définition ?

3. Nous ne sommes pas les débiteurs de l'État

> ▶ **Le conseil de méthode**
> Le sujet semble présupposer que nous devons quelque chose à l'État : il s'agit du point de départ de la réflexion, mais cela ne vous empêche pas de le remettre en cause dans une dernière partie.

A. C'est l'État qui se représente à nous comme notre créancier

• La question « que devons-nous à l'État ? » peut finalement être entendue comme une question rhétorique, par laquelle se trouve remise en cause la représentation selon laquelle nous serions les débiteurs de l'État.

• Dans *L'Idéologie allemande,* Marx définit ainsi l'État comme une communauté fictive dont le pouvoir d'abstraction compense le défaut réel de communauté dans les relations entre les individus. L'État, dit-il, n'est que cette forme de pouvoir qui s'efforce de maintenir en nous un sens du devoir. Pour cela, il produit sans cesse de nouvelles abstractions, destinées à permettre à chacun d'éprouver son appartenance à cette communauté fictive. La patrie, par exemple, est l'une de ces entités fictives qui nous maintient dans l'idée selon laquelle nous serions débiteurs de l'État, comme les fils le sont de leurs pères – du latin *pater*, le père, la patrie signifie : le pays de nos pères. Par la construction de cette abstraction, dit Marx, par les sentiments qu'elle est destinée à produire en nous, l'État peut continuer à poser notre rapport à lui en termes de dette plutôt que d'obligation.

B. L'État n'est qu'une limite à ma liberté

On peut ainsi se demander en quoi nous serions redevables à l'État de notre liberté. C'est la question que pose Bakounine, en affirmant dans *Dieu et l'État* que « la liberté d'autrui, loin d'être une limite ou la négation de ma liberté, en est au contraire la condition nécessaire et la confirmation ». Ce que remet en cause Bakounine, comme le faisait Marx, c'est la définition de la liberté par la loi. En somme, je ne dois rien d'autre à l'État qu'une aliénation de ma liberté, celle-ci étant immédiatement sociale, et non produite par l'État, comme celui-ci le prétend. Mais comment, alors, penser que l'État puisse être mis un jour au service de l'intérêt commun ?

L'AUTEUR
Mikhaïl Bakounine (1814-1876).
Philosophe et théoricien de l'anarchisme, Bakounine centre sa réflexion sur la liberté, pensée comme une réalité immédiatement sociale que nous confisquent différentes autorités nous appelant à en faire une réalité individuelle.

Conclusion

En définitive, on peut se demander si notre rapport à l'État se pose en termes de dette et d'obligation. Cette représentation d'un citoyen débiteur n'est-elle pas produite par l'État dans le seul but de lui permettre de maintenir son emprise sur nous ? Si nous sommes l'État, lui devons-nous seulement quelque chose ?

PHILOSOPHIE

Schopenhauer, *Le Monde comme volonté et comme représentation*

EXPLICATION DE TEXTE

4 heures
20 points

INTÉRÊT DU SUJET • Attendre avec impatience une fête de famille et se réjouir soudain de ne pas pouvoir s'y rendre : cette joie inavouable est le signe de la satisfaction d'un désir dont on n'était pas conscient jusqu'à présent. Est-ce à dire que notre conscience ne saisit qu'une partie de nos volontés ?

Expliquez le texte suivant :

Souvent nous ne savons pas ce que nous souhaitons ou ce que nous craignons. Nous pouvons caresser un souhait pendant des années entières, sans nous l'avouer, sans même en prendre clairement conscience ; c'est que l'intellect n'en doit rien savoir, c'est qu'une révélation nous semble dangereuse pour notre amour-propre, pour la bonne opinion que nous tenons à avoir de nous-mêmes ; mais quand ce souhait vient à se réaliser, notre propre joie nous apprend, non sans nous causer une certaine confusion, que nous appelions cet événement de tous nos vœux ; tel est le cas de la mort d'un proche parent dont nous héritons.

Et quant à ce que nous craignons, nous ne le savons souvent pas, parce que nous n'avons pas le courage d'en prendre clairement conscience. Souvent même nous nous trompons entièrement sur le motif véritable de notre action ou de notre abstention, jusqu'à ce qu'un hasard nous dévoile le mystère. Nous apprenons alors que nous nous étions mépris sur le motif véritable, que nous n'osions pas nous l'avouer, parce qu'il ne répondait nullement à la bonne opinion que nous avons de nous-mêmes. Ainsi, nous nous abstenons d'une certaine action, pour des raisons purement morales à notre avis ; mais après coup nous apprenons que la peur seule nous retenait, puisque, une fois tout danger disparu, nous commettons cette action.

Arthur Schopenhauer, *Le Monde comme volonté et comme représentation*, 1818.

LES CLÉS DU SUJET

Repérer le thème et la thèse

- Schopenhauer examine dans ce texte le rapport entre la conscience et la volonté.
- Il démontre que notre volonté n'est pas au service d'une conscience toute-puissante qui lui donnerait des ordres : souvent, nous éprouvons des désirs et des craintes qui échappent à notre conscience ou ne lui parviennent qu'après coup.

Dégager la problématique

Problématique

- Nous avons tendance à croire que, quand nous désirons une chose ou quand nous la fuyons, nous sommes d'abord conscient de la chose, puis nous mettons en œuvre notre volonté pour l'obtenir ou la fuir. Mais connaissons-nous toujours les motifs de nos actions ?
- Et s'il arrive que nous ne prenions conscience de certains désirs qu'une fois qu'ils sont satisfaits, n'est-ce pas la preuve que notre conscience est subordonnée à notre volonté, et que nous ne connaissons ni nos désirs ni nos craintes ?

Repérer les étapes de l'argumentation

1. Nous ne savons pas ce que nous désirons (l. 1 à l. 9)	• Schopenhauer met en évidence la présence en nous de désirs inconscients et se demande pour quelles raisons ils n'accèdent pas à la conscience. • Il développe une explication appuyée sur un exemple : ce qui nous empêche de reconnaître en nous ces désirs contraires à la morale, c'est notre amour-propre.
2. Nous ne savons pas ce que nous craignons (l. 10 à l. 20)	• De la même façon, certaines peurs inconscientes nous poussent à agir ou nous en empêchent sans que nous le sachions. • Notre amour-propre nous aveugle. Il apparaît ainsi que notre volonté n'est pas au service de notre conscience.

48 CORRIGÉ GUIDÉ

Les titres en couleurs et les indications entre crochets servent à guider la lecture mais ne doivent pas figurer sur la copie.

Introduction

[Question abordée] Notre volonté est-elle au service de notre conscience ? *A priori*, on pourrait se représenter notre volonté comme la simple exécutante d'une conscience clairvoyante qui lui prescrit ce qu'il lui faut fuir ou poursuivre. [Thèse] C'est précisément cette subordination de la volonté à la conscience que récuse Schopenhauer dans ce texte. Il y a en nous, dit-il, des désirs inconscients et des peurs qui nous poussent à agir sans que nous le sachions : nous ne sommes donc pas identifiables à notre conscience. [Annonce du plan] Pour démontrer cela, Schopenhauer met d'abord en évidence la présence en nous de désirs inconscients et se demande pour quelles raisons ils n'accèdent pas à la conscience. Dans un second temps, il souligne l'existence en nous de peurs inconscientes qui nous retiennent d'agir sans que nous soyons capables de les reconnaître. Il apparaît alors que loin d'être au service de notre conscience, notre volonté peut la mystifier en lui cachant nos motifs d'action.

1. Nous ne savons pas ce que nous désirons

A. Le désir et la peur sont deux actes de notre volonté

• Dans un premier temps, Schopenhauer énonce une observation qui sera le point de départ de sa démonstration : « Souvent, dit-il, nous ne savons pas ce que nous souhaitons ou ce que nous craignons ». Cette observation peut sembler étonnante : que serait un désir que nous n'éprouverions pas comme tel ? Que serait une peur dont nous n'aurions pas conscience ?

• Le désir comme la peur sont des actes de notre volonté. Le désir nous porte vers certains objets, la peur nous pousse à en fuir d'autres, mais il nous semble bien en avoir conscience. Nous avons ainsi tendance à croire que quand nous désirons, nous avons conscience de ce désir, et que cette conscience va mettre en branle notre volonté dans le but de le satisfaire.

> **À NOTER**
> Schopenhauer se réfère à Augustin qui, dans *La Cité de Dieu*, définit le **désir** et la joie comme « la volonté en accord avec ce que nous voulons », et la **crainte** et la tristesse comme « la volonté en désaccord avec ce que nous ne voulons pas ».

B. Notre amour-propre nous empêche de prendre conscience de certains désirs

• Schopenhauer entreprend d'éclairer la première partie de cette observation : il nous est possible, dit-il, de vouloir une chose sans le savoir, c'est-à-dire sans que notre « intellect » – notre pouvoir de connaître – accède à ce désir.

> **À NOTER**
> Ce processus inconscient par lequel des désirs sont empêchés d'accéder à la conscience sera conceptualisé par Freud sous le nom de « refoulement ».

• Mais pour quelles raisons certains désirs échapperaient-ils à notre conscience ? Il propose alors une explication : si ces désirs nous échappent, c'est parce que notre conscience morale, ce juge intérieur qui blâme ou approuve nos conduites, nous empêche de les reconnaître en nous. Ces désirs apparaissent en effet contraires à « notre amour-propre », à « la bonne opinion que nous tenons à avoir de nous-mêmes », et c'est pour cette raison que nous refusons d'en prendre conscience. Notre intellect peut leur « refuser » l'accès à la conscience parce que nous nous jugerions immoraux.

C. Nous ne prenons conscience de ces désirs que par notre joie de les voir satisfaits

• Mais comment prouver l'existence en nous de ces désirs honteux inconsciemment refoulés ? S'ils ne nous sont pas conscients, si nous ne savons rien d'eux, existent-ils seulement ? Schopenhauer explique alors que nous éprouvons l'existence de tels désirs au moment où ceux-ci se réalisent : « notre propre joie nous apprend, non sans nous causer une certaine confusion, que nous appelions cet événement de tous nos vœux ». La preuve de l'existence de ces désirs serait ainsi le sentiment incontestable, la « joie », qui correspond à la satisfaction d'un de ces désirs.

• Par cette joie qui surprend notre intellect, nous réalisons *a posteriori* que nous désirions ce qui est advenu. Arthur Schopenhauer s'appuie sur un exemple : s'il nous semble choquant de désirer la mort d'un proche parent pour hériter de lui, il apparaît à la mort de ce proche que ce désir de mort était présent en nous. Comment expliquer, sans cela, la joie que nous éprouvons en recevant l'héritage ? Ainsi, c'est *a posteriori*, et par surprise, par ce signe de satisfaction qu'est la joie, que nous prenons conscience de certains désirs inavouables : nous faisons alors l'expérience troublante de l'indépendance de notre volonté à l'égard de notre conscience.

[Transition] Cette volonté qui nous pousse inconsciemment vers certains objets nous fait également reculer devant d'autres : de la même façon que nous ignorons certains désirs qui nous travaillent, nous ignorons, dit

Schopenhauer, que certaines craintes peuvent parfois être les vrais motifs de nos actions.

2. Nous ne savons pas ce que nous craignons

A. Nous croyons connaître les motifs de nos actions

• Schopenhauer examine alors un autre acte de notre volonté, à savoir la crainte, par laquelle nous manifestons un désaccord avec une chose que nous refusons : « Souvent… nous ne savons pas ce que nous craignons ». L'affirmation, là encore, peut surprendre : comment pourrions-nous craindre une chose sans le savoir ? Comment prouver l'existence en nous de ces peurs dont nous-mêmes ne savons rien, et comment établir qu'elles sont le motif inconscient de certaines de nos actions ?

• En réalité, de la même façon que notre désir inconscient ne pouvait nous apparaître qu'*a posteriori*, seul un « hasard », dit Schopenhauer, peut nous dévoiler le « mystère » de ces peurs inconscientes, en nous montrant que nous nous trompions sur « le motif véritable de notre action ». Notre lâcheté, dit-il, nous poussait à inventer d'autres motifs à notre action, afin de masquer cette peur. Mais pour quelles raisons ne voulons-nous pas prendre conscience de certaines peurs ?

> **▶ Le conseil de méthode**
> Vous devez veiller, dans votre commentaire de texte, à restituer la dynamique du raisonnement de l'auteur : son propos n'est pas une succession d'idées, mais une démonstration, dans laquelle les idées découlent les unes des autres. Vous pouvez donc formuler les questions qui se posent et le poussent à développer son argumentation.

B. L'amour-propre nous empêche de reconnaître que ce motif était la peur

• Là encore, ce serait notre amour-propre qui interdirait à certaines peurs d'affleurer à notre conscience parce qu'elles seraient jugées contraires à « la bonne opinion que nous avons de nous-mêmes ». Schopenhauer s'appuie alors sur un exemple qui éclaire ce « hasard » à l'occasion duquel il nous arrive de prendre conscience de nos peurs honteuses : « Ainsi, dit-il, nous nous abstenons d'une certaine action, pour des raisons purement morales à notre avis ; mais après coup nous apprenons que la peur seule nous retenait, puisque, une fois tout danger disparu, nous commettons cette action ». L'exemple n'est pas sans rappeler le discours de Glaucon qui, dans *La République* de Platon, explique que l'homme juste pense ne pas commettre l'injustice par vertu, jusqu'au moment où, ayant la possibilité de nuire aux autres sans être vu – il trouve par hasard un anneau qui le rend invisible –, il commet l'injustice, faisant alors apparaître que ce n'était pas la morale, mais la peur qui l'empêchait d'agir.

- Comme la joie faisait apparaître *a posteriori* un désir inconscient, un hasard peut ainsi faire affleurer *a posteriori* à notre conscience une peur inavouable.

Conclusion

En définitive, Schopenhauer récuse dans ce texte la primauté de notre intellect sur notre volonté. Si notre volonté est capable de mystifier notre conscience en lui cachant les motifs de nos actions, alors c'est notre intellect qui lui est subordonné. Par conséquent, ce que nous sommes vraiment, notre essence, ce n'est pas tant notre conscience ou notre intellect que cette volonté dont il dira ailleurs qu'elle est, dans son rapport à la conscience, comme « l'aveugle vigoureux qui porte sur ses épaules le paralytique qui voit clair ».

2 AUTRES SUJETS POUR S'ENTRAÎNER

- L'existence d'un inconscient fait-elle obstacle à la connaissance de soi ?
- L'hypothèse de l'inconscient psychique revient-elle à admettre un autre moi en moi ?

▶ Retrouvez les corrigés sur annabac.com

Le hors-la-loi peut-il être juste ?

DISSERTATION

4 heures
20 points

INTÉRÊT DU SUJET • Héros populaire issu de la tradition orale du Moyen Âge anglais, Robin des Bois entend violer les lois au nom de la justice, en rendant au peuple ce qui lui est volé par le roi. Mais comment peut-on prétendre, tel le brigand justicier, faire la justice en se plaçant au-dessus des lois ?

LES CLÉS DU SUJET

Définir les termes du sujet

Le hors-la-loi

Le hors-la-loi est celui qui sort du domaine de la loi juridique en enfreignant cette règle conventionnelle par laquelle une société définit ce qui est interdit à un moment donné de son histoire.

Peut-il

Sous cette tournure interrogative, il s'agit de se demander si la transgression d'une loi juridique est compatible avec la justice.

La justice

- La justice est en un premier sens une institution : elle désigne ce qui est nécessaire à l'application du droit, c'est-à-dire des lois juridiques (tribunaux, magistrats, etc.).
- Elle désigne par ailleurs une norme morale et politique qui énonce ce qui doit être. Une loi, pour être juste, doit ainsi obéir à certains critères.
- La justice est enfin une vertu : l'homme juste est celui qui n'agit pas dans son intérêt personnel, mais dans un souci d'équilibre. Selon les cas, agir de façon juste sera agir selon l'égalité (à chacun la même chose) ou selon l'équité (à chacun selon ce qui lui revient, à proportion de son besoin, de son mérite, etc.).

Dégager la problématique

Problématique

- Est-il possible que le hors-la-loi, par définition celui qui viole la loi, soit juste ? Autrement dit, peut-il transgresser une loi juridique tout en restant juste ?
- Mais la loi est-elle toujours juste ? Pour autant, est-il possible de violer les lois au nom de la morale ? Le hors-la-loi s'en prend alors à ce qui est légal, mais pas forcément à ce qui est légitime.

Construire un plan

1. Le hors-la-loi est nécessairement injuste	La loi est une règle de justice en ce qu'elle correspond à l'intérêt commun : la transgresser semble donc relever de l'injustice et de l'intérêt personnel. Le hors-la-loi agit au nom de l'utile et non du juste.
2. La loi n'est pas nécessairement juste	Pourtant, les lois sont-elles toujours justes ? La question est de savoir s'il suffit d'obéir aux lois pour être juste, mais il s'agit aussi de se demander si ce qui est légal est toujours légitime. Le droit positif n'énonce pas ce qui est absolument juste.
3. Le hors-la-loi est juste à certaines conditions	Il convient alors de s'interroger sur ce qui rend possible la justice d'un acte qui enfreint la loi juridique, et de déterminer dans quelle mesure le souci de la justice peut nous amener à désobéir aux lois.

49 CORRIGÉ GUIDÉ

Les titres en couleurs et les indications entre crochets servent à guider la lecture mais ne doivent pas figurer sur la copie.

Introduction

[Reformulation du sujet] Est-il possible d'enfreindre la loi juridique et néanmoins d'être juste ? *A priori*, on pourrait penser que la loi étant une règle de justice, celui qui la viole est nécessairement injuste. Mais la loi est-elle toujours juste ? [Définition des termes du sujet] Le hors-la-loi est celui qui transgresse la loi juridique, cette règle relative par laquelle chaque société définit ce qui est interdit à un moment de son histoire. La justice désigne l'institution conçue pour appliquer ces lois et une norme morale et politique. En tant que vertu, elle désigne le souci de l'égalité (à chacun la même chose) ou de l'équité (à chacun selon ce qui lui revient). [Problématique] Est-il nécessairement injuste de transgresser cette règle de justice qu'est la loi, ou peut-on considérer que certaines lois sont injustes et qu'il est possible de les violer au nom de la morale ? [Annonce du plan] Nous verrons d'abord en quoi celui qui enfreint la loi peut apparaître comme mû par l'intérêt personnel. Mais ce qui est légal est-il toujours légitime ? Nous examinerons enfin les conditions auxquelles enfreindre la loi peut se faire au nom de la justice.

1. Le hors-la-loi est nécessairement injuste

A. La loi est une règle de justice

- Au premier abord, il semble évident qu'en s'affranchissant de l'obéissance aux lois juridiques, ces règles relatives par lesquelles chaque société définit ce qu'il est interdit de faire, le hors-la-loi quitte le domaine de l'intérêt commun pour agir selon son intérêt propre. Comme l'explique Rousseau, le droit positif résulte de l'expression de la « volonté générale », cette capacité de chaque citoyen à faire abstraction de son intérêt particulier pour vouloir ce qui correspond à l'intérêt commun.

- En ce sens, les lois visent cette norme politique qu'est la justice, et leur application est garantie par l'institution judiciaire. Si les lois sont des règles de justice, les violer nous rend nécessairement injustes.

B. Le hors-la-loi fait ce qui lui est utile

- De fait, le hors-la-loi est avant tout celui qui se place au-dessus des lois, et s'il le fait, c'est bien au terme d'un calcul d'intérêt par lequel sa raison pèse les avantages et les inconvénients d'un acte. Son principe d'action n'est donc pas le juste, mais l'utile.

- Bien sûr, des règles de justice peuvent prévaloir au sein même d'une communauté de brigands, admet John Locke dans l'*Essai sur l'entendement humain*. Mais le fait qu'une bande de brigands adopte des règles de justice (par exemple en distribuant équitablement leur butin) ne prouve pas que ces hommes qui sont sortis du domaine des lois soient capables de justice, et n'est pas plus l'indice de la naturalité et de l'universalité de cette vertu qu'est la justice. En réalité, dit-il, ces règles de justice « sont appliquées comme des règles utiles dans leur communauté ». En d'autres termes, s'ils sont capables d'agir selon l'équité, c'est dans le but de conserver leur communauté, qui sans cela pourrait se dissoudre.

L'AUTEUR
John Locke (1632-1704).
Locke est un théoricien du libéralisme politique. Le but de l'État est de protéger les droits naturels des individus : s'il les menace, il s'expose à leur résistance légitime.

[Transition] Mais viole-t-on toujours la loi au nom d'un intérêt personnel ? Autrement dit, la loi juridique est-elle toujours juste ?

2. La loi n'est pas nécessairement juste

A. Ce qui est légal n'est pas nécessairement légitime

- La difficulté réside ici dans le rapport de ces règles relatives que sont les lois juridiques à la justice conçue comme principe absolu. Rien ne nous garantit que dans les faits, le droit positif, c'est-à-dire l'ensemble des lois relatives instituées par une société, s'accorde au droit naturel, qui désigne, lui, un droit absolu, juste par nature, parce qu'il découlerait de la nature humaine. Autrement dit, ce qui est légal n'est pas nécessairement légitime. Le code de l'indigénat, législation d'exception appliquée aux populations des colonies françaises jusqu'en 1946, et qui autorisait déportations et procès sans défense, peut difficilement être conçu comme répondant à un principe de justice quelconque.

> **À NOTER**
> Cette distinction est un repère de votre programme. Ce qui est **légal** désigne ce qui est conforme à la loi juridique, ce qui est **légitime** désigne ce qui est conforme à la morale et à la raison.

- La relativité des lois atteste du fait qu'elles peuvent entrer en contradiction avec certains principes qui leur seraient supérieurs, ce qui, en démocratie, suppose des instruments de contrôle de ces lois, comme l'est par exemple le Conseil d'État qui, en France, vérifie leur conformité à la Constitution. Mais suffit-il qu'une loi soit conforme à la Constitution pour qu'elle soit juste ?

B. Il est possible de transgresser la loi au nom de la justice

- Quoi qu'il en soit, dès lors qu'il arrive que des lois soient injustes, il est possible de sortir du domaine de la loi au nom de la justice. Ce conflit du légal et du juste est au cœur d'*Antigone*, tragédie dans laquelle Sophocle met en scène la désobéissance d'Antigone à la loi édictée par Créon, roi de Thèbes, selon laquelle nul ne donnera de sépulture aux traîtres à la patrie. Si Antigone jette de la terre sur le corps de son frère mort au combat en affrontant l'armée du roi, ce n'est pas par intérêt personnel, mais bien, dit-elle, parce qu'à la justice particulière des hommes s'oppose une justice plus haute, faite de principes universels, comme le devoir de respecter les morts.
- L'universalité de ces lois non écrites découle de leur inscription dans notre essence : elles sont « justes par nature », dit Aristote. Être juste consiste à braver les lois par fidélité à ces lois plus hautes qui définissent notre humanité.

[Transition] Mais est-il vraiment possible de s'accorder sur des principes absolus qui légitimeraient la désobéissance aux lois ? Car peut-on légitimement désobéir à la loi pour des raisons subjectives ?

3. Le hors-la-loi est juste à certaines conditions

A. La transgression d'une loi injuste

• La question est en effet de savoir s'il est possible de s'accorder sur les principes d'un droit naturel, c'est-à-dire d'un droit inscrit dans la nature de l'homme, et supérieur en cela aux droits positifs. Comment pourrait-on objectivement les définir ? Et si cette définition se heurte au caractère nécessairement subjectif des valeurs qui sont alors en jeu, n'est-il pas possible, du moins, de s'accorder sur les conditions auxquelles nous serions légitimement fondés à désobéir à une loi injuste ?

DÉFINITION
Un discours **subjectif** reflète mes opinions, mes valeurs, mes goûts, ma sensibilité. **Objectif** signifie : qui est relatif à l'objet, qui reflète l'objet tel qu'il est.

• C'est cette question qu'aborde John Rawls dans la *Théorie de la justice*, observant que « ce que la loi demande et ce que la justice exige restent des questions distinctes », autrement dit que les lois conventionnelles peuvent être injustes. Une loi injuste, établit-il, est une loi qui viole le principe d'égale liberté pour tous ou le principe de la juste égalité des chances, ou les deux.

L'AUTEUR
John Rawls (1921-2002).
Dans le contexte des luttes américaines pour les droits civiques, John Rawls développe une philosophie politique marquée par le souci d'allier les libertés individuelles à la solidarité.

B. La transgression de la loi au nom de l'intérêt commun

• Par conséquent, étant admis qu'une loi même conforme à la Constitution peut être injuste, et que l'évaluation de l'injustice d'une loi ne peut pas dépendre d'un seul individu, il est nécessaire de circonscrire les conditions d'une « désobéissance civile » raisonnable au sein de nos démocraties. La transgression légitime d'une loi conventionnelle ne peut se faire, dit-il, que sous la forme d'un « acte public, non violent, décidé en conscience, mais politique, contraire à la loi et accompli le plus souvent pour amener un changement dans la loi ou bien dans la politique du gouvernement ».

• Cette désobéissance ne peut avoir lieu qu'en dernier recours, et doit prendre une forme rationnelle, c'est-à-dire susceptible de rappeler l'ensemble des citoyens à leur devoir de justice. Dès que l'on conçoit la société comme une coopération entre égaux, souligne Rawls, les victimes d'une injustice n'ont aucune raison de l'accepter, et la désobéissance civile, même si elle est illégale et provoque un désordre apparent, est en réalité un moyen de stabiliser un système constitutionnel, de maintenir et de renforcer des institutions justes.

Conclusion

En définitive, il n'est possible de s'affranchir des lois en se revendiquant de la justice qu'à certaines conditions. S'il n'est pas possible au hors-la-loi animé par l'intérêt personnel de se revendiquer d'une justice quelconque, il est en revanche non seulement possible mais nécessaire, dans certaines circonstances, de violer une loi contraire au principe de justice, en vue de l'établissement de lois justes.

4 AUTRES SUJETS POUR S'ENTRAÎNER

- Le droit n'est-il qu'une justice par défaut ?
- La morale est-elle la meilleure des politiques ?
- Explication d'un extrait du *Léviathan,* de Hobbes
- Explication d'un extrait du *Second Traité du gouvernement civil,* de Locke

▶ Retrouvez les corrigés sur annabac.com

Le langage contribue-t-il à unir ou à diviser les hommes ?

DISSERTATION

4 heures
20 points

INTÉRÊT DU SUJET • On raconte que Pyrrhon d'Élis, philosophe sceptique, renonça à enseigner la philosophie pour élever des cochons et fit le choix de se taire définitivement… Faut-il voir là une méfiance vis-à-vis de la raison et du langage dont on a pourtant coutume de dire qu'ils unissent les hommes ?

LES CLÉS DU SUJET

Analyser les termes du sujet

Le langage

Au sens large, le langage désigne un système de signes permettant de transmettre une information. Au sens restreint, c'est la faculté universelle d'utiliser une langue et de pouvoir ainsi exprimer des pensées par un système de signes.

Contribuer

Contribuer, c'est apporter une part à un résultat. Le verbe « contribuer » peut désigner, en l'occurrence, un facteur d'union ou de division.

Unir

Unir est synonyme de lier, d'assembler. Il ne faudra pas confondre « union » et « uniformisation » (fait de rendre semblable) ou « unification » (fait de rendre unique).

Diviser

Diviser est synonyme de séparer. La division peut se manifester par l'indifférence, l'exploitation, le mépris ou la guerre.

Dégager la problématique

Problématique

- S'il semble, de prime abord, évident que le langage contribue à unir les hommes, pourquoi la plupart des désaccords humains prennent-ils une forme verbale ?
- À l'inverse, s'il faut dire que le langage contribue à diviser les hommes, cela signifie-t-il que les hommes ne peuvent pas partager des savoirs universels ?

Construire un plan

1. Le langage contribue à unir les hommes	• Montrez que le langage est nécessaire à la vie en société. • Y a-t-il une langue universelle scientifique ? Pourquoi ? • Dans quelle mesure le langage conditionne-t-il l'instauration d'institutions politiques ?
2. Le langage contribue à diviser les hommes	• Trouvez des exemples qui montrent les différences culturelles des langues entre elles. • Dans quelle mesure le langage scientifique peut-il être culturellement situé ? • Montrez que le langage peut être un instrument de domination.
3. Le langage comme solution à la division des hommes	• Montrez que les langues ne sont pas hermétiques. • Montrez pourquoi le langage scientifique est irréductible à une langue culturellement déterminée. • Montrez que la sociologie permet de résorber les effets de domination langagière.

PHILOSOPHIE

50 CORRIGÉ GUIDÉ

Les titres en couleurs et les indications entre crochets servent à guider la lecture mais ne doivent en aucun cas figurer sur la copie.

Introduction

[Accroche] Dans l'Ancien Testament, les hommes décident de construire la tour de Babel dont le sommet touche le ciel. Pour les punir de leur orgueil, Dieu invente plusieurs langues, empêchant ainsi les hommes de se comprendre les uns les autres. Cet épisode biblique présente la pluralité des langues humaines comme le résultat d'une sanction divine : Dieu divise les hommes vaniteux en divisant les langues. [Reformulation du sujet] Quels sont donc les effets réels du langage ? Est-il le vecteur d'un lien entre les hommes ? Ne signe-t-il pas plutôt leur irréductible séparation ? [Problématique] Si le langage contribue à unir les hommes, comment se fait-il que les oppositions humaines prennent souvent une forme verbale ? À l'inverse, si le langage contribue à diviser les hommes, comment comprendre l'existence de l'accord universel des esprits face aux énoncés scientifiques ? [Annonce du plan] Il semble évident, à première vue, que le langage contribue à unir les hommes. La vie en société et l'existence d'une science universelle n'en sont-elles pas la preuve ? Et pourtant, ne faut-il pas reconnaître que les langues concrètes séparent les hommes en les faisant vivre dans des mondes différents ? Quelles que soient ces différences, le langage n'est-il pas incontournable pour que puisse s'initier un processus d'union entre les hommes ?

1. Le langage contribue à unir les hommes

A. Le langage : un élément indispensable à la société

Les hommes vivent en société, or celle-ci n'est pensable que si ses membres peuvent échanger, c'est-à-dire communiquer. Comme le souligne Bergson, la fonction première du langage « est d'établir une communication en vue d'une coopération ».

B. Le langage mathématique : un vecteur de la science

Le langage unit les hommes autour de vérités rationnellement partagées. Les théories scientifiques sont des énoncés qui engendrent l'accord des esprits.

C. Le langage politique et moral : la condition même des relations humaines

Le langage humain rend possible la relation contractuelle, c'est-à-dire politique : par la parole qui promet, le langage lie les hommes et leur permet d'échapper à la violence des rapports de force.

CITATION
« Il est manifeste [...] que l'homme est un animal politique [...] Car, comme nous le disons, la nature ne fait rien en vain ; or seul parmi les animaux l'homme a un langage » (Aristote, *Les Politiques*).

[Transition] Si ces arguments montrent que le langage contribue à unir *des* hommes, cela ne signifie pas pour autant qu'il contribue à unir *les* hommes…

2. Le langage contribue à diviser les hommes

> **▶ Le secret de fabrication**
> Dans cette partie, vous devez trouver des arguments qui montrent que le langage peut contribuer à diviser les hommes. Que se passe-t-il quand des hommes qui ne parlent pas la même langue essaient de converser ? Ou lorsque des personnes de classes socio-culturelles différentes dialoguent ?

A. Les langues concrètes : des visions du monde différentes

Les langues concrètes, c'est-à-dire réellement et communément utilisées, ne sont pas simplement l'expression d'une pensée préexistante. Elles conditionnent la vision qu'ont du monde les individus qui les parlent.

> **À NOTER**
> La langue arabe contient environ six mille mots se rapportant au chameau. Les Esquimaux utilisent de nombreux mots pour différencier les aspects de la neige.

B. Le langage scientifique : une langue culturellement située

Et si l'idée de « science universelle » était infondée ? Ainsi, selon le linguiste américain Benjamin Lee Whorf, la science ne serait qu'une forme culturelle particulière. Elle unirait *des* hommes, mais pas *les* hommes.

C. Le langage concret : un instrument de domination

Les langues concrètes ne sont pas neutres. Elles sont des marqueurs de domination symbolique. Pierre Bourdieu explique ainsi que « les discours […] sont aussi des signes de richesse destinés à être évalués, appréciés et des signes d'autorité destinés à être crus et obéis ».

[Transition] Et pourtant, quand l'anthropologue Whorf ou le sociologue Bourdieu parlent, ils prétendent bien tenir un discours à valeur objective universelle. N'est-ce pas là le signe qu'un certain usage du langage peut apporter sa contribution à l'union des hommes ?

3. Le langage comme solution à la division des hommes

A. Les langues ne sont pas des carcans

- Contrairement à ce que soutient Whorf, Chomsky défend la thèse selon laquelle il existe une grammaire universelle innée : tous les hommes naissent en possédant la même structure cognitive permettant d'acquérir des compétences linguistiques.
- À supposer même que Chomsky se trompe, les langues ne sont pas des carcans indépassables. Tout d'abord parce qu'une langue peut être traduite en une autre langue. Ensuite parce que les langues peuvent être apprises et, ce faisant, l'ouverture à de multiples visions du monde est toujours possible.

B. Le langage scientifique : un vecteur d'union

Le développement de la science s'est accompagné d'une rupture avec les langages ordinaires au profit de la construction d'un langage universel. Ainsi, Galilée soutient que l'univers « est écrit dans une langue mathématique, et [que] les caractères en sont les triangles, les cercles, et d'autres figures géométriques, sans lesquelles il est humainement impossible d'en saisir le moindre mot ».

C. La sociologie : une thérapie du langage

Un des buts de la sociologie est de combler les fossés linguistiques qui séparent les hommes. Par exemple, Bourdieu défend l'idée d'une pédagogie rationnelle au sein des musées : il faut proposer davantage d'informations claires pour que les membres des classes défavorisées puissent enfin accéder à une compréhension des œuvres.

Conclusion

Alors même que le langage semble bien constituer, en première analyse, un facteur d'union des hommes, il faut reconnaître que les langues concrètes peuvent contribuer à les opposer. C'est seulement grâce à un travail réflexif sur lui-même que le langage peut réellement participer à l'union des hommes. Si la science et la philosophie sont bien quêtes de vérités universelles, ce travail de réflexion critique du langage sur lui-même ne s'impose-t-il pas comme la tâche préalable indispensable ?

La liberté est-elle menacée par l'égalité ?

DISSERTATION

4 heures
20 points

INTÉRÊT DU SUJET • « Liberté, égalité, fraternité » : la devise républicaine place en son cœur une égalité qui semble pourtant s'accommoder des inégalités sociales. De fait, il s'agit de l'égalité « en droits » des citoyens. Mais en quoi revendiquer l'égalité de richesses porterait-il atteinte à la liberté ?

LES CLÉS DU SUJET

Définir les termes du sujet

Égalité

• Du latin *aequalis*, qui signifie « du même niveau », l'égalité est un terme mathématique qui désigne un rapport d'équivalence entre deux termes.
• On distingue l'égalité mathématique, dont le principe est « à chacun la même chose » de l'égalité proportionnelle, ou équité, qui a, elle, pour principe « à chacun ce qui lui revient » selon ses besoins, mérites, etc.
• On distingue encore l'égalité « en droits » ou égalité civile de l'égalité sociale ou égalité de richesses.

Menacer

Une menace, c'est ce qui peut nuire à une chose, ou la détruire.

Liberté

• L'étymologie de la liberté indique qu'elle est d'abord pensée de façon politique : *liber*, en latin, désigne celui qui n'est pas esclave, c'est-à-dire le citoyen.
• Elle désigne également le pouvoir psychologique de se déterminer par soi-même, qu'il s'agisse du libre arbitre (capacité à faire un choix parmi plusieurs possibles) ou de l'autonomie (pouvoir de déterminer par soi-même son propre principe d'action).

Dégager la problématique

Problématique

- Notre liberté semble être liée à notre égalité devant la loi : mais revendiquer l'égalité à tout point de vue, n'est-ce pas ruiner la liberté ?
- Pourtant, que vaut la liberté en droits d'un homme pauvre ? En ce sens, n'est-ce pas l'inégalité sociale qui menace la liberté ?

Construire un plan

1. L'égalitarisme menace la liberté	La revendication d'égalité menace la liberté dans la mesure où elle bride les aspirations individuelles et produit une uniformité qui étouffe nos différences essentielles ou nous livre à la servitude.
2. L'égalité des droits conditionne nos libertés	Pourtant, l'égalité devant la loi rend possible l'exercice de la liberté individuelle dans le cadre de la vie sociale. Ne sommes-nous pas en principe égaux « en droits » ?
3. Les inégalités sociales menacent la liberté	L'inégalité sociale est dangereuse pour la liberté, celle-ci ne pouvant se réduire sans dommages à une liberté de principe.

51 CORRIGÉ GUIDÉ

Les titres en couleur servent à guider la lecture et ne doivent en aucun cas figurer sur la copie.

Introduction

[Reformulation du sujet] Il s'agit de savoir si l'égalité peut nous empêcher d'être libres. Selon la *Déclaration des droits de l'homme et du citoyen* de 1789, « les hommes naissent et demeurent libres et égaux en droits » : mais alors, en quoi la revendication d'égalité pourrait-elle s'opposer à notre aspiration à la liberté ? [Définition des termes du sujet] Une menace, c'est ce qui peut nuire à une chose ou la détruire. La liberté peut s'entendre en un sens psychologique comme le pouvoir de faire des choix, ou en un sens politique :

liber désigne en latin le statut de l'homme libre, qui n'est pas esclave ni prisonnier. L'égalité est un terme mathématique qui désigne un rapport d'équivalence entre deux éléments, mais aussi un principe politique selon lequel les individus peuvent se prévaloir des mêmes droits ou des mêmes moyens d'existence. De fait, l'égalité dont il est question dans la *Déclaration* n'est pas l'égalité de richesse, mais l'égalité des citoyens devant la loi. [Problématique et annonce du plan] Revendiquer la fin des inégalités de richesse ne serait-il pas faire obstacle aux libertés individuelles ? Pourtant, on peut se demander si la liberté d'un homme qui ne possède pas de quoi survivre est seulement possible. En quoi, dès lors, la revendication d'égalité s'opposerait-elle à notre aspiration à la liberté ?

1. L'égalitarisme menace la liberté

A. L'égalité est un artifice qui menace notre liberté naturelle

- Dans un premier temps, on pourrait penser que, si l'égalité peut nuire à la liberté, c'est dans la mesure où nous sommes naturellement inégaux. C'est ce que soutient Calliclès dans le *Gorgias* de Platon : si la liberté désigne la capacité à assouvir ses passions et désirs, et à tout mettre en œuvre pour cela, alors les natures fortes capables d'obtenir beaucoup se distinguent des natures faibles vouées à l'infériorité naturelle. C'est par un artifice que celles-ci, constatant l'inégalité naturelle, vont faire de l'égalité une valeur, car « ce qui plaît aux faibles, c'est d'avoir l'air d'être égaux à de tels hommes, alors qu'ils leur sont inférieurs. »

À NOTER
La distinction identité/égalité/différence est un repère du programme. L'**identité**, du latin *idem*, qui signifie le même, correspond à l'absence de différences, quand **égal** signifie « du même niveau ».

- D'où leur invention des lois, qui, en instaurant une égalité factice, brident la liberté des plus forts : « avec nos formules magiques et nos tours de passe-passe, dit Calliclès, nous en faisons des esclaves, en leur répétant qu'il faut être égal aux autres et que l'égalité est ce qui est beau et juste ». L'identification de la justice à l'égalité produit, par la contrainte des lois, une uniformité artificielle des hommes, devenus tous identiques.

B. L'égalité est une passion qui porte à la servitude

• De fait, la revendication d'égalité peut apparaître comme une volonté de limiter la liberté de l'individu. Dans *De la démocratie en Amérique*, Tocqueville fait de la « passion de l'égalité » le vice possible d'une démocratie qui tend alors à l'uniformisation, à la tyrannie de la majorité, et dégénère en un despotisme doux : « il se rencontre aussi dans le cœur humain un goût dépravé pour l'égalité, qui porte les faibles à vouloir attirer les forts à leur niveau, et qui réduit les hommes à préférer l'égalité dans la servitude à l'inégalité dans la liberté. ».

L'AUTEUR
Alexis de Tocqueville (1805-1859).
Tocqueville est une figure du libéralisme politique, courant de pensée politique selon lequel l'État doit se limiter à assurer notre sécurité et garantir nos libertés individuelles.

• En effet, l'individu démocratique, dit-il, est animé par ces deux passions dominantes que sont l'égalité et le bien-être. Or, c'est l'État qui, dans une société démocratique, assure l'extension de l'égalité des conditions, c'est-à-dire des statuts, dans le domaine politique encadré par les lois. L'État peut alors écarter les prérogatives individuelles et étendre sans cesse les règles qui encadrent la vie sociale, avec l'aval d'un individu préférant de ce fait l'égalité à sa liberté. La tradition libérale verra ainsi dans une égalité qui ne serait pas seulement « de droits », c'est-à-dire pas seulement égalité devant la loi, une menace pour la liberté des individus.

[Transition] Pourtant, la liberté est-elle seulement possible en société si elle n'est pas définie par la loi ? Or, la loi n'est-elle pas une règle face à laquelle nous devons être égaux ?

2. L'égalité des droits conditionne nos libertés

▶ Le conseil de méthode
La deuxième partie se fonde ici sur un deuxième sens du terme d'égalité. Celle-ci ne désigne pas seulement l'égalité devant la loi, mais aussi l'égalité sociale. Selon le sens retenu, la réponse à la question s'inverse.

A. L'égalité doit accompagner la liberté

• De fait, la « passion de l'égalité », dont Tocqueville pointe les risques, correspond pour lui à une aspiration devenue indépendante de l'aspiration à la liberté. Autrement dit, c'est quand le souci de l'égalité l'emporte sur celui de la liberté que l'égalité est une menace.

• Si la démocratie (du grec *demos*, le peuple, et *kratos*, le pouvoir) repose sur ce qu'il appelle l'égalité des « conditions » – elle n'admet pas de privilèges puisque le peuple est souverain –, tous les individus sont égaux, par leur participation à l'élaboration des lois et par leur obéissance aux mêmes lois. Ainsi, nous ne pouvons jouir d'aucune liberté sans l'égalité des droits – ou égalité des conditions.

B. L'égalité des droits rend possible l'exercice des libertés

C'est bien cette liberté « en droits » que proclame la *Déclaration des droits de l'homme et du citoyen*, à savoir une liberté rendue possible par la loi, qui limite la poursuite des intérêts personnels et garantit en principe à tous les mêmes droits. Dans cette mesure, on peut dire que loin de menacer la liberté, l'égalité civile, liée à la citoyenneté, la rend possible, en contenant les inégalités naturelles de force et en nous préservant des abus d'un pouvoir qui se placerait au-dessus des lois.

[Transition] Mais que vaut la liberté civile d'un homme pauvre ? Être libre « en droits », est-ce vraiment être libre ?

3. Les inégalités sociales menacent la liberté

A. Une liberté sans égalité réelle n'est qu'une liberté de principe

• On peut cependant s'interroger sur la primauté accordée à la liberté individuelle sur l'égalité, ramenée à une égalité des conditions ou des droits. Dans ses *Manuscrits de 1857-1858 (Grundrisse)*, Marx voit dans l'équation liberté/égalité le cœur de la démocratie bourgeoise et de l'idéologie des droits de l'homme. Il identifie ce lien à une représentation idéalisée de la circulation des marchandises et de l'argent, qui serait la base réelle de ces démocraties. La réciprocité de l'égalité et de la liberté, tenues pour des droits universels, définirait en réalité l'individu du marché, individu indéterminé porteur de cet universel qu'est le pouvoir d'achat.

À NOTER
La *Déclaration des droits de l'homme et du citoyen* de 1789 fait de la liberté et de l'égalité les premières qualités inaliénables de l'homme et adjoint à la liberté conçue comme droit naturel, dans l'article 2, la propriété.

• Ces qualités que l'idéologie bourgeoise donne pour essence de l'homme sont en réalité, dit Marx, indispensables au fonctionnement du marché. Mais que devient la libre volonté de l'ouvrier plié aux contraintes du capital, et forcé de se vendre à celui-ci ? Liberté et égalité, dit Marx, sont en réalité le langage qui masque l'exploitation : car que vaut le droit d'être libre quand on se vend au capital, et que vaut le droit fondamental d'être propriétaire quand on ne peut pas l'être, en réalité ?

B. Pour ne pas nuire à notre liberté, les inégalités sociales doivent être régulées

• C'est bien parce que les lois peuvent être les outils des plus riches pour obliger les plus pauvres à respecter leur personne et leurs biens, en échange de leur protection – par l'État –, que Rousseau, dans *Du contrat social*, explique que le droit de propriété revient à la communauté des citoyens. Celle-ci doit pouvoir décider du mode, de l'extension et de la forme de la propriété : « car l'État, dit-il, à l'égard de ses membres est maître de tous leurs biens par le contrat social, qui, dans l'État sert de base à tous les droits ». Alors seulement, dit-il, les inégalités sociales, nées de l'idée de la propriété privée, ne nous empêcheront pas d'être libres.

À NOTER
Dans *Du contrat social*, Rousseau remarque que si nos volontés particulières veulent la préférence, la « volonté générale » qui anime le citoyen veut toujours l'égalité.

• En somme, si les différences de richesses existent, elles doivent reposer sur un principe de justice et pouvoir être régulées par la communauté des citoyens : à cette seule condition, nous pourrons considérer que la liberté n'est pas le privilège de quelques-uns.

Conclusion

[Synthèse] En définitive, on peut se demander à qui la revendication égalitariste peut apparaître menaçante : de fait, l'égalité des droits est bien la condition d'exercice des libertés individuelles, et, au-delà, une véritable liberté peut difficilement penser indépendamment d'une réflexion portant sur les inégalités sociales. [Ouverture] Reste à établir quelle structure politique est la mieux à même de nous garantir cet accès à une liberté commune, en nous préservant des abus de pouvoir.

4 AUTRES SUJETS POUR S'ENTRAÎNER

• Être libre, est-ce ne rencontrer aucun obstacle ?

• Explication d'un extrait de *De la démocratie en Amérique*, de Tocqueville

• Explication d'un extrait de *La Religion dans les limites de la simple raison*, de Kant

• Explication d'un extrait du *Traité théologico-politique*, de Spinoza

▶ Retrouvez les corrigés sur annabac.com

Mill, *La Nature*

EXPLICATION DE TEXTE

4 heures
20 points

INTÉRÊT DU SUJET • Dans son essai *La Nature* (1874) devenu un classique de philosophie politique, l'Anglais J. S. Mill remet en question l'idée selon laquelle il faudrait « suivre la nature ». Il va ainsi à l'encontre de ce préjugé très répandu qui fait de la nature une norme. Quels sont ses arguments ?

Expliquez le texte suivant :

Le mot Nature a deux sens principaux : il désigne soit le système entier des choses, avec l'ensemble de leurs propriétés, soit les choses telles qu'elles seraient en l'absence d'intervention humaine.

Dans le premier sens, la doctrine selon laquelle l'homme doit suivre la nature est absurde, car l'homme ne peut rien faire d'autre que suivre la nature, puisque toutes ses actions reposent sur une ou plusieurs des lois physiques ou mentales de la nature et obéissent à ces lois.

Dans le second sens de ce mot, la doctrine selon laquelle l'homme doit suivre la nature ou, en d'autres termes, devrait prendre le cours spontané de la nature pour modèle de ses actions volontaires, est à la fois irrationnelle et immorale. Irrationnelle, parce que toute action humaine consiste à altérer le cours spontané de la nature, et toute action utile à l'améliorer. Immorale, parce que le cours des phénomènes naturels étant rempli de tous les événements qui, lorsqu'ils résultent de l'action humaine, méritent le plus d'inspirer la répulsion, quiconque s'efforcerait par ses actes d'imiter un tel cours naturel serait universellement considéré comme le plus méchant des hommes.

John Stuart Mill, *La Nature*, 1874,
trad. Estiva Reus, La Découverte, 2003.

La connaissance de la doctrine de l'auteur n'est pas requise. Il faut et il suffit que l'explication rende compte, par la compréhension précise du texte, du problème dont il est question.

PHILOSOPHIE

LES CLÉS DU SUJET

Repérer le thème et la thèse

• Il est commun d'affirmer que ce qui est naturel est bon et que l'homme devrait suivre la nature.

• Mais, pour Mill, il est à la fois absurde, irrationnel et déraisonnable de recommander à l'homme de suivre la nature.

Dégager la problématique

Problématique

- L'injonction de suivre la nature suppose que l'homme soit extérieur à celle-ci. Or l'homme n'est-il pas un membre à part entière de la nature ?
- De plus, n'est-il pas illusoire de considérer la nature comme un modèle à suivre, celle-ci étant capable du meilleur comme du pire ?

Repérer les étapes de l'argumentation

1. Les deux sens du mot « nature » (l. 1 à l. 3)	Distinguez les deux sens du mot « nature » énoncés par Mill. En quoi s'opposent-ils ?
2. L'homme est un être naturel (l. 4 à l. 7)	Qu'est-ce qu'une tautologie ? Si la nature désigne le « système entier des choses », pourquoi est-il tautologique de demander à l'homme de la suivre ?
3. La nature ne peut être une norme (l. 8 à l. 17)	• Le propre de l'homme n'est-il pas de transformer la nature ? Montrez comment Mill développe cette idée. • La nature ne peut-elle pas se montrer cruelle en certaines circonstances ? Qu'en déduit Mill ?

52 CORRIGÉ GUIDÉ

Les titres en couleurs et les indications entre crochets servent à guider la lecture mais ne doivent pas figurer sur la copie.

Introduction

[Accroche] Le philosophe stoïcien Zénon de Citium, né au IVe siècle avant notre ère, affirmait que l'homme devait vivre « conformément à la nature ».

Faire de la nature une norme du comportement humain semble présenter l'avantage de fonder la morale sur un critère objectif, clairement lisible dans le réel. [Thèse et problématique] Mais Mill, dans cet extrait, s'attaque à cette idée en montrant qu'elle est faible, tant logiquement que moralement. En effet, « suivre la nature » suppose que l'homme soit extérieur à celle-ci. Or l'homme n'est-il pas un membre à part entière de la nature ? De plus, n'est-il pas illusoire de considérer la nature comme un modèle à suivre, dans la mesure où elle est capable du meilleur comme du pire ? [Annonce du plan] Dans le texte étudié, le philosophe commence par présenter les deux sens du mot « nature » (l. 1 à 3). Il explique ensuite que l'homme fait partie de la nature : il est donc inutile de lui demander de la suivre (l. 4 à 7). Il montre enfin que la nature n'est pas une norme et qu'il serait donc à la fois irrationnel et immoral de chercher à la suivre (l. 8 à 17).

1. Les deux sens du mot « nature »

> ▶ **Le conseil de méthode**
> Vous devez montrer que Mill présente deux définitions du terme « nature », l'une incluant l'homme et l'autre l'excluant.

A. L'ensemble des choses

- Mill commence par dégager le premier sens du mot « nature », qui renvoie au « système entier des choses, avec l'ensemble de leurs propriétés ». Le mot « choses » englobant à la fois les êtres vivants et les corps inertes, la nature désigne ici la réalité dans son ensemble.
- En tant qu'être vivant, l'homme fait partie de la nature ainsi entendue.

B. L'ensemble des choses non produites par l'homme

- Dans sa seconde acception, la nature désigne « les choses telles qu'elles seraient en l'absence d'intervention humaine ». Elle correspond alors à ce qui n'est pas produit ou transformé par l'homme.
- Elle s'oppose ici à l'artifice, conçu comme le produit d'une activité humaine, et à la culture, entendue comme le processus par lequel l'homme s'éloigne de l'animalité en transformant la nature.

> **À NOTER**
> Il est souvent utile, pour expliquer une notion (ici la nature), de l'opposer à ses antonymes (ici l'artifice, la culture).

[Transition] Après avoir clarifié les deux sens du terme « nature », Mill examine ce que vaut le précepte selon lequel l'homme doit suivre la nature.

PHILOSOPHIE

2. L'homme est un être naturel

A. L'homme fait partie de la nature

Mill explique que si l'on conçoit la nature comme la réalité dans son ensemble, alors « la doctrine selon laquelle l'homme doit suivre la nature est absurde ». Il rejoint ici la conception de Spinoza qui dénonce, dans l'*Éthique*, la tendance de l'homme à croire qu'il peut échapper aux lois de la nature, alors qu'il est, comme toute chose, soumis à ces lois, tant au niveau de son corps que de son esprit.

B. Il n'a donc pas le choix de la suivre

- Mill en déduit que le précepte qui recommande de suivre la nature est tautologique : l'homme faisant partie de la nature, il ne peut que la suivre.
- Lui demander de suivre la nature, c'est supposer que cet acte repose sur une décision libre, alors que les actions suivent nécessairement la nature.

[Transition] Mill envisage ensuite le second sens du mot « nature », lequel ne permet pas plus de justifier le précepte qui commande de la suivre.

3. La nature ne peut être une norme

> ▶ **Le secret de fabrication**
> Observez comment progresse le raisonnement de Mill. Suivre la nature, dit Mill, est absurde logiquement (sur le plan théorique), mais également contraire à la survie de l'homme et à la morale (sur le plan pratique).

A. Une thèse polémique

> **À NOTER**
> Étudier la forme du raisonnement permet de mettre en lumière la logique du texte.

- Mill envisage désormais la nature comme l'ensemble des choses non produites par l'homme. Il contredit le précepte qui commande de suivre la nature, au nom de sa conséquence à la fois « irrationnelle et immorale ».
- Ce faisant, il vise des penseurs qui ont fait de l'obéissance à la nature le fondement de l'action humaine. Par exemple, dans la *Lettre à Ménécée*, Épicure préconise, pour être heureux, de privilégier les désirs naturels, comme le fait de se nourrir quand on a faim, et de renoncer aux désirs vains, comme la richesse, qui sont le fruit de la vie en société. Si cette conception a l'avantage de fonder la morale sur un critère objectif, Mill la juge problématique.

B. Suivre la nature : un précepte irrationnel

- En effet, l'homme ne peut vivre qu'en modifiant son environnement naturel. C'est ce que montre le mythe de Prométhée : les hommes, naturellement démunis, ont besoin de la technique pour survivre.

• Mill ajoute que la transformation de la nature est aussi la condition du progrès de l'homme en affirmant que « toute action utile » consiste à « améliorer » la nature. L'exemple des OGM, notamment, peut cependant nous conduire à nuancer son propos : l'homme pensait initialement, grâce à eux, « améliorer » la nature. Mais est-ce réellement le cas dès lors que les OGM risquent de nuire à la biodiversité ?

C. Suivre la nature : un précepte immoral

• Mill dénonce ensuite l'illusion selon laquelle la nature ne produirait que de bonnes choses. En effet, la nature est à l'origine de catastrophes naturelles ou d'épidémies, qui sont perçues comme des malheurs par les hommes. Ainsi, prendre la nature comme norme de l'action humaine pourrait conduire à l'immoralité, car, comme Mill l'explique dans *L'Utilitarisme*, une action dont les conséquences nuisent au bonheur du plus grand nombre est immorale.

• Le philosophe montre ici qu'on ne peut faire du principe selon lequel il faut suivre la nature le fondement de l'action morale, qu'à condition de spécifier ce qui, en elle, mérite d'être suivi. Or cela risque d'impliquer un retour de la subjectivité dans un fondement qui semblait objectif.

Conclusion

Mill montre dans ce texte qu'il est infondé de demander à l'homme de suivre la nature. Ce précepte est absurde, car l'homme, en tant qu'être naturel, ne décide pas de suivre la nature. Il est irrationnel, car l'homme a besoin de transformer la nature pour survivre. Enfin, il est immoral, car la nature ne produit pas que de bonnes choses. Les débats contemporains autour de la préservation de la nature font écho à la thèse de Mill : c'est bien parce que l'homme ne se contente pas de suivre la nature qu'il peut lui nuire, mais qu'il peut aussi se donner comme impératif de la respecter.

PHILOSOPHIE

3 AUTRES SUJETS POUR S'ENTRAÎNER

- Peut-il exister des désirs naturels ?
- Explication d'un extrait de *De la divination*, de Cicéron
- Explication d'un extrait de *La Description du corps humain et de toutes ses fonctions*, de Descartes

▶ Retrouvez les corrigés sur annabac.com

Aron, *Dimensions de la conscience historique*

EXPLICATION DE TEXTE

4 heures
20 points

INTÉRÊT DU SUJET • Suivre l'actualité, avec son lot de conflits ou d'injustices, nous conduit souvent à rêver d'un monde meilleur dans lequel les hommes écouteraient leur raison. Faut-il céder au désespoir ou considérer de nouveau l'idéal qu'est la raison ?

Expliquez le texte suivant :

De même, autant il est erroné de se donner par la pensée un état social où toutes les aspirations seraient simultanément comblées, autant il est légitime de construire une idée de la raison, la représentation d'une collectivité ordonnée et équitable, qui semblerait rétrospectivement la raison d'être du long chemin, douloureux et sanglant, de l'humanité.

Cette société, où le sage serait satisfait, où les hommes vivraient selon la raison, on n'en peut abandonner l'espérance, puisque l'homme [...] est celui qui n'a jamais consenti à consacrer l'injustice en la mettant au compte de Dieu ou du cosmos. Mais confondre cette idée de la Raison avec l'action d'un parti, avec un statut de propriété, une technique d'organisation économique, c'est se livrer aux délires du fanatisme. Vouloir que l'Histoire ait un sens, c'est inviter l'homme à maîtriser sa nature et à rendre conforme à la raison l'ordre de la vie en commun. Prétendre connaître à l'avance le sens ultime et les voies du salut, c'est substituer des mythologies historiques au progrès ingrat du savoir et de l'action.

L'homme aliène son humanité et s'il renonce à chercher et s'il s'imagine avoir dit le dernier mot.

Raymond Aron, *Dimensions de la conscience historique*,

La connaissance de la doctrine de l'auteur n'est pas requise. Il faut et il suffit que l'explication rende compte, par la compréhension précise du texte, du problème dont il est question.

LES CLÉS DU SUJET

Repérer le thème et la thèse

• L'histoire a-t-elle un sens pour Aron ? Sur quoi repose la possibilité d'un sens de l'histoire ?

• Dans cet extrait, Aron cherche, grâce à la notion d'« idée de la raison », à éviter deux écueils : d'un côté affirmer que l'histoire n'est qu'une succession incohérente d'événements, de l'autre croire que l'homme peut connaître d'avance la fin de l'histoire.

Dégager la problématique

Problématique

- Les hommes, pour devenir acteurs de l'histoire, ont besoin d'y trouver un sens.
- Mais, comment éviter de tomber aussitôt dans la croyance naïve d'un progrès dont on pourrait connaître facilement la fin ?

Repérer les étapes de l'argumentation

1. La raison, une puissance de refus (l. 1 à l. 9)	• Distinguez, dans le premier paragraphe, la thèse critiquée par Aron et la thèse mise en avant. • Pourquoi est-il légitime de « construire une idée de la raison » ? En quoi les hommes en ont-ils besoin ?
2. Un équilibre difficile (l. 9 à l. 17)	• Qu'est-ce qu'une « idée de la raison » ? Quelle conception de l'homme implique-t-elle ? • Qu'est-ce qui, pour Aron, conduit au fanatisme ?

53 CORRIGÉ GUIDÉ

Les titres en couleurs et les indications entre crochets servent à guider la lecture mais ne doivent en aucun cas figurer sur la copie.

Introduction

[Accroche] Pour qui observe le monde, il ne va pas de soi que l'homme se définisse par la raison. Le règne de la violence, de la guerre, des inégalités montrerait plutôt la déraison de l'homme, qui désire faire le bien et établir la justice, mais qui en est incapable. [Problématique] Mais peut-on si facilement s'en tenir à un tel constat ? La raison n'est-elle qu'un vain idéal ou peut-elle devenir une valeur effective ? La capacité de l'homme à agir dans l'histoire est ici en jeu. L'homme a souvent le sentiment que l'histoire l'écrase. S'il recherche un sens à l'histoire et aux événements passés, c'est pour pouvoir se donner un avenir et agir à partir de cette connaissance du passé.

1. La raison, une puissance de refus

A. « Que puis-je espérer ? »

• Devant l'apparente absurdité du monde, il est légitime de se demander ce que l'homme peut attendre de l'avenir. Pour Kant, la philosophie cherche à répondre à trois questions : « Que puis-je connaître ? », « Que dois-je faire ? » et « Que m'est-il permis d'espérer ? » Le texte d'Aron se rapporte à cette troisième question. D'emblée, l'auteur distingue deux attentes possibles : « un état social où toutes les aspirations seraient simultanément comblées » et « la représentation d'une collectivité ordonnée et équitable ».

• La première attente est désignée comme une erreur. Imaginer un monde parfait relève de l'utopie, notamment parce que cet état imaginaire ne prend pas en compte la contradiction de nos aspirations. Les hommes désirent à la fois la liberté et la sécurité, une vie tranquille et une vie intense. Il est donc problématique de penser qu'un tel état soit accessible. La seconde attente est au contraire valorisée. Elle renvoie à une « idée de la raison » associée aux concepts d'ordre et de progrès. Il est ainsi légitime pour Aron d'espérer une société rationnelle. Mais en quoi n'est-ce pas ici encore une fois une utopie ?

B. L'origine de l'idée de raison

• Pour Aron, il est permis d'espérer que les hommes vivent un jour conformément à la raison, dans la mesure où l'homme porte en lui une puissance de refus. L'homme ne se résout pas à l'injustice. Il cherche à en comprendre l'origine sans l'admettre comme un fait indépendant de sa volonté. On peut reprendre ici la formule d'Alain : « Penser, c'est dire non. » La raison se définit comme un refus du fait, au nom d'un idéal de justice qu'elle porte.

> **À NOTER**
> Alain associe pensée et esprit critique : c'est en doutant de ce qui paraît évident que nous pouvons progresser dans la recherche de la vérité. L'erreur ou le préjugé sont des étapes nécessaires à dépasser.

• Ce refus implique une responsabilité : ce sont les hommes qui causent l'injustice, elle n'est pas l'effet d'une volonté divine ou d'un destin irrémédiable. Cela suppose que l'homme peut changer les choses. Aron s'oppose implicitement au fatalisme, qui consiste à croire que les hommes sont pris dans une histoire écrite d'avance sans qu'ils puissent en connaître le cours. Autrement dit, la raison renvoie à la soif de justice, mais aussi de liberté de l'homme.

2. Un équilibre difficile

A. Sens et fin de l'histoire

• Dire que l'idée de raison est la fin de l'histoire ne signifie pas que la raison s'imposera nécessairement d'elle-même dans l'histoire, indépendamment d'un effort de l'homme pour réaliser cette idée. Aron s'oppose à Hegel et à l'idée d'une « ruse de la raison ». Pour Hegel, quelles que soient les intentions des acteurs de l'histoire, la raison se réalise progressivement dans l'histoire. Les désirs de conquête de Napoléon, qui impliquent guerre et violence en Europe, permettent en même temps la diffusion du Code civil. Aron critique cette conception du progrès, en montrant que ce n'est que rétrospectivement qu'une telle croyance est possible.

• De là, il faut se méfier de tous ceux qui prétendent savoir quelle est la fin de l'histoire, comme si celle-ci était écrite d'avance. Aron fait implicitement référence au stalinisme, qui prétendait voir dans l'abolition de la propriété privée la fin nécessaire de l'histoire, justifiant toutes les exactions commises par un État autoritaire. Dire que la raison est la fin de l'histoire ne doit pas conduire au fanatisme, mais à la responsabilité de celui qui cherche à savoir la vérité et à vivre conformément à ses idées.

B. Une tension permanente

• Aron semble ainsi aboutir à un paradoxe : les hommes doivent avoir une idée de la raison, qui leur permette d'échapper au fanatisme, mais ils ne doivent pas croire connaître d'avance la fin de l'histoire, sans quoi ils tombent dans le fatalisme. Il faut ainsi vouloir un sens de l'histoire, sans prétendre en connaître d'avance le contenu.

• Aron reprend ici l'idée kantienne selon laquelle la raison est un idéal régulateur : bien qu'on ne puisse guère donner un contenu parfaitement déterminé à l'idée d'une société rationnelle, celle-ci sert d'idéal qui oriente notre action. Il est difficile de prouver que la raison puisse se réaliser dans l'histoire, mais cette espérance nous permet d'agir et de donner un sens à nos efforts pour établir une société plus juste.

• On peut dès lors comprendre la formule finale du texte : l'humanité implique une tension permanente entre volonté d'un sens de l'histoire et humilité qui conduit à accepter que nul ne sait d'avance ce que sera l'avenir. Aron propose ainsi une définition dynamique de l'humanité : elle renvoie non pas à un état donné d'avance, mais à un devenir. On dit par exemple qu'une société plus juste est une société plus humaine. Inversement, on parle d'inhumanité quand l'homme renonce à vivre selon la raison.

Conclusion

Dans cet extrait, Aron définit la raison comme une idée qui permet de donner du sens à l'histoire. Pour autant, il refuse, d'une part, la conception d'un progrès nécessaire, indépendamment d'un effort individuel pour vouloir réaliser cette idée de la raison, d'autre part, la prétention humaine à savoir de quoi sera fait l'avenir. « L'histoire est la tragédie d'une humanité qui fait son histoire, mais qui ne sait pas l'histoire qu'elle fait. » Au cœur de cette tragédie, la raison est à la fois le moyen qui permet de s'orienter dans l'histoire par la connaissance rigoureuse du passé et la fin qu'il s'agit de réaliser.

UN AUTRE SUJET POUR S'ENTRAÎNER

Explication d'un extrait de l'*Encyclopédie des sciences*, de Hegel

▶ Retrouvez le corrigé sur annabac.com

La religion peut-elle s'en tenir aux limites de la simple raison ?

DISSERTATION

4 heures
20 points

INTÉRÊT DU SUJET • On associe souvent la religion aux actes d'intolérance et de violence dont elle a été la cause dans les siècles passés. Ce faisant, condamne-t-on sans appel la foi religieuse ?

LES CLÉS DU SUJET

Définir les termes du sujet

La religion

La religion désigne un ensemble de croyances et de rites qui se rapporte à une ou plusieurs entités supérieures. Tantôt on la valorise en insistant sur la volonté individuelle de donner du sens à sa vie par la foi, tantôt on en critique les dérives superstitieuses.

Peut-elle s'en tenir

• La formule implique un danger inhérent à la croyance ou la pratique religieuses. Celles-ci impliqueraient un risque d'excès à canaliser.
• Il faudrait donc définir un domaine à l'intérieur duquel la religion serait valable, et à l'extérieur duquel elle perdrait sa légitimité.

Aux limites de la simple raison

• Le critère proposé ici pour établir une limite à la religion est la raison.
• La raison désigne la faculté de bien juger, ou de distinguer le vrai du faux et le bien du mal.

Dégager la problématique

Problématique

- D'un côté, l'histoire des religions montre qu'elles tendent souvent à la superstition ou au fanatisme. Il faudrait donc borner la pratique religieuse.
- De l'autre, quelle est la spécificité de la religion si elle s'en tient aux limites que lui donne extérieurement la raison ?

Construire un plan

1. Un sujet riche en présupposés	• Faites des recherches sur l'ouvrage de Kant, *La Religion dans les limites de la simple raison*. Quelle est la thèse de Kant ? • Pourquoi vouloir imposer des limites à la religion ? Appuyez-vous sur des exemples.
2. La religion : un phénomène ambigu	• Comparez les aspects négatifs et les aspects positifs de la religion. • Peut-on condamner purement et simplement la religion ?
3. La raison : juge de la religion ?	• Pourquoi la raison peut-elle être un bon critère pour poser des limites au phénomène religieux ? • Quel peut être l'avenir d'une religion qui s'en tiendrait aux limites de la simple raison ?

54 CORRIGÉ GUIDÉ

Les titres en couleurs et les indications entre crochets servent à guider la lecture mais ne doivent en aucun cas figurer sur la copie.

Introduction

[Accroche] Le nom de Dieu est souvent invoqué pour justifier des actions violentes : meurtres, attentats, conversions forcées, etc. Ce même nom sert ensuite à défendre la paix et la non-violence. [Problématique] L'histoire des religions conduit à se demander si la religion ne doit pas être limitée pour rester un phénomène sensé et ne pas devenir l'expression de la folie des hommes. Mais alors, comment limiter la religion ? Cette tentative de limitation ne devient-elle pas une volonté de la faire disparaître ? [Annonce du plan] D'abord, on relèvera que le sujet repose sur une conception péjorative de la religion, toujours dérivant vers la superstition et la violence. Puis on montrera la nécessité d'une limitation de la religion par la raison, en s'interrogeant enfin sur la possibilité de limiter la religion sans en nier la valeur.

1. Un sujet riche en présupposés

▶ Le secret de fabrication

Dégager les présupposés d'un sujet permet de comprendre le problème. Attention : aucune référence philosophique n'est attendue. On peut faire ce sujet sans savoir que sa formulation reprend le titre d'un ouvrage de Kant.

A. La référence à Kant

• La formulation du sujet reprend le titre d'un ouvrage de Kant : *La Religion dans les limites de la simple raison*. Kant y distingue, dans les religions, ce qui est compatible avec la raison de ce qui ne l'est pas. Il recherche donc le noyau commun de croyances et de pratiques susceptibles d'être acceptées par tous au nom de la raison, par-delà la variété des religions.

• Cela conduit Kant à critiquer certaines pratiques qui relèveraient davantage de la superstition que de la religion. Par exemple, la piété ne saurait être légitimement que le respect de la loi morale. Elle ne peut conduire à la soumission de l'homme ou au désaveu de ses capacités rationnelles.

• La raison se présente donc comme un ensemble d'exigences que la religion doit respecter pour être valable d'un point de vue moral et pour tous, sous peine de dériver vers des pratiques superstitieuses.

B. Les excès de la religion

• Si la religion doit être limitée, c'est qu'elle a tendance à dépasser les limites. Celles-ci correspondraient aux frontières hors desquelles la religion ne serait plus valable.

• Tout d'abord, les différentes religions conduisent l'individu à croire des propositions qui sont discutables aux yeux de la raison. Si la foi, comprise comme simple volonté de faire le bien, est compatible avec la raison, elle devient douteuse quand il s'agit de croire des choses qui paraissent contradictoires.

• Ensuite, l'histoire des religions comprend des épisodes violents, comme les guerres de religion ou les croisades, qui semblent disqualifier la religion. Celle-ci ne serait rien d'autre qu'un fanatisme superstitieux, contraire à l'idéal de paix entre les hommes.

[Transition] Deux questions se posent : la religion tend-elle véritablement à dépasser ses limites ? La raison est-elle le bon moyen de donner des limites à la religion ?

2. La religion : un phénomène ambigu

A. Pour le meilleur et pour le pire

• Certes, la religion a un lourd passé. Nul ne peut nier qu'elle a donné lieu à des pratiques intolérantes et violentes. Celui qui croit en la vérité d'une révélation a du mal à accepter que « la pluralité [soit] la loi de la terre », selon une formule d'Arendt. La religion prend dès lors l'apparence d'une menace pour ceux qui ne croient pas ou pour ceux qui croient autre chose.

• Néanmoins, la religion peut conduire l'individu sur d'autres chemins. Les appels à la paix, à l'accueil de l'autre ou à la non-violence sont nombreux dans les textes religieux. Et de fait, la plupart des croyants cherchent simplement à vivre leur foi discrètement, sans nuire aux autres.

• S'il semble impossible de nier les dangers de la religion, il paraît difficile de la réduire à ses manifestations les plus violentes. Le croyant est pris entre deux exigences : la défense de ses convictions et la nécessité de vivre avec d'autres, qui n'ont pas les mêmes convictions.

À NOTER
On parle ici du **problème théologico-politique** : comment concilier croyance religieuse et vie en communauté ? Comment articuler religion et politique ?

B. La nécessité d'une limitation

• Il convient donc de tracer une limite nette entre ce à quoi peut conduire la religion et ce à quoi ne doit pas conduire la religion. On passe dès lors d'une question religieuse à une question politique. La religion doit ainsi se tenir à deux règles essentielles : le refus de la violence et le respect de la liberté de penser.

• C'est ce que montre Spinoza dans son *Traité théologico-politique* : « Chacun peut dire et enseigner ce qu'il pense sans danger pour la paix, à la condition de laisser au souverain décider quant aux actions. » La loi règle les actions et condamne la violence, mais elle ne peut réduire la liberté de penser.

[Transition] Quel est le lien entre, d'une part, la nécessité de concilier diversité des religions et vie en commun et, d'autre part, la notion de raison ?

3. La raison : juge de la religion ?

A. Raison et universalité

• La raison paraît le bon critère pour limiter la religion, dans la mesure où elle renvoie à la recherche de l'universel. La raison implique des principes (en particulier celui de non-contradiction) que tous peuvent reprendre à leur compte. Chacun peut ainsi admettre la vérité des mathématiques, car la validité des propositions ne repose que sur la faculté de distinguer le vrai et le faux. À l'inverse, la religion repose sur une expérience qui n'est pas toujours partageable. Celui qui est touché par un texte sacré ou par un modèle ne peut pas communiquer cette expérience singulière.

- Spinoza associe liberté religieuse et raison : abandonner haine, colère, ruse, et ne pas chercher à imposer ses croyances aux autres, c'est user de sa raison. La raison permet d'éviter que la religion ne devienne superstition et fanatisme.

B. Un risque ou une chance pour la religion ?

- Mais si la religion doit s'adapter aux exigences de la raison, ne court-elle pas le risque de perdre ce qui fait sa spécificité ? Si le croyant ne doit pas chercher à faire valoir ses convictions, s'il doit interroger ses pratiques pour voir ce qui, en elles, est ou non rationnel, ne devient-il pas un homme comme un autre, qui veut simplement faire le bien ? On passe d'une croyance religieuse à une attitude morale.

- Kant parle de « religion morale » : « Chacun doit faire tout ce qui dépend de lui pour devenir meilleur. » Il faudrait évaluer l'ensemble des religions positives à partir de ce principe moral pour savoir ce qui, en elles, a de la valeur. C'est un risque pour la religion, car elle est ainsi invitée à une remise en cause d'elle-même.

Conclusion

La religion doit être limitée par la raison. Son histoire suffit à montrer les dangers de la religion. Cette limitation permet la paix et garantit la liberté de penser. Cela ne signifie pas pour autant que tout soit mauvais dans la religion. Cette limitation n'est pas nécessairement imposée de l'extérieur aux croyants, elle peut être une exigence interne à leur foi.

Tout peut-il être objet de science ?

DISSERTATION

4 heures
20 points

INTÉRÊT DU SUJET • Chaque discipline scientifique étudie un objet propre : la neurologie s'intéresse au cerveau, la cosmologie explore l'univers, etc. Peut-on pour autant connaître l'intégralité du réel ? Cela suppose que tout puisse être objet de science. Or cette objectivité ne va pas de soi.

LES CLÉS DU SUJET

Définir les termes du sujet

Tout

La science cherche à connaître la réalité. Chaque discipline identifie son objet propre. Il est question de savoir, ici, si la totalité de la réalité peut devenir objet de science.

Peut-il être

Est-il possible que tout devienne objet de science ? Il s'agira de définir les conditions qui permettent de faire d'une chose un objet de science.

Objet de science

• Du latin *ob-jectum* (« ce qui est jeté devant »), le mot *objet* désigne ce qu'un sujet peut percevoir, penser, imaginer. Il ne désigne donc pas seulement les choses tangibles.

• Un objet de science est un objet susceptible d'être étudié par les scientifiques. Cela implique de considérer les conditions dans lesquelles il est possible de mener une investigation scientifique sur un phénomène.

Dégager la problématique

Problématique

- Certes les hommes veulent connaître la totalité du réel. Cette ambition motive la recherche scientifique.
- Mais il n'est pas sûr que toute chose puisse prendre la forme d'un objet de science. En ce sens, notre volonté de connaître échoue peut-être devant l'impossibilité pour certaines choses de devenir objet de science.

Construire un plan

1. De l'objet à l'objectivité	• Qu'est-ce qu'un objet de science ? À quelles conditions une chose peut-elle devenir un objet de science ? • En vous appuyant sur un exemple, montrez que la pratique scientifique implique de pouvoir faire une expérience du phénomène étudié.
2. Ce qui résiste à l'objectivité	• Énumérez les différentes choses que l'esprit humain peine à connaître. Pourquoi est-il si difficile d'en avoir une connaissance exacte ? • En quoi semble-t-il contradictoire de vouloir avoir une connaissance objective d'un sujet ?
3. La construction de l'objet	• Si le scientifique ne trouve pas un objet « tout fait » à étudier, en quoi peut-on parler d'une construction de son objet par la science ? • Appuyez-vous sur un exemple pour montrer que les scientifiques élaborent des protocoles expérimentaux qui leur permettent de construire un objet à étudier.

55 CORRIGÉ GUIDÉ

Les titres en couleurs et les indications entre crochets servent à guider la lecture mais ne doivent en aucun cas figurer sur la copie.

Introduction

[Reformulation du sujet] Chaque science semble avoir un objet, c'est-à-dire un domaine de prédilection sur lequel portent ses efforts de connaissance. Mais est-ce à dire que tout peut devenir objet de science ? [Problématique] D'un côté, les hommes veulent connaître la totalité du réel. De l'autre, l'objectivité d'une connaissance semble impliquer des conditions que la totalité du réel ne remplit pas. [Annonce du plan] Tout d'abord, nous déterminerons les conditions qui permettent à un objet de devenir objet de science. De là, nous verrons que certaines choses ne remplissent pas ces conditions. Enfin, nous montrerons que la science ne trouve pas ses objets tout faits, mais qu'elle doit les construire.

1. De l'objet à l'objectivité

> **▶ Le secret de fabrication**
> Définir les termes du sujet permet de mieux cerner le problème et d'en mesurer l'ampleur. Ici, le terme « objet » n'est pas à entendre en un sens vague, il n'est pas synonyme de « chose ».

A. Qu'est-ce qu'un objet de science ?

• Le mot « objet » vient du latin *ob-jectum* (« ce qui est placé devant »). L'objet se rapporte à un sujet qui le perçoit et veut le connaître. Ainsi, l'objet de science est ce que veut connaître le scientifique et qui détermine sa discipline. Par exemple, les mathématiques ont pour objet le nombre et la figure.

• Pour Kant, un objet peut être compris comme un phénomène ou une chose en soi. Le phénomène implique une expérience du sujet qui en est affecté par les sens et l'appréhende par son entendement. Nous ne pouvons connaître que les phénomènes, les choses telles qu'elles nous apparaissent, et non les choses en soi.

• Seuls les phénomènes peuvent être des objets de science, car ils impliquent une expérience possible. Ce dont on ne fait pas l'expérience ne peut aucunement être objet de science. Dieu, par exemple, peut être objet de discours, mais non de science.

B. De l'expérience à la théorie

• L'expérience doit donner lieu à des régularités que l'esprit humain peut dégager. En faisant varier les paramètres dans le cadre d'un protocole expérimental, le scientifique repère des lois. La loi d'Ohm par exemple montre le lien constant entre l'intensité d'un circuit électrique, la tension aux bornes d'une résistance et la valeur de cette résistance.

• Une théorie scientifique consiste ainsi à construire une représentation précise des différents phénomènes étudiés par l'intermédiaire de lois. La théorie est vérifiée par l'expérience, qu'elle permet aussi de diriger.

[Transition] Une chose peut devenir objet de science à deux conditions : il faut qu'on puisse en faire l'expérience et cette expérience implique une régularité telle qu'on puisse dégager des lois qui s'unifient en une théorie.

2. Ce qui résiste à l'objectivité

A. Une objectivité problématique

• Ainsi, si une chose ne répond pas à ces deux conditions, elle ne peut pas être objet de science. Cela implique une première limitation de la science : la totalité des choses et l'être en soi, ne pouvant être les objets d'une représentation, ne sauraient être des objets pour la science.

• La connaissance du futur et du passé pose un problème similaire. Certes, la science cherche à prédire ce qui se passera, mais elle le fait à partir de théories construites sur des expériences passées. Ce n'est donc pas l'avenir en tant que tel qui est objet de science. De même, le caractère scientifique de l'histoire a été discuté, dans la mesure où l'expérience qu'on en fait ne peut pas se répéter.

• Pour Ricœur, la notion d'objectivité pensée dans les sciences de la nature ne peut être appliquée à toutes les sciences. Il y a différents niveaux d'objectivité et une science doit prendre en compte la spécificité de son objet.

B. Le sujet peut-il être un objet de science ?

• La connaissance du sujet pose un problème spécifique. L'homme ne veut pas seulement connaître les choses qui se trouvent devant lui, il veut aussi se connaître en tant qu'être conscient et libre. Telle est l'ambition de la psychologie, de la sociologie. Or peut-on faire de l'homme un objet de connaissance ? N'est-ce pas dès lors nier en lui ce qui relève de la subjectivité ?

À NOTER
Pour Auguste Comte, l'expérience que le sujet peut avoir de lui-même est problématique : « L'esprit humain peut observer tous les phénomènes, excepté les siens propres. »

• Prenons le cas de la sociologie. Durkheim montre que « les faits sociaux sont des choses » dont on peut tirer une connaissance objective. Il étudie par exemple le suicide, en laissant de côté ce que ressentent les individus, pour dégager, à partir de données statistiques, les causes objectives du suicide. N'est-ce pas dire que le comportement humain n'est pas libre, mais déterminé ? En outre, la sociologie admet des exceptions, contrairement aux sciences de la nature.

• Lévi-Strauss montre ainsi le caractère paradoxal de l'expression « sciences humaines » : plus un discours est scientifique, plus il a tendance à effacer ce qu'il y a de subjectif dans l'expérience humaine. Or, plus un discours cherche à connaître l'homme, plus son objectivité et son caractère scientifique sont problématiques.

[Transition] La science veut donc connaître certaines choses (l'avenir, le passé, l'homme) qui semblent échapper à toute forme d'objectivité.

3. La construction de l'objet

A. La science construit son objet

• S'il y a ainsi différents niveaux d'objectivité, c'est que la science ne trouve pas son objet tout fait devant elle : elle le construit. Il n'est pas donné dans l'expérience commune, il est « la conclusion d'un jugement » selon Ullmo. L'objet de la science renvoie à un effort d'invention du scientifique qui trouve prise pour connaître le réel.

• L'objet de la science est corrélatif à un effort méthodique pour le construire à partir de procédés de mesure et de théories préalables. Par exemple, le physicien n'étudie pas les couleurs telles qu'elles nous apparaissent spontanément, il construit le concept de longueurs d'onde pour en rendre compte.

B. Un exemple privilégié : la biologie

• Définir ce qu'est la vie est ardu. Les êtres vivants semblent impliquer une finalité, dont on a cherché à rendre compte à partir de la notion d'âme. Or la science privilégie le rapport de causalité pour expliquer les phénomènes.

• Les biologistes ont donc dû imaginer des protocoles expérimentaux novateurs pour prendre en compte la spécificité de leur objet. Si l'anatomie étudie les organes indépendamment les uns des autres, la physiologie cherche à montrer leur interdépendance. Les biologistes cherchent à élucider le rapport du vivant à son milieu pour rendre compte de ses facultés d'adaptation.

Conclusion

Tout ne peut pas devenir objet de science, dans la mesure où l'objectivité implique des conditions. Pourtant, il convient de saisir que la science doit construire ses objets, de telle sorte que ce qui ne paraît pas objectivable aujourd'hui le sera peut-être demain. Cela implique de saisir la dimension créatrice et inventive de la science : la science ne se contente pas de décrire le réel tel qu'il est, mais elle invente sans cesse de nouveaux protocoles pour permettre une connaissance plus grande du réel.

3 AUTRES SUJETS POUR S'ENTRAÎNER

• Une connaissance scientifique du vivant est-elle possible ?

• Explication d'un extrait de *Pensées et vues générales ou récapitulation*, de Bacon

• Explication d'un extrait de *La Crise de la culture*, de Arendt

▶ Retrouvez les corrigés sur annabac.com

Simondon, *Du mode d'existence des objets techniques*

EXPLICATION DE TEXTE

4 heures
20 points

INTÉRÊT DU SUJET • Dans *Les Temps modernes*, Charlot se fait littéralement « manger » par une machine. Faut-il craindre que les machines automatisent toute notre vie et nous ôtent tout pouvoir de penser et de nous rebeller ?

Expliquez le texte suivant :

Or, en fait, l'automatisme est un assez bas degré de perfection technique. Pour rendre une machine automatique, il faut sacrifier bien des possibilités de fonctionnement, bien des usages possibles. L'automatisme, et son utilisation sous forme d'organisation industrielle que l'on nomme *automation*, possède une signification économique ou sociale plus qu'une signification technique. Le véritable perfectionnement des machines, celui dont on peut dire qu'il élève le degré de technicité, correspond non pas à un accroissement de l'automatisme, mais au contraire au fait que le fonctionnement d'une machine recèle une certaine marge d'indétermination. C'est cette marge qui permet à la machine d'être sensible à une information extérieure. C'est par cette sensibilité des machines à de l'information qu'un ensemble technique peut se réaliser, bien plus que par une augmentation de l'automatisme. Une machine purement automatique, complètement fermée sur elle-même, dans un fonctionnement prédéterminé, ne pourrait donner que des résultats sommaires. La machine qui est douée d'une haute technicité est une machine ouverte, et l'ensemble des machines ouvertes suppose l'homme comme organisateur permanent, comme interprète vivant des machines les unes par rapport aux autres. Loin d'être le surveillant d'une troupe d'esclaves, l'homme est l'organisateur permanent d'une société des objets techniques qui ont besoin de lui comme les musiciens ont besoin du chef d'orchestre.

Gilbert Simondon, *Du mode d'existence des objets techniques*,

PHILOSOPHIE

La connaissance de la doctrine de l'auteur n'est pas requise. Il faut et il suffit que l'explication rende compte, par la compréhension précise du texte, du problème dont il est question.

LES CLÉS DU SUJET

Repérer le thème et la thèse

- Quel est le critère du perfectionnement des machines ?
- Pour Simondon, une machine perfectionnée possède une marge d'indétermination, ce qui lui permet d'être sensible aux informations extérieures. Ce n'est donc pas l'automation qui caractérise une technique évoluée, mais bien plutôt sa plasticité.

Dégager la problématique

Problématique

- On a tendance à croire que le progrès des machines se caractérise par un développement de l'automation qui finira par déposséder l'homme de tout rôle dans l'univers technique.
- Ne serait-ce pas plutôt un fonctionnement intégrant une marge d'indétermination qui incarne le perfectionnement technique des machines ? Si tel est le cas, ne faut-il pas réévaluer le rôle dévolu à l'homme dans le monde technique ?

Repérer les étapes de l'argumentation

1. Le critère du perfectionnement (l. 1 à 10)	• Qu'est-ce que l'automation ? Quelles en sont les limites ? • Quel est le critère du perfectionnement technique ?
2. Une sensibilité aux informations extérieures (l. 10 à 15)	• Que signifie la « marge d'indétermination » dans le fonctionnement d'une machine ? À quel(s) exemple(s) cela vous fait-il penser ? • Qu'est-ce qui caractériserait une machine absolument automatique ? Pourquoi cela serait-il insatisfaisant ?
3. Le rôle de l'homme (l. 15 à 21)	• Pourquoi la place de l'homme n'est pas menacée par le développement technique des machines ? • Quel rôle revient à l'homme dans ce monde composé de « machines ouvertes » ?

56 CORRIGÉ GUIDÉ

Les titres en couleurs et les indications entre crochets servent à guider la lecture mais ne doivent en aucun cas figurer sur la copie.

Introduction

[Accroche] Il est courant de se représenter l'automatisme comme l'expression d'un haut degré de perfection technique. [Problématique] N'est-ce pas là, en réalité, tomber dans le piège des idolâtres de la machine, qui pensent la perfection de la technique sous la forme d'une machine de toutes les machines, c'est-à-dire d'une interconnexion de toutes les machines entre elles ? Ne faut-il pas, bien au contraire, soutenir que le critère du perfectionnement des machines serait l'indétermination ? [Annonce du plan] Dans un premier moment du texte, Simondon expose sa thèse centrale : c'est l'indétermination, et non l'automatisme, qui est le signe du perfectionnement technique. Il expose, dans un deuxième temps, pourquoi il choisit ce critère. Dans un troisième et dernier temps, il explique quelle place l'homme peut occuper dans cet ensemble de machines ouvertes : celle d'un organisateur.

1. L'indétermination des machines : le critère du perfectionnement

A. L'automatisme limite les usages possibles de la machine

- L'expression « or, en fait » signifie que le présent texte s'articule avec un autre, qui le précède et dont l'auteur montrera ici le caractère erroné.
- Très souvent, on croit que l'automatisme incarne le sommet du développement technique, or c'est le contraire qui est vrai : « L'automatisme est un assez bas degré de perfection technique. » Un automate fonctionne de lui-même, sans nécessiter d'interventions extérieures, mais il est aussi dénué de toute volonté et de toute réflexion sur lui-même. Il ne fait que répéter les mouvements et les actions pour lesquels il a été programmé. C'est pourquoi il incarne bien un « degré de développement technique » : il est d'une efficacité plus grande qu'un simple outil, mais ce degré demeure faible (« assez bas »).

DÉFINITION
Le terme **automatisme**, du grec *automatos* (« qui se meut soi-même »), désigne le hasard, le fortuit et le spontané.

- L'automatisation nécessite un sacrifice, c'est-à-dire un renoncement à « bien des possibilités de fonctionnement ». En effet, l'automatisme est dénué de souplesse. Rivé à la répétition, il est incapable de s'adapter à des situations qui dépassent sa programmation. Par essence, l'automatisme est aveugle aux situations changeantes et aux nouveautés dans le réel.

B. Le véritable sens de l'automation

C'est la raison pour laquelle l'automation, c'est-à-dire la forme industrielle d'utilisation de l'automatisme, « possède une signification économique ou sociale plus qu'une signification technique ». L'automation s'accompagne d'une augmentation de l'efficacité de la production et, corrélativement, de la rentabilité, tout en modifiant les rapports sociaux, puisque la nature et la répartition du travail se trouvent bouleversées. Comparativement à cela, sa signification technique est de faible importance.

C. L'indétermination est le critère du perfectionnement technique

Simondon énonce alors une thèse contre-intuitive : c'est la « marge d'indétermination » dans son fonctionnement qui signe le perfectionnement d'une machine, c'est-à-dire l'absence de liens nécessaires entre les conditions qui s'offrent à la machine et à ses actions. Comment faut-il comprendre concrètement cette « marge d'indétermination » ?

DÉFINITION
Le terme **indétermination** ne désigne pas ici un caractère hésitant, un manque de décision ou de volonté. Une marge d'indétermination signifie dans le cas présent que la machine porte en elle une capacité d'autorégulation.

2. L'indétermination des machines : une sensibilité aux informations extérieures

A. La plasticité inhérente à la machine

- La marge d'indétermination ne désigne pas une liberté au sens d'un libre arbitre offrant la possibilité d'effectuer des choix absolument indéterminés, mais un jeu, c'est-à-dire une forme de plasticité inhérente à la machine qui la rend « sensible », donc apte à réagir « à une information extérieure » et, par suite, capable de communiquer avec d'autres machines, sans que cela renvoie à une quelconque conscience machinale.

À NOTER
Simondon explique plus loin que l'**information** « est la variabilité des formes, l'apport d'une variation par rapport à une forme ». À « mi-chemin entre le hasard pur et la régularité absolue », elle fonctionne comme un jeu dans des limites déterminées.

• Une telle machine est conçue pour adapter son fonctionnement aux données changeantes du réel. C'est ainsi que le développement technique d'un véhicule, par exemple, ne se reconnaît pas simplement à son déplacement automatique, mais à sa capacité à enregistrer l'éventuelle présence d'obstacles grâce à des capteurs et à engendrer une modification de sa trajectoire.

B. Les limites des machines purement automatiques

Il faut comprendre alors qu'« une machine purement automatique », c'est-à-dire qui fonctionnerait de manière indépendante, serait « complètement fermée sur elle-même, dans un fonctionnement prédéterminé ». Une telle machine serait insensible à toute information extérieure. Elle produirait peut-être d'excellents résultats, mais ceux-ci demeureraient « sommaires », c'est-à-dire rudimentaires et invariables. Elle ne pourrait que réitérer et engendrer des réponses et des fonctionnements généraux à des cas particuliers voire singuliers. Le résultat produit par une telle machine serait souvent inadéquat.

[Transition] Quel peut être alors le rôle de l'homme face à un ensemble de machines ouvertes ?

3. Le rôle de l'homme

A. L'homme comme organisateur

• Il apparaît ainsi que le critère de la haute technicité d'une machine est son ouverture, c'est-à-dire son potentiel à prendre en compte les données réelles dans leur singularité.

• Loin d'éloigner l'homme de leur processus de fonctionnement, les « machines ouvertes » supposent la présence et l'action humaines. La crainte d'un monde de machines susceptibles de remplacer totalement l'homme et de le détrôner est infondée. Les machines sont inventées par l'homme et seul celui-ci peut être l'« organisateur permanent », c'est-à-dire l'« interprète vivant des machines les unes par rapport aux autres ». L'homme est justement celui qui va déterminer les marges d'indétermination des machines pour produire les résultats souhaités. Il a donc bien une tâche créative et inventive qui lui est propre.

B. L'homme comme chef d'orchestre

• Ainsi, ce n'est pas le rôle de « surveillant d'une troupe d'esclaves » qui échoit à l'homme. Cette métaphore souligne que les machines ouvertes ne sont pas assimilables à des êtres rivés à des tâches répétitives, dont l'homme ne serait que le gardien passif.

PHILOSOPHIE

▶ Éviter les pièges

Soyez très attentif à l'usage d'images et de métaphores. Vous allez devoir en proposer une interprétation. Gardez bien à l'esprit que vous avez affaire à une argumentation rationnelle.

- L'homme a pour tâche d'organiser une « société des objets techniques », c'est-à-dire à la fois une société humaine qui comprend des objets techniques et l'ensemble constitué par ces objets techniques qui sont en interaction.
- C'est ainsi que l'homme est appelé à se rapporter à cet ensemble de machines comme un chef d'orchestre. Il s'agit d'éviter la cacophonie et de produire à partir de simples bruits un ensemble de sons qui composeront une symphonie. C'est l'harmonie des machines que l'homme doit réaliser et, dans ce rôle, il est irremplaçable : les objets techniques « ont besoin de lui ». La perspective d'un homme qui se trouverait englouti par des machines intelligentes n'est qu'un scénario d'un mauvais roman de science-fiction…

Conclusion

L'auteur explique dans quelle mesure, loin de l'automatisme, c'est l'indétermination qui est le critère du perfectionnement technique des machines. Dans ce contexte, l'homme a pour tâche d'organiser l'ensemble de ces machines ouvertes. Il faut souligner que l'homme, loin d'être voué à devenir esclave des machines, en demeure le maître suprême. Il apparaît donc que la technophobie trouve davantage sa source dans une ignorance de la technique, qu'on assimile à quelque chose de démoniaque, que dans la technique elle-même. Si tel est le cas, ne faut-il pas avec Simondon prôner la réhabilitation de la culture technique ?

L'homme peut-il échapper au temps ?

DISSERTATION

4 heures
20 points

INTÉRÊT DU SUJET • La cosmétique prétend lutter contre le temps en effaçant les signes du vieillissement. Pourtant, les effacer ne nous empêchera pas de mourir : on ne se promène pas dans le temps comme on le fait dans l'espace. Mais alors, une telle lutte peut-elle avoir un sens ?

LES CLÉS DU SUJET

Définir les termes du sujet

L'homme peut-il

« Peut-on ? » exprime la possibilité : avons-nous les moyens, sommes-nous capables d'échapper au temps ?

Le temps

Le temps désigne l'ensemble des dimensions temporelles : le passé, le présent et l'avenir. Pourtant, si cette définition semble simple, elle n'en est pas vraiment une : le passé n'existe que par notre mémoire, le présent par notre attention et l'avenir par notre imagination. Le temps n'est donc que ce produit de notre activité intellectuelle, qui peut ainsi percevoir le changement, preuve manifeste du passage du temps.

Échapper au temps

- Échapper au temps peut signifier se soustraire au passage du temps, donc être immortel.
- Cela pourrait également signifier lutter contre le passage du temps en essayant de se soustraire à ses effets ou en créant des choses qui résistent à son passage.
- Enfin, il pourrait s'agir d'échapper à l'idée que nous allons mourir ou de fuir la tristesse liée à l'idée de la mort.

Dégager la problématique

Problématique

- Si l'existence humaine se déploie dans le temps, l'homme a-t-il les moyens d'échapper à ce temps dans lequel il s'inscrit ?
- Mais si nous sommes vivants, et donc mortels, sommes-nous pour autant soumis au temps, et victimes de lui ? On cherche à échapper à ce qui nous nuit : mais en quoi le temps serait-il mauvais pour nous, et que faudrait-il fuir en lui ?

Construire un plan

1. On ne peut pas échapper au temps	Il nous est impossible d'échapper au temps dans la mesure où il définit notre existence : nous sommes doublement soumis au temps, puisque mortels et dotés d'une conscience du temps.
2. On peut résister au passage du temps	Il est toutefois possible de penser une fuite hors du temps sous la forme d'une résistance à ce passage : l'œuvre d'art n'est-elle pas un défi adressé à ce temps qui, en s'écoulant, abîme et dissout nos corps ?
3. On peut échapper à l'idée que le temps nous condamne	Mais finalement, échapper au temps, n'est-ce pas avant tout échapper à ce par quoi il nous fait souffrir, c'est-à-dire se délivrer de l'idée qu'il nous condamne à la mort ? L'idée de la mort nous rappelle au souci de bien vivre.

57 CORRIGÉ GUIDÉ

Les titres en couleurs et les indications entre crochets servent à guider la lecture et ne doivent en aucun cas figurer sur la copie.

Introduction

[Reformulation du sujet] Se demander si l'on peut échapper au temps, c'est se demander si nous lui sommes nécessairement soumis. *A priori*, on pourrait penser que nous ne pouvons pas nous soustraire à ce qui définit notre existence. [Définition des termes du sujet] Le temps désigne à la fois le passé, le présent et l'avenir, auxquels nous nous rapportons respectivement par notre mémoire, notre attention, notre imagination. En ce sens, on peut dire que nous sommes doublement temporels : si nous sommes, en tant que mortels, définis par le temps, il est aussi le produit de notre activité intellectuelle. Mais alors, que signifierait échapper au temps ? Se soustraire au passage du temps serait d'abord être immortel ou résister à son passage, en créant des choses qui lui résistent. [Problématique] Mais si nous sommes victimes du temps, n'est-ce pas dans la mesure où, quoi que nous fassions, il s'inscrit en nous par l'idée que nous allons mourir ? Tout le problème est de savoir si l'homme a les moyens d'échapper à ce qu'il est. Nous cherchons à échapper à ce qui nous nuit : mais en quoi le temps serait-il mauvais pour nous ? [Annonce du plan] Nous verrons tout d'abord qu'il nous est impossible d'échapper au temps dans la mesure où il définit notre existence. Mais n'avons-nous pas le pouvoir de résister à ce temps qui semble s'écouler indépendamment de nous ? Enfin, nous examinerons dans quelle mesure nous pouvons échapper au temps ou plutôt à ce par quoi il nous fait souffrir, c'est-à-dire à l'idée qu'il nous condamne à la mort.

1. On ne peut pas échapper au temps

A. Nous sommes mortels

• Dans un premier temps, on pourrait penser que nous sommes les proies du temps en ce qu'il donne sa forme et sa limite à notre existence. Le temps s'imprime en nous sous la forme de la croissance et du vieillissement, qui nous indique que nous allons mourir : la mortalité est bien ce qui définit toute existence. Le temps fait donc partie de nous et il serait en ce sens absurde de croire que nous pouvons sortir de lui et fuir ses effets destructeurs. Cette croyance peut tout au plus prendre la forme du fantasme de l'immortalité : on peut rêver prendre le contrôle du temps, se promener en lui, inverser son cours, il n'en reste pas moins qu'il s'agit d'un rêve.

> **▶ Le conseil de méthode**
>
> Veillez à ne pas multiplier les exemples de lutte contre le vieillissement. La chirurgie esthétique, les progrès de la médecine, etc., ne valent que s'ils sont interrogés et problématisés.

• Dans la *Lettre à Ménécée*, Épicure fait ainsi du désir d'immortalité le pire des désirs vides, à savoir ces désirs qu'il est impossible de satisfaire et qui en cela nous vouent au malheur et à l'excès. Effacer les signes du vieillissement, par exemple, n'est pas échapper au temps mais se livrer à lui par la souffrance d'un combat perdu d'avance.

PHILOSOPHIE

Annabac Integral SES Philo 2023_29644_S01-S08_Recto

B. Nous sommes des êtres temporels qui faisons exister le temps

• C'est que le temps s'imprime en nous doublement : si nous ne pouvons pas échapper à ce que nous sommes, c'est-à-dire des vivants promis à la mort, nous ne pouvons pas non plus échapper à la tristesse liée à l'idée du temps qui passe. Mortels, nous sommes également liés au temps par notre mémoire, notre attention et notre imagination, qui font que nous avons l'idée du temps, et que cette idée est celle d'une chose dont, comme le souligne saint Augustin, tout l'être est de passer.

• Face à cet adversaire insaisissable, nous ne pouvons qu'envier l'insouciance de la vie animale qui se trouve allégée du poids du temps inscrit en l'homme par le développement même de ses facultés intellectuelles. C'est le sens de l'analyse nietzschéenne de l'oubli : si la mémoire qui nous rapporte au passé est ce qui rend possible la connaissance, elle est aussi ce qui nous fait souffrir en ce qu'elle nous rapporte à tout ce que nous avons perdu. Or, l'homme est défini par sa mémoire et son imagination : échapper au temps, ce serait « apprendre l'oubli » pour se défaire du fardeau du passé qui nous empêche de vivre.

> **À NOTER**
> Ce caractère **insaisissable** du temps est ainsi formulé par Augustin : « le passé n'est plus », « l'avenir n'est pas encore » et le présent n'est que ce qui s'écoule de l'un à l'autre.

[Transition] Pourtant, s'il est impossible de se soustraire au passage du temps ou de nous défaire de ces qualités intellectuelles qui nous le rendent sensible, toute lutte contre le temps est-elle vaine ? Si on ne peut sortir du temps, ne peut-on du moins lui résister ?

2. On peut résister au passage du temps

A. Il est possible de lutter contre le temps

> **▶ Le secret de fabrication**
> Le passage à la deuxième partie repose ici sur une autre interprétation de l'expression « échapper au temps », qui ne signifie pas nécessairement « être immortel » ou « arrêter le temps », mais « échapper à son emprise ». Selon le sens retenu, la réponse à la question s'inverse.

Dans un second temps, on peut penser qu'échapper au temps serait en réalité créer dans le temps des points de résistance. Le « désir d'immortalité » condamné par Épicure n'est-il qu'un désir vide, source de souffrance, ou n'y a-t-il pas une positivité de ce désir en ce qu'il nous pousse à dépasser les limites de notre existence humaine ? Lutter contre le temps serait dès lors la seule façon de lui échapper, et s'il n'est pas possible de sortir du temps, il est pourtant possible de s'opposer à son passage. Si nous ne pouvons pas empêcher le temps de passer, nous pouvons pourtant créer des choses sur lequel le temps n'aura pas de prise.

B. Il est possible de créer de l'immortalité

C'est en particulier le sens de l'analyse par Hannah Arendt de l'œuvre d'art : la spécificité de cette œuvre, parmi tous les objets du monde, réside précisément dans son rapport au temps. Ni « produits de consommation » ou « produits de l'action » inscrits de façon précaire dans le temps, ni « objets d'usage » usés par le temps ; les œuvres d'art, dit-elle, sont les seules créations humaines qui accèdent à une « immortalité potentielle ». Défis humains adressés au passage du temps, les œuvres d'art « ne sont pas fabriquées pour les hommes, écrit la philosophe, mais pour le monde, qui est destiné à survivre à la vie limitée des mortels, au va-et-vient des générations ». Autrement dit, l'œuvre d'art est bien un point fixe par lequel l'homme s'échappe du temps qui s'inscrit en lui par sa vie biologique. Par l'art, l'homme est capable de créer des objets qui résistent à l'action corruptrice du temps.

[Transition] Pourtant, créer des points de résistance au passage du temps est-il notre seule façon d'échapper au temps ? Ce qui nous pèse, n'est-ce pas avant tout l'idée que nous allons mourir, et nos œuvres d'art nous en empêchent-elles ?

3. On peut échapper à l'idée que le temps nous condamne

A. On peut fuir l'idée de notre propre mort

- En réalité, nous sommes d'abord victimes du temps dans la mesure où penser le temps, c'est avoir l'idée de sa propre mort. Mais si nous sommes impuissants à échapper à la mort, n'avons-nous pas le pouvoir d'échapper à la souffrance liée à l'idée que nous allons mourir ?
- C'est le sens de l'analyse de Pascal, qui dans les *Pensées* évoque le divertissement comme le pis-aller trouvé par l'homme pour fuir l'idée qu'il va mourir. Se divertir permettrait ainsi de passer le temps pour oublier que nous allons mourir, et s'il n'y a que l'idée de dieu pour donner un sens à notre existence de mortels, nous avons toujours la possibilité, dit-il, de nous absorber dans cette fuite du temps et de nous-mêmes qui n'est que la marque de notre misère humaine.

L'AUTEUR
Blaise Pascal (1623-1662).

Philosophe et mathématicien, il a la révélation de l'existence de dieu lors de la « nuit de feu », et rédige les *Pensées* pour convertir ses lecteurs au christianisme.

PHILOSOPHIE

Annabac Integral SES Philo 2023 29644 S01-S08 Verso

B. On peut renverser l'idée triste de la mort en une idée qui nous rappelle au souci de vivre

Mais le temps nous condamne-t-il vraiment ? En réalité, on pourrait en conclure qu'échapper au temps serait échapper à la tristesse produite par l'idée que nous allons mourir. Mais comment échapper à cette tristesse ? Dans la *Lettre à Ménécée*, Épicure nous explique comment se délivrer de la crainte de la mort qui nous empêche de vivre. La mort, dit-il, est un phénomène physique et une réalité que nous ne rencontrerons jamais, puisque nous sommes, en tant que vivants, le contraire d'elle. En ce sens, l'idée de la mort n'est pas à fuir : ce qu'il faut combattre, c'est la tristesse qui lui est liée, et nous ne pouvons la combattre qu'en nous appuyant sur l'idée vraie de la mort, qui nous rappelle à l'urgence de bien vivre.

Conclusion

En définitive, s'il est impossible de ne pas mourir, il est bien en notre pouvoir d'échapper au temps en nous délivrant de la souffrance et de l'impuissance produites par l'idée que le temps nous condamne à la mort. Échapper au temps serait alors se libérer de la tristesse et regarder en face l'idée de notre propre mort pour profiter de ce temps qui nous est compté.

3 AUTRES SUJETS POUR S'ENTRAÎNER

- Suis-je ce que mon passé a fait de moi ?
- Explication d'un extrait des *Rêveries du promeneur solitaire*, de Rousseau
- Explication d'un extrait de l'*Essai sur le libre-arbitre*, de Schopenhauer

▶ Retrouvez les corrigés sur annabac.com

Freud, *Malaise dans la civilisation*

EXPLICATION DE TEXTE

4 heures
20 points

INTÉRÊT DU SUJET • Qui ne rêve pas parfois d'une vie d'oisiveté, loin des contraintes qu'inflige le travail ? Mais travail et bonheur s'opposent-ils systématiquement ? Freud vous invite à penser le contraire… et à préparer avec ardeur votre baccalauréat !

Expliquez le texte suivant :

En l'absence de dons spéciaux de nature à orienter les intérêts vitaux dans une direction donnée, le simple travail professionnel, tel qu'il est accessible à chacun, peut jouer le rôle attribué dans Candide à la culture de notre jardin, culture que Voltaire nous conseille si sagement. Il ne m'est pas loisible dans une vue d'ensemble aussi succincte, de m'étendre suffisamment sur la grande valeur du travail au point de vue de l'économie de la libido[1]. Aucune autre technique de conduite vitale n'attache l'individu plus solidement à la réalité, ou tout au moins à cette fraction de la réalité que constitue la société, et à laquelle une disposition à démontrer l'importance du travail vous incorpore fatalement. La possibilité de transférer les composantes narcissiques, agressives, voire érotiques de la libido dans le travail professionnel et les relations sociales qu'il implique, donne à ce dernier une valeur qui ne le cède en rien à celle que lui confère le fait d'être indispensable à l'individu pour maintenir et justifier son existence au sein de la société. S'il est librement choisi, tout métier devient source de joies particulières, en tant qu'il permet de tirer profit, sous leurs formes sublimées, de penchants affectifs et d'énergies instinctives évoluées ou renforcées déjà par le facteur constitutionnel. Et malgré tout cela, le travail ne jouit que d'une faible considération dès qu'il s'offre comme moyen de parvenir au bonheur. C'est une voie dans laquelle on est loin de se précipiter avec l'élan qui nous entraîne vers d'autres satisfactions. La grande majorité des hommes ne travaillent que

PHILOSOPHIE

sous la contrainte de la nécessité, et de cette aversion naturelle pour le travail naissent les problèmes sociaux les plus ardus.

Sigmund Freud, *Malaise dans la civilisation*, 1930,
trad. C. et J. Odier © PUF, 1972.

1. Libido : utilisation de l'énergie des pulsions sexuelles à des fins socialement utiles.

LES CLÉS DU SUJET

Définir le thème et la thèse

- D'après l'auteur, que peuvent faire les hommes qui n'ont pas de « dons spéciaux » pour mener une vie meilleure ?
- Quels sont les bénéfices du travail pour l'homme ?

Dégager la problématique

Problématique

- Indispensable à notre survie, le travail implique de nombreuses contraintes, mais ne faut-il pas reconnaître qu'il est source de joies multiples ?
- Le travail permet de s'intégrer dans la société et de sublimer ses pulsions libidinales. D'où vient alors que la plupart des hommes en éprouvent de l'aversion ?

Repérer les étapes de l'argumentation

1. Le travail intègre l'individu à la société (l. 1 à l. 10)

- Dans quelles circonstances le travail peut-il jouer un rôle analogue à celui de la culture de son jardin, préconisée dans *Candide* ?
- Pourquoi Freud ne développe-t-il pas davantage dans cet ouvrage l'idée de l'importance du travail ?
- Quel effet a le travail sur l'individu ?

2. Des pulsions libidinales transférées dans le travail (l. 10 à l. 18)

- Expliquez les raisons qui fondent la valeur du travail pour l'individu.
- À quelle(s) condition(s) un métier peut-il être source de joie ?

3. L'aversion pour le travail (l. 18 à l. 24)

- Comment le travail est-il considéré par la majorité des hommes ?
- Expliquez quelles sont les conséquences de l'aversion au travail.

58 CORRIGÉ GUIDÉ

Les titres en couleurs et les indications entre crochets servent à guider la lecture mais ne doivent en aucun cas figurer sur la copie.

Introduction

[Problématique] Le travail est souvent assimilé à une contrainte indispensable pour la survie. Ne faut-il pas reconnaître, au contraire, que le travail est la source de conséquences positives pour l'homme ? [Annonce du plan] Dans cette perspective, Freud montre tout d'abord que le travail permet à l'homme de s'incorporer à la société. Il présente ensuite la manière dont le travail peut sublimer les pulsions libidinales de l'homme. Enfin, il souligne un paradoxe : tandis que le métier peut apporter tant de bienfaits à l'individu, le travail est fréquemment l'objet d'une aversion, ce qui engendre de graves problèmes sociaux.

1. Le travail intègre l'individu à la société

> **▶ Le secret de fabrication**
> L'auteur commence par montrer la valeur du travail en le comparant à « la culture de notre jardin ». Le travail doit, en effet, être compris comme une économie de la libido. C'est pourquoi il permet la socialisation des hommes.

A. La comparaison : la culture de son jardin

• La précision donnée dès la première ligne du texte indique que le discours qui suit concerne la très grande majorité des hommes. En effet, Freud parle de l'ensemble des individus qui n'ont pas de dons innés pour la création artistique.

• Les individus en général, dans le cadre du « travail professionnel », c'est-à-dire d'un métier socialement reconnu, peuvent donner une orientation à leurs « intérêts vitaux », qui représentent l'ensemble de leurs pulsions. L'avantage est que ce procédé est démocratique : il est « accessible à chacun ».

> **À NOTER**
> Freud souligne que la création artistique peut être l'occasion d'une réorientation des intérêts vitaux. Léonard de Vinci, qui aurait ainsi sublimé son homosexualité, en est un exemple emblématique.

• Le travail peut remplir le même rôle que la « culture de notre jardin, culture que Voltaire nous conseille si sagement ». En effet, dans le conte philosophique *Candide ou l'Optimisme*, le personnage principal en arrive à cette conclusion, après avoir rencontré un humble paysan turc soutenant que « le travail éloigne de nous trois grands maux : l'ennui, le vice, et le besoin ». C'est donc dans le sens d'un remède qu'il faut comprendre l'intérêt du travail : celui-ci n'a pas pour unique fonction de produire des objets utiles à la vie, il offre la qualité d'un antidote contre le mal de vivre et les conduites immorales.

B. Les limites du texte

- Freud prend alors le soin d'avertir le lecteur des limites de son étude. Il faudrait, en effet, bien davantage qu'un texte de quelques lignes pour rendre adéquatement et scientifiquement compte de « la valeur du travail au point de vue de l'économie de la libido ».

- Selon Freud lui-même, la libido est une énergie vitale, qui englobe nos désirs, nos envies, nos pulsions de vie, et généralement toute notre activité sexuelle concrète ou imaginaire.

- Aborder la libido dans la perspective de son « économie », c'est l'envisager sous l'angle de sa gestion, de son organisation et de son adaptation à la vie réelle. Il faut, en effet, souligner que la libido, si elle n'est pas maîtrisée et qu'elle ne vise que sa satisfaction immédiate, peut conduire l'individu à adopter des comportements asociaux et immoraux.

C. Le travail est un facteur de lien social

- Le travail revêt une importance cruciale, puisqu'il « attache l'individu » à la réalité. Le travail est, en effet, un lien : il est un moyen de connecter l'individu et la société, c'est-à-dire de rendre acceptables par la société les manifestations de la libido qu'il incarne.

- Pour autant, la société n'est qu'une fraction de la réalité. La réalité est tout ce à quoi l'individu doit se confronter, tout ce qui peut faire obstacle à la réalisation de la libido. Il faut alors reconnaître que le travail ne peut pas résorber le conflit entre les pulsions individuelles et cette partie de la réalité.

- L'individu est doté d'une « disposition à démontrer l'importance du travail ». Freud soutient que les hommes ont un penchant, une inclination à vivre ensemble, car la vie en commun est propice à la réalisation des pulsions individuelles. Loin d'être un animal solitaire, l'homme est social, ce qui ne fait pas encore de lui un être sociable pour autant.

- Le travail « incorpore fatalement » l'individu à la société. Ce n'est donc pas de l'ordre du choix individuel. Cette fatalité ne désigne pas, pour autant, un projet de la nature. Il s'agit tout au plus d'une nécessité inéluctable qui détermine l'individu à entrer en commerce avec les autres.

[Transition] Comment le travail peut-il réaliser cette intégration ?

2. Des pulsions libidinales transférées dans le travail

A. La valeur du travail pour l'individu

• Une « possibilité », une occasion propice, existe : celle de « transférer », c'est-à-dire de déplacer et de réorienter autrement que par une réalisation immédiate, les « composantes narcissiques, agressives, voire érotiques de la libido dans le travail professionnel et les relations sociales qu'il implique ».

• Le métier peut donc être l'occasion d'offrir un but plus élevé et socialement acceptable aux dimensions asociales de la libido. Il ne s'agit pas de censurer les pulsions, mais de leur tracer une autre voie de réalisation. Les pulsions de l'individu sont narcissiques et peuvent conduire celui-ci à des comportements violents envers les autres individus. Par ailleurs, certaines pulsions sexuelles peuvent se heurter aux normes en vigueur dans une société donnée. Le métier apparaît alors comme un champ où la réalisation de ces pulsions trouve une forme acceptable.

• Pour l'individu, le travail permet de « maintenir et justifier son existence au sein de la société ». Le métier est l'occasion d'une participation de tous les individus à une œuvre commune indispensable : la société. De ce fait, il est l'actualisation d'une exigence morale : chacun doit faire un effort en vue de la construction sociale.

B. Le travail doit être librement choisi

• Cette valeur du travail est tributaire d'une condition nécessaire et suffisante : qu'il soit « librement choisi ». C'est ainsi que « tout métier » peut devenir « source de joies particulières », mais que tous les métiers ne produiront pas cet effet indistinctement sur tous les individus.

• Le métier librement choisi « permet de tirer [un] profit » en élevant à « leurs formes sublimées » la réalisation des « penchants affectifs » et des « énergies instinctives ». Autrement dit, le métier détourne, à l'avantage de la société et sans préjudice pour l'individu, des tendances qui auraient pu enfermer ce dernier dans une posture d'être asocial.

> DÉFINITION
> La **sublimation** désigne un processus de transformation et d'élévation des pulsions de la libido en les réorientant vers d'autres domaines.

[Transition] Ainsi, le travail devrait logiquement être désiré par les individus comme moyen d'accéder au bonheur. Est-ce vraiment le cas ?

PHILOSOPHIE

3. L'aversion pour le travail

A. La faible considération du travail

• Paradoxalement, la dimension de « moyen de parvenir au bonheur » du travail est peu reconnue. Le fait est que la plupart des hommes ont le travail en aversion et n'imaginent un bonheur possible qu'au-delà de la sphère du métier.

• De ce fait, les hommes sont « loin de se précipiter » dans le travail avec un « élan » identique à celui qui les entraîne « vers d'autres satisfactions ». Ces dernières désignent les satisfactions immédiates, mais aussi les satisfactions inappropriées.

B. La genèse de graves problèmes sociaux

• De là découlent deux conséquences fâcheuses :

– d'une part, « la grande majorité des hommes ne travaillent que sous la contrainte de la nécessité ». Ce rapport au travail empêche l'individu de jouir des bénéfices que le travail pourrait produire en vue du bonheur ;

– d'autre part, cette « aversion naturelle » pour le travail, qui désigne une tendance à la paresse et l'attirance des individus vers une satisfaction plus immédiate et directe de leurs pulsions, engendre « les problèmes sociaux les plus ardus ». En effet, c'est la société entière qui finit par pâtir de cette aversion : souvent, les individus conservent dans leur existence sociale des pulsions asociales, susceptibles de produire de graves tensions et conflits.

Conclusion

Le travail social n'est pas qu'une réponse adaptée à des nécessités biologiques. Le métier librement choisi permet de sublimer des pulsions asociales et de conduire au bonheur. Néanmoins, les individus éprouvent une aversion naturelle pour le travail. Aussi vivent-ils celui-ci comme une contrainte. Un tel rapport au métier vient contredire les effets positifs du travail. Ne faudrait-il pas alors tâcher de réformer le rapport des individus à leur métier ?

Spinoza, *Traité théologico-politique*

EXPLICATION DE TEXTE

4 heures
20 points

INTÉRÊT DU SUJET • L'homme le plus rationnel n'a-t-il pas un jour frémi en brisant un miroir ? N'a-t-il jamais cherché à éviter de passer sous une échelle, ou croisé un chat noir en redoutant le pire ? D'où vient donc la force de ces superstitions qui semblent absurdes et dont on a pourtant beaucoup de mal à s'extirper ?

Expliquez le texte suivant :

Si les hommes pouvaient régler toutes leurs affaires suivant un dessein arrêté ou encore si la fortune leur était toujours favorable, ils ne seraient jamais prisonniers de la superstition. Mais souvent réduits à une extrémité telle qu'ils ne savent plus que résoudre, et condamnés, par leur désir sans mesure des biens incertains de fortune, à flotter presque sans répit entre l'espérance et la crainte, ils ont très naturellement l'âme encline à la plus extrême crédulité (…). Si en effet, pendant qu'ils sont dans l'état de crainte, il se produit un incident qui leur rappelle un bien ou un mal passés, ils pensent que c'est l'annonce d'une issue heureuse ou malheureuse et pour cette raison, bien que cent fois trompés, l'appellent un présage favorable ou funeste. Qu'il leur arrive maintenant de voir avec grande surprise quelque chose d'insolite, ils croient que c'est un prodige manifestant la colère des Dieux ou de la suprême divinité ; dès lors ne pas conjurer ce prodige par des sacrifices et des vœux devient une impiété à leurs yeux d'hommes sujets à la superstition et contraires à la religion. De la sorte ils forgent d'innombrables fictions et, quand ils interprètent la Nature, y découvrent partout le miracle comme si elle délirait avec eux.

Baruch Spinoza, *Traité théologico-politique*, 1670,
préface, trad. Charles Appuhn © Flammarion, 1997.

La connaissance de la doctrine de l'auteur n'est pas requise. Il faut et il suffit que l'explication rende compte, par la compréhension précise du texte, du problème dont il est question.

PHILOSOPHIE

LES CLÉS DU SUJET

Repérer le thème et la thèse

- Dans ce texte, Spinoza se demande pourquoi les hommes, pourtant doués de raison, sont enclins à se jeter dans la superstition.
- Il démontre que ce délire imaginatif naît de leur attitude passionnelle, qui les pousse à interpréter ce qu'ils ne peuvent ou ne veulent pas connaître. Loin de manifester un désir de vérité, la superstition manifeste un besoin de se rassurer qui les aliène.

Dégager la problématique

Problématique

- L'attitude superstitieuse manifeste-t-elle un désir de vérité portant sur ce que nous ne pouvons pas connaître ?
- Ou bien au contraire exprime-t-elle un besoin de se rassurer, qui, par un effet pervers, alimente nos passions ?

Repérer les étapes de l'argumentation

1. La cause de la superstition (l. 1 à l. 7)

- Spinoza identifie d'abord la cause de la superstition : c'est parce que nous souffrons de ne pas tout maîtriser et de ne pas tout savoir que nous tombons dans l'attitude passionnelle qui consiste à craindre ou à espérer.

2. Le cercle vicieux de la superstition (l. 7 à l. 17)

- Il s'appuie alors sur deux exemples montrant que ces passions nous poussent à voir des signes dans certains faits, au lieu de les expliquer rationnellement en en cherchant les causes.
- Ainsi mû par le désir d'échapper à la peur plutôt que par son désir de vérité, le superstitieux interprète le monde.

59 CORRIGÉ GUIDÉ

Les titres en couleur servent à guider la lecture et ne doivent en aucun cas figurer sur la copie.

Introduction

[Question abordée] Spinoza examine ici le mécanisme et les causes de la superstition. Pour quelles raisons les hommes, pourtant doués d'une raison qui, en tant que puissance rationnelle, leur permet d'accéder à la vérité, sont-ils si souvent sujets à cette forme de croyance irrationnelle ? De fait, l'homme le plus rationnel n'échappe pas à cette tendance qui nous porte spontanément à remarquer le passage d'un chat noir, ou à éviter de passer sous une échelle quand bien même aucun risque n'est manifeste. Mais comment l'expliquer ? [Thèse] Spinoza démontre dans ce texte que le délire imaginatif qu'est la superstition naît de nos désirs sans limites, de notre impuissance à maîtriser et à connaître l'avenir et de l'attitude passionnelle qui en découle. [Annonce du plan et problématique] Pour établir cela, il se demande dans un premier temps quelle est la cause de la superstition : qu'est-ce qui explique que nous soyons tous susceptibles de nous y livrer ? Spinoza se demande alors, en s'appuyant sur deux exemples, comment se développe le raisonnement superstitieux, ce délire imaginatif qui travestit les faits en signes et nous éloigne de ce fait du souci de la vérité.

> **À NOTER**
> *Croire* signifie tenir une chose pour vraie sans que cela résulte d'une démonstration, alors que le savoir résulte d'une démonstration qui fonde la vérité. Il s'agit d'un repère de votre programme.

1. La cause de la superstition

A. L'avenir est imprévisible

• Dans un premier temps, Spinoza s'interroge sur les causes de la superstition : d'où vient que les hommes soient si souvent enclins à ce genre de fausses croyances ? Le texte s'ouvre sur une hypothèse qui fait apparaître en creux ce qui rend possible le développement de la superstition chez des hommes pourtant doués de raison. D'une part, « si les hommes pouvaient régler toutes leurs affaires suivant un dessein arrêté ou encore si la fortune leur était toujours favorable », dit-il, ils ne seraient pas superstitieux. Autrement dit, sa condition de possibilité, c'est d'abord la nature même de l'existence humaine : nous ne maîtrisons pas entièrement notre vie, puisque nos actions se heurtent à celles des autres, aux accidents ou à la chance.

• Or, nous souffrons de ces incertitudes propres à l'existence humaine puisque nous sommes à la fois capables, par notre imagination, d'envisager l'avenir, et incapables d'avoir la moindre certitude concernant cet avenir. Cette incertitude concernant l'avenir forme donc le terreau de la superstition.

B. Notre façon de désirer

• D'autre part, l'homme se caractérise, observe Spinoza, par sa tendance à faire porter son désir sur des objets dont l'obtention ne dépend pas de ses forces, mais de l'intervention du hasard, ou, là encore, de la chance. Autrement dit, c'est bien parce que nous orientons nos désirs sur « ce qui ne dépend pas de nous » et non sur « ce qui dépend de nous », pour reprendre la distinction stoïcienne formulée par Épictète, que nous devenons la proie de ce hasard dont dépend notre bonheur.

> **À NOTER**
> Pour les stoïciens, cette tendance à désirer ce que nous ne sommes pas sûrs d'obtenir nous jette dans la passion et en cela nous aliène, mais nous avons le pouvoir de réorienter nos désirs.

• Cette tendance à concevoir un « désir sans mesure des biens incertains de fortune », dit Spinoza, nous livre ainsi à ces deux passions fondamentales que sont la crainte et l'espoir. De fait, la crainte et l'espoir sont des sentiments produits par l'incertitude propre à l'avenir, ainsi que par notre capacité à nous rapporter à cet avenir inconnu par notre imagination, qui y voit dans un cas une chose qui pourrait nous nuire, dans l'autre une chose qui pourrait nous être favorable. Comme l'observe Spinoza dans l'*Éthique*, ces deux sentiments sont essentiellement liés, puisqu'à l'espoir que je nourris de voir une chose se réaliser dans l'avenir se mêle nécessairement, celui-ci étant imprévisible, la peur de voir cette chose ne pas se réaliser. C'est pourquoi nous sommes voués à « flotter presque sans répit entre l'espérance et la crainte ».

[Transition] Mais si nous pouvons identifier, à ce point du raisonnement, les conditions de possibilité de la superstition et ses causes, reste à déterminer par quels mécanismes elle s'ancre durablement en nous. Comment nous retrouvons-nous « prisonniers » d'elle ?

2. Le cercle vicieux de la superstition

A. La transformation du fait en signe

• C'est la question à laquelle s'attèle alors Spinoza, en s'efforçant de mettre en évidence la logique du raisonnement superstitieux à partir de deux exemples. Le premier renvoie à un type de raisonnement par lequel, alors que nous sommes en proie à la crainte – passion triste qui nous rend vulnérables et repose sur l'incertitude propre à l'avenir –, nous tentons de fuir cette peur en cherchant à voir autour de nous un signe annonciateur de l'avenir, un « présage ».

Que celui-ci soit « favorable » ou « funeste », il résulte donc d'un travail d'interprétation par lequel, guidé par mon désir de fuir la peur, je me saisis d'un fait ordinaire pour le transformer en signe, c'est-à-dire en une réalité qui renvoie à autre chose qu'à elle-même.

DÉFINITION
Interpréter signifie introduire une médiation entre une chose et son sens : il s'agit donc de clarifier, de s'approprier cette chose, ou encore de la travestir et de la déformer.

• Par exemple, il suffit que ma puissance soit amoindrie par la crainte qu'un de mes désirs échoue pour que je devienne attentif au passage d'un chat noir devant moi : en lui, je vois alors davantage qu'un chat noir. Ce que ma peur et mon souci de lui échapper en trouvant un signe de l'avenir me poussent à voir en lui, c'est le signe du malheur, c'est-à-dire du fait que mon désir ne se réalisera pas. Pourtant, ce chat noir ne ressemble pas au malheur. Pourtant, souligne Spinoza, il m'est arrivé bien des fois de croiser des chats noirs sans qu'un malheur advienne, si bien que j'aurais pu, par l'expérience et par l'usage de ma raison, en conclure qu'un chat noir n'est rien d'autre qu'un chat noir. C'est alors qu'apparaît la force du raisonnement superstitieux : à chaque fois que nous voyons un chat noir, nous voyons en lui un signe du malheur, à chaque fois nous constatons que ce malheur n'advient pas, mais, « bien que cent fois trompés », nous continuons à frémir en voyant un chat noir. Autrement dit, ni notre expérience ni notre raison ne semblent avoir prise sur une telle croyance, parce que, aveugles et livrés à la passion, nous avons besoin de croire que l'avenir puisse s'annoncer.

B. La transformation du fait en miracle

• Le deuxième exemple de raisonnement superstitieux concerne la production de ces signes spécifiques que sont les « miracles ». Le miracle est un terme qui désigne un effet sans cause et prouverait, en brisant la causalité à l'œuvre dans le monde naturel (où tout effet a bien une cause identifiable) l'existence du surnaturel.

• Spinoza identifie d'abord la cause de cette croyance superstitieuse : si nous sommes enclins à croire aux miracles, c'est parce que la « surprise » s'empare de nous face à un événement que nous n'avions pas prévu. C'est donc là encore parce que nous sommes incapables de prévoir l'avenir et que cela nous plonge dans l'attitude passionnelle, que nous transformons un fait simplement « insolite » qui devrait nous rappeler aux limites de notre connaissance, en un signe « manifestant la colère des Dieux ». Et c'est ainsi que les hommes produisent eux-mêmes leurs peurs et inventent les rites susceptibles de les protéger.

PHILOSOPHIE

• Spinoza sépare alors fermement la superstition de la religion : ce type de raisonnement n'a rien à voir avec la foi ; c'est un délire, dit-il, c'est-à-dire une forme de raisonnement incontrôlé, sans principe ni fin, que les hommes projettent sur la « Nature », pourtant réglée par la causalité, « comme si elle délirait avec eux ».

Conclusion

Ainsi, Spinoza nous montre ici comment naît et s'ancre en nous ce délire imaginatif qu'est la superstition. Née de la volonté des hommes de maîtriser l'avenir et de leur incapacité à réguler leurs désirs, cette fausse croyance repose avant tout sur l'imagination, connaissance que Spinoza appelle ailleurs « du premier genre », c'est-à-dire fausse connaissance spontanée du monde qui prétend trouver des vérités qu'elle ne fait que construire. Il démontre ainsi que face à elle nous ne sommes pas impuissants, puisque comprendre les causes et les mécanismes de la superstition, accéder par notre raison à son idée vraie, c'est déjà s'en libérer.

5 AUTRES SUJETS POUR S'ENTRAÎNER

- Faut-il préférer la vérité à la paix ?
- La vérité ne peut-elle être établie que par la démonstration ?
- La certitude est-elle une garantie de vérité ?
- Explication d'un extrait de *Du progrès et de la promotion des savoirs*, de Bacon
- Explication d'un extrait des *Académiques*, de Cicéron

▶ Retrouvez les corrigés sur annabac.com

Réussir le Grand Oral

Les fiches MÉTHODE

Quatre SIMULATIONS de Grand Oral

1 Choisir une question d'oral en SES ou en HGGSP

Selon le BO du 13 février 2020, qui définit le « Grand Oral », vous devez choisir une question pour chacune de vos deux spécialités. Vous serez interrogé(e) sur l'une de ces deux questions le jour de l'épreuve.

A Le « cahier des charges »

- Le choix de la question doit répondre à ces **trois conditions** :

La question
1. met en lumière un des grands enjeux du programme de spécialité.
2. se prête à une explicitation aisée, sans support et sans notes.
3. permet de nourrir une réflexion sur votre projet d'orientation.

- Pour trouver votre sujet, plusieurs possibilités s'offrent à vous : traiter un exemple non étudié en cours, faire le lien avec une question d'actualité, opter pour la transversalité avec un autre enseignement de spécialité…

B Des idées de sujets en SES

1. Des questions portant uniquement sur le programme de SES

- La structure sociale en France peut-elle être analysée en termes de classes sociales ? Les arguments et les théories nécessaires sont présentés dans le chapitre 6 « La structure de la société française actuelle ».
- Comment a évolué l'action collective depuis 1970 ? La réponse peut être construite en articulant le chapitre 10 « L'engagement politique dans les sociétés démocratiques » et des références à l'art contestataire dans la littérature ou le cinéma.

2. Des questions en lien avec d'autres disciplines

- Quel rôle jouent les nouvelles technologies dans la croissance économique ? Vous pourrez puiser dans le chapitre 1 « Les sources et les défis de la croissance économique » et dans le thème de spécialité HGGSP « L'enjeu de la connaissance ».
- La mondialisation est-elle profitable à tous ? Le chapitre 2 « Les fondements du commerce international et de l'internationalisation de la production » s'articule logiquement avec le grand thème de géographie « Les territoires dans la mondialisation : entre intégrations et rivalités ».

● La croissance est-elle compatible avec l'environnement ? Dans le programme de SES, les chapitres 1 « Les sources et les défis de la croissance économique » et 12 « L'action publique pour l'environnement » soulèvent le problème et apportent des pistes de solution. Vous pourrez aussi vous appuyer sur le thème 5 d'HGGSP intitulé « L'environnement, entre exploitation et protection : un enjeu planétaire », ou sur celui d'enseignement scientifique portant sur les nouvelles énergies dans le thème 2 « Le futur des énergies ».

C Des idées de sujets en HGGSP

1. Des questions portant uniquement sur le programme d'HGGSP

À NOTER Ce sujet peut également s'appuyer sur le programme de 1re, où il est question de l'Inde.

● Comment l'Inde est-elle devenue une puissance spatiale ? Cette question s'inscrit dans le thème 1 : « De nouveaux espaces de conquête. » Vous présenterez les enjeux (scientifiques, géopolitiques, économiques) de la course à l'espace pour cet État puis les récents succès de la politique spatiale indienne.

● Pourquoi peut-on dire que le conflit yéménite se déroule à différentes échelles ? Ce sujet est lié au thème 2 : « Faire la guerre, faire la paix. » Vous distinguerez les différentes échelles du conflit (nationale, régionale, mondiale) en lien avec ses acteurs et ses enjeux.

● Comment expliquer l'importance de la mobilisation pour la reconstruction de Notre-Dame de Paris ? Ce sujet porte sur le thème 4 : « Identifier, protéger et valoriser le patrimoine. » Vous soulignerez les différentes dimensions de cette mobilisation (culturelle, patrimoniale, économique, géopolitique) en précisant les acteurs concernés.

2. Des questions en lien avec d'autres disciplines

● De nombreux croisements sont possibles avec la spécialité SES. Par exemple, le thème de SES « Quelle action publique pour l'environnement ? » peut être rapproché du thème 5 d'HGGSP, et donner matière à une question telle que : « La Californie est-elle un modèle de transition énergétique ? »

● La spécialité « Humanités, littérature et philosophie » permet aussi des rapprochements, notamment autour de la thématique « L'humanité en question/ Histoire et violence ». Par exemple : Comment Primo Levi rend-il compte de la violence concentrationnaire dans *Si c'est un homme ?* (thème 3 d'HGGSP).

2 Concevoir sa présentation

Les recherches sur les questions choisies peuvent débuter assez rapidement dans l'année. Pour chacune, vous devez vous documenter et organiser vos idées, au fur et à mesure, en vue d'un exposé structuré.

A Se documenter, chercher des idées

1. Se constituer une bibliographie pertinente

- Pour chaque question, établissez une **liste de mots-clés** : ils vont vous permettre d'interroger Internet, mais aussi le catalogue de votre CDI ou de la médiathèque de votre quartier.
- Consultez les documents ainsi sélectionnés, **des plus généraux** (manuels, encyclopédies) **aux plus spécialisés**.
- Dans le cas de recherches sur Internet, pensez à **vérifier les sites** que vous consultez à l'aide de ces questions :

1. Qui est l'auteur du site ? Quelle est son expertise sur le sujet ?
2. De quand datent les informations ?
3. L'exposé est-il clairement construit, solidement argumenté ?

> CONSEIL **Commencez par lire les informations données par la page de présentation du site, souvent intitulée « À propos ».**

2. Garder la trace de ses recherches

- **« Fichez » chacun des documents** consultés : le support peut être, selon votre préférence, physique (fiche Bristol) ou numérique.
- Reformulez les idées qui vous paraissent essentielles, en distinguant bien les arguments des exemples.

> CONSEIL **Notez précisément la source : le titre de l'ouvrage ou du site, le nom de l'auteur, la date de publication, ainsi que les pages consultées.**

FICHE DOCUMENT

Source :

Sujet :

Idées clés :
-
-
-

Citation :

B Organiser ses idées

1. Plusieurs méthodes de classement

● Au fil de vos prises de notes, vous allez être conduit à regrouper vos idées autour de lignes directrices : une organisation de votre exposé se dessine progressivement. Essayez de la traduire sous forme de **« carte mentale »**.

● Si vous avez du mal à faire émerger les grands axes, vous pouvez recourir à la **méthode des post-it.**

1. Écrivez une idée clé par post-it.
2. Ajoutez, le cas échéant, des exemples sur des post-it d'une autre couleur.
3. Sur un mur, déplacez les post-it jusqu'à ce qu'ils s'enchaînent logiquement.

2. Le choix du plan

Votre plan dépend de la question et du type de réflexion proposé.

	Objectif	Question
Plan thématique	Il permet d'approfondir les différents aspects d'un sujet.	Il correspond à une question qui se subdivise en différentes sous-questions.
Plan dialectique	Il oppose deux thèses puis opère une synthèse des points de vue.	Il correspond à une question qui implique une discussion, un dilemme.

FOCUS

Mettre son plan sous forme de carte mentale

1. Prenez une feuille blanche A4, en format paysage.
2. Notez la question au centre, dans un « noyau ».
3. Créez autant de « branches » que de grands axes (une couleur par axe).
4. Ramifiez les branches de manière à faire apparaître les idées clés.

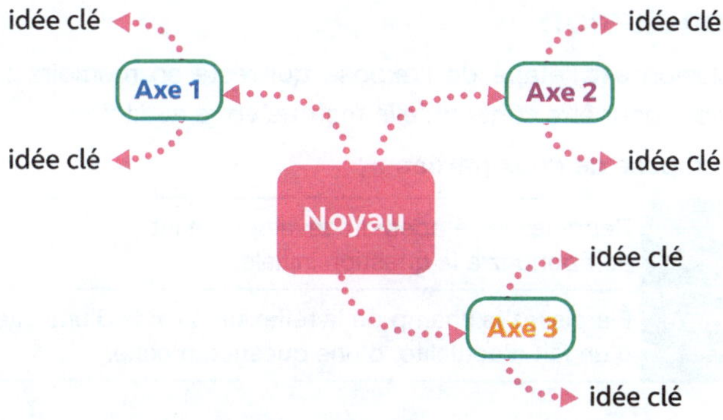

GRAND ORAL

3 Préparer efficacement l'exposé

Le jour J, vous devrez faire votre présentation en cinq minutes, sans notes. Cela suppose un travail préparatoire important : de rédaction, de mémorisation et d'entraînement à la prise de parole.

A Rédiger une trame précise

Une fois que vous êtes au clair sur la structure générale de votre exposé, vous devez mettre par écrit le déroulement de votre argumentation, sous la forme d'un plan semi-rédigé.

1. L'introduction

- L'introduction doit montrer :

– que **votre sujet est intéressant** ;
– que vous l'avez bien cerné ;
– que votre plan découle de la question posée et y répond.

- Elle comprend **trois étapes** qui s'enchaînent logiquement.

1. L'accroche	En une ou plusieurs phrases, amenez progressivement votre sujet.
2. La question	Posez clairement la question à laquelle vous allez répondre et explicitez-la.
3. Le plan	Annoncez les deux ou trois grands axes, de manière que le jury comprenne d'emblée l'organisation de l'exposé.

2. Le corps de l'exposé

- Recopiez le plan que vous avez établi et remplissez-le de manière télégraphique, à l'aide de listes à puces.
- N'oubliez pas d'**appuyer chaque argument** par un exemple vérifié.
- Distinguez bien les informations nécessaires à la bonne compréhension du sujet de celles qui sont secondaires et que vous pourrez préciser dans l'entretien.

3. La conclusion

- La conclusion est l'étape de l'exposé qui reste en mémoire : rédigez-la complètement pour être sûr(e) qu'elle marque votre auditoire.
- Elle se compose de **deux parties** :

1. Le bilan	Reprenez les étapes du développement et répondez à la question initiale.
2. L'ouverture	Élargissez le champ de la réflexion à l'aide d'une citation, d'un fait d'actualité, d'une question proche.

B Mémoriser la présentation, puis simuler l'épreuve

Vous êtes désormais au clair sur le contenu de votre exposé. Il s'agit maintenant de préparer sa restitution orale.

1. Faire travailler sa mémoire

- Vous devez posséder votre exposé « sur le bout des doigts », de telle manière que les idées se rappelleront à vous naturellement le jour de l'épreuve et que vous pourrez consacrer toute votre attention à votre auditoire.
- Pour ce faire, sollicitez vos différentes mémoires (visuelle, auditive, kinesthésique…) pour fixer le déroulement de l'exposé puis récitez-le plusieurs fois, de manière à vous en souvenir durablement.

> À NOTER **Des chercheurs ont prouvé qu'il faut refaire au moins sept fois le chemin vers un souvenir pour l'ancrer durablement.**

2. Simuler un Oral blanc

- C'est à ce moment-là, quand vous avez mémorisé votre exposé, que vous devez faire appel à votre entourage – vos professeurs, vos parents ou vos amis – pour leur demander de constituer votre premier auditoire.
- Demandez-leur d'évaluer votre présentation selon ces trois critères :

1. **Pertinence**. Ai-je bien répondu à la question posée ?
2. **Clarté**. Qu'est-ce qui était clair ? moins clair ?
3. **Efficacité**. Ai-je retenu votre attention ? Comment puis-je le faire mieux ?

- N'hésitez pas également à leur demander de vous poser des questions sur le contenu de la présentation : cela vous entraînera pour l'entretien qui suit.

FOCUS

Comment fonctionne la mémoire ?

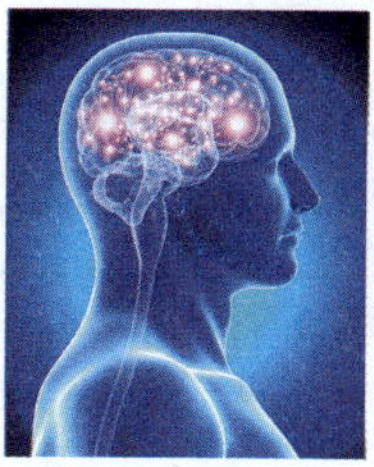

Ph © pankajstock123 – stock.adobe.com

- La mémorisation est le résultat d'un processus biochimique dans lequel les neurones jouent un rôle essentiel.
- Elle se déroule en trois étapes :

1. L'encodage : enregistrement d'une nouvelle information
2. Le stockage : rangement, consolidation de l'information
3. Le rappel : recherche du souvenir afin de le restituer

- Plus on rappelle un souvenir, plus on l'ancre durablement dans la mémoire.

4 Présenter la question au jury

Votre présentation doit être synthétique et rendre compte efficacement du questionnement. Vous êtes principalement évalué(e) sur la solidité de vos connaissances et votre capacité à argumenter.

A Optimiser le temps de préparation

Le jury vient de choisir l'une des deux questions préparées. Vous avez alors 20 minutes pour mettre en ordre vos idées et préparer – si vous vous sentez suffisamment sûr(e) de vous – un support pour le jury.

1. Mettre en ordre vos idées au brouillon

20 minutes de préparation, c'est à la fois long et court. Comment les utiliser ?

Pensez à...	Évitez de...
rédiger l'introduction et la conclusion	rédiger tout l'exposé
noter le plan	noter des idées en désordre
résumer les principales idées	ajouter du contenu au dernier moment

2. Préparer un support pour le jury

- Si vous avez bien en tête votre exposé, mettez à profit les 20 minutes pour préparer un support destiné au jury.
- L'objectif est de permettre à votre auditoire de **mieux suivre votre présentation**. Votre support peut ainsi prendre des formes variées.

> CONSEIL **Bien que non évalué, le support doit être pertinent et lisible pour bien disposer le jury.**

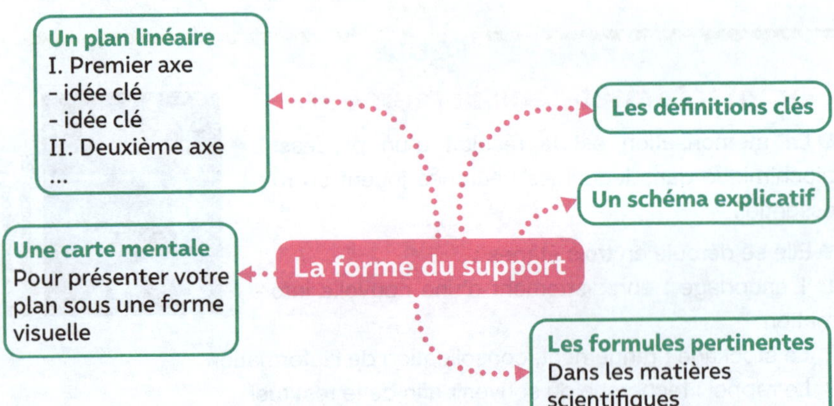

B Faire une présentation claire et fluide

1. Soigner les étapes clés de l'exposé

● Vous devez prêter une attention particulière à l'introduction et à la conclusion.

L'introduction	La conclusion
• amène la question • pose clairement la question • annonce le plan	• fait le bilan des recherches • répond à la question • ouvre de nouvelles perspectives

● Quand vous annoncez le plan, vous pouvez recourir à des formules telles que :
Tout d'abord nous nous intéresserons…
Puis nous étudierons…, avant de montrer que…

2. Mettre en évidence la progression de l'exposé

● Plus encore qu'à l'écrit, vous devez être attentif(ve) aux **transitions** de sorte que votre auditoire comprenne bien la progression de votre présentation.

Les passages d'une partie à l'autre doivent être ainsi explicités :
Nous venons de voir que…
Nous allons maintenant essayer de comprendre comment ce processus…

CONSEIL **Tout au long de votre présentation, n'hésitez pas à rappeler le fil conducteur en reprenant les mots-clés de la question.**

● Les **liens entre les idées** d'une partie doivent être clarifiés au moyen de connecteurs logiques : de cause (*car, en effet*…), de conséquence (*donc, c'est pourquoi*…), d'opposition (*mais, cependant*…), de concession (*certes*…), d'addition (*de plus, en outre*…).

FOCUS

Parler debout

● Placez-vous face à votre jury, bien au centre.

● Ancrez vos pieds au sol, de manière à avoir une assise stable.

● Placez dès le départ vos mains à hauteur de votre ventre, sans les laisser pendre le long du corps. Vous pouvez les croiser devant vous et les dénouer lorsqu'il sera nécessaire d'appuyer le propos.

Image extraite du film *À voix haute* de Ladj Ly et Stéphane de Freitas, 2017.

GRAND ORAL

5 Répondre aux questions en lien avec la présentation

Lors de la deuxième partie de l'épreuve, le jury revient sur la présentation et évalue plus largement vos connaissances dans les disciplines correspondant à vos spécialités.

A Anticiper les questions

1. Les questions sur la présentation

● Le jury va en premier lieu revenir sur certains points de la présentation pour vous **demander des précisions**.

- *Vous avez affirmé que... : pouvez-vous donner un exemple ?*
- *Vous avez cité... : quelle est votre source ?*
- *Comment définissez-vous le mot... ?*

● Afin de ne pas être surpris(e), efforcez-vous de les anticiper lors de l'élaboration de l'exposé.

2. Les questions sur le programme

● Cependant le jury peut aussi vous poser des questions sur d'autres thèmes de vos **programmes de spécialité**.

ATTENTION Ces questions peuvent porter sur des thèmes hors du programme limitatif de l'épreuve écrite.

● C'est pourquoi vous devez travailler tout au long de l'année les notions au programme, en imaginant cette interrogation. Voici 4 conseils clés :

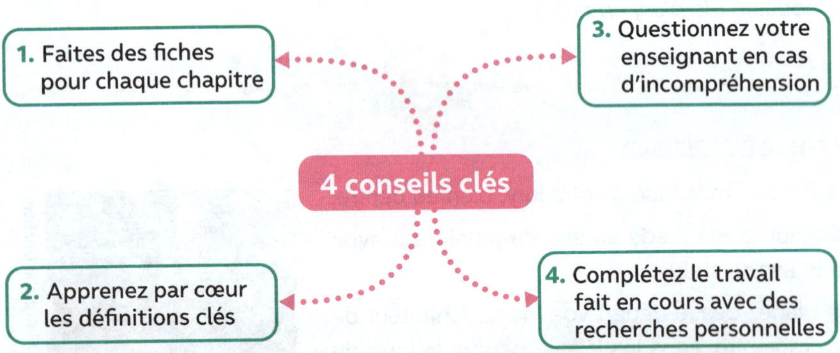

CONSEIL Cette préparation vous servira également pour l'écrit !

B Développer une posture d'échange

1. Faire des réponses appropriées

- Un seul des deux membres du jury est un spécialiste des domaines concernés par votre question. Votre réponse doit donc être **précise mais pas trop jargonneuse.**
- D'autres conseils utiles :

Pensez à…	Évitez de…
prendre quelques secondes pour « ingérer » la question	vous précipiter : vous risquez de ne pas répondre à la question
donner des réponses brèves pour des précisions, plus longues pour un avis personnel	répondre par oui ou par non, ne pas développer
vous appuyer sur des connaissances précises, des chiffres, des dates…	rester dans les généralités, utiliser le pronom *on*

2. Gérer les difficultés

- Si vous n'êtes **pas sûr(e) de comprendre** la question :

– reformulez-la à voix haute pour vérifier que vous avez bien compris ;

Vous me demandez si… Vous voulez savoir comment…

– demandez des précisions ou un exemple.

Qu'entendez-vous par… ? Pouvez-vous me donner un exemple ?

- Si vous **ne savez pas quoi répondre**, osez le dire : vous pouvez toutefois commencer par faire remarquer la pertinence de la question.

Ce point me semble en effet très intéressant,
mais je n'ai pas eu le temps de l'approfondir.

FOCUS

Éviter les gestes parasites

Apprenez à identifier les gestes d'auto-contact que vous effectuez pour vous rassurer en situation de stress : ils brouillent la communication et traduisent votre inconfort. Or, avec un peu d'entraînement, il est facile de les éviter.

Passer la main dans ses cheveux

Remonter ses manches, tirer dessus

Toucher sa montre, un bijou

Se gratter avec insistance

6 Défendre son projet d'orientation

Au cours de cette partie de l'épreuve, vous exposez votre projet d'orientation : quel domaine vous intéresse, depuis quand, quels choix vous avez faits pour vous en rapprocher.

A Faire le lien entre la question traitée et son projet d'orientation

● Le jury va commencer par vous demander en quoi le travail sur la question traitée **a nourri votre réflexion sur votre projet d'orientation**. Voici quelques éléments de réponse, à adapter en fonction de votre sujet et de votre projet :

- *En travaillant sur ce sujet au croisement de deux disciplines, j'ai acquis la certitude que je souhaitais continuer à les étudier l'une et l'autre : d'où le choix d'un cursus réunissant...*
- *La préparation de cet oral m'a permis de rencontrer des personnes travaillant dans le domaine de..., qui m'ont donné envie de suivre leur voie ; c'est pourquoi j'ai choisi des études dans la filière...*

> CONSEIL **Même si vous avez évidemment envisagé plusieurs choix (sur Parcoursup ou par des candidatures directes), mettez plutôt l'accent sur celui permettant d'établir un lien avec la question traitée. Ainsi votre démarche paraîtra cohérente.**

● Vous pouvez aussi analyser les **compétences acquises** lors de la préparation de cette épreuve orale : mener un travail de recherche, confronter des données, faire un travail de synthèse, faire un exposé oral, et montrer qu'elles vous seront **utiles pour la suite de vos études**.

B Expliquer les étapes de son projet d'orientation

1. Projet professionnel ou projet de poursuite d'études ?

● Si vous avez une idée de métier précise, vous pouvez partir de ce **projet professionnel**, expliquer pourquoi il vous attire ; puis faire le lien avec les études qui y mènent.

● Mais vous avez le droit, à 17-18 ans, de ne pas savoir quel métier vous aimeriez exercer. Contentez-vous alors d'expliquer quel domaine vous intéresse et **quels choix d'études** après le bac vous avez faits en conséquence.

CONSEIL **Quand vous vous êtes inscrit(e) sur Parcoursup ou si vous avez candidaté à des écoles, vous avez dû rédiger des lettres de motivation. Utilisez-les pour préparer cette partie de l'oral.**

- Si vous hésitez encore entre **deux voies**, vous pouvez exposer les différentes possibilités envisagées.

2. La genèse et la mise en œuvre du projet

- Pour retracer la **genèse** du projet, expliquez :
  - comment l'idée de ce projet d'orientation vous est venue ;
  - comment elle a guidé vos choix de spécialités ;
  - comment elle s'est renforcée à travers différentes activités et expériences.

CONSEIL **N'hésitez pas à détailler des expériences vécues ou à rapporter une anecdote pour rendre votre présentation plus personnelle.**

- Mentionnez la **filière choisie**, l'école ou l'université que vous souhaiteriez intégrer et les enseignements qui vous attendent. Décrivez concrètement la manière dont vous souhaitez mener ce projet : cursus envisagé, diplôme visé.
- Faites le bilan de vos atouts et de vos limites pour le domaine envisagé. Montrez que vous disposez d'une **bonne connaissance de vous-même** et de vos capacités.

FOCUS

Développer une argumentation personnelle

Pour mieux convaincre le jury de votre motivation, vous devez mettre en évidence que ce projet est vraiment le vôtre.

Les composantes personnelles de votre projet

1. scolaires
- vos spécialités de 1re et T^{le}
- vos préférences pour certaines matières
- vos compétences scolaires

2. extrascolaires
- votre stage de 3^{e}
- vos engagements (comme délégué(e) de classe, dans un projet...)
- vos centres d'intérêt, vos convictions

7 Retenir l'attention du jury

Lors de l'épreuve orale, il ne suffit pas de maîtriser son sujet, il faut aussi communiquer de manière efficace pour convaincre le jury. Le visage et ses expressions, ainsi que la gestuelle, sont alors essentiels pour renforcer le propos.

A Établir le contact

● Le premier contact est essentiel. Dès l'entrée dans la salle, donnez l'impression d'être ouvert à l'échange, avenant, sans être trop familier.

● Le **sourire** est l'atout indispensable pour détendre l'atmosphère et gagner la sympathie du jury. Il ne s'agit pas de rire faussement ou de sourire en permanence, mais d'afficher une attitude aimable.

● La **politesse** est de mise, même si parfois le stress fait oublier les fondamentaux de la courtoisie : saluer vos interlocuteurs, remercier, attendre d'être invité à s'asseoir ou à partir avant de le faire.

● Laissez à vos examinateurs le temps de s'installer et montrez-vous **à l'écoute de leurs attentes**, sans foncer tête baissée dans votre exposé.

B Communiquer efficacement

1. Regarder l'examinateur

● Se retrouver face à face avec un jury composé de deux professeurs inconnus peut vous paraître impressionnant. Cependant, votre réussite à l'oral repose aussi sur votre capacité à **surmonter ce stress** et à vous adresser réellement à vos interlocuteurs à travers ce que vous dites, mais aussi par le regard.

● Ne fixez pas vos interlocuteurs, mais accordez-leur **des regards réguliers**, afin de capter leur attention. Évitez de regarder ailleurs : vous donneriez l'impression d'être fuyant. Inutile donc de fixer vos pieds, le plafond, ou encore le mur au fond de la salle.

> CONSEIL **Si vous avez des difficultés à regarder votre interlocuteur dans les yeux, vous pouvez imaginer un point entre ses deux yeux, ce qui vous évitera d'être mal à l'aise en croisant son regard.**

2. Soigner la gestuelle

● **Évitez de rester trop statique** pendant votre intervention mais ne surchargez pas non plus votre intervention par des gestes répétitifs ou sans lien avec le propos.

● Vos gestes doivent intervenir à des moments essentiels de votre prise de parole afin d'**appuyer ce que vous dites**. Ils doivent donc coïncider avec ce que vous cherchez à exprimer : enthousiasme, opposition, implication personnelle… (voir la rubrique « Focus » ci-dessous).

3. Éviter la monotonie

● **Variez les intonations** pour donner de la vivacité à ce que vous dites et ne pas ennuyer votre jury.

● **Insistez sur les aspects essentiels** en appuyant sur certains segments de phrases ; marquez les interrogations ou les exclamations par une intonation expressive.

● **Ayez l'air convaincu(e)** de ce que vous affirmez en adoptant une voix claire et en apparaissant sûr(e) de vous.

INFO La relation interpersonnelle est un phénomène complexe. Les variations de la voix, la gestuelle comptent pour beaucoup dans la bonne réception du message de fond. Les acteurs le savent bien.

FOCUS

Appuyer son propos par des gestes signifiants

Il est important d'appuyer son discours par des gestes qui retiennent l'attention et soulignent les moments clés.

Mains tendues vers l'auditoire : impliquer le public.

Mains à gauche puis à droite : souligner une opposition.

Compter avec ses doigts : énumérer.

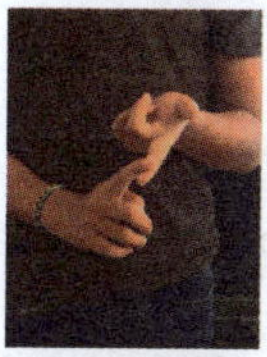

Mains écartées ou rapprochées : exprimer l'union ou la désunion

Lever ou baisser un doigt : exprimer un doute ou un questionnement.

Main sur la poitrine : montrer son implication personnelle.

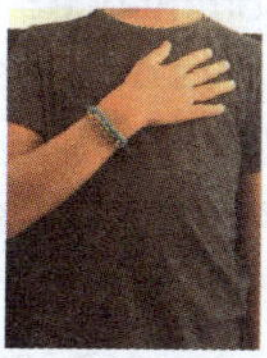

8 S'exprimer de manière claire et fluide

Si une bonne partie de la communication repose sur l'attitude non verbale, il ne faut évidemment pas négliger l'aspect verbal de l'échange. Choisir les mots justes, articuler, faire des pauses sont autant d'atouts dans la prise de parole.

A Utiliser un vocabulaire juste et précis

1. Choisir ses mots

- Vous êtes jugé(e) sur la qualité de votre expression, d'où l'importance de bien choisir vos mots. Il est parfois difficile de trouver la bonne formulation : prenez le temps de chercher les **termes les plus appropriés**.
- Si un terme familier vous échappe, reformulez dans un **registre plus soutenu**. Évitez les contractions (« j'sais pas », « j'pense ») : prononcez correctement les négations en incluant un « ne » audible.

2. Varier son expression

L'examinateur appréciera que vous fassiez un effort pour varier les tournures que vous utilisez.

Varier les expressions utilisées

- **Donner son opinion :** *à mon sens, pour ma part, il me semble, je suis d'avis que…*
- **Appuyer le propos :** *clairement, évidemment, naturellement, nettement…*
- **Introduire une analyse :** *on remarque, on constate, on peut souligner, il est à noter que…*

3. Bannir les tics de langage

Variables d'une époque à une autre, ces petits marqueurs de la communication sont à proscrire le jour de votre oral.

- Commencez par **repérer ceux que vous employez le plus souvent** et essayez de vous en débarrasser lors de vos prises de parole. Il peut s'agir :
  - d'expressions en vogue (« genre », « carrément », « trop », « j'avoue »…) ;
  - de mots de liaison (« donc », « alors », « et voilà », « en fait »…) ;
  - d'onomatopées (« euh », « ben », « bah »…).
- Bannissez également **la mise entre guillemets** (geste à l'appui) qui indique que vous n'avez pas trouvé le mot juste pour vous exprimer.

B Soigner son élocution

- **Parlez distinctement** en articulant pour être bien compris(e). Faites particulièrement attention à ne pas « avaler » les fins de phrases et les fins de mots.
- **Adaptez le volume de votre voix** en fonction de la proximité avec votre auditoire. Ni trop fort, ni pas assez, vous devez trouver le juste équilibre. N'hésitez pas à demander si l'on vous entend.

> CONSEIL **Parler face à un public ne s'improvise pas et, pour éviter de bafouiller, il est nécessaire d'exercer sa voix et de s'entraîner.**

C Adopter le bon rythme

- Ne parlez **ni trop lentement**, pour avoir le temps de tout dire, **ni trop vite**, pour laisser au jury la possibilité d'intégrer ce que vous dites et de prendre des notes.
- Trouvez le juste équilibre en ralentissant ou en accélérant le débit **selon la nature de votre propos** :
  – ralentissez lorsque vous présentez le plan, lorsque vous abordez un aspect essentiel, lorsque vous voulez particulièrement retenir l'attention ;
  – accélérez au moment des exemples, des énumérations, des citations.
- N'hésitez pas à **reformuler** plusieurs fois un aspect important de votre intervention et à **faire des pauses** entre deux idées.

FOCUS

Recourir à des figures de style

Pour renforcer votre propos, vous pouvez recourir à des figures de style, en particulier à des **figures de construction** (qui jouent sur la syntaxe).

4 figures de construction

- **l'anaphore :** répétition d'un terme en tête de phrase
- **la gradation :** énumération de termes de force croissante
- **le parallélisme :** répétition d'une même construction
- **l'antithèse :** rapprochement de deux propositions de sens contraire

60 Sujet d'oral • SES

La croissance est-elle compatible avec l'environnement ?

PRÉSENTATION, SUIVIE D'UN ENTRETIEN

20 min
20 points

INTÉRÊT DU SUJET • Nos sociétés contemporaines ont tendance à considérer que la croissance pourrait, grâce à l'innovation en particulier, sauver l'environnement. Cependant, les faits semblent prouver le contraire.

60 PISTES POUR L'ORAL

1. PRÉSENTATION D'UNE QUESTION

5 min

Les titres en couleurs mettent en évidence la structure de cette présentation.

Introduction

[accroche] Début 2020, avec la crise du Covid-19, la production chinoise est au plus bas depuis 30 ans. Mais c'est aussi la pollution de l'air qui a diminué. D'où une amélioration globale de l'environnement. [présentation du sujet] L'environnement ? C'est notre planète tout entière, les ressources renouvelables, comme les poissons, et non renouvelables, comme le pétrole. Comment la croissance économique – c'est-à-dire l'augmentation soutenue du produit intérieur brut (PIB) –, pourrait-elle le préserver ? Par l'innovation ? Ou serions-nous fous de penser que la croissance est infinie ? [formulation de la problématique] J'ai voulu étudier la question : « L'augmentation du PIB est-elle forcément compatible avec la préservation des ressources naturelles ? » [annonce du plan] Dans un premier temps, je montrerai que certains économistes considèrent que la croissance préserve l'environnement, puis dans, un deuxième temps, je discuterai ce lien pour, enfin, « décortiquer » la politique climatique actuelle.

> **▶ Le secret de fabrication**
> Prouvez que vous avez une vision globale du programme de SES en « piochant » dans plusieurs chapitres. Les deux premières parties nourrissent une opposition théorique et la troisième une application pratique.

I. La croissance économique préserve l'environnement

• Les théoriciens de la soutenabilité faible supposent que le capital naturel peut être substitué par d'autres capitaux (technologique, physique, humain). Ainsi, le manque de pétrole sera compensé par le travail d'ingénieurs (capital humain) inventant les éoliennes (capital technologique) produites en grand nombre (capital physique).

• L'innovation les rend optimistes ! Pour la financer, la développer, il faut aussi de la croissance économique. Et celle-ci peut être durable. La croissance économique n'est donc pas le problème mais la solution.

[transition] Pourtant il faut admettre que la planète se porte mal et que son état s'améliore quand la croissance économique ralentit.

> **CONSEIL**
> Respectez la logique **A-E-I**. D'abord Affirmez une idée, puis Expliquez (théories, mécanismes…) et enfin Illustrez, par l'actualité si possible.

II. La croissance économique nuit à l'environnement

• Les économistes de la soutenabilité forte s'opposent aux premiers. D'après eux, le capital naturel n'est pas substituable. Comment imaginer remplacer la forêt amazonienne ?

• La croissance économique produit systématiquement des externalités négatives, tout comme les innovations d'ailleurs. La voiture électrique se révèle ainsi polluante à produire et à recycler en raison des métaux rares que nécessite sa batterie.

[transition] Les gouvernements sont conscients de la dégradation de l'environnement. Mais en font-ils assez ? Grâce aux sommets internationaux, aux initiatives nationales ou locales, des instruments climatiques existent.

III. L'exemple de la politique climatique

• Le climat est un bien commun. Chacun d'entre nous peut le dégrader mais nous en sommes tous dépendants, et son utilisation n'est pas illimitée.

• Aujourd'hui, des réglementations nationales et internationales interdisent l'utilisation des gaz CFC nocifs à la couche d'ozone. Un marché européen des quotas d'émission de CO_2 a été créé. Enfin, presque tous les pays subventionnent l'achat des innovations écologiques.

> **CONSEIL**
> Vous devez enchaîner les idées de manière logique et fluide pour ne pas « perdre en route » votre auditoire.

• Ces instruments de la politique climatique sont un moyen pour nos économies de continuer à consommer et produire, soit un moyen de soutenir leur croissance, mais en limitant les externalités négatives qui affectent l'environnement. Malgré tout, le réchauffement climatique perdure…

Conclusion

[bilan] En somme, la théorie de la soutenabilité faible mise pleinement sur l'innovation alors que celle de la soutenabilité forte s'inscrit dans une diminution volontaire de la croissance économique. L'exemple du climat semble donner raison à la seconde. [ouverture] La dégradation de l'environnement ne présage-t-elle pas de nouvelles formes d'inégalités ?

2. ÉCHANGE AVEC LE CANDIDAT — 10 min

Voici quelques-unes des questions que le jury pourrait vous poser. N'oubliez pas qu'on peut vous interroger sur d'autres thèmes du programme.

Si la croissance n'est pas une solution, quels changements économiques cela implique-t-il ?

- L'inverse de la croissance économique, c'est la décroissance : une diminution volontaire et organisée du PIB. Cela nécessite la production de biens durables, facilement réparables, et surtout moins de consommation.

Pourriez-vous citer des exemples concrets de taxation en France ?

- Si vous achetez une voiture électrique, productrice d'externalités positives, alors vous toucherez une subvention ; à l'inverse, vous payerez une taxe si votre véhicule est responsable d'externalités négatives.

En proposant une définition de la notion d'inégalité, pourriez-vous préciser votre ouverture en conclusion ?

- Une inégalité c'est une différence qui crée des hiérarchies dans l'accès aux ressources valorisées, comme l'eau par exemple.

> **CONSEIL**
> Le jury vous demande en priorité d'approfondir les points abordés dans votre présentation. En amont, vous devez donc repérer les questions possibles et préparer les réponses.

3. ÉCHANGE SUR LE PROJET D'ORIENTATION — 5 min

Comment avez-vous choisi le sujet de votre exposé ? Celui-ci est-il en lien avec votre projet d'orientation ?

- C'est l'actualité qui a motivé mon choix. La crise du Covid-19 est impressionnante, mais ses conséquences sur l'environnement m'ont vraiment marqué, d'autant plus que les effets sont visibles autour de moi.
- Professionnellement, j'ai l'ambition de faire carrière dans l'environnement. Ce serait l'occasion d'allier une passion et une implication citoyenne. J'envisage des formations du type Master 2 dans une filière économique pour travailler, par exemple, dans la promotion des énergies vertes.

61 Sujet d'oral • SES

Comment lutte-t-on contre le chômage en France ?

PRÉSENTATION, SUIVIE D'UN ENTRETIEN

20 min
20 points

INTÉRÊT DU SUJET • L'économie française fait face depuis des décennies à un chômage important, aux formes diverses. Les politiques économiques ont-elles su s'adapter pour lutter efficacement contre ce fléau ? Un sujet sur ce thème pourrait vous intéresser si vous suivez l'actualité et si vous vous orientez vers des études économiques.

61 PISTES POUR L'ORAL

1. PRÉSENTATION D'UNE QUESTION

5 min

Les titres en couleurs mettent en évidence la structure de cette présentation.

Introduction

[accroche] En 1980, le nombre de chômeurs dépassait pour la première fois la barre du million. Fin 2020, après la crise de Covid-19, ce nombre a été multiplié par quatre. [présentation du sujet] Un chômeur, c'est une personne sans emploi qui en recherche activement un. Malgré la simplicité apparente de cette définition, il existe différentes formes et causes de chômage. Le chômage structurel s'explique par l'existence de rigidités durables sur le marché du travail alors que le chômage conjoncturel est au contraire lié à un contexte économique défavorable. [formulation de la problématique] J'ai voulu étudier la question de la lutte contre ces deux types de chômage, en France, aujourd'hui. [annonce du plan] Dans un premier temps, je montrerai que la France lutte contre un chômage conjoncturel dans un contexte de pandémie qui a provoqué l'effondrement de la demande globale. Dans un deuxième temps, je soutiendrai que la lutte contre le chômage structurel n'a pas été abandonné.

GRAND ORAL

▶ Le secret de fabrication
Montrez que vous êtes capable d'utiliser l'actualité pour la relier à votre cours et aux grandes polémiques économiques. Les exemples enrichissent votre argumentation et la rendent vivante.

I. La lutte contre le chômage conjoncturel

• Le chômage conjoncturel s'explique par une insuffisance de la demande globale, c'est-à-dire une consommation, un investissement ou des dépenses publiques trop faibles.

• Le constat est sans appel. Presque 7 millions de salariés se sont retrouvés en activité partielle dès le premier mois de l'épidémie de Covid-19. La consommation a diminué d'un tiers, et la baisse de 15 % du produit intérieur brut (PIB) est la plus forte de notre histoire.

• Les solutions mobilisées par le gouvernement sont classiques mais d'une ampleur inédite. Tout d'abord, la mise en place d'un chômage partiel ainsi que le renforcement de la plupart des revenus de transfert : le montant des allocations chômage est maintenu, les pertes de revenus salaires sont compensées par l'État. Des aides exceptionnelles aux indépendants ont été attribuées, et l'embauche de salariés de moins de 24 ans fait l'objet d'une prime de 4 000 euros.

CONSEIL
Pour ce sujet d'actualité vous devez mobiliser quelques données chiffrées et les tenir à jour jusqu'à la dernière minute.

• L'objectif de cette politique conjoncturelle est d'augmenter les composantes de la demande globale (la consommation, l'investissement public et privé, etc). De cette façon, les entreprises anticipent cette hausse et continue à investir et à embaucher, en espérant maximiser leurs profits.

[Transition] La lutte contre le chômage conjoncturel passe par le soutien de la demande globale, mais le gouvernement a aussi mené une politique économique apte à lutter contre le chômage structurel.

II. La lutte contre le chômage structurel

• Le chômage structurel est dû à des facteurs économiques durables, comme un coût du travail trop élevé, le manque de formation, etc., et non à la conjoncture économique.

• La France a donc agi sur ces leviers : d'abord en prenant en charge une partie des salaires, ce qui a allégé le coût du travail pour les entreprises et leur a permis de ne pas licencier des salariés devenus moins productifs.

- En juin 2020, un plan de relance a été mis en place avec des baisses durables de cotisations sociales et une incitation à relocaliser les entreprises grâce à une diminution des impôts sur la production.
- L'objectif est d'agir sur certaines rigidités du marché du travail (salaire minimum, prélèvements obligatoires…) pour diminuer le chômage, conformément à la théorie néoclassique.

Conclusion

[bilan] En somme, deux types de politiques économiques complémentaires permettent de lutter contre le chômage. Si elles sont opposées par leurs moyens, elles poursuivent les mêmes objectifs économiques. [ouverture] Mais ne risquent-elles pas d'avoir des répercussions sur l'endettement des États, ce qui finirait par pénaliser la création de nouveaux emplois ?

CONSEIL
L'ouverture est une question sur laquelle le jury peut vous demander plus de précisions. Préparez toujours votre réponse en amont !

Support écrit

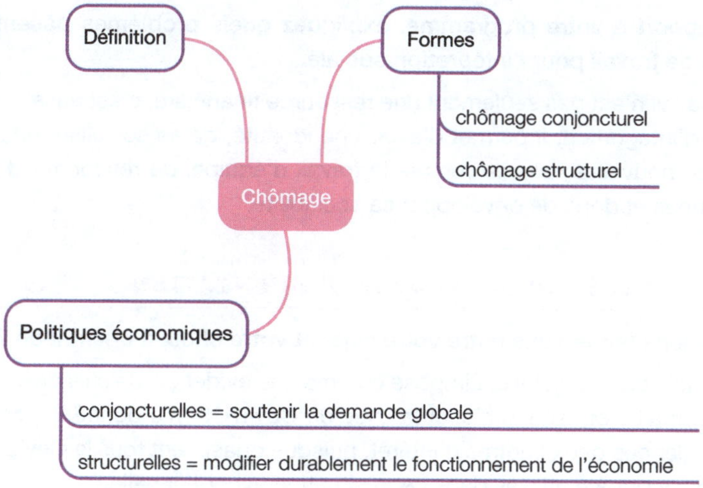

2. ÉCHANGE AVEC LE CANDIDAT — 10 min

Voici quelques-unes des questions que le jury pourrait poser en lien avec votre présentation, ainsi que des réponses possibles. N'oubliez pas que l'on peut vous interroger sur d'autres thèmes du programme.

Pourriez-vous citer les deux mesures officielles du chômage ? Comment s'effectue le calcul du taux de chômage ?

• Il existe deux mesures officielles du chômage. La première est assurée par l'Institut national de la statistique et des études économiques (Insee), qui a adapté au cas français la définition du Bureau international du travail (BIT). La seconde mesure est celle de Pôle emploi, qui comptabilise les demandeurs d'emploi en fin de mois.

CONSEIL
Les questions du jury sont prévisibles car elles portent nécessairement sur votre cours. À vous de les anticiper pour préparer vos réponses.

• Le taux de chômage quant à lui s'obtient en divisant la population active inoccupée par la population active, le tout multiplié par 100.

Quels sont les effets à long terme du confinement sur l'organisation du travail ?

• Dans notre cours, nous avons analysé différentes formes d'organisation du travail comme le fordisme ou le toyotisme. Grâce aux nouvelles technologies, les entreprises ont constaté que le travail à distance était possible et même efficace. Il est possible que l'entreprise entièrement ou partiellement virtuelle se généralise, bouleversant ainsi en profondeur l'organisation du travail.

Par rapport à votre programme, expliquez quels problèmes posent l'absence de travail pour l'intégration sociale.

• Le travail n'est pas seulement une ressource financière, c'est aussi une instance d'intégration. Il permet d'avoir une identité, de se socialiser en apprenant de nouvelles valeurs comme le travail d'équipe, de rencontrer d'autres personnes et donc de développer sa sociabilité.

3. ÉCHANGE SUR LE PROJET D'ORIENTATION — 5 min

Quels liens faites-vous entre votre sujet et votre choix d'orientation ?

• Le choix de ce sujet s'est imposé comme une évidence. Je suis passionné·e par l'actualité et l'économie, et la crise de Covid-19 m'a donné la possibilité d'articuler ces deux centres d'intérêt, puisque quasiment tous les leviers économiques ont été utilisés dans cette situation exceptionnelle.

• Pour approfondir mes connaissances sur ces deux sujets, j'ai décidé dans un premier temps de m'inscrire dans une université d'économie et je compte tenter par la suite une école de journalisme. L'idéal pour moi serait de devenir journaliste économique dans la presse écrite ou enseignant·e à l'université.

À NOTER
Ne confondez pas les filières que vous avez choisies pour l'an prochain et les idées de métiers, que vous avez encore le temps d'affiner. Pour cette raison, n'hésitez pas à proposer plusieurs débouchés possibles.

62 Sujet d'oral

La France peut-elle être une puissance de premier plan dans la gouvernance climatique mondiale ?

PRÉSENTATION, SUIVIE D'UN ENTRETIEN

20 min
20 points

INTÉRÊT DU SUJET • Cette étude permet de mettre en lumière l'articulation entre le changement climatique global et la géopolitique mondiale. Il porte un éclairage sur le rôle de notre pays dans les institutions internationales qui tentent d'agir pour l'environnement et notamment contre le réchauffement climatique.

62 PISTES POUR L'ORAL

1. PRÉSENTATION D'UNE QUESTION — 5 min

Les titres en couleur mettent en évidence la structure de la présentation.

Introduction

[Accroche] La notion de gouvernance climatique mondiale a été officiellement reconnue en 1992 à Rio, dans la convention cadre des Nations unies sur les changements climatiques. Elle est définie ainsi : « somme des organisations, des outils politiques, des mécanismes financiers, des lois, des procédures et des normes qui régulent les processus de protection environnementale ». La France participe à cette mise en œuvre de politiques environnementales à l'échelle mondiale. [Présentation du sujet] Notre pays est une puissance moyenne à vocation mondiale qui tente de peser sur les décisions internationales. Elle participe à la gouvernance climatique mondiale notamment dans le but de lutter contre les changements climatiques.

[Formulation de la problématique] Mais la France est-elle en mesure d'être une puissance de premier plan dans la gouvernance climatique mondiale ?

[Annonce du plan] Je montrerai que la question environnementale est un sujet dont la France s'est saisie depuis longtemps [I]. Elle tente d'imposer sa voix à l'échelle internationale [II], mais son poids géopolitique reste pour le moment insuffisant pour s'imposer comme une véritable puissance verte [III].

I. La France, un pays précurseur de la cause environnementale

• Dès les années 1960 et 1970, la France se préoccupe d'environnement en créant ses premiers parcs nationaux. À cette époque, alors que la croissance économique augmente la pression des sociétés sur leurs milieux, la prise de conscience, d'abord sociale et scientifique, de la vulnérabilité de notre planète, devient politique. Le premier ministère de l'Environnement apparaît en France en 1971.

• À l'échelle mondiale, la France tente déjà de faire entendre sa voix : dès 1970, le président Georges Pompidou prononce à Chicago un discours sur les dangers de la pollution et affirme son souhait de préserver les espaces naturels. En 1979, des scientifiques français participent à la première conférence internationale sur le climat. En 1988 naît le GIEC.

À NOTER
Le GIEC (groupe d'experts intergouvernemental sur l'évolution du climat) a été créé à la demande du G7, groupe des pays les plus industrialisés dont la France est à l'origine.

II. Un acteur de la gouvernance climatique mondiale

• La France est présente au sommet de la Terre à Rio en 1992, aux conférences des parties (COP) depuis 1995. À Kyoto en 1997 elle s'engage à réduire ses émissions de gaz à effet de serre (d'au moins 5 %).

• Sous la présidence de Jacques Chirac, la France tente d'assumer son leadership dans la lutte contre le réchauffement planétaire. Lors de l'ouverture du sommet de la Terre en 2002 à Johannesburg, le président interpelle l'assemblée, je cite : « Notre maison brûle et nous regardons ailleurs. »

• L'accord de Paris en 2015 marque un tournant, car il engage tous les pays du monde à maintenir le réchauffement sous la barre des 2 °C d'ici à 2100. Lorsque Donald Trump décide, en 2017, de retirer les États-Unis de cet accord, Emmanuel Macron appelle les scientifiques américains à venir travailler en France et détourne le slogan de campagne du président américain : *Make our planet great again*.

III. Une « puissance moyenne » dans une gouvernance climatique à construire

• La question climatique n'est pas encore une préoccupation centrale de la géopolitique mondiale. Les grandes puissances ne parviennent pas à respecter leurs engagements pris lors des COP, tandis que les puissances émergentes ne souhaitent pas renoncer à leur modèle de développement.

• Face à ces freins, le poids de la France reste faible. Elle ne peut que dénoncer le climatoscepticisme de certains et les hésitations de ses homologues. C'est surtout à l'échelle européenne (Pacte vert) que la France est l'un des acteurs majeurs d'une politique climatique internationale volontariste.

> **À NOTER**
> La Commission européenne a adopté en 2021 une série de propositions visant à adapter les politiques de l'UE en matière de climat, d'énergie, de transport et de fiscalité pour réduire les émissions de GES.

Conclusion

[Bilan] Ainsi, la gouvernance climatique mondiale reste encore à construire tant les intérêts propres à chaque pays priment encore sur l'intérêt collectif. La France ne réussit pas à tenir un rôle de leader dans la lutte contre le réchauffement planétaire. C'est à l'échelle européenne qu'elle reste la plus active, sans pour autant prendre la direction des opérations. La COP 21 demeure le seul moment où elle a vraiment pesé sur les débats. [Ouverture] Notre pays est cependant engagé dans la cause environnementale. La France a mis en place en 2019 une Commission citoyenne sur le climat afin de proposer des mesures pour réduire de 40 % nos émissions de GES d'ici 2030. Ce qui prouve que c'est encore à l'échelle nationale qu'elle reste la plus efficace.

Support écrit

En préparant ce schéma à l'attention du jury, vous mettez en évidence les actions de la France pour la protection de l'environnement à toutes les échelles. Ainsi vous ouvrez le sujet afin d'initier la discussion lors du 2e temps.

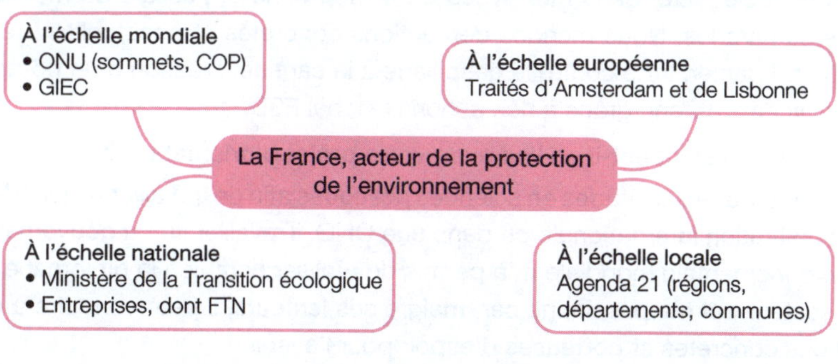

GRAND ORAL

2. ÉCHANGE AVEC LE CANDIDAT

10 min

Voici des exemples de questions que le jury pourrait poser à la suite de votre présentation, ainsi que des réponses possibles.

- **Vous évoquez le développement durable, pourriez-vous nous rappeler la définition de cette notion ?**

Le développement durable est un concept élaboré par le rapport Brundtland en 1987, avant le sommet de la Terre à Rio. Voici comment il est défini : « développement qui répond aux besoins du présent sans compromettre la capacité des générations futures de répondre aux leurs ». Il doit être socialement équitable, économiquement viable et respecter l'environnement.

> **CONSEIL**
> Vous pouvez utiliser certains termes sans les définir, mais il faut les maîtriser ! Le jury sera tenté de vous demander des éclairages que vous pourrez lui fournir. Réussir un oral est aussi une question de stratégie.

- **Dans votre présentation, vous parlez plutôt de « changements climatiques » que de « réchauffement climatique », pouvez-vous nous dire pourquoi ?**

L'accumulation de GES dans l'atmosphère entraîne un réchauffement planétaire, c'est indéniable. Mais toutes les zones climatiques ne sont pas touchées de la même manière : les zones polaires se réchauffent deux fois plus vite que le reste du globe et la hausse des températures ces cent dernières années n'est pas continue. L'ONU comme le GIEC utilisent donc plus souvent le terme de « changements climatiques », incluant l'action des humains.

3. ÉCHANGE SUR LE PROJET D'ORIENTATION

5 min

Le jour J, il vous faudrait bien sûr développer la réponse.

- **Pourquoi avoir choisi ce sujet ?**

L'environnement est un sujet qui nous concerne tous et particulièrement nous, les jeunes, puisque c'est le monde de demain dont il est question. Je suis écodélégué(e) dans mon lycée et, à mon échelle, j'essaie de mobiliser mes camarades. Nous menons des actions concrètes et ponctuelles : recyclage du papier, lutte contre le gaspillage à la cantine, création d'un potager. Mon lycée a obtenu grâce à nos actions le label E3D.

- **En quoi ce sujet est-il en lien avec votre projet d'orientation ?**

J'aimerais faire des études en sciences politiques afin de travailler un jour dans une institution internationale ou dans une ONG. Travailler sur la gouvernance environnementale mondiale m'a permis de réaliser combien la diplomatie est un secteur qui me passionne car, malgré ses lenteurs, il peut conduire à des actions concrètes et porteuses d'espoir pour l'avenir.

63 Sujet d'oral • HGGSP

Comment ont évolué les mémoires de la guerre d'Algérie en France ?

PRÉSENTATION, SUIVIE D'UN ENTRETIEN

20 min
20 points

INTÉRÊT DU SUJET • L'étude de ce sujet permet de mettre en lumière l'articulation entre histoire et mémoires qui constitue un des grands enjeux du thème 3 du programme. De plus, il porte sur une question d'une brûlante actualité.

63 PISTES POUR L'ORAL

1. PRÉSENTATION D'UNE QUESTION

5 min

Les titres en couleur mettent en évidence la structure de la présentation.

Introduction

[Accroche] Le 13 septembre 2018, le président de la République Emmanuel Macron reconnaît officiellement la responsabilité de l'armée française dans l'exécution de Maurice Audin, militant communiste favorable à l'indépendance de l'Algérie, en 1957. Il met alors fin à soixante-dix années d'occultation officielle d'un crime d'État. [Présentation du sujet] Cet évènement soulève la question des mémoires de la guerre d'Algérie, c'est-à-dire des souvenirs que différents groupes ou communautés ont gardés du conflit. [Problématique] C'est pourquoi nous nous efforcerons de répondre à la question suivante : comment ont évolué les mémoires de la guerre d'Algérie en France ? [Annonce du plan] Après deux décennies d'amnésie officielle (années 1960-1970) [I], on assiste à un réveil des mémoires (années 1980-1990) [II], puis à une reconnaissance progressive du conflit (à partir de 1999) [III].

I. Un conflit occulté (années 1960-1970)

• Au lendemain des accords d'Évian (18 mars 1962) qui mettent fin à la guerre d'Algérie, le général de Gaulle veut tourner la page au nom de l'unité nationale. En effet, le conflit a affaibli la puissance du pays et a profondément divisé l'opinion publique entre les partisans de l'Algérie française et ceux de l'indépendance du territoire algérien.

• En 1968 est votée une loi d'amnistie qui permet aux membres de l'OAS de sortir de prison ou de rentrer d'exil. Le livre d'Henri Alleg (*La Question*) dénonçant l'usage de la torture par l'armée française est interdit depuis 1958.

> **À NOTER**
> L'OAS (Organisation armée secrète) est une organisation terroriste fondée par des militaires partisans de l'Algérie française.

• Cependant, les pieds-noirs et les harkis sont en quête de reconnaissance : en 1970, une loi indemnise les rapatriés d'Algérie pour les biens laissés sur leur terre natale ; en 1974-1975, les harkis se soulèvent pour dénoncer leurs conditions de vie dans les cités d'accueil.

II. Le réveil des mémoires (années 1980-1990)

• Les années 1980 sont marquées par la percée électorale du Front national, nostalgique de l'Algérie française et hostile à l'immigration. Les tensions liées au conflit algérien sont alors réactivées chez la deuxième génération des différentes communautés (pieds-noirs, harkis, immigrés algériens).

• La guerre d'Algérie fait l'objet d'un regain d'intérêt : en 1983, la question entre dans les programmes de lycée ; en 1991, l'historien Benjamin Stora publie *La Gangrène et l'oubli : la mémoire de la guerre d'Algérie*.

III. Un conflit reconnu (depuis 1999)

• En 1999, une loi reconnaît l'existence d'une guerre d'Algérie : c'est la fin de trente-sept années d'« amnésie officielle ». En 2003, une journée d'hommage national aux morts pour la France en Afrique du nord est fixée au 5 décembre.

• Grâce à un accès plus facile aux archives depuis 2001, des historiens comme Guy Pervillé et Raphaëlle Branche renouvellent l'histoire de la guerre.

> **À NOTER**
> La loi sur les archives publiques impose un délai de 60 ans pour la consultation des documents classés « secret défense ».

• Cependant, le débat public est marqué par une « guerre des mémoires » : ainsi, en 2010, le film *Hors-la-loi* de Rachid Bouchareb, qui dénonce la répression des émeutes de Sétif, provoque la colère des pieds-noirs.

Conclusion

[Bilan] Ainsi, les mémoires de la guerre d'Algérie en France ont connu une évolution en trois étapes : d'une période d'amnésie officielle, on est passé à un réveil des mémoires, puis à une véritable « guerre des mémoires » liée à la reconnaissance officielle du conflit.

[Ouverture] Côté algérien, l'émergence des mémoires est freinée par une mémoire officielle qui prétend souder toute la population autour d'un FLN très contesté.

2. ÉCHANGE AVEC LE CANDIDAT — 10 min

Voici des exemples de questions que le jury pourrait poser à la suite de votre présentation et des pistes de réponses. N'oubliez pas que l'on peut vous interroger sur d'autres thèmes du programme.

• **Quel est l'apport des travaux de Benjamin Stora sur la question ?**

Benjamin Stora a été pionnier dans l'histoire des mémoires de la guerre d'Algérie : c'est lui qui a parlé d'« amnésie », de « réveil des mémoires » et « de guerre des mémoires ». De plus, il a collaboré avec des historiens algériens comme Mohammed Harbi pour étudier la façon dont se sont construites les mémoires : en 2004, ils ont publié un ouvrage de synthèse intitulé *La Guerre d'Algérie 1954-2004 : la fin de l'amnésie*.

• **Quelle autre période historique a donné lieu à une évolution comparable des mémoires ?**

On peut penser au régime de Vichy et à ses responsabilités dans la Shoah. Après une période d'amnésie officielle, les travaux des historiens comme Robert Paxton ou Henry Rousso ont nourri le débat public et poussé la France à reconnaître les crimes de l'État français par la voix du président de la République Jacques Chirac en 1995.

3. ÉCHANGE SUR LE PROJET D'ORIENTATION — 5 min

Le jour J, il vous faudrait bien sûr développer la réponse.

• **Pourquoi avoir choisi ce sujet ?**

J'ai choisi ce sujet car je m'intéresse au phénomène de la décolonisation. De plus, dans ma famille, une personne a effectué son service militaire pendant la guerre d'Algérie.

• **En quoi ce sujet est-il en lien avec votre projet d'orientation ?**

Je me destine à des études d'histoire pour faire de la recherche. Je suis passionné(e) par les travaux en archives : pour moi, c'était le sujet idéal en lien avec le programme de spécialité.